接受不等于遗忘

ACCEPTANCE

[美] 埃米·尼特菲尔德 著
Emi Nietfeld

陈晓颖 译

中国出版集团
中译出版社

图书在版编目（ＣＩＰ）数据

接受不等于遗忘 /（美）埃米·尼特菲尔德
(Emi Nietfeld) 著；陈晓颖译. -- 北京：中译出版社，
2023.5
　　书名原文：Acceptance
　　ISBN 978-7-5001-7352-6

　　Ⅰ. ①接… Ⅱ. ①埃… ②陈… Ⅲ. ①回忆录 - 美国
- 现代 Ⅳ. ①I712.55

中国国家版本馆CIP数据核字(2023)第059279号

Copyright © 2022 by Emi Nietfeld
Published by arrangement with Vicky Bijur Literary Agency,
through The Grayhawk Agency Ltd
Simplified Chinese translation copyright © 2023
by China Translation & Publishing House
ALL RIGHTS RESERVED

著作权合同登记号：图字 01-2023-0604

接受不等于遗忘
JIESHOU BUDENGYU YIWANG

出版发行 / 中译出版社
地　　址 / 北京市西城区新街口外大街 28 号普天德胜科技园主楼 4 层
电　　话 /（010）68005858，68358224（编辑部）
传　　真 /（010）68357870
邮　　编 / 100089
电子邮箱 / book@ctph.com.cn
网　　址 / http://www.ctph.com.cn
策划编辑 / 郑　南
责任编辑 / 贾晓晨
文字编辑 / 郑　南
营销编辑 / 白雪圆　喻林芳
版权支持 / 马燕琦　王少甫
封面设计 / 柒拾叁号工作室
排　　版 / 柒拾叁号工作室
印　　刷 / 北京盛通印刷股份有限公司
经　　销 / 新华书店
规　　格 / 900 毫米 × 1270 毫米　1/32
印　　张 / 12.875
字　　数 / 350千字
版　　次 / 2023年5月第1版
印　　次 / 2023年5月第1次
ISBN 978-7-5001-7352-6　　定价：69.00元

版权所有　侵权必究
中　译　出　版　社

序

再过一个星期准公婆就要与母亲见面了，我紧张地在客厅来回踱步，思忖着要不要事先给对方打个预防针。"我用不用先打个电话？"我打电话咨询了高中以来的人生导师安妮特。我反复祈祷，希望母亲能体面地出现在亲家面前，能在出门前洗个澡，能把车子停得远一点儿，千万别让男方家长看到她的小货车里堆满了垃圾。我希望他们看到的是那个我曾深爱的母亲，是那个我被寄养期间偷偷带我去上人体素描课的母亲，是那个在我住进托管治疗中心时，书被辅导员没收后带我去图书馆学习的母亲，是那个愿意开车载着我从明尼阿波利斯市开到华盛顿特区，只为参观一场摄影展的母亲。

"你之前跟他们提到过你母亲的情况吗？"安妮特问我。

我咬着嘴唇，盯着窗外，纽约西区的街道两旁种满了银杏树。"我一直跟他们说自己上的是寄宿学校。"

"埃米，你还有一个月就要结婚了。"

"准确地说是七个星期。"可是即便如此，留给我准备的时间也已经不多了。我本以为两家人在婚礼彩排的晚宴上见个面，婚礼仪式后再其乐融融地拍张合影，以后便可以井水不犯河水了。我希望婆家以为我天生就是读重点大学的料，我结婚的消息理应被刊登在《纽约时报》上。这些当然不是事实，当初准备申请大学时，我有几天甚至找不到安身之所，到了晚上只能穿衣睡在车里。难道拜伦的父母感觉到了什么异样？我们刚要敲定婚礼细节，二老就买好机票说要来我老家看看。

"他们从来没问过你家里的情况吗？比如你小时候的生活经历？"我能从安妮特的语气中感到些许不满，想象着电话那头拥有白皙皮肤、深色秀发的她此刻正一脸严肃。我仿佛又回到了高中时代。

安妮特究竟指望我告诉婆家什么呢？跟他们说母亲有积攒破烂的习惯吗？还是说她以前总是无端地给我吃药，目的是让医生相信她一切正常，而所有问题都是年少的我妄想出来的结果。我知道安妮特肯定会说，"你妈妈那是生病了，埃米"。多年来，我一直渴望长大后能拥有正常的生活，拥有理想的精神世界，可这一切对于当初的我来说简直就是奢望。电话那头的安妮特没好气地继续说："你不要再翻旧账了。"当然，婆家对我的家庭状况还一无所知。

"我就是想让他们直接见面，"我说，"他们怎样看待母亲，那是他们的事，我也没办法。"

"不！你千万不要那么做，你现在就给拜伦的母亲打电话，让他们有些心理准备。"

安妮特或许说得没错，万一婆家以为即将见面的亲家是一位普通家庭的正常母亲，结果却大跌眼镜，那问题岂不是更严重？

我挂了电话，一动不动地坐在摩洛哥地毯上，盘算着有没有什么理由不打这通电话。我总觉得，不管我跟他们说什么，仿佛都是对母亲的背叛。小时候我住在明尼苏达，母亲是我认识的人中最聪明的一个，我俩一致认为，当地除了几位医生，其他人都是没见过世面的白痴。之前，我每次提到家人，都会说同母异父的哥哥虽然没上过大学，但脑子非常聪明，还有我妈妈，差一点儿就被斯坦福大学录取了，若不是造化弄人，她的人生不会像现在这样。母亲一直对我很有信心，认为我一定能考上常青藤大学，我也不知道她哪儿来的信心。婆家要是能看到那时的母亲该有多好啊！

公婆一定要知道实情吗？一定要知道如果不是因为母亲，我这辈子就不会知道什么叫绝望吗？我希望自己忘记所有不堪的过去，包括我曾经住过的各种奇怪的地方，那时候，根本没人知道我的下落，没人知道我心中的悲凉。我希望小时候的生活就是每天刻苦学习，而事实不是这样。身处窘境的人有时真的一点儿办法也没有，要想得到帮助，就得表现得毫无瑕疵，让人家觉得你有被帮助的价值，就连你受到的伤害都得恰到好处，绝对不能引起人家的不适。可即便如此，大人们依旧非常吝啬。不管是心理医生还是大学招生办的老师，他们对我们这种弱势孩子的态度只有一个：只要我们意志坚定，哪怕是被无视、被虐待，我们也能克服困难，成就更好的自己。现在的我痛恨装出一副"坚韧不拔"的模样，对于过去，我宁可保持沉默。

然而，我很难会对安妮特说"不"。我俩认识已经有十年了，她对当时身处困境的我提供了太多帮助。如今，我已经二十五岁，虽不再是十年前那个小女孩，却依然保持着取悦身边人的习惯，毕竟那是我从小到大的生存技能。

于是，我拨通了电话。

"喂，你好？"准婆婆的声音干净利落，吓得我差点儿尿裤子。

"嗨，克里斯蒂。"我颇有腔调地回应，想着先闲聊两句再进入正题。我们东拉西扯了半天，说到她跑步的日常，提到周末的音乐会，还约好一起去大都会歌剧院看演出。

"我想，嗯……我想跟您说说我妈妈的情况。"我低头看了一眼便利贴，安妮特已经帮我总结好了该说的内容，"我妈妈有强迫症，她会一直买东西、囤东西，这一点严重影响了我和她的关系，导致我十四岁时就离开家，住到了别处。"

说到这里，我意识到自己真的有问题：我已经跟她的儿子在一起整整四年，跟他们共度了四个感恩节，我们四次圣诞节都约在阿斯彭滑雪，四个新年都聚在一起品尝鱼子酱，他们竟然对我的母亲没有一丁点儿了解。其实，不止婆家，就连我大学的朋友也对我的母亲一无所知，工作上的同事甚至以为我家境殷实，保不齐还住在坐拥湖景的豪宅里。拜伦是我打算共度余生的爱人，可就连他对我母亲的了解也只是一点儿皮毛。

我竭尽所能地让自己摆脱过去的生活：我搬去了曼哈顿，找了一份让人羡慕的工作，每天都一丝不苟地涂抹医药化妆品以消除沧桑在我脸上留下的皱纹，我甚至在双颊注射了玻尿酸，不仅让整张脸看上去更加紧致，也让我一直紧咬的两腮放松了下来。我坚持每星期至少健身两次，终于练出了马甲线。我每天都坚持早起，周末也不例外。表面上看，我健康积极，做事高效，但事实是因为我不想让思绪回到过去，不想触景伤怀，所以才把日程安排得连一点儿休息时间也没有。

一星期后，我们先后来到明尼阿波利斯市。我给母亲打了电话，她四十五分钟后赶到了饭店。见到她的一瞬间，我紧紧抓住了拜伦的手。"嗨，亲爱的！"她跟我打招呼时眼里闪着光。她应该多少还是捯饬了一下，头发虽然很油，但有刚刚梳理过的痕迹。她裤子口袋里塞着一个皮夹子，支棱着，非常明显，把本来挺宽松的裤腰撑得紧紧绷绷。裤腿依然肥大，垂在脚面，我注意到她脚上穿着一双男士的网球鞋。她凑近我，给了我一个拥抱，我闻到她身上有一股潮乎乎的味道，"我给你准备了礼物，就放在车里。"

没过多久，拜伦的父母也出现在饭店门口，比我们约好的时间提早了十五分钟。我的准婆婆穿着一件衬衣，涂着口红，戴着珍珠耳钉，打扮得非常精致，大概是想给亲家留下一个好印象。我之前已经在电话里告诉了她我母亲的心理问题，她不仅没有嫌弃，还向我打听了母亲的喜好。能嫁入这样善解人意的家庭，真是我的福气。

母亲伸出手，握手时一切正常，我提着的心暂时放了下来。如果不是近身拥抱，应该闻不到她身上的怪味。我们走进饭店，找到位置一一落座，我心里再次不安起来：不知道母亲会给婆家人留下什么印象，让人厌恶还是招人喜欢？我记得小时候，母亲凭借自身魅力迷住了附近好几个医生。

我们点了餐，母亲拿起酒杯，凑近鼻子闻了闻，"您是做什么工作的？"她很随意地问拜伦的父亲。

"我是软件工程师。"对方一直面带微笑，解释说自己的妻子和两个儿子都是工程师。

母亲赞许地点点头，"哇，一家子都是聪明人啊，说明你们家基因好。"她喝口水继续说，"我之前是一位犯罪现场摄影师，那份工作我整整做了三十一年，也许有人会觉得那工作很痛苦，但我做没多久就习惯了，其实人死的样子都大同小异。"

上菜了，母亲又开始讲她为海外儿童邮寄爱心包裹的事，"去年，我们送出了七百多双鞋子，不过还没送完，现在还有三车库存！"拜伦的父母开始一直保持着礼貌的微笑，不过后来我注意到他们有点儿心不在焉了，茫然地盯着餐厅的墙壁。圣诞儿童行动是一个慈善项目，活动初衷是教育美国儿童学会助人为乐、慷慨解囊，但母亲把这一义举说得像工厂生产似的，详细解释了她购进捐赠物资的成本，还说就算自己很会砍价，"一把剪子被我讲到了五毛钱！"还是架不住东西太多，她已经把大部分养老金和社会保险都用在了慈善上。我一直紧紧抓着拜伦的手，他终于忍受不住疼痛，挣脱了出来。

"哇，您简直太了不起了！"未婚夫拜伦开了口。他滔滔不绝、侃侃而谈，似乎彻底打断了母亲的思路，我看到她终于吃了一小口东西。

可是没想到，趁着拜伦停下来吃东西的工夫，母亲再次打开了话匣子。这次她换了个话题，除了购物，能让她滔滔不绝的还有我。"我的记性特别好，简直是过目不忘，"服务员在一旁把她的汉堡装进盒子，母亲继续道，"埃米也很聪明，这一点你们肯定都察觉到了，不过她也有犯糊涂的时候，申请大学时，竟然把自己的出生体重记错了！"我把手拿下餐桌，在桌子底下寻找拜伦的手，我必须抓住点什么，否则真怕自己搂不住火。

我想大声制止她，但知道不能这样做，毕竟旁边坐着未来的公婆。再说了，就算我发了脾气，母亲也不会当回事，只会觉得我是因为快来月经了，所以情绪才不稳定。于是，我依旧保持笑容，全程把嘴闭得严严的，最后只挤出了一句，"记错了又能怎样？"

母亲把脸转向拜伦的父母，继续道："你可以问问你的老母亲啊！对吧？我当时就在你身边啊！"

她经常说这种话，仿佛外人都该相信她的话，不该只听我的一面之词。对此,我不想与她争辩。如果她想毁了我的人设,那简直是分分钟的事,虽然她并非出于恶意,但是是她的无心之失。她总喜欢讲述我不安分的少年时代,我想她是想借此证明自己是个称职的母亲吧。可于我而言,她不仅是在践踏我的隐私,而且还在歪曲事实。只是我不想生出事端,只好继续保持沉默。

…………

与婆家人告别后,我和拜伦把母亲送到停车场。我忍不住地回头张望,希望准公婆没有朝我们这边打探。母亲向拜伦抱怨警察一直找她麻烦,说她车里的东西太多,坐在驾驶位根本看不到后挡风玻璃。"不是还有后视镜吗!"她一边说一边打开车门,从里面飘出一股烂香蕉的味道。

"我没想到你竟然会来明尼阿波利斯办婚礼,"母亲一边说一边在一堆东西中间翻找,有塑料购物袋、爱心鞋子,还有她认为能给兵荒马乱中的儿童带去快乐的宠物玩具,"你俩为什么不在哈佛大学俱乐部办婚礼呢?拜伦,你祖父不是那儿的会员吗?"

"嗯,他是。"拜伦应道。我再次默默握紧拳头,拜伦低声对我说,"不管她给你什么,你都拿着,不喜欢的话,我们之后扔掉就是了。"

令我纠结的并不是她即将给我的东西,而是她已经给我的人生。太多次,我站在母亲车外,等着她把车后座清理干净,等着她把我从临时照看人那儿接走。每次,她都会拿什么东西给我——七个香体走珠、四个调色板、一盒压碎了的代餐饼干……仿佛这样可以掩盖她只能给我一车破烂的事实似的。

"我们真得走了,"我开口道,"婚礼还有很多事情要准备。"她似乎根本没有听见我的话。

拜伦见状又把我的话重复了一遍,母亲转过身,眼里泛起了泪光,"你是我的骄傲。"她突然对我说。

我必须马上离开,不想让她看到我落泪或是发飙。

我跑回我和拜伦租来的车子那儿,心里的石头终于落了地:两家人见了面,婚礼如期举行,我又一次相安无事地结束了与母亲的重聚。等到婚礼结束,我又可以飞回纽约,在那里继续自己十年前想都不敢想的生活。

可是,这所谓的安宁真的来之不易,虽然我已经功成名就,但内心依旧无比煎熬。

一

明天就要上学前班了，今晚，我跪在床边向上帝虔诚祈祷，"我主耶稣，请让我学会读书写字。"我的泪水奔涌而出，我渴望学习，生怕自己一事无成。这也成了母亲最爱挂在嘴边的事，她动不动就跟人说我有多刻苦、有多用心。

一个星期过去了，我如饥似渴地翻阅每一本书，一心只想好好学习。我带着极强的好胜心背诵了《圣经》里的很多段落，盼着有朝一日一定要考入全世界最高学府——芝加哥的穆迪圣经学院。有了上帝的保佑，一切自然皆有可能。到时候，我可以驳斥进化论、成为医疗传教士、找到治疗艾滋病的良方，甚至可以在座无虚席的体育馆表演歌颂上帝的流行音乐。然而，我发现学校老师关心的都是一些小事，他们给我家里打电话，说我整天蓬头垢面，袜子脏了也不洗，衬衫皱巴巴已经缩了水。埃德娜祖母每隔几个月都会来看我，每次都说我头发乱，硬要把我带去理发店给我剪一个难看的发型，害我每次都要大哭一场。

每次祖母一走，母亲就会气急败坏地抱怨，"这个家总得有人挣钱啊。"我们家的确如此：妈妈负责挣钱养家，家务呢，由我和她共同承担。我听说父亲之前当过护士，不过，在我出生前他就不工作了，至于说家务活，做饭、洗碗什么的，在他眼里这些都是女人的活儿（他只会在天气暖和时给我们烤些德式香肠）。

母亲对自己的生活很不满意，她小时候一直梦想长大去斯坦福读大学。"我差一点儿就考上了，"她逢人便说，"学校之所以没有录取我，是因为我当时只有十六岁。"考学失败后，她意识到自己不能继续待在家里：她的父母简直要把几个女儿饿死，早餐每人只能喝一罐低糖饮料，为了让女儿保持身材，总是勒令她们一边唱歌一边做操。（她们四个姐妹似乎一辈子都在跟体重较劲，每个人都疾病缠身，也都养成了囤积东西的毛病。）为了尽早逃离这样的家庭，母亲选择就读明尼苏达大学的农村校区，她学了艺术和教育专业，毕业后在州犯罪实验室找了一份工作。

当然，如果当初母亲去了斯坦福，她的人生将被彻底改写。母亲每次跟父亲闹矛盾都会感慨，说自己当初要是能生活在加州，过上有阳光、沙滩和椰林的生活就好了，何至于困在这个大半年都冷得要命的地方，每次开车，刮挡风玻璃上的冰雪就要刮半天。若是去了斯坦福，她肯定会嫁给医学系的高才生，不仅收入可观，还能帮衬着做些家务，何至于先后嫁给了两个游手好闲的废人。

可是，事情怎么可能如她想的那么简单？人生的路径仿佛早已是上天注定。关于父母相遇的这一段，母亲是这样讲的：当时她已经三十八岁，一个人带着与前夫生下的儿子生活，盼着还能再生个金发碧眼的女儿，她连名字都想好了，就叫她"甜心"。父亲之前的事我不是很清楚，好像说他读过摄影学校，去过修道院，经历了一场手术，用了大量麻醉剂，出现了幻觉,看到很多无头的小鸡从树上掉下来,他甚至还因向五角大楼扔装满血的奶瓶遭到过监禁。母亲遇到他时,他已经浪荡了二十多年。父亲满头银灰色头发,一双湛蓝的眼睛,依然风流倜傥,只是居无定所。二人相识两个月就走进了婚姻的殿堂,无论我那同母异父的哥哥怎样恳请母亲慎重,她依旧选择了一意孤行。虽然那时候诺亚只有十岁,他却已经开始忧患自己的未来,担心被继父和弟弟妹妹断送前程。母亲跟我讲这些话时露出了一丝苦笑,因为诺亚的担心应验了:父亲可不想养活别人的孩子,于是他把诺亚赶出家门,让他自谋生路。其实,父亲不是看不上别人的孩子,而是根本不想要小孩,一点儿也不想。"但是他太忙了,忙到连买安全套的时间也没有!"母亲笑着对我说,就这样,母亲刚过四十岁就把我带到了人间。

我很幸运,父亲抱起我的一刹那,"竟然莫名其妙地父爱泛滥"。不过,他可不想管女儿叫什么"甜心",于是给我起名玛格丽特·弗朗西斯。父亲每天都待在家里,要么看智力问答节目,要么摆弄自己的电脑,身边总是坐着那条杂交小狗,一半是马尔济斯犬血统,一半是卡布犬血统。父亲对我的限制很多:不能涂指甲油(太性感),不能去健身房(有太多女同性恋),不能参加女童子军的活动(理由还是有女同性恋,此外还有支持堕胎的人士),他甚至不允许我去见诺亚,理由是他只是我同母异父的哥哥,并不是亲兄妹。对于他的种种限制,我并不太在意,母亲似乎也没有异议,两人对外都说我是家里唯一的孩子。然而好景不长,没过几年,母亲便开始斥责父亲的控制欲太强,于是她开始趁午休时间在附近商店的清仓区疯狂扫货。她偷偷买了很多东西,比如花一百美元买了一百块儿小熊维尼的手表,"战利品"都被她藏在了办公室。钢琴演奏会结束后,她会带我去麦当劳吃冰激凌,每次出门对她来说都是美好的回忆。

我很受不了母亲无休止的抱怨，她的行为方式让我觉得她根本找不到帮她办理离婚的代理律师。在我八岁那年，动不动就对她说，"如果你那么讨厌我爸，为什么不跟他离婚呢？"

"哦，亲爱的。"她的语气像是在说我太幼稚无知了。父亲丢了工作，祖母一次性给了他二十万美元，这在当时可不是一笔小数目，虽然祖父生前是医生，但一个寡妇能拿出这么大一笔钱也实属不易。母亲无奈地将这笔钱称为"维系二人婚姻的纽带"。二十世纪九十年代，经济迅猛发展，父母从银行赚取的利息不比母亲没日没夜工作挣的工资少。真的是有钱能使鬼推磨，父母没有离婚，一家人还搬去了郊区，把母亲在明尼阿波利斯的房子租了出去。我们一下子成了中产，卡在中产线上，一旦稍有变故，我们就会被打回原形。

随着互联网泡沫的破灭，父母再次陷入无休止的争吵，父亲堵在门口不让母亲出门，两人在厨房争抢通讯录，母亲打电话报了警，两人都被带上了警车，警察告诉他们冷静，先想想谁来把税报上。整个过程，我都无助地躲在车库，不敢贸然出来。

同年，我在全州《圣经》背诵大赛中斩获了冠军头衔，之后我便挨家挨户地推销慈善筹款年历，取得了惊人的销售业绩。主办方甚至给我安排了一辆豪华轿车，让我参加各种推广活动。每次听到父母在楼下恶语相向，我都会爬到自己的床上，琢磨怎样才能把翻唱乐队阿巴少年组的歌曲改编成歌颂上帝的作品。我想当然地以为，不管发生什么事，只要我心中怀有远大梦想，就可以拥有自己的世外桃源，就可以拥有美好的未来。至于说成长过程中要经历多少坎坷，我都可以视而不见。

四年级的某一天上午，母亲把我从课堂上叫了出来，告诉我不要声张。"我不会跟爸爸撒谎！"我反驳道，"你这样是在作恶。"她诱惑我说给我听迪士尼广播，她平时很少让我听这个频道。外面的雨一直在下，敲打着车窗，调频 1440 兆赫播放着里奥·宝娃的饶舌音乐，母亲开车带我去见了我人生中第一位心理医生。

诊所在一栋矮墩墩的大楼里，我们把车停在楼下，一位穿着漂亮鞋子的女士把我带进一个放着好多玩具的房间。她微笑地看着我，让我用娃娃玩过家家的游戏。对面墙上是一面大镜子，从外面可以看清里面的一切。

我当下就觉得蹊跷，妈妈为什么要带我见心理医生？她肯定是希望我跟医生说自己受到了父亲的虐待，这样她就能赢得我的监护权了。我抱着肩膀，拒绝配合，既不愿意画房子，也不愿意玩沙盘。最后，心理医生只好将我送还给母亲，对她说，"消解这种抵触心理不能操之过急，还需要一点时间"。

从那以后，我不仅对心理医生失去了信任，就连母亲也不再相信了。她特意请假带我去看医生，结果却一无所获，她对此也非常生气。"我无法想象你竟然让我翘课去看心理医生。"回去的路上我愤愤地跟她抱怨。母亲伸手拧开广播，播放的是小甜甜布兰妮的《爱的初告白》。可外面的雨太大了，雨刷器来回摆动，本来好听的歌曲被噪声拆解得支离破碎。

我甚至感觉母亲巴不得我遭受虐待，最好是在她不知情的情况下进行的，那样的话，她的日子或许会轻松些。她跟我解释说，之所以带我去看心理医生没有别的原因，全都是为了我好。可我什么毛病也没有，为什么要去看心理医生呢？实在要说我有什么毛病，那就是我的西瓜头太难看了，衣服也太小了却没人管，父母在乎的只有他们对彼此的仇恨。

母亲觉得我长大了，所以她很难过，我再也不是她的"小宝贝"了。从五岁起，家里洗洗涮涮的活就都落在了我的头上，有时我还要负责清理门前小路的积雪，一干就是几个小时，反正我是很廉价的劳动力，那还买什么除雪机呢！我也不想让自己如此辛劳，但我没办法，只有勇于担负起责任，只有心怀远大的梦想，我才能实现最终的独立。我曾一度认为自己是天选之子，而此时此刻，我发现自己不过是母亲计划中的一颗棋子。

事实证明，母亲根本不需要我的证词。那年春天，父亲跟我说他要改名叫米歇尔，从那以后，母亲便搬去了城里，重新住回了她自己的跃层公寓。而我，在父母决定监护权以前，一直跟米歇尔住在一起。

"你还好吗？"一位社工问我。我坐在陌生的办公室，两手垫在屁股下面，四处打量，发现了好多盒子和棕色信封，我确定那些档案柜里一定存放着大量和我一样的孩子的信息。柜门紧锁，连透明玻璃都没有，估计再也不会有人将它们从这个官僚机构密闭的柜子中解封出来了。脚下的地毯散发出发霉的味道，害得我连过敏症都要犯了。

"我很好。"我十分警惕地回答。监护调查人员跟心理医生大同小异，总会想方设法套你的话。不管我说什么，他们总会按照自己的想法肆意曲解，我真害怕说错某个字而害得自己一辈子痛不欲生。

所有人都认为我"经历了严重的创伤"，原因自然离不开父母的离异，但最主要的还是因为父亲做了变性手术。那是2002年，就连奥普拉的访谈节目里都没出现过变性的嘉宾。其实，父母离异对我来说反倒是一种解脱，可无论我怎么说，这话都没人听得进去。父亲自从变成米歇尔后，整个人都变得越来越开心、越来越和善了。她开始信奉上帝一位论教派，而我也迅速放弃了对亚伯拉罕神的信仰。在亚伯拉罕神看来，由于女同性恋和支持堕胎人士的出现，女童子军已经陷入万劫不复的境地。或许，正是信仰的丧失对我造成了巨大伤害，只是我当时没有意识到。我转去了郊区的公立学校，升到了五年级，甚至开始学习架子鼓。

"我想跟米歇尔一起生活。"我当着社工和其他人的面给出了我的答案。

她意味深长地点点头，提醒我说，她们只会参考十二岁以上的孩子的想法，而当时的我只有十岁。也就是说，我喜欢谁、我想选择谁根本不重要，整个操作令我非常愤怒，既然我说什么都不重要，为什么还要问我呢？为什么还要假装关心我的情绪呢？难道我的想法和心态能完全脱节吗？也许，在乎我感受的只有作为个体的护工，而不是整个社会制度。毕竟，制度哪会关心你在乎什么呢？整个监护评估的过程完全如同一场儿戏。母亲用了几个月的时间把她攒的好几箱破烂都搬去了跃层公寓的楼上，那里俨然成了她的仓库。每次有人来家访，我们都会穿上亲子毛衣，跟对方展示我们的缝纫作品。外人肯定觉得我们这对母女特别可爱，我也都乖巧地配合母亲，从没想过当着评估人员的面跟她对着干，也从未提醒社工上楼看看母亲生活的真实样子。

下周再开学我就升六年级了。周五晚上，米歇尔从家庭法庭回到家，满脸愁云地让我收拾行李。她说："你妈马上就过来接你。"看来是母亲赢得了我的监护权。

我搬去了母亲那里，转了学，甚至没有与学校的好朋友道别。米歇尔也搬了家，搬去了很远的地方，她说不想跟母亲再扯上任何关系。刚分开的那个月，我还见过她几次，不过最后一通电话之后，我们便彻底断了联系。当晚，我哭着把游戏王卡片和图书馆的书倒进一个黑色垃圾袋，亲了一口我的狗狗，算是与它道别了。

母亲的车就停在门外，车前灯亮得刺眼，像是在跟父亲宣示自己的胜利。

…………

任何处在母亲位置的女性或许都会带孩子去看心理医生，我虽然理解，却非常抵触。对于发生的一切我无能为力，让我敞开心扉又有什么意义？

搬到母亲那里没过几个月，她又带我去做了心理咨询，我那时才发现，她之所以安排我做咨询，关心的并不是我的感受。"我需要收集一些证据，"母亲一边打开记录本一边跟心理医生解释，"以防万一，省得他（即使现在米歇尔已经该用女字旁的她了，可在母亲看来他还是'他'）再来找后账，质疑监护权的判决。"

"她现在叫米歇尔。"我低声嘟囔，心里对母亲和心理医生的做法非常反感，为人父母就有权利把孩子拖到医生办公室，从孩子那里搜刮各种所谓的证据，作为日后攻击他人的弹药吗？！

我知道，在母亲看来，她认为自己是在拯救我于水火，离开米歇尔，我们母女就可以尽情享受生活了。我们可以开十个小时的车跑去世界最大的游乐园玩耍，即使没到周末，我们也可以熬夜在商场抢购清仓商品，不到闭店我们绝不回家。我俩会演唱七个不同版本的《生日快乐》，可以站在沃尔格林药店的夜明招牌下，假装自己是参加真人秀的超级巨星。

母亲为我做了这么多，米歇尔却一直处于缺席状态，我怎么丝毫不知感恩？我想念米歇尔，也想念狗狗。现在我和母亲的日子过得非常拮据，没了祖母的援助，我们不仅深陷债务危机，每天为支付账单和偿还信用卡而奔忙，家里还因为母亲囤货的毛病开始藏污纳垢，甚至滋生了老鼠。就连我现在就读的明尼阿波利斯公立学校也面临着资金短缺的问题（学校管理不善），我每天上学都会遭到挑衅，甚至是霸凌。想想也是，我是《圣经》背诵比赛的冠军，作为一个书呆子，我本来就不擅长社交，再加上我惹火的世俗打扮，比如米歇尔为庆祝我升入六年级给我买的网袖上衣和拉链迷你裙，别人不欺负我才怪。同学都喊我贱人，一天下来，这可怕的名号我恨不得听上一百遍。大人们都告诉我不要当回事，反正也无能为力，脸皮厚点儿就当没听见得了。

在我十一岁生日前后，校园霸凌在我身上愈演愈烈，一个八年级的学生竟然在公车上对我动手动脚。再后来，他更是变本加厉，强迫我摸他的敏感部位，我终于忍无可忍，将此事告诉了母亲。当时，她刚下班回到家，带着满脸的疲惫。"嗯，你告诉老师了吗？"她问我。我回答说没有，于是她让我去学校找老师谈谈。她说事发时她不在场，指望着她帮忙也不现实。从那以后，即使又发生了很多可怕的事，我也不愿再跟她讲了。其实，我的朋友也都有过类似的经历，我们都不知该如何应对，也没有任何发声的渠道，只能夜深人静时相互倾诉。那段时间，每到下午放学，我都不敢一个人回家，总是跟其他没人管的孩子混在一起。到了晚上，我不敢一个人睡，常常爬到母亲的床上。

"我觉得埃米有注意缺陷障碍。"母亲告诉心理医生，她还说自己和我哥哥也有这个毛病，但哥哥并没有得到相关的确诊（母亲当时是想带哥哥好好检查的，但医生表示没有那个必要）。这也刚好成了哥哥没读大学的理由，由于注意缺陷障碍，他不得不做需要倒班的保安工作。

母亲向医生列举了大量证据：我总是衣冠不整、邋里邋遢，总是习惯性地迟到，还有最要命的，我每次拿起书，就会变得"高度专注"，无论周围发生什么都察觉不到。

我大声朝她嚷嚷，让她别再肆无忌惮地诋毁我了。心理医生全神贯注地记录着母亲的话，是啊，他有什么理由不相信她呢？母亲是白人，谈吐大方，有房有车，大学毕业，对我拥有完全的监护权。至于说我的抱怨，医生根本听不进去，谁让我是个小孩子呢！既然如此，那就别怪我了，我随手拿起一个毛绒玩具朝着医生扔了过去。透过母亲的眼镜，我看到她睁大的眼睛，挑高的眉毛，仿佛是在说，"你看，我说得没错吧？"

之后母亲又带我去见了那位心理医生，就诊时间长达一个小时。填写了一份简短的问卷后，我被引荐给一位儿科医生，因为我的病需要服药治疗。

…………

带我看病成了母亲心中的头等大事。她的工作性质相当于政府公务员，各种福利待遇都不错，虽然她没钱把我送去各种课外班或托管班，却总能负担得起带我去看各种医生的费用。每次，只要我有个头疼脑热，或是胃不舒服，她就会带我去看急诊。老实讲，每次刚出家门我就感觉自己好多了，但既然已经出了门，又没有别的事情要忙，看病的计划也就没有必要改了。而我呢，倒是也喜欢待在候诊室，医院里面很干净，还摆着很多杂志。

医疗系统存储着每位病人的电子病历，母亲叫得出所有护士的名字，但几乎没人注意母亲每个星期都会带我去医院，有时一星期会去好几次。

带我就医仿佛成了母亲爱我的表现，每次看过医生，她就会带我去吃炸薯条，而我每次也都拖拖拉拉地不愿回家，家里的味道太难闻，每个房间都充斥着老鼠的骚味。

母亲很后悔当初没有对诺亚的注意缺陷障碍给予足够重视，当时，医生单独给诺亚问诊时曾经问过他："你有没有注意缺陷障碍？"哥哥的回答是"没有"。这件事在母亲看来只能说明医生的无能，"你怎么可以问一个十一岁的孩子他有没有注意缺陷障碍呢？他知道什么啊！"但不知为什么，她后来没再带哥哥去看别的医生。

她对此似乎很内疚，另外，她也很自责没能让米歇尔善待诺亚。她每天都太忙了，没时间看着儿子好好做作业，儿子上没上学她都不知道。后来，等到诺亚长到十七岁，该考虑上大学的问题时，她又有了新的烦恼，所以没能跟儿子好好探讨申请资助等问题。母亲觉得自己欠诺亚的太多，很多事她都没做好。当初，哪怕让医生给儿子开个刺激神经中枢的哌甲酯也行啊！

所以，她想好了，同样的错误绝不能在我身上重演。从来没人问过我是否患有注意缺陷与多动障碍，即使我告诉他们我是一个优等生，不可能有注意缺陷与多动障碍，也从来没有人听我解释。有时，我的确可能不注意听讲，但那不是因为我有注意力问题，而是因为课上讲的东西我都已经掌握了。

医生还是给我开了治疗注意力缺陷多动症的新药专注达。如果我表现得情绪激动，他们还会给我加开镇静剂。此外，我还吃了好几个星期的安非他酮，再后来，母亲把她自己没吃完的治疗注意缺陷与多动障碍的药也喂给了我，想看看对我有没有效果。这一切并没有引起医生助手的警觉，他还给我开了别的药。因为服用了安非他酮，我出现了紧张多汗、情绪失控等症状，于是他又想当然地认为我患上了精神抑郁。

"你们来我家看看啊！"我向很多成年人发出了邀请，我相信他们只要看到我的生活环境，就能理解我为什么越来越暴躁了。

"埃米就能夸大其词，"母亲说，"都怪我把她宠坏了。"

心理医生让我帮忙参与家务劳动，"你可以先从洗盘子做起。"

"我们家里连热水都没有。"我回嘴道，母亲对此并没有予以否认。那会儿正值冬天，我俩连澡都没法洗。心理医生当时也提出让母亲想办法解决热水的问题，不过之后便不了了之了。直到几年以后，相关人士才对我的居住条件有了深入了解。就诊期间，我突然咳嗽起来，而且咳得非常厉害，"就是因为我家太脏了，"我告诉医生，"家里到处都是老鼠。"医生听了我的话，给我开了哮喘喷雾。至于说我的偏头痛，母亲毫不避讳地将其归咎于家里的霉菌，就这样，我的处方中又加了一服抗痉挛药物。七月的一天，我在厨房不小心踩到圣诞彩球，含铅的玻璃扎进了脚掌，我又被带去医院做了一个小手术。医生似乎并没有觉得七月踩到圣诞彩球有什么异样，给我做手术时一脸平静。

没有人听我说话，没有人相信我，也没有人来过我家。

"我受不了了，"我厉声对母亲说，"我不想在这儿住了。"看到我再次变得"歇斯底里"，母亲拨通了护士帮助热线，希望我可以通过专业的帮助安静下来。

待我长到十三岁，好心人士建议我搬去收容所。

"你要是愿意去那种地方挨欺负，你就去！"母亲言辞犀利，我顿时退缩了，"你以为那种地方比跟你亲妈住在一起好吗？怎么可能！"我俩讨论过类似的话题，母亲说了，好多女孩子迫于无奈只能跟母亲的男朋友生活在一个屋檐下，最后都难逃被继父强奸的厄运。

随着岁月的流逝，我也学会了一些新的应对方法，而且越来越离不开它们：催吐后我会感觉到平静，用别针在胳膊上划出一道道血痕会让我放松，另外，我对减肥的执着几乎到了疯魔的程度，濒死的体验也成了我宣泄情绪的有效途径。

自从那位好心的护士跟我提出收容所的建议后，没过多久我便初次住进了精神病院。我很喜欢那里，病房里空气清新，我的咳嗽立马就好了。那儿有用不完的热水，洗澡时想洗多久都可以，餐食也都很卫生，护士还会端着托盘送到我面前。后来我出院了，刚进家门我就想搬回病房，看到我的反应，医生只能不断增大我的药量，最后直接给我开具了抗精神病的药物。母亲还带我尝试了辩证行为疗法，十几岁的孩子围坐在一起，出声朗读纸上复印的文字，字数不多，内容是"不接受痛苦就只能遭受更多折磨"，字体很特别，看上去像手写的，这话的意思仿佛是说痛苦都是我们自找的一样。大人们都认为我们的问题归根结底在于缺乏情绪管理，而治疗方法就是要学会修正自身的错误行为。只可惜，医生们鼓吹的激进接受心态对我来说并不管用。

我有个问题一直搞不明白，为什么没人让母亲做出改变呢？后来，有一次问诊，医生的助手问了很多母亲的情况和治疗手段，几个星期后，她便开始服用帕罗西汀（抗抑郁药物），不过没吃多久她就自行停药了，她说不喜欢药物带给她的改变。她是成年人，没人能强迫她吃药，而我不一样，大人让我做什么，我就得做什么，没有其他的选择。

"你要关注那些自己能掌控的东西。"这是心理医生给我的谆谆教诲，但依我看，他们还不如直接要我关注自己能掌控的人呢。我能掌控谁？还不是只有我自己？

两年前，我第一次被诊断为注意缺陷障碍。如今，我十三岁，已经开始尝试自杀。抢救后，我在医院住了一段时间，主治医生最终判定有问题的并不是我，而是我的母亲。听了这话，母亲不顾医生反对，当即给我办理了出院。反正出钱的是母亲，她自然有权选择医生，谁同意她的看法，她就会把我送去谁那儿。但凡对方提出任何异议，她就二话不说把我带走。就这样，我再次回到家，继续做各种伤害自己的事。

那位好心的医生把我的情况报告给了亨内平郡地区的相关部门，可政府并未派人前来调查母亲，反倒是给我指派了一名社工，她的工作职责就是开导像我这样病情严重到尝试自杀的少女。我清楚地记得那是一天下午，英格丽出现在我家门廊，是我帮她开的门，得知她是社工，我悄悄带上了背后的纱门。

"你好，埃米。"她语气爽朗，像早就认识我似的，估计她对自己负责的姑娘都是这个态度。她年纪已经不轻了，满脸都是皱纹，一头灰白色卷发，我想她那么多皱纹肯定是为我们这样的家庭操碎了心。"我可以进来吗？"

她来的那天不是周末，所以母亲还在单位上班。我瞥了一眼英格丽白色的福特车，那应该是政府配发给公务员的代步工具。

这不就是我一直等待的机会吗？这么多年了，我恨不得天天求人来家里看看，现在终于有人来了，我只要打开门，就可以把她请进来。

可是然后呢？英格丽可能会打上几通电话，然后儿童保护中心可能会介入调查，接着我会被请上车，带去一家转运中心，最后再被送去收容机构。一个房间里有很多上下铺，所有姑娘都挤在里面，我很可能被人欺负，母亲已经跟我说过里面的情况有多糟。到时候，母亲的状况也好不到哪儿去，她把家里堆成那样，肯定会遭人唾弃，日子定会愈加穷困潦倒，而我就是这一切不幸的始作俑者。

英格丽当然不会硬闯进来，这我知道。摆在我面前的有两个选择：一个是有干净床单，并能洗上热水澡的收容机构，不过大小事情都得跟人请示汇报；另一个是继续跟母亲生活在这儿，作业她会帮我签字，还会给我零花钱，出现什么状况她也会帮我解决，甚至还会给我讲故事。虽然我的语文已经达到了大学水平，但她还总是翻来覆去给我读四年级的故事书。母亲对我的要求只有一个，就是不要让任何人进门，尤其是政府的工作人员。如果这次我让英格丽进来，她恐怕再也不会原谅我了，如果以后轮到我需要她帮助时，她估计也会残忍拒绝。

或许正是这个原因，我们家从未有人来过，因为一旦知道实情，就得采取行动，谁愿意惹上这样的麻烦呢？

"抱歉，我不能让外人进门，"我开口道，一边说一边握紧拳头，做好了反驳的准备，"我妈不让。"

"哦，没问题。"她还是满脸笑容。我把拳头攥得更紧了，请她在门廊长了霉的椅子上坐下，旁边堆了一摞软塌塌的纸壳盒子。看来是我的防备心太重了，估计任凭谁也无法突破防线，拯救我于水火。我突然意识到：我这辈子完了。

时间又过去了三个月，我迎来了自己的十四岁生日。母亲带我去看了一位新的心理医生，这次的诊断结果是我患上了进食障碍，需要住院治疗。

"你看，"伍兹医生晓之以理动之以情地跟我解释道，"你有两个选择：第一，好好配合治疗，这样过四到六个星期你就可以痊愈出院；第二，继续我行我素，那样我们只能把你一直留在这儿了。"

我很欣赏伍兹医生的坦诚，讨厌那些总是轻描淡写的医生，不过我还是勇敢表达了自己的想法，"我觉得你说得不对，能不能痊愈，不是我能决定的。"

大人都以为只要我改变态度，活得阳光积极一点儿，学会调整呼吸，我的问题就可以迎刃而解，这简直是胡说八道。这么分析下来，伍兹医生也没什么新鲜东西，只不过是人云亦云。

她瞪了我一眼，仿佛不理解我为何听不懂人话。"你以为他们真的不会把你关一辈子吗？"她挑高眉毛继续道，"他们可是做得出来的。"

我叹了口气，翻了个白眼。精神病院看起来都大同小异：服了药的小患者体内化学成分都发生了变化。医院让小朋友们玩纸牌游戏，实习医生在一旁对每个孩子的反应进行观察。到最后我实在玩不下去了，正好也到了其他孩子的睡觉时间，于是游戏结束，第二天起床后一切会再重来一遍。我可不想过这样的生活，所以必须让体重涨上来，想想虽然很痛苦，但胖瘦对我来说又有什么区别呢？

治疗时间结束，伍兹医生站起身把我送到门口。她的手扶着门把手，并没有马上把门打开，我看到她花白的头发，她提醒我说，"你已经想好了，是吧！"

二

我住进了卫理公会进食障碍治疗中心，医院里总有一股三文鱼的味道，墙上贴着带有植入广告的紫色标语。走进电视房，里面摆放着好几排红色沙发，十几岁的女孩子们围坐在一起，一边织围巾，一边讨论进修课程。她们表现得都很积极，像是很想尽快好起来，盼着能出去参加田径运动会，或是去危地马拉的孤儿院帮忙。我恨透了这里的每个人，为什么只有我一无所有？

我只要逮着机会就会告诉人家，我根本没有进食障碍。可我的身体真的很不争气，一米七的身高，可以说是骨瘦如柴（只有小腹，我越减肥，它越突出），我真是想死的心都有。我开始抠吐，不仅如此，为了遏制饥饿感，我还服用了之前剩下的特效药（我当然不会承认自己做过这两件事，感觉自己好像在作弊）。我知道很多孩子都有进食问题，但只有白人或有钱人家的孩子才会被送到这里治疗。我跟我们治疗区的女孩子都差不多，我也是白人，跟很多人一样，也是金发碧眼，但我们的相似之处仅限于此。不用想也知道，如果我问她们，"你最大的缺点是什么？"

她们肯定会回答说,"我太较真了。"她们是因过于追求完美才沦落到今天的境地,她们都是为了追求梦想而忍辱负重的可怜人。要是让我这个在垃圾堆里长大的可怜人看啊,她们会患上厌食症,就是因为生活太过优越,完全属于没事找事。

"你要是没有进食障碍,怎么会住到这里呢?"中心值班医生斯文森问我。她说话时面带着微笑,像我在跟她开玩笑。斯文森医生人长得很漂亮,也很年轻,皮肤光滑,脸圆圆的。其实,之前我的脸也很圆。

"因为我不想活了。"我道出了自己的想法。看到自己超大号的毛衣上有一根金色的头发,我仔细把它拽出来,扔在了她办公室的地毯上。

"你为什么不想活了?"她语气温柔,仿佛这是一个非常敏感的话题,所以必须轻拿轻放。

"活着太没劲了。"我回答说。斯文森医生已经对我有了些了解,所以我没必要说太多,抱怨越多,他们就会对我越苛刻。如果再有人说我"言过其实"或是"小题大做",我肯定不会有好果子吃。

我坐在椅子上晃动着双腿,脚上的帆布鞋敲打着地板。斯文森医生做好记录后,抬起头看着我问道:"你想去哪儿读大学?"

"你说什么?"我眯起眼睛看着她,心里琢磨她问我这个是不是在筛查我的某种性格缺陷呢。母亲逢人就说我有多聪明,可就是有人见不得我们这般自信。之前我的心理医生的助手虽然只见过我一面,但他当即就对我的智商做出了判断,说也就"平均水平",还说我的成绩能达到中等就不错了。我的一位叔叔也说我适合找一份秘书的工作,伍兹医生甚至还考虑过为我做一次智商测试。

我咬着嘴唇不想开口,生怕掉入斯文森医生设的圈套。但她始终保持后背挺直,端坐在我对面,手里拿着一支紫色的钢笔,神情没有任何异样，仿佛"梦想大学"只是一个心理诊疗的常规问题。

"明尼苏达大学，"我扯了个谎，把头转向一边，"不过，我不想活了，应该等不到考大学的年纪。"

斯文森医生说我很聪明，这话让我的心头涌上一股暖流。不过，我马上提醒自己：这是心理医生惯用的手段，他们总是先说好听的，目的是争取你的信任。我可不傻，不会轻易落入圈套。

"我和这儿的女生不一样。"我继续道。想到她们和她们身材苗条的妈妈，以及骄纵她们的"爹地"，我简直自惭形秽，跟她们相比，我就是一个肮脏恶心的垃圾。

"我知道你和她们不一样，"斯文森医生继续道，"我觉得你十六岁就能上大学。"

阳光透过窗子照进来，打在斯文森医生的头发上，那一刻我感觉她像一个天使，只不过穿着毛衣和白大褂，胸前还绣着她的名字。我不知道她为什么要跟我说这些，因为这里是卫理公会医院吗？因为住在这里的都是富家小姐吗？话虽如此，我还是在脑子里盘算起来，怎样才能跳过高中直接就读明尼苏达大学呢？

"如果真想上大学，埃米，你一定要好好吃饭。"

我叹了口气，成年人都一样，为了让我听话，真是什么办法都想得出来。

"你能为了我好好吃饭吗，埃米？"

我撕扯着指甲边的倒刺，努力装出一副不以为意的模样，但内心已默默答应了斯文森医生的请求。

接下来的四天我非常听话，不仅好好吃了三餐，就连三次加餐也全都吃完了。物理诊疗期间，我放松地躺在地上，尽量让四肢舒展开来。集体活动我也很配合，旁边的姑娘哽咽地忏悔"我没想到自己的做法会伤害家人"时，我也忍住了没翻白眼。心理医生说我们都心地善良，只要克服内心的戾气，都能变成好姑娘。我咬紧牙关，真想高声怒吼。我才不相信他们在我身上用的这些老掉牙的招数，我看得出卫理公会对患者的理解和宽容，这也足以说明他们会原谅母亲的错误，仅凭这一点，这里与我之前去过的门诊也没有什么区别。

在这里，很多事情我都愿意主动配合，包括跟母亲一起接受心理辅导。不过，我还是警告来查房的医生和护士说："这么做一点用也没有。"这家机构跟大部分诊所一样，认为青少年患上厌食症并非患者个体的问题，而是整个家庭的综合问题，需要家人共同参与解决。他们将训练母亲更好地照顾我的饮食，从而帮助我早日康复。等待这次心理辅导时，我内心充满了恐惧，还有十五分钟就轮到我们了，母亲终于出现了，胳膊上挎着一个塑料购物袋。病区十多个患者都伸长了脖子看着她，我低下头，尽量回避大家的眼神，感觉自己眼冒金星，但我还是强忍着站定身体，朝母亲走了过去。

"嗨，亲爱的！"母亲开了口，"我给你买了好东西！"她低头在塑料购物袋里翻找，从一沓用过的纸巾下面拽出一本日记本。

"我不要。"

"我买得可划算了！"母亲开始念叨打折促销的事。这时，心理医生走了过来，她上身穿着一件毛衣开衫，下身是一条宽松的裤子，唯一的亮点是脖子上的创意项链，这身打扮似乎成了治疗进食障碍心理医生的标配。

我们在她的办公室坐下。医生先是介绍了基本情况，母亲低头认真做了笔记，一旁的我则显得非常紧张。母亲似乎很认同医生对进食障碍的解释，仿佛一切根源就是我的个人行为，而她则可以把责任撇得干干净净。

"你就是想让我妈控制我的生活。"我忍不住插嘴道。我心里就是这么想的，她不是应该让母亲少插手我的生活吗？为什么就是没人在乎我的想法？

心理医生转头朝向母亲，"你对女儿的进食问题有什么担心的吗？"

"嗯，"母亲推了推鼻子上的眼镜，然后开口道，"埃米这么做简直是在伤害自己的脑子，根据我的SAT学术能力测试的成绩判断，我的智商怎么着也能达到一百三十二，埃米比我还要更聪明！"

我用胳膊肘碰了碰母亲，示意她别说这个。每次她跟别人说这样的话，对方都会认为她脑子有病，就连我也会被殃及。

"还有别的吗？"医生问她道。

"埃米瘦得胸都没了。"

"这有关系吗？！"我简直忍无可忍。

"埃米的胸部以前可好看了，特别丰满，"母亲自顾自地继续道，"当模特都绰绰有余。"

我从座位上跳起来，"我都住院了，都不想活了，你却还在关心我的胸吗？"

以前，每次路上看到某个老头子，母亲就会说那人可能会喜欢我，好像她对我抱有的唯一期望就是比她嫁得好一点。老实讲，这反倒强化了我自杀的想法，我可不想活到那个岁数，遭那份儿罪。我盯着心理医生，希望她能提醒母亲，怎么可以评判一个十四岁姑娘的身体，难道不诡异吗？至少也不合适吧？母亲究竟还要说出什么话、提供怎样的证据，医生才能意识到有问题的不仅是我，母亲也难辞其咎呢？如果对方真是个称职的心理医生，怎么会简单粗暴地认为我能否康复完全取决于母亲能否强迫我吃下东西呢？

不过，我们的辅导时间到了，心理医生什么也没说。

当天夜里，我感觉自己头晕恶心，护士认为是心理原因造成的，建议我做一下放松练习，可我的血压还是一直下降，始终没有恢复到正常水平。于是，我被送去重症监护室待了两天，等我再被推出来时，母亲因为探视时间来不了就随便找了个人代替她来看我，找的竟然是我十二岁时约会过的一个十六岁男孩的父亲！我求她千万别让人家来，可我的话根本没用，那人还是来了。我们俩尬聊了一会儿，等到人家走了我便去了电视房，在场所有人都停下了手里的活儿，齐刷刷地把目光集中在了我身上。

"你说什么？"

"那人是你爸吗？"一个满脸长着雀斑的金发姑娘问我。

"不是！"我大声反驳。

"我们又不认识你爸，你至于这样吗？"另一个姑娘看不下去了。

"你们能不能别胡猜？"我转身离开，实在不想与这些人为伍。令我抓狂的并不是米歇尔，而是这群人的肤浅，我就不能没有父亲吗？这难道很难理解吗？

当然，对我来说，和这些富家女同住一所医院也不是一点儿好处都没有，至少斯文森医生会问我想上什么大学，而不是问我会不会虐待小动物。这会儿想想，自己当初真是幼稚，竟然会把医生的问题当回事。等到疗程结束，我的病友都会回归她们正常的生活，继续拥抱她们美好的未来，而我，则还是要苟且于我那不堪的人生，我那暗无天日的人生。

我坐在走廊椅子上独自哭泣，一位护士走过来问我想不想跟她聊聊。我伸手蒙住脸，拒绝了她的好意。她又问我想不想找个没人的地方自己待会儿，说我的哭声会影响到其他患者。"我恨透了这个该死的地方，"我泣不成声，"我不想活了。"

她把手搭在我的肩上，说我在这里很安全，我没好气地挣脱出她的拥抱。

我念叨着只要有机会，我就会结束自己的生命，下次绝不会再有一丝一毫的犹豫。"要是你们非得让我活着。"我呜咽着继续道，"等我长大了，我就制造一枚炸弹，炸毁整个世界。我保证，最先消失的就是你们这里。"

护士再次搂紧我，我再次推开她。另一位护士也走了过来，她们一人一边把我从椅子上架起来，将我拖回到自己的房间，我听到脚下的帆布鞋拖滑在地板革上，发出吱吱嘎嘎的声响。

我先后四次住进过精神病院，从来没惹过事。此刻我也不知道自己怎么了，我扭头看到电视房里的姑娘们，每个人都惊讶地看着我，嘴张得老大。我知道她们是在幸灾乐祸，看到我这个怪胎被拖走，她们心里高兴还来不及呢。

护士把我带回病房，我终于挣脱了她们的控制。我撞向书架，把室友的化妆品撞了一地，我又开始撞墙，两个护士把我拉到床边，把我死死地按住，我的脸紧紧贴着紫色的被子，感觉呼吸困难。一位护士把药递给我，被我拒绝了，她们想让我赶紧睡过去，可我不想，我的人生已经毁了，至少我要保持清醒。

房间里瞬间挤进来好多人，有人在喊保安，有人在打电话，或许是在请示上级，看是否可以给我注射镇静剂。

听到她的电话，我顿时清醒过来，恐惧唤醒了我的理智，我并不是真的疯了，只是内心焦虑，难道她们看不出来吗？她们显然看不出来，我的行为也无法证明自己是理智的。眼泪顺着脸颊流了下来，我求她们不要给我打针，我说自己会乖乖吃药。

于是，她们将我的一只手放开。我拿起盛着药的塑料杯，把药片倒入口中。我没有喝水，生生吞咽了下去。我感觉自己是个做祷告的信徒，那些药片仿佛可以抹掉我刚才的恶行。

再次醒来时，我发现周遭一片漆黑。我被转运到了医院的另一栋大楼，耳边放着一部手机。"你是故意害自己生病的吗？"电话那头说话的是伍兹医生，就是我进来前给我看病的心理医生。

可能是因为吃了药，我的脑袋晕晕的，嘴里也干巴巴的，渴得要命，眼皮浮肿，头发粘在额头上。伍兹医生的声音让我感到一丝温暖，她竟然愿意半夜三更爬起来给我打这通电话，这说明她多少还是有点关心我。

"我……我不是。"我想替自己辩解几句，即便我真是故意害自己生病，甚至做出了推搡护士的举动。这能怪我吗？我也想让自己好好的，可我做不到啊！

伍兹医生并没有等我把话说完。

"别再这样了。"说完，她挂断了电话。

第二天，我继续待在重症监护室。看电视时，门口守着一位护工，应该是怕我跑出去。每隔几个小时，护士就会把安定药送进来，看着我服下去才会离开。餐食也会用托盘送到我面前，吃完后又会被收走。

斯文森医生出现在门口,像一幅美丽的剪影。我没想到她会来,她让护工出去转转,拉着椅子坐到我床边。走廊的光亮从她背后照进来,黑漆漆的房间仿佛也跟着亮了起来。

"我听说你昨晚很痛苦。"她说。

"你这么说也可以。"我不明白她为什么一点也不生气,会不会早就想到我会沦落到这步田地?

斯文森医生说查房医生负责监测我的生命体征,而她要负责决定我的用药。

"嗯。"我不想让她看出来我很高兴见到她,但事实上,自从那天晚上开始,我每天都在等她。他们把我转到儿童病区,在这儿没人给我做心理辅导,我也没有地方可去。他们给我插了进食管,这样便不必担心我会饿死。英格丽一直没有跟我联系,日子一天天地过去,我透过窗子看着外面冰冷的雨噼里啪啦地落下,这里只有我一个人,我庆幸自己离开了那些神经质的姑娘,她们富裕的家庭和慈爱的父母只能证明母亲说得没错:每次我跟她抱怨,她都会说我们最大的问题就是没钱。现在好了,我离她们远远的,再也不用被内心的嫉妒所折磨。

还有一件事我也很开心,医院允许我继续使用笔记本电脑。

斯文森医生凑到我跟前,看到我在写东西。似乎只有写东西才能让我内心平静,我来这儿之前就给自己立下了一个目标,必须在十一月份(全美小说月)完成五万字的创作。我可不相信心理医生的鬼话,动不动就让我们做三分钟的冥想。但说到写作,我可以一口气写十个小时都不觉得累,有时不得不停下来完全是因为胳膊不听使唤了。

斯文森医生问我在写什么。

"一部文学作品,没有什么具体的情节。"

"那你一定要写完啊！"她对我说。她靠在我的床边，胳膊交叉着拄在床栏杆上。"你知道吗？我和亚历桑德拉是医学院的同学。"我没想到她竟然直呼伍兹医生的名字，感觉自己发现了一个天大的秘密，"她在读医科专业前读的是法国文学。"

我看着斯文森医生蓝色的眼睛，心里盼着她能再问我一些关于大学的问题。我已经想好了，如果她再问我，我就跟她实话实说：我要去读纽约的哥伦比亚大学，那是一所常青藤院校。我朋友的姐姐就是在那儿读的大学，还送过我一件带有学校标识的T恤，我非常喜欢，之前一直穿，上面的印画都磨掉了。整整一年，我每天想的都是曼哈顿的求学梦想，内心的痛苦也随之减轻了不少，自我伤害的行为也慢慢得到了缓解。可是后来，一位叔叔听说了我的计划，他对此嗤之以鼻，"你这样出身的人还想去常青藤？"是啊，他说得没错，他的工作是修理昂贵的法国圆号，怎么可能说错呢？从那以后，我便开始旷课，内心也越来越痛苦。可我现在又找到了一线希望，如果斯文森医生认为哥伦比亚大学可行，她的话总归要比那位叔叔靠谱吧。

如果她能认真对待我的梦想，不觉得我在痴人说梦，或许我可以跟她好好谈谈自己的境遇。可是，除了"我恨透了这里""我不想活了""每个人都很蠢"这些话，我真的不知道还能跟她说些什么。母亲虽然总是惹我生气，可她从未动手打过我，更没有虐待过我。有时，她会撺掇我把米歇尔干掉，说这样我们所有的问题就都迎刃而解了，到时候埃德娜祖母的钱就是我们的，我们便可以彻底告别窘迫，迎接更美好的生活。她说这话时虽然是在开玩笑，但我发觉她的计划似乎一次比一次周密。当然，我不会跟斯文森医生提及这些离异人士的复仇幻想，但可以跟她说说我和母亲居住的房子。之前从来没人关心过我的居住条件，母亲每次都言之凿凿，反倒让我对自己的判断产生了怀疑，家里老鼠夹子上惨叫的老鼠是真的吗？还是我出现了幻听？

每次我跟人谈到自己的理想、抱怨自己的无助，我都担心自己刚好验证了别人对我的猜疑。鼻子上插着管的我，如果跟人说起美国的知名学府，人家会怎么想？斯文森医生或许会在我的病历上用草书写下"痴人说梦"几个大字。如果我跟她抱怨自己的居住条件，她或许会认为我被骄纵惯了，认为我跟母亲说的一样，完全不知道感恩。

我虽然喜欢斯文森医生，但也不愿冒这个可能被羞辱的风险，索性还是别主动提上大学的事了。她要是问我，我再说也不迟。我看着她的脸，像是在鼓励她再问问我这件事。

然而她并没有，她用手抚了抚我的肩膀，然后站起身，离开了病房。

我在卫理公会医院住了将近四个星期，负责我的几位专业人士专门为我开了个碰头会。会上，社工英格丽提出说我应该住到寄养家庭去，大家都表示同意，就连母亲也没提出异议。我自然也没意见，至少可以出院了。可是谁能想到，刚过了五天，我们几个人又见面了。我躺在病床上，斯文森医生和英格丽坐在我床尾的塑料椅子上，她们告诉我和母亲，以我现在的情况看，我还不够稳定，还不太适合去寄养家庭生活。

"没关系，"我说，"那我就继续住在这儿，等我情况稳定了再走。"我一直在写的小说已经接近尾声，对于自杀已经有了初步的想法。

斯文森医生提到了托管治疗。

"不。"我不同意。我听说过那类地方，之前精神病院那些没有保险的孩子被纳入医疗救助计划后就都被送去了那里，有些孩子只接受过一次住院治疗，就被送去了托管治疗中心。

"等你情况稳定了就可以从那里出来。"斯文森医生补充说。

"那我上学怎么办?"我瞪了她一眼,难道她忘了曾经说过我十六岁就能上大学的事吗?或许她当时只是随口一说,根本没往心里去,所以自然记不住。

我真是太蠢了,竟然还相信斯文森医生,她怎么可能拯救我呢?她跟我之前的医生有什么区别?有三头六臂吗?我可不想去什么儿童福利机构,她也不可能改变母亲的生活习惯。

"住在那儿你也能继续上学啊。"英格丽回答说。

我看了一眼母亲,她腿上摊开放着一本记事本,"你就没有意见吗?你就任凭她们把我送去托管治疗吗?"

她戴着眼镜,镜片后的眼睛显得格外大,眼泪湿了眼眶。"我没办法让你好好吃东西,可我也不能眼睁睁地看着你饿死啊!"

"哦,老天,快闭嘴吧!"我大声冲她嚷道,"别在这儿演戏了!"

英格丽听不下去了,开口说,明尼阿波利斯南部的儿童托管治疗中心刚好空出一张床位,可以安排我下周三入住。她这个人可真行,不管说什么,脸上永远挂着微笑。

三

我搬来儿童托管治疗中心已经有一个月了,第一次迎来与母亲单独见面的机会。社工实习生从外面关上会客室的门,我听到她的脚步声越来越远,又等到她把外面的大门也锁好,我才终于开了口。

"我讨厌这里,这儿的工作人员就是一群无脑之人。"

"他们当然不可能像你那么聪明,"母亲回道,"这世上比你聪明的人可不多!"她递给我一瓶冰凉的气泡水,特意装在隔热的袋子里。

母亲的细心多少让我平和了一些,但每次听到工作人员斥责我,说我沦落到这里都是我自作自受,我心里还是会念母亲的不是。母亲是我唯一发泄的出口:工作人员时刻盯着我,我跟其他患者的对话都在他们的监控之下,母亲是我唯一可以见到的访客,除了英格丽,我唯一可以打电话的人也只有母亲。

"这儿的工作人员只会说'接受这个,接受那个'。"我跟母亲告状,这似乎是他们针对我的痛苦开出的唯一处方。

"这就是变了味儿的佛系。"母亲随声附和,而后又悉数了针对我这样性格有问题的孩子的治疗方法。

里面和外面其实没什么区别，门诊治疗采用的也是类似的方法，只是这里执行起来更严格罢了，反正就是要求我们要对自己的情绪负责。黑漆漆的墙壁上贴着一张海报，标语内容和认知行为疗法差不多："事件本身不会引发情绪，引发情绪的是你的想法"。你经历了什么根本不重要，哪怕是B区那几个被迫卖淫的姑娘，哪怕是身上被刺上了皮条客的名字，她们也不该有任何情绪，因为工作人员说了，我们完全可以控制自己的想法。每天晚上，A区的病患都会围坐在红绿相间的破沙发上，听当晚做反思的姑娘的发言，至于说忏悔的内容，都是事先安排好的，反正就是要对自己的某个问题做深刻的剖析。

今天终于轮到我了，我必须对自己的罪恶表示忏悔：我太爱哭、不爱吃东西、假装受害者、性格中有好斗成分、总是大惊小怪说自己不想活了、总想博取关注、动不动就跟医生撒谎……如果我的反思缺乏诚意，或是在后续提问环节替自己做了辩解，那我就会被送去关禁闭，算是对我的一种惩罚。我一直被禁止外出，尚未得到这一特权，一旦进了禁闭区，我连房间的门都出不去，什么娱乐活动也不能参与。但凡有人在我放风时间打开广播，那我必须即刻返回自己的房间。

对我来说，唯一的安慰是我待的地方是儿童托管治疗中心，虽然是一栋矮墩墩的旧砖楼，但至少好过监狱之类的地方。（我曾经放话说有一天要炸掉医院，他们当时就提醒我刑事案件可不是闹着玩的，我真的会身陷囹圄。）来到这里的第一天，工作人员就先后两次提醒我，如果我不守规矩就会被送到州立医院。我对那种地方已经有所耳闻，所以他们的话的确起到了威慑效果。米歇尔小时候曾在那样的地方待过一年，具体原因我不太清楚，不过她告诉我那里非常恐怖，有人当众自慰不说，还有人在走廊撒尿，甚至有人把屎抹在墙上。

现在，会客厅只有我和母亲两个人，母亲对我说："你还记得你爸在威尔马的时候吗？"

我叹口气应道："当然记得。"

母亲最爱讲这件事：有一天，米歇尔突然意识到没有人真正在乎她的心情，大家关心的只是她的表现。于是她开始学着说"还行"，然后是"不错"，再后来是"很好"，最后索性变成了"很棒"。母亲喝了一口柠檬水，脸上的表情很是夸张。"再到后来，他们就让你爸出院了！"

以前，母亲每次讲这件事时，大都是为了证明她的前夫是个擅长耍手段的家伙，不过这次我听出了她对米歇尔的狡猾多少带着一丝敬佩。

"你讲这个想说明什么呢？"我一边喝汽水一边问。

"你也可以像她一样，假装自己病情好转了呀，不管你心里怎么想，只要把好话说给他们听就可以了。我记得之前在网上听说过一本相关的书。"

我不禁唏嘘，"你让他们把我关起来，结果你自己都不相信他们能把我治好？"

母亲抬起眼，透过眼镜边框看着我，一脸严肃。"埃米，你知道我对脏话的态度。"她拿起桌子上的纸牌，洗了几把，"在家庭互助会上，他们都说'只有上帝能治愈你的心灵，但即使是上帝，也有难过的时候！'"

我胸口好像堵了什么东西，我从不认为母亲有意要伤害我，但又感觉她并不希望看到我好。"我只是一个母亲，我也有我的痛苦！"她动不动就扯出这句话。

"假装好起来"这句话再次让我意识到所谓的治疗不过是一种力量博弈的游戏。之前，母亲总是威胁要送我去问题儿童中心，那是一个福音教会的康复营,我总会反驳说,"我又不吸毒!"母亲听了我的话,总是嗤之以鼻,我知道她是什么意思。因为我还未成年,她随便找个什么理由都能把我给关起来。我想就算是问题儿童中心,大概也不会欢迎我这种人吧。

"那你为什么要送我到这儿来?"我再次追问,我也不知道自己为什么这么做,是真的想听听她的答案,还是想给她找个台阶?

"我没办法让你好好吃饭,但也不能眼睁睁地看着你饿死啊!"她再次用之前的说辞回答我。我本想提醒她,工作人员说了我的根本问题并不是进食障碍,多吃高糖的垃圾食品和中心的餐食,我的体重很快就可以涨三十斤,这里并未给我安排任何相关的治疗……母亲没等我把话说完就插了一句,"你现在可以因为这段经历撰写一部大作了!"

母亲离开后,工作人员想搜我的身,看我有没有私藏东西。我爬到固定在墙面的桌子上,透过防爆玻璃看着外面的停车场,铁栏杆外面在下雪,我看见母亲上车后并没有马上离开,而是在里面坐了一会儿,之后才打开前大灯。她的车子是1992年的丰田花冠,已经锈迹斑斑。看着它驶出巷子,我猜她又去超市或食品店的清仓区扫货了。

我双手扶着布满铁丝网的玻璃窗,把额头和脸颊贴在上面,仿佛只有这样,我才能与外面的世界离得更近。我不愿回到母亲那里,也不愿继续待在这儿。我真想再次感受外面的寒冷,想站在外面喝一杯热乎乎的咖啡,重新感受精力充沛的状态;我想再去一次图书馆,坐在书架前把架子上的书一本一本地看完;我想回到我最爱的地方——纽约,那里有一家连锁商店,名叫博德加斯,每次说它的名字时,我都觉得舌头像是在跳舞。曼哈顿岛位于纽约,就像保罗·塞蒙的歌词里所写的"是那鞋底镶嵌的钻石"。我要从曼哈顿飞往我心目中唯一能超越纽约的城市——巴黎，我要大声说出中学时学会的那句法语：Je m'appelle Emi. J'habite à Minneapolis. Tut'appelles comment? 我已经在心里默念了无数次，生怕把它遗忘掉，意思就是：我叫埃米，来自明尼阿波利斯，你叫什么名字？

我不明白大人为什么都活得如此起劲儿，如果他们非要逼迫我继续活下去，我只想过自己想要的生活。我知道希望有多渺茫，但或许也不是完全不可能。我肯定受不了在托管治疗中心一住就是八个月，甚至是十八个月，这样一想，或许我十六岁上大学反倒成了一种理性的选择。

我就好好努力一年的时间，我暗下决心，如果一年后生活还是没有任何起色，到时候再自杀也不迟。

…………

第二天上午，我走到数学兼科学老师面前，问他："要想考上大学，需要做什么准备？"我尽量压低声音，不想让坐在教室后面的中心工作人员听见我的问话。

听了我的话，数学老师笑了，"姑娘，你上大学还得好几年呢！"大家都喜欢这里的任课老师，他们个个平易近人，甚至还会给我们泡泡糖吃，可这次对方的话却让我非常恼火。

"我觉得也用不了那么久，"我小声嘀咕，"我希望自己从这儿出去能直接上大学。"

"你继续这样跟着我们学就行。"对方回答。

又是这一套，不管是什么治疗方法，好像都有同样的预设，那就是一切都会好起来，不管希望多么渺茫。数学课上，其他高中生竟然还在做乘除法的练习。下节课是英语，老师让我们朗读《金银岛》，好多同学都读得很费劲，甚至连字都认不全。要想上大学，这样肯定不够，我需要额外的指导。我每天上课的时间只有三个小时二十分钟，每个星期还有两个小时的心理辅导，理论上还得加上一个小时的家庭辅导（好在后者几乎从未成行）。到了下午和晚上，外面的孩子都会在学校做作业，而中心的实习辅导员却会把我们聚到一起，进行各种各样的集体心理辅导。

如果按照数学老师说的"继续这样下去"，那未来什么样我已经看得很清楚了，确实不用多学习，每周的生活技能训练就够了。我们学的是如何获得同等学力，如何在《明星论坛报》上找工作，可那上面根本没什么好工作，唯一超出最低工资的工作就是在另外一家治疗中心值夜班，而且也需要大学文凭，每个月还得自己交三十二美元的医疗保险。要知道，我每个月吃的药都得花上千元，就算我能找到一份工作，保证我每小时能挣到十美元，也根本活不下去，因为那种工作根本不会帮我交保险。当我跟辅导员说这样的工作只会让我入不敷出时，对方微笑地看着我，露出了两排小白牙，"我怎么感觉你在杞人忧天啊！"

我经常因为杞人忧天挨批评，"身为一个孩子"，却不能无忧无虑地生活，不是应该把未来交给大人吗？可是，我怎能放心把自己的未来交给这些稀里糊涂的大人？

教育的重要性，包括教育带给我们的机会不是显而易见吗？我真搞不懂那位辅导员为什么不愿承认呢。如果母亲有足够多的钱，她肯定会送我去课外班，或是私立学校，也会给自己积攒的破烂租个仓库，或是让我住在楼上，而不是把它租给外人。又或者，她根本不会强迫症似的疯狂购买清仓商品，而是会花时间做做运动，做做普拉提。当然，我知道，富人也有富人的烦恼，但毕竟很多问题都可以用钱解决。不过，我反过来又想，如果我们比现在还穷，那情况岂不是更糟？我听说很多贫困家庭的孩子都被迫离开了父母，什么奇葩理由都有，他们被送去郡医院的精神病治疗区，再后来又被转运到了州医院。在这里，我们从来不讨论种族歧视，但恐怕只有盲人才看不到相关部门对肤色的区别对待：A区住的都是白人，只有一个拉丁裔姑娘；其他肤色的孩子都被安排在了B区。虽然工作人员坚称这是随机分配的结果，但明显楼上B区的辅导员要更加严厉、更加苛刻，很多住在那里的患者都有过上法庭的经历。

按照教导，治疗期间，任何我们无法掌控的因素都不值得我们多花心思。"不要用'应该'苛求自己！"电视房的墙壁上贴着这样的标语。但凡你想改变现状，就会被认为是"痴心妄想"，还会因为这个毛病而被继续留在这儿。托管治疗中心无数次地教导过我们：你能掌控的就是自身的情绪、行为和态度。至于说其他东西，我们只要学会接受就好。

如果我没去过卫理公会医院，或许我会相信他们的话，虽然心灰意懒，但也只能认命。但我去过卫理公会医院，见过那里的富家女，那里的治疗理念与这里完全不同。那里不会有人告诉她们"继续这样就行"，也不会有人将她们的愿望视为"痴心妄想"。

她们医院的位置在富人居住的郊区，离我们这鸟不拉屎的托管中心有八百丈远，但我依然能想象到那些纤瘦的白人姑娘正在参加越野训练，正在准备大学的预科考试，正在为了与家人去坎昆度假而收拾行李，或是为了去某个海边晒晒太阳。每到夜深人静，她们的形象就会出现在我眼前，带给我无尽的痛苦与折磨。我绝不能被她们甩下，我心意已决，她们的条件比我优越太多，我必须奋起直追，不能让她们把我甩得更远。

关于考大学的事情我几乎一无所知，只知道需要一个不错的学术能力测试成绩，毕竟母亲已经把标杆树得很高了。"我聪明"这件事，嘴上说说很容易，但能取得1388的高分可真的非同寻常，换算成百分制相当于97分，用母亲自己的话说，"我都能进门萨高智商俱乐部了！"她恨不得让所有打过交道的收银员和汽车维修工都知道她是个天才。

今天，中心员工要去图书馆参加活动，于是我请求一位工作人员帮我借一本考试指南。整整一下午，我焦急地等着他们回来，一直担心他们不愿意帮忙，认为我是在想入非非。夕阳刚刚落下，我终于看到那辆限乘十五人的面包车停在了大门口，一位辅导员径直来到我的房间门口。为了避免虐待儿童的事件发生，中心不允许员工单独进入我们的房间，于是我赶紧跑到走廊迎她。

"他们没有学术能力测试相关的书。"她告诉我。

我心里一沉，他们下次去图书馆要等到三个星期以后了。

"不过我给你借了这个，希望对你有用。"她拿出一本书——《高考满分备考指南》，我激动得说不出话来。这里的工作人员每天都很忙，更新表格、执行规定、惩戒错误，这是第一次有人真正关心我。

"谢谢您。"我也第一次诚心诚意地道出了自己的感谢。我终于有了新的念想，一有时间就趴在桌上做模拟测试题。我没有把答案直接写在书上，而是写在撰写反思日记的作文本上，我终于迎来了属于自己的"静心时刻"。

我一直喜欢做标准化测试，觉得这样的题目既公平又民主，评分只参照你的答案，与你是否上过正经高中无关。所有人都得在机器识别的答题纸上作答，作答时都得用2B铅笔，评阅出来的结果完全客观公正。老实讲，我觉得自己准备高考反倒比别人更有优势，因为我没有作业、课外活动、体育运动和其他分心的事。除了每周例行二十个小时的心理治疗，其他时间我都可以用在备考上，这对我来说才是真正有意义的事。

再后来，我终于获得了下午出门的许可。于是，我跑去图书馆，看看还能借什么书。我把《高考满分备考指南》还了回去，又借了一本别的复习材料，另外还借了安妮·迪拉德的《溪畔天问》。我摩挲着封皮上贴着的银色标签，上面写着"普利策奖得主"，普—利—策，普—利—策，我低声念叨着，仿佛那是一道咒语。我每做完一套测试题就看几页迪拉德的著作，算是我对自己的奖励。不过，即使是放松和享受，我也不会放过学习的机会，我把遇到的不会的词统统记下来，只要手头能借到词典，我就会逐一查出它们的意思和用法。

迪拉德的著作摆放在图书馆非虚构类的 D 区，它旁边的一本书也引起了我的注意，书名是《白色相册》，作者是琼·迪迪恩。书中一篇名为《波哥大见闻》的散文是我的最爱，文章描绘了坐落于安第斯山脉中的波哥大，那里盛产翡翠，整座城市在云雾缭绕中熠熠生辉。怎么会有如此神奇的地方，我甚至怀疑它是否真实存在，猜想那一定是作者采用的修辞手法吧。

我坐在书桌上，背靠着墙，两手捧着书，内心感到无比幸福。我未对任何人说起，我已经很久很久没感受过内心的充盈了。咳嗽的毛病似乎也消失了，我可以很顺畅地呼吸，到了晚上，我也不必再辗转反侧，不管天气多冷，我心里总是暖暖的。

这么多年过去了，我一直在想办法减轻内心的痛苦，大人总是认为有自杀心理是一种病态的表现，但在我看来，自杀完全有其内在逻辑：权衡善恶利弊，根据结果判断生命值不值得继续，这不是很合理吗？每次心理医生听到我的想法，都会告诉我说情况并不像我想的那么糟，可他们的话我根本不信。当然，我承认，生活中不是一点美好也没有。翻开崭新的笔记本发出清脆的声响、刚刚削过的铅笔散发出木头的味道，还有朗朗上口的四字格词组，就算读起来笨拙绕口，也让我感觉甘之如饴。

又到了见心理医生的时间，我问对方可不可以把我的安律凡停掉。每次做数学题（之前没人教过我，我只能自学），我都感觉脑袋蒙蒙的，怀疑是安律凡这种非典型抗精神病药物所引发的副作用。

"我真的没有精神病。"我跟面前的医生解释说。他满头白发，一间空旷的教室里只有我们两个人。他看上去有点心不在焉，像是在熬时间等着下班，下班了他就可以去冰上钓鱼了。"真的，我发誓。"

最终，他开给我的处方并没有如我所愿。他反复问我有没有听到什么声音，最终我给了肯定的答案。的确，我脑子里确实出现过声音，告诫我要赶紧离开这里，还说也不能回到母亲那儿，偶尔还会提醒我及时止损我的悲惨人生，劝我尽早离开人世。我一直以为那是我内心的独白，大人却都说那是我出现了幻听。

问题的重点不在于你是否精神正常，我在精神治疗机构认识的大部分孩子都在服用抗惊厥或精神病的药物，并不是因为我们会出现抽搐惊厥的症状，或是出现了幻听，而是因为大人要让我们安静下来，这些药物的作用就是让人变得迟钝。很多时候，机构让小孩子服用这类药物甚至是为了掩盖对其虐待的恶行。这类药物的副作用可能非常严重，我见过好几个孩子一年之内体重竟然涨了近一百斤，还有一些出现了永久性面部肌肉抽搐。国家尚未批准安律凡应用在儿童医疗上，但这并不妨碍抗精神病类药物成为 2005 年前后最盈利的药品。此类药物被大量用在弱势群体身上，而且还有愈演愈烈之势。正是基于这种情况，很多州都先后出台了新政，要求收养家庭在给儿童服用此类药物之前，必须获得第三方独立机构的批准。

药物引发的各种副作用已经非常严重,而记录用药的方式也会造成严重的后果。其实我只有一次被诊断为精神异常,当时医生给我下了猛药,可是在那之后,所有人都认定了那次诊断结果,不会因为我的情况好转而调整药量。当然,对我来说,停止用药同样可能引发危机。我记得伍兹医生当初曾经帮我停过思瑞康,结果两周后母亲就带我去见了一个招魂师,那女人把我从母亲的车里拽出来,高喊着说看到我灵魂中有个恶魔。事后,我跟医生提起此事,结果医生都说我出现了幻觉。母亲自然不会帮我说话,这种情况下,医生会相信谁呢?是相信宁可请假也要带孩子来见医生的心急如焚的母亲,还是最近刚刚停药的十三岁的我?就这样,第二天开始我又吃上了药,从此便坐实了我的"精神问题"。

医生坐在我对面,双手合十,告诉我说:"药物能让你的情况更加稳定。"

我咬着嘴唇在心里嘀咕,他就是在说我是精神病。

他开始收拾东西,我在心里咒骂自己竟然犯了如此愚蠢的错误。我根本不该告诉他实情,他怎么可能相信我?我过往的经历和数据都充分说明我的话根本不可信。

回去上课时我越想越郁闷。面前摆着代数书,我把手臂拄在桌子上,手指不经意间揉搓着头皮。我的头发油油的,一贯如此,我突然意识到自己应该好好洗洗头。下次再见心理医生时,我应该把自己收拾干净,至少表面上看起来像个正常人,他们很在乎这个,至于真实情况如何,他们才不管呢。

两个星期很快就过去了,按照之前说好的,夜班辅导员会在早上六点五十分喊我起来洗澡。其实没等她来我自己已经醒了。花洒里流出的水一点都不热，他们大概只想维持水管不冻，我依然鼓足勇气走到花洒下，结果冻得我吱哇乱叫，起了一身鸡皮疙瘩，脚都冻麻了。我拿起不到一美元一瓶的白雨牌洗发水，倒了一些在手上，然后又抹在头发上。水太凉了，洗发水根本不起沫，我用被我啃掉指甲的手指在头皮上使劲摩擦，希望能洗得干净些。

辅导员敲响我的门，时间是上午七点零一分，洗澡时间结束了。

"我马上就好！"我套上唯一一条还穿得上的牛仔裤，搭了那件我最好的T恤。上课时间，我一直在内心演练见医生的场景。

终于轮到我了，我走进空荡荡的教室，一边摩挲自己蓬松的金色头发，一边告诉医生说，"我做过很多治疗，也想努力配合，但总觉得脑子不够清醒。我在想，要是我脑子能更清醒点，是不是治疗的效果会更好？您明白我的意思吗？"

他问我都在吃什么药，我表现得非常自然，像是第一次听到这个问题似的："百忧解、郁乐复和布特林。"其他药物我自然没有提，特别是那些治疗精神异常的药物。

他手里其实有我的病历，上面什么都记得清清楚楚，但我知道他不会仔细查看，我甚至怀疑他还记不记得我们上次的谈话。就在两星期前，他亲口说让我保持"稳定"。

医生说我可以试试欣百达，是一种新型的抗抑郁药物。

我情绪饱满地应道："嗯，好的，我试试。"

他也太好糊弄了，这反倒让我觉得恶心：看来我有没有幻听根本不重要，重要的是我洗了头发，重要的是母亲不在旁边发表意见、扰乱视听。

四

  我不仅摆脱了猛药的控制,还获得了外出许可,此刻的我不再介意生活在这个与世隔绝的封闭世界。他们甚至给我找了一个可以学习的地方,为了表示诚意,我也变乖了,不再惹祸闹事。

  可是好景不长,我又莫名其妙地触犯了一些我根本没听过的规定。托管中心有一个男孩,戴着贝壳和彩珠做成的项链,我经常跟他聊天,但我们的交流似乎超出了规定的正常范围。他们反复叮嘱我要与对方保持距离,一个星期最多只能见一面。(没想到,只过了一个星期,我们刚刚萌发的友谊之花就衰败了,人还真是善变。)还有一次,我想跟母亲一起去哥哥家看看,于是先后请示了两位辅导员,两人通过气后竟然给我定了"耍心眼"的罪名。

  我站在工作人员的办公桌前,拳头紧握,眼里噙着泪水,弱弱地问她:"为什么这么说我?"

  "你自己心里清楚。"帮我借阅《高考满分备考指南》的那位辅导员似乎非常生气。可我真的不明白,于是她跟我解释说:同一件事,你为什么要问两位辅导员？这不是要心眼是什么？可之前那位辅导员下班回家过周末去了啊！我心里不服，但对方似乎已经对自己的想法铁了心。作为惩罚，他们收回了我的出入证，跟我说这个周末哪儿也别想去，还让我当着所有孩子的面做检讨，反思自己的错误行为。

停用安律凡没多久，有一天，一位名叫罗莉的辅导员出现在我的房间门口，她一脸漠然地靠在门上，抱着肩膀。我心跳加速，不知道自己又犯了哪条禁令。"工作人员都在议论你的头发，你的头发为什么总是油油的？"

我满脸通红，一定是有人注意到我见心理医生时做了精心打扮。"我的头发特别细，以前我都会去做挑染，可来这儿后就没办法了。"

"是不是没人教过你洗头啊？"辅导员继续道，"我教你吧。"

"您说什么？我知道怎么洗头。"我下意识地向后退了一步，心里也提高了戒备。我也不是从来都不洗澡，但洗澡就跟吃饭一样，一旦养成习惯，以后条件不允许了怎么办？我跟罗莉解释说我每天早上洗澡时水管里的水都太凉了。她意味深长地点点头，好像很认同我的话，我倒是更习惯她甩给我一个白眼。"拿着你的毛巾。"

我跟着罗莉来到浴室，她示意我跪到浴缸边。地砖很凉，即使隔着破洞牛仔裤也能感觉到膝盖部位刺骨的冷。

"低头。"罗莉发出了指令。

我看着她，心想她是认真的吗。我伸长脖子，凑到水龙头下面，罗莉打开香波，往掌心倒了一些，空气中弥漫着海洋迷雾的味道，我整个人都不好了。我以为她只是要教我如何操作，没想到她竟然要亲手帮我洗。

我夹紧胳膊，收拢双腿，生怕罗莉碰到我。抵触的情绪让我感觉自己在她面前既渺小又脆弱。我知道跟她争辩没有任何意义，到最后遭殃的还是我自己，甚至可能被关禁闭。之前就有工作人员提醒过我，这里发生的一切都是我自己选择的结果。

"你可以坐起来一点，"罗莉一边说一边把双手放在一起摩擦，"你得先给洗发水打出泡沫，"她让我看了看她手中的泡沫，然后继续道，"接下来再把洗发水抹到头发根部。"罗莉把手伸进我的头发，接触到了我的头皮。我一下子怔住了，不知该如何是好。她按摩着我的头皮，我能感觉到她的指甲很长。

一股暖流蓦地涌了上来，害我差点儿吐在浴缸里。

"你现在可以冲水了。"罗莉再次重复了每个步骤，好像我是从查尔斯·狄更斯的小说里走出来的街头小混混，从来没听说过护发素似的。

我知道怎么洗头，我想大声告诉全世界，但我不能这么做，只能咬紧牙关，就连她问我问题——比方说，"你不会介意我碰到你吧？"我都差点儿没来得及开口。

我不知道罗莉是否感受到了我的别扭，她表现得倒是非常自然，好像我是她妹妹一样，一举一动都透着温柔。她可真是爱心泛滥，让我着实承受不起。

其实，罗莉大多数时候都很和善，她帮我洗头的出发点应该也是出于好意，我应该明白这一点，应该信任她，不该钻牛角尖，不该把她往坏处想，不该认为她只是想控制我这个病人。针对我们这些孩子，系统虽然有安保措施，但员工虐待孩子的现象并不能杜绝。另外，即使是正常的心理治疗管理，也会涉及大量的私人问题，工作人员甚至有权过问我们穿什么内衣，我穿的T恤是男款还是女款……生活在这里，我们根本不可能设定边界，如果某位辅导员想要越界，简直易如反掌，而且到

051

时候还可以轻易逃避责罚。我们要是想投诉，只能告诉自己真心信任的社工。可是除了少数与家人的会面（当然也不是谁都享有这一特权），我们所有的交流都会受到密切监视。也就是说，工作人员完全有权力替我们做决定，只要他们认为这么做对我们有好处，不管我们心里怎么想，表面上都得接受。罗莉让我把毛巾拿下来，"我帮你梳头。"她说。我再次怔住，心扑通扑通地跳。她歪着头打量着我，道了句，"这多好看。"

我回到房间，坐在塑料垫子上，大脖筋一跳一跳的，想不明白究竟发生了什么。我有一种被"冒犯"的感觉，但生活在这里，究竟该如何定义冒犯呢？我们不是每天都在被冒犯吗？这个词在这里已经丧失了原本的意义。所谓"冒犯"，首要前提是我拥有某种权利。可是我有吗？自从被捆在床上用救护车送到这里，我似乎已经丧失了所有权利。

治疗期间，他们一遍又一遍地跟我们强调这个世界不欠我们的，我们随时可能受到伤害，但只要有人向我们释放善意，我们就能体会到世间的美好。生活在这里，从我开始趴在桌上学习的那一刻起，我发现人生的天平好像开始向对我有利的一面倾斜了。我认真看着从图书馆借来的书，头发顺滑地垂下来，落在书页间。

中心的员工都去参加活动了，留守的一位工作人员递给我一份影印材料，我看了一眼标题，用美术体写着"如何建立边界"几个字。我叹了口气，怎么又多了一项任务？赶紧动手，我得快点儿把它弄完，我心想。

"什么是边界？"这是开篇第一题，我看了一眼下面举出的几个例子，简直荒唐至极，也就能骗骗小学生。

"你在意的边界有哪些？"

"别人帮我洗头就触犯了我的边界。"我用半截铅笔写下答案，不过马上就擦掉了，我可不想因为含沙射影给自己找麻烦。

终于翻到最后一页，"请描述一个你认为自己的边界遭到触犯的经历。"我马上想到一件事，于是动笔写了下来：六年级时，我跟朋友一起玩真心话大冒险，两个好朋友为了让她们的哥们儿强奸我，把我按在了床上。那之后过了很多年，我每次看到密封袋都依然心有余悸，因为当时那人随手抓起了一个密封袋，套在自己的生殖器上，想把它作为一个临时安全套。我恳求他们放过我，最后，他们确实没有强奸我。但作为条件，我得向他们低头认错，还得亲吻那个男生的生殖器，我内心感觉受到了奇耻大辱。这件事我跟谁也没有提起过，我知道，要是母亲知道我带人来家里玩儿，肯定会发飙，而对我后面的遭遇，她恐怕只会说活该我引狼入室、自作自受。我们在反思会上做自我反省时，确实会曝出很多问题，但大多数是关于我们自己做了什么，很少提到别人对我们做了什么。再说，在这个地方，所有与性有关的话题都是禁忌，我自然不会主动提起。不过这次不同，既然是在收集信息，写出来应该无妨。书写过程中，我憋闷得几乎喘不过气来，仿佛四周的墙壁都在向中间靠拢，留给我喘息的空间越来越少。

我把填好的问卷交了上去，辅导员看了一眼，似乎对我难看的字迹很是不满。他翻到最后一页，我明显看到他仔细读了两遍。

他抬头看着我开口道，"你知道这属于性侵吗？"听到"性侵"两个字，我吓了一跳。"这不是你的错。"他补充说，我没想到他会这么讲。我已经在这里待了整整四个月，从来没人对我说过"这不是你的错"！

我没想到他会同情我，我心里感到一丝温暖，但同时也感到无比尴尬。他腰间挂着一串钥匙，能够开启浴室的小门，也可以开启通往外界的大门。他看着我，眼神里甚至带着期盼，仿佛他当初之所以选择社工专业就是为了这一刻，就是为了真正改变我这样孩子的未来。

我的脸腾地红了。不，我心里想其实我有错，我就是一个贱货，我曾无数次听过有人这么说我，时间一长，自己已经开始相信了。生活中无论发生了什么，我都得承受，我像是在扮演被人安排好的角色，没有任何自主权。突然，面前这个人竟然判定那件事不是我的错，判定我是性侵的受害者，我真的要相信他吗？

辅导员问我这件事有没有跟别人讲过，我回答说没有，他随口说自己得向有关部门报告。我回到电视房，坐下来，透过镶着铁丝的玻璃窗看着办公室里的他，他一只手抱着自己有点儿秃顶的脑袋，一脸痛苦的表情，另一只手拿着电话。我又开始分裂起来，有人为我难过，我很开心，但同时也无比痛苦：回头想想，那份表格就是在套取我们的信息，托管中心肯定需要一些切实的证据，而我主动爆料的这件事的确足以给我造成心理伤害。有时，哪怕只是一件小事都可能引发严重的后果。我思忖着，如果母亲知道这件事，她肯定会斥责我，问我为什么不反抗。之前我被一个大孩子欺负时，她就告诉我一定要抵死反抗；之前一个夏天，我花了整整一下午清理了家里的厨房，母亲却说我是在对她强奸民意。我们这些接受心理治疗的大多数孩子都遭受过虐待，如果这里的工作人员已经认识到这一点，为什么还要成天让我们围坐在一起忏悔我们的罪行呢？为什么要把我们关起来，而那些伤害我们的人以及那些无法对我们施与保护的人却可以堂而皇之地生活在外面？

这种一年一次的调查有什么意义？这个中心已经开办多年，先后住进来这么多未成年人，这种一次性的大惊小怪根本不会带来什么实质性的改变，就算报告给郡政府，又能怎么样？这么简单的道理他们不懂吗？我希望自己成为阿尔贝·加缪《陌生人》里的主人公默尔索，他不想为自己的行为做任何辩解，只想勇敢地昂起头走向刑场。

我渐渐明白了，我的人生不可能像他那样，想死也不是件容易的事，我会被一直困在这个托管治疗中心，不把所有秘密和盘托出他们绝不会放我出去。

我又想，或许我很快就能出去了，他们会让我说出当时事发的经过，说完就会让我离开。想到这儿，我内心不禁燃起一线希望，同时夹杂着心虚和愤怒。我第一次意识到，原来我的过往真的会毁掉我的未来，或许还没等我活到未来，人已经毁了。

接下来的几个星期，我每天都盼着自己能被找去谈话，我甚至在静默时间听到有工作人员喊我的名字，把我叫过去，告诉我出院的日期。我的面前站着两位辅导员，其中一位个子小小的，一头金发，是个马拉松爱好者；另一位是帮我去图书馆借书的那位二十多岁的姑娘，为人和善。

先开口的是金发女郎，"我们觉得你应该像个孩子一样生活，你现在每天都在看书，其实是一种对现实生活的逃避，这不是你这个年龄该做的事。"

我咽了口唾沫，"您说的是高考的书？"

"不只是高考的书。"

"我打算今年参加高考，所以需要好好备战。"

"可是你现在只有十四岁，还得好几年才能高考呢。"

"我希望明年就能读大学，时间已经很紧张了。"

"这不是你现在要考虑的问题，你还是个孩子，首要问题是把身体养好。"

我简直不敢相信她们的话，她们不是刚刚让我们填写过"边界"的表格吗？什么时候想明白、什么时候上大学不该是我自己的决定吗？如果过去真的会影响未来，我已经为此付出了代价，我希望自己能够走出去，过更好的人生，这有错吗？我不想再终日生活在恐惧中，我想长大，不想再"做个孩子"，这有错吗？眼下的我，这样的童年，有什么值得留恋的呢？

我看着她俩，她们默不作声地坐在那儿。"你们是要把我的高考书收走吗？"

"从今天开始，你只能读适合你年龄的读物。"

"什么？你们在开玩笑吧？"

"你必须搞清楚，生活不只是读书和考试。"

"那生活是什么呢？是心理治疗吗？是无聊的桌游吗？是帮我洗头发吗？"

"你什么都不要说了，否则后果会非常严重。"

故事里的安第斯山脉被浓浓的烟雾所笼罩，现在彻底消失了。我沿着走廊往回走，周遭的一切仿佛开启了慢动作模式，我的胸膛随着呼吸一上一下地起伏。那位小个子辅导员为什么要跑马拉松呢？除了打发时间，还有什么其他用处吗？这里的工作人员都可以开车上下班，可以喝酒、约会，可以摆脱这个鬼地方带给自己的痛苦。而我呢？我无处可逃，我得像固定在地板上的家具一样，困在这里一辈子吗？辅导员来到我的房间，收走了《溪畔天问》、《2005年美国最美散文集》、加里森·凯勒的《优秀诗歌选集》，当然还有我的复习资料。

五

又到了家庭心理治疗时间，母亲提出说他们不该收回我的书，我俩并排坐在一起，对面是与我们意见相左的 A 区负责人。

"埃米特别喜欢看书，"母亲告诉塔米，"她四年级时就能读大学水平的书了！"我轻轻推了她一下，"再说，你们现在也不对她进行心理干预了。"母亲说得没错，先后已有两位心理医生放弃了对我的治疗。好几个星期过去了，中心没再帮我找新的心理医生，只是负责我的吃住，鉴于此，我想对自己的权利做最后的争取。

"可不可以把高考复习资料还给我？我保证只在上学时间看。"

"高考不是你现在该考虑的事。"

"可高考对我来说很重要。"我错过了很多中学课程，而且越落越多，"我在卫理公会医院时，就连我的心理医生都说我能上大学。"

"那儿是那儿，这儿是这儿。"

"我知道，在这儿，大家的目标就是高中顺利毕业，拿一个普通的文凭，或去读个社区大学什么的。"我知道自己读大学的希望很渺茫，英格丽说了，她做了三十年社工，她负责的孩子中没有一个考上过大学。

"你这么说太武断了，"她反驳道，一脸严肃，仿佛我是一个令人讨厌的精英人士，"或许你该修正一下对自己的预期。"

我叹了口气。

"埃米真的非常聪明，"母亲忍不住插话道，"她是个天才。"我用胳膊肘碰了她两下，示意她不要继续说了。

"埃米确实很聪明，但我们也不该忘乎所以，大学哪儿是那么容易考的？"

"我希望自己明年就能读大学。"

"你觉得那现实吗？"

"如果我能离开这儿就没什么不现实的。"我可以先在社区大学完成普通教育，然后再转去正规大学。这样算下来，我也可以像斯文森医生期待的那样，完成十六岁就读大学的梦想。

"当然现实了，只要你让我女儿继续学习就行，"母亲再次为我争取道，"我不理解你为什么不让她看高考复习的资料，非得让她在这里闲死吗！"

"你只是在用高考逃避自身的问题。"塔米微笑地看着我继续道，"你不能逃避，只要待在这儿，你就要面对自己的问题。"

我又叹了一口气，怒火直冲上头。她究竟是什么意思？我究竟有什么问题？是我的母亲爱囤破烂吗？是我说了一遍又一遍的性侵遭遇吗？是我想要改变现状过上好日子的奢望吗？

塔米说得没错，大学的确是我逃避现实的手段，我有梦想，追逐梦想的过程让我内心充实。认真学习时，我感觉上帝还没有抛弃我，祂老人家对我的未来已经做好了安排。认真学习时，我不再担心前途坎坷，也不再纠结成功的概率,我要做的就是全身心地投入。其实,我并不相信超自然力量的存在,我唯一的信仰就是努力学习。我无法理解这里的工作人员,我希望自我提升,他们为什么就是不接受,他们究竟想要我怎么做?我坐在沙发上,愤恨把我柔软的心变成了铁石心肠,宛若冰冷坚硬的钻石。我暗下决心,我永远也不会放弃自己的梦想,那是我最宝贵的财富。

家庭咨询结束了,我紧紧拥抱着母亲与她道别,她头上的油腻味道和老鼠的臊气还是那么熟悉,蓦然间让我感觉到无比踏实和宁静。

…………

我尽可能不让自己闲下来,既然他们让我读适合我这个年龄的读物,那我就读吧。除此之外,我还看了心理医生推荐的冥想类书籍以及从学校老师那里借来的《黑人历史月》系列。(没想到托妮·莫里森的《宠儿》比琼·迪迪恩的作品还阴郁,这倒很合我的胃口。)我开始动手创作诗歌,用娟秀的小字在反省忏悔的作文本上写下了很多诗,但我知道自己写得并不好。

按照规定,英格丽作为我的社工每个月都会来看我,每次结束探望时她都会问我一句:"有什么需要我帮忙的吗?"这一次我已经想好了答案。

"老实说,"看到她把人造革挎包背上肩头,我赶紧开了口,"您能找个人帮我看看我写的诗吗?"

她愣了一下,手里拿着车钥匙,"帮你看看诗?"

"嗯,找人帮我指导指导。"

她抿了抿嘴,之前每次听到什么不好的消息,她都是这副表情。"那我联系看看吧。"

我猜英格丽的意思是她无能为力,以前大都如此。我怎么还是不长记性,这么多次了,为什么还要提出这种问题呢?不过,哪怕只有一线希望我也要努力试试。从此以后,我的生活似乎再也离不开求人了,再小的事我都得主动开口!

一个月后,英格丽再次来探视,看上去她心情不错,这我倒是没想到。英格丽总是给我一种感觉:她虽然表面上一脸愉悦,其实却一直被便秘困扰。这次却不同,她开心地拍着手,"你听好了,我帮你找到老师了,那位老师跟你长得还特别像。"

"您真的找到了?"我脑子里瞬间闪过"普利策奖"几个大字。有朝一日,我一定要写出《宠儿》《溪畔天问》这样的作品,到时候上大学就成了顺理成章的事,去他的数学考试吧。

英格丽打开会客室的门,"埃米,这位是安妮特。"

安妮特站在我面前,只隔了几英寸的距离。她一头乌黑秀发,鼻子长得十分精致。

"你们俩是不是长得很像?简直不可思议,我觉得你跟安妮特比跟你母亲长得都像。"英格丽来回打量着我俩,最后道了句,"我就不打扰你们了,你俩好好聊吧。"

安妮特先开了口:"我没觉得咱俩长得像,她那么觉得可能是因为咱俩都是德国人。"

"你祖上也是德国人吗?"我问她。母亲曾经说过,我有百分之五十五的德国血统,百分之十二点五的瑞典血统,还有百分之五的威尔士血统。然而在现实生活中,我连一个欧洲人也不认识,也从来没接触过优雅、成熟的人。

"我小时候生活在德国,后来去了波哥大。"安妮特回答说。波哥大这个地名我在琼·迪迪恩的散文中看到过,没想到现实中真的有人知道并去过那里。

"波哥大在哪儿?"我问得很直白。

"在哥伦比亚。"

我点头回应,暗自记在心里。"那你会说法语吗?"

"说得不太好,不过我会说德语和西班牙语。"我心里虽然羡慕得不行,但表面上还是装得很平静。

"你是作家?"

"我的本职工作是医生。"她回答。

她是医学博士,此外还有一个博士学位。我竟然能跟这样的人学习,简直是走了狗屎运。安妮特通过官方渠道注册参加了相关项目,成了我们这样的人的导师,现在就活生生地站在我面前。

她两手交叉,放在身前。我注意到她下身穿着一条有点儿过时的七分裤。"恕我直言,英格丽跟我说你想找人帮你指导诗歌的创作,其实我并不合适,因为我并不喜欢艺术创作。"

我上下打量着安妮特,心里琢磨着怎么可能有人不喜欢艺术创作呢?艺术是摆脱平庸的解药,是打破规矩的出路。"不过你愿不愿意咱俩先熟悉熟悉?"她问我,"我带你出去转转如何?"

"你是说你可以带我出门吗?"我极力抑制住内心的激动。即使她没权利这么做,只是侥幸把我带出去一次也好啊!"嗯,我很愿意跟你出去走走。"

可惜呀，安妮特下次再来看我时中心就不允许我们出门了。我们俩坐在会客室，根据规定，我俩交流的时间不能超过一小时。她也没再提带我出去的事，我猜她是不想在没人监管的情况下单独与我相处。不过她很细心，问我需不需要什么东西，她下次可以带给我，我并不太明白她这话是什么意思。"你喜欢吃苹果吗？"她问我，"你最喜欢吃哪种苹果？"

我不想让她觉得我事儿特别多，想了半天开口道，"那种哈尼脆？"

我无法给安妮特打电话，甚至不知道下次什么时候才能再与她见面。六个星期过去了，静默时间工作人员点到我的名字，把我带到了大门口。我看到安妮特坐在银色的现代车里，车子清洗得一尘不染。她让我回去戴上一顶宽檐帽，还交代我多抹几层防晒霜，她要带我去三千米以外的千岛湖。从那儿回来后，她带我去了一家泰餐馆，很高档的那种，服务员个个训练有素。我完全不知道该点什么菜。

我很担心安妮特不喜欢我，像她不喜欢艺术一样。最终，车子开回到托管治疗中心，她转过头来对我说，"我真的很抱歉。"

我把头扭向窗外，不敢正视她的目光。

"我去超市，没找到哈尼脆苹果，于是我自作主张买了红粉佳人，这是我的最爱。"

我松了一口气，她说的是这个。"哦，上帝啊，谢谢你！"我接过她递过来的口袋。

"别傻了，这有什么好谢的。"她身体前倾，给了我一个礼貌性的拥抱。

我捧着苹果走回自己的病区，低头看了一眼上面的标签，写着"有机水果"几个字。我心里盘算，一个有机水果至少得两美元，她竟然愿意花八美元给我买苹果吃。接下来的四个晚上，每次到了水果时间，其他病友只能吃味如嚼蜡的蛇果，而我却可以捧着我的红粉佳人大快朵颐。我不由得开始胡思乱想，这水果和安妮特一样，是未来提前送给我的礼物，有朝一日，我也要过上富足的生活，两美元一个的苹果我也能吃得起。

时间来到了六月，我终于又可以在母亲的陪同下暂时离开中心了。母亲带我顺道回了趟家，说是要去取一张打折券。

"你能把我的日记本拿给我吗？"我问她。这件事我已经跟她说了好几个月了，日记本里是我之前住院时写的东西，我想回顾一下，看看自己的写作水平有没有长进。

"我找不着。"她把丰田花冠停在跃层公寓后院，下车后随手关上了车门。我闷闷不乐地坐在车里，喝了一口常温的无糖饮料。按照治疗计划，我现在还不能回家，可我真的很想进去找到那些日记本。

于是，我解开安全带，跟随母亲下了车。她也知道中心的规定，但似乎并不在意。后门廊上放着一个破烧烤架，旁边摞着几个纸壳箱。她推开门径直走了进去，房子里东西太多了，可以下脚的地方非常有限，再加上光线昏暗，我只能小心翼翼地跟在她身后。难闻的味道扑面而来，差点儿把我熏个跟头，各种味道混杂在一起，有尿臊味、霉味、烂水果味，还有潮气味。我屏住呼吸，实在忍不住了就开始用嘴吸气。

厨房里乱作一团，洗衣机、烘干机、烤箱、操作台上都堆着东西，七扭八歪的盒子、收据、购物纸袋等。地上也乱七八糟的，只在中间留出一条通往洗手间和母亲卧室的过道。屋子太乱了，一点儿火星就会付之一炬。我之前住在这里时，总会反复做同一个噩梦，梦见自己被大火围困，周围垃圾成堆，火势凶猛，我却无路可逃。（我之前跟心理医生说过家里的情况,还发誓自己绝对没有夸张。)

"你想吃冰激凌吗?"母亲问我,"我买了七种不同口味的!"她开始唠叨是哪七种口味,我一点儿也没听进去。我估计每天她也不会好好做饭,就是靠能量棒、酸奶、辣汉堡、冰激凌和巧克力碎低脂曲奇这些东西活着。

我小心翼翼地走过餐厅,地中间的过道只有三十厘米宽,两边堆满了东西,都快到我的腰了。地上散落着废纸,甚至还能看见老鼠屎。我走进自己曾经的卧室,地中间摆着好几个塑料储物箱。

"我房间里堆的是什么啊?"我没好气地提高了音量。

"都是羽毛披肩!"她在厨房朝我喊了一句,"打折时买的,特别划算,打一折哟!"

"你买这么多打算干什么用?"

"我打算有朝一日举办一场主题派对,到时候每人发一条!"

我不自觉地握紧拳头,她为了这样的有朝一日竟然舍得放弃我们本来可以拥有的正常生活。

我在大箱子中间挤来挤去,想要找到自己的日记本。可我的房间已经今非昔比,书架上堆满了发霉的破烂,上面的书从来没人看过。高架床铺下面的书桌上摆了一排小瓶子,里面是各种药。若是以前,我肯定觉得这种摆法像极了夏令营的沙画艺术,又炫酷又时尚,但现在我不这么想了,眼前的一幕让我感觉阴森恐怖。一个小药瓶倒了,是我熟悉的抗抑郁的药。我不敢靠前,继续翻找我的日记本,结果还是没找到,倒是翻出我的一条小裙子,已经被虫子嗑出了洞。

我跌跌撞撞地走出房子,站在后院,阳光亮得有些刺眼,一片长得老高的青草在阳光下熠熠生辉,像是泛着荧光。草的两边绽放着玉簪花和橙色牵牛花，却明显被青草抢了风头。我把手插进卡其短裤的口袋里，这裤子是一个辅导员帮我买的，她把我所有的旧衣服处理掉后去超市帮我买了这件。

母亲终于出来了，嘴里哼着小曲。"你难道就不想让我回来住吗？"我的嗓门有点儿大，"你之前还说会好好收拾家里，净撒谎！"

她锁好门。

"我一直在跟我的心理医生谈这件事，我觉得自己进步了不少。"

"那有什么用？你不是依然我行我素吗？说什么不重要，关键是你怎么做！我在接受治疗，盼着能早日出来，可你却什么也没做！"

"厌食的又不是我，骨瘦如柴的又不是我！"

"你觉得我的体重是根本问题吗？我沦落到今天这步田地，被困在中心过着暗无天日的生活，跟你一点关系也没有吗？还有家里滋生出来的老鼠？你收集的那些破烂？家里难闻的味道？"当然，问题不仅是房子本身，还有房子所代表的一切。她无法照顾我，她死性不改。我的人生本可以不必如此凄凉。

"哦，埃米。"她噘了噘嘴，又扬了扬头，意思是不想与我争辩。

"我说得不对吗？不对吗？"

她开车把我送回中心，一路上汽车的风扇呼呼地响，车里却依然闷热潮湿，湿度大得连汗都冒不出来。

我回到病区，不想总惦记这件事，于是向工作人员如实做了报备，"我回家了，家里很糟，比我离开前还要乱。"

我回到自己的房间，他们会给我什么处罚我根本不在乎，心里依旧纠结于家里的景象。我觉得自己就是个傻子，竟然还抱有希望。我并没有指望家里能变得多好，或许我只是忘记了它曾经的模样，又或者，我从来就不理解母亲为什么把家搞成那个样子。这么多年了，一直如此。

静默时间到了，我盘算着辅导员可能会敲我的门，通知我到禁闭室接受惩罚，但并没有人来找我。或许是因为我主动承认了自己违规的行为，所以他们选择原谅我？又或者，他们也知道，现实已是对我最大的惩罚？

终于迎来了下一次的家庭咨询，塔米竟然说我可以出院了，要知道，我等待这一刻已经等了整整七个月。

"埃米现在有两个选择，"塔米解释道，"第一，她可以去寄养家庭，然后转去一所新的高中，重新开始生活；第二，她要是选择回家，至少还得在这儿待一年，我们得先把你家里的问题解决了才能让她回去。"

"我觉得没什么可纠结的，"我回答说，"我愿意去寄养家庭。"我知道母亲永远也不可能改变，英格丽说我年纪太小，无法独立生活，除了去寄养家庭还可以去教养院，那里住的都是寄养家庭不愿接收的青少年，我的选择就这几个。

母亲看着我，"我当初把你送到这儿是希望你好了以后可以跟我回家，想不到结果竟是这样。"

"我一直在努力！每天每夜、一刻不停地努力！是你一直无动于衷，家里一点变化都没有。"

母亲把目光转向塔米，"你们不能把她从我身边带走。"

母亲的反对毫无意义，如果她一直不同意，治疗中心恐怕会致电儿童保护中心，她应该也知道其中的利害。

"这属于自愿行为，"塔米解释道，"需要你签字才行。"

母亲回头看看我，开口道，"你真的以为去寄养家庭会比跟自己的亲妈生活在一起幸福吗？那你就大错特错了。"

"我当然也不愿意去寄养家庭，当然不愿意！"愧疚让我心乱如麻，我有些痛恨自己的决定，"可我还能怎么样？我已经尽力了，我不想在这儿再浪费一年的时间，我不想无谓地等着你做出改变。"

母亲开始流泪，"她才十四岁，太小了，你们不能这样把她从我身边带走。"

"别再矫情了，要去寄养家庭的是我，又不是你。"

"可我也失去女儿了啊。"

"快拉倒吧！"

"你并不会失去她，"塔米实在听不下去了，"大约也就一年的时间，你们可以利用这一年好好改善彼此的关系，如果一切顺利，她一年后就可以跟你回家住了。"

"这种话我听得太多了。"母亲语气中透着不屑。

这次家庭咨询结束后，母亲对我特别生气，好像从我有记忆以来她还是第一次这样对我。我想她心里肯定有个仇人名单：我的父亲、她的前夫、她的父母、塔米、英格丽和那位把我弄到托管治疗中心的心理医生，现在又加上了我。

探视时间还没结束，接下来的时间母亲冷漠地坐在会客室，一声不吭。"我想从这里出去，希望读一所好点儿的学校。我想去读大学预科班，我们住的地方根本没有这样的辅导班。等我出去了，他们会把我的书统统还给我，这样我才能距离梦想越来越近。我可以没日没夜地学习，不用提心吊胆。我不怕吃苦，我会埋头苦读，就算环境再恶劣我也不会受到影响。至于收养我的人是谁，我完全无所谓，我不会跟他们产生多深的感情，更不会因为他们而忘了母亲。"我耐心地跟她解释。

听了我的话，母亲似乎也心软了，但只软了一点点而已。她一边签字一边念叨，说她虽然同意我去寄养家庭，但仍然有权随时把我接走。好多心理医生逮着机会就会提醒我，我最大的问题是情绪，此刻我绝不能感情用事。没错，母亲似乎是唯一一个对我有信心的人，即使她的信心并非建立在现实基础上，在我看来依然难得。可是这次我必须保持理性，我不想再继续等待，不想永远被命运扼住喉咙。

六

"我们帮你找了最好的人家,帕克一家人特别好,"坐在中心的会客室,英格丽对我说,"真的,不可能找到比他家更好的寄养家庭了。"

"还有别的选择吗?"我问她。

"没有了。"英格丽回答。

"没有了吗?"

"你可以从南莱克维尔的十年级读起,那所学校也非常好,或者你想等新学期开学再去也可以。我没骗你,这户人家是你最好的选择了。"

关于帕克一家,我只知道男主人叫戴夫,女主人叫简,他们住在偏远的郊区。以前那里就是一片玉米地,最近才开发出房地产,距离明尼阿波利斯开车得四十分钟。"要是我愿意等到新学期开学,你还能帮我找到别的人家吗?"

"不可能了。"英格丽的语气十分肯定。我看着她,心里琢磨着,她只找到一户人家,还口口声声说是最好的一家,这不是自相矛盾吗?

我知道给十多岁的孩子找寄养家庭的确非常困难,治疗中心大部分我这个年纪的孩子不是回去跟父母同住，就是去了教养院。一旦去了教养院，就得一直待在那儿，十八岁成年了才能离开。中心的工作人员虽然千方百计地阻止我学习，但我想或许他们正是看到了我学习的积极性，才帮我找了一户寄养家庭，而没有直接送我去教养院。当然，我白人的身份或许也帮了不少忙。

第一次见到戴夫和简时，我感觉他们人还不错。戴夫以前是做家具的，简在特殊儿童机构工作。我听说简竟然是硕士毕业，不禁心生敬畏。他们还收养了戴夫的一个亲戚，只要条件允许，小孩子就是该跟家人生活在一起。除了那姑娘，我是他们收养的第一个孩子。

"我可以吃素吗？"我问他们。我从九岁开始就没再吃过肉，记得当时收到善待动物组织发来的一封邮件，顿时觉得吃肉对动物太不公平了，于是便选择了吃素。然而，当初无论在卫理公会医院，还是托管治疗中心，吃素都是被禁止的，所以初来乍到的我才试探性地问了一句。简的回答很干脆，她说没问题，还说她自己也在努力减少麸质的摄入。就这样，我被托管中心顺利出手！

终于到了出院那一天，我已经在中心待了八个半月。我的东西不多，几个购物纸袋就装下了。我关上房门，走下台阶，站在停车场，抬头看着万里碧空。几个可以出门的小伙伴特意赶来送我，我们拥抱着作别，我没想到自己竟然哭了，这是我们第一次有身体上的接触，也将是最后一次。我们知道彼此的秘密，却不知道对方姓什么，我想这辈子我们再也不会重逢了。

我坐上简的车，从后视镜看着明尼阿波利斯渐渐远去，伊代纳和布卢明顿也很快淡出视线。车子驶过明尼苏达河谷，走出了我熟悉的世界。

我突然忧心起来，我竟然要跟只有一面之缘的人住在一起，我对他们几乎一无所知。车窗外的风景变成了大草原，时不时伫立着几栋方形商店。我用手背抹掉脸上的眼泪，告诉自己要坚强。

戴夫和简的家位于新开发的麦式建筑区，是小区最靠里面的一栋。他们带我在这栋三层小楼里转了转，然后让我把东西放在客房里，那儿以后就是我的房间了。我的床很大，上面铺着花朵图案的床品，床头挂着一幅刺绣作品，绣的是"欢迎回家"几个字，每次看到这几个字都会引起我心里的不适。

对于这个新房间，我最喜欢的是母亲买给我的高考复习资料，这是真正属于我的资料，全新的，没有别人铅笔作答的痕迹，我可以在上面随意做标记。于是，我把那本书摆在了书桌的中间。

戴夫的亲戚名叫桑迪，十七岁，她带我去看了她的房间，里面挂满了关于马的作品，还有她参加特奥会获得的奖牌。当天晚上，我们围坐在餐桌边吃饭，戴夫问我愿不愿意做饭前祷告。我在中心倒是学过一句祷告词："感谢上帝的荣耀，感谢美味的奶酪。"

桑迪听了我的祷告词，忍不住笑出了声，前仰后合地差点儿连同椅子一起仰翻在地。

"这句话我以前也听过。"戴夫一边替我打圆场，一边把餐布展开铺在自己的腿上。

桑迪还在笑，激动得直拍大腿。简朝她打了个响指，提高嗓门告诉她"快别笑了"。简刻意地深吸了一口气，示意桑迪跟着自己调整呼吸，桑迪终于停住了大笑，却又开始低声嬉笑。

"桑迪没办法控制自己，"戴夫跟我解释道，"她有一些认知障碍。"

"她母亲也有攒东西的毛病，跟你母亲一样。"简一边说一边吃了一口沙拉,"情况非常严重,家里根本没地方下脚,桑迪连猫粮都吃过。"

桑迪终于停住了笑,开始为自己辩解,"就一次,我就吃过一次。我只是想尝尝,没人强迫我,其实猫粮的味道很不错。"说完,她叹了口气,闭上眼睛,脸上洋溢着微笑,好像回忆起了曾经的美好。

简再次示意她别再闹了,桑迪耸耸肩,表现出一副不以为意的模样。

我觉得桑迪挺招人喜欢的,我见过太多口是心非的人,桑迪的直来直去倒显得很可贵。

桑迪讲起她白天参加一个项目,"我以后一定要去宠物医院帮忙。"听了这话,我觉得自己竟然跟她有种惺惺相惜的感觉。

"你真了不起!一定会成为非常优秀的助手。"

桑迪微笑地看着我。

"不过你也不要期望过高。"简似乎有点儿扫兴,她跟我解释说桑迪只要能找到工作就行,做什么都无所谓,只要能养活自己就行。桑迪心智不健全,能找到工作实属不易,有时希望越大失望就会越大,简继续道:"真的,我一直从事特殊儿童的帮扶工作,这方面很有经验。"

可我还是不相信她的话,不是不想相信,就是做不到。吃完晚饭,简让桑迪去刷牙,桑迪不肯,我再次默默站在了桑迪这一边:活着既然不能抱有希望,那还刷牙干什么?早上起床又有什么意义?还不如继续待在堆满垃圾的房子里混吃等死算了!

想到我的大学梦也可能以失败告终,我内心开始隐隐作痛,但是人生就是如此,怎么可能万无一失?

吃完晚饭,我回到自己的房间,拿出高考复习资料开始埋头苦读。忽然,我听到简喊我下楼,说是"全家人"要坐在一起聊聊天。简和戴夫分别坐在两个棕色真皮沙发上,我知道他们是想让我快速融入,真正成为家里的一分子,这对我也是好事。但他们的刻意之举却只会增加我的反感,我有自己的母亲,根本不需要戴夫和简,不需要任何人,我在心里念叨。"我在学习。"我直白地告诉简,内心却有点不安,担心因此会引发我们之间的第一场冲突。

我说自己在备战高考,此刻正在做模拟题。听了我的话,简叹了口气,"你为什么对未来如此不安啊?"她的语气听起来有点程式化,像是在背诵心理治疗手册上的条款,抑或是在朗读鼓舞人心的宣传语,"你要懂得享受当下。"我把头转向电视屏幕,希望她没看到我翻的白眼。简或许以为我可以成为他们家的一分子,但我可不这么想。享受当下?这是我来到寄养家庭的第一天,怎么可能享受当下?

电视上播的是《减肥达人》,选手们正逐一称重宣布自己最新的成绩。我完全提不起兴趣,就算我本来还挺喜欢看真人秀,此刻也很难做到心无杂念。我在心里默数到十,依然觉得浑身哪儿都不自在。房子好大,好空旷,客厅铺着米色的地毯,弥漫着百花香的气味,所有的这一切都让我不知所措。

"我可以把高考书拿过来看吗?"

"没问题。"简回应道。

戴夫开着车送我去学校注册,南莱克维尔高中位于一片新开发的区域,看得出来以前这里就是一片玉米地。教学楼是方方正正的钢架结构,楼前面有一大片停车场。我们来到教导处,辅导员递给我一张课表,我看了一眼,竟然没有大学预科课程,我原本以为这种"市郊学校"开的就是大学预科班呢,最好其他什么课程都不学,单纯备战高考才好呢。

我看了一眼坐在电脑前的老师,他上身穿着蓝色衬衫,下身是一条非常笔挺的西裤,办公桌上的名牌显示他是处长,名叫博世。

"您好,处长,我很开心能到这儿读书。"我说这话时笑得无比灿烂。我已经很擅长这种假笑了,在托管治疗中心时,每次面对心理医生,我都会报以同样的笑容。"我早就听说你们的大学预科课程办得特别好,我可以选修相关课程吗?"

"嗯……很抱歉,大学的预科课程都是二月份开始报名的,现在已经没名额了,你可以明年再报。"

"好的。"我咬紧嘴唇,埋怨自己为何不早点来。这事当然怪不得我,二月份我还被关在治疗中心,根本不知道什么时候能出去。既然选择了寄养家庭,就意味着要寄人篱下。这也未必没有好处,至少处长对我的过去一无所知,不知道我之前都学过什么课程。我看着自己的课程安排,一门一门地与他讨论,他实在拗不过我,竟然同意我跟着预科班或重点班上课。

"还有合唱团的活动,我觉得我参加不了,我不会唱歌。您这儿还有其他预科课程吗?"我俩终于捋到了最后一项安排。

"你必须得选一门艺术类课程,"他的语气有点激动,"没有艺术课的学分你就毕不了业,要是你不喜欢合唱团,那木工课也可以。"

听到"木工课"这几个字,我内心的真实想法是:"你是在跟我开玩笑吧",不过我还没失去理智,不会傻到把这句话说出口。

他半天没说话,看了看电脑,"摄影班还有一个名额。"

教导处处长说南莱克维尔中学有一间暗室,里面放着各种化学药水,可以冲洗照片什么的。我这才意识到,原来这所中学与我之前在明尼阿波利斯就读的学校根本不能比,我们那儿上几何课时,每两个同学就可以发一个绘图计算器。看来我已别无选择,于是便同意了对方摄影课的提议。

我走出办公室，等在外面的戴夫接过我的新课程表看了一眼，眯起眼睛问我："你不觉得这么安排有点儿……有点儿太辛苦了吗？"

"没关系，我喜欢学习。"

"那你还有时间跟朋友玩儿吗？像其他十几岁的孩子那样生活不好吗？"

我心头闪过一丝恐惧：他不会让我回教导处修改课程表吧？我不想跟朋友玩儿，也不想像十几岁的孩子那样生活，我跟他们本来就不一样。之前在治疗中心时，他们没收了我的书，我要学的东西太多了，必须抓紧每一分钟涉猎新知识。我相信我的未来一定会闪闪发光，而南莱克维尔的十年级就是一切美好的开始。

我耸耸肩膀回应道："我肯定还有时间跟朋友玩儿。"

正式上学前，戴夫带我看了我的心理医生。我去卫理公会医院前，伍兹医生曾帮我治疗过两个月，时间虽然不长，但她的话我一直记忆犹新。她说，如果我在中心不好好吃饭，不尽快好起来，他们就会丢掉大门的钥匙，一直把我关在里面。我心里很认同她的话，只是不知道如何让自己好起来。

伍兹医生从办公室走出来迎我，我看到她的头发已经花白，黑眼圈也特别严重，我觉得她至少比我们上次见面时老了十岁，我多希望她是因为担心我才变老的呀！

伍兹医生关上门，"嗯，咱们不再玩以前那些游戏了。"她一开始就警告我要好好保持体重，"我不会逼你逼得太紧，但如果你不听话，我恐怕又得给你送回卫理公会医院了。"

我坐下来，明明是标准座椅，为什么坐上去感觉自己像个小孩子？是因为她坐在对面的办公桌后面显得格外高大吗？内心无比紧张的我把手垫到屁股底下。经过进食障碍中心的治疗，我现在已经达到了"目标体重"，我也不想重蹈覆辙，由衷地道了句"对不起"。

"不用道歉，不是你的错，你只是生病了，生病的人控制不了自己。"我感觉她说这话时更像是在说服自己。

我当然知道不可能用"病了"这个理由轻描淡写地掩盖我所有的行为，她只是比较宽容罢了，不说我病了还能怎么说？难道要说我是个浑球吗？

"你喜欢伯恩斯维尔吗？"她问我。

"我去的是莱克维尔。"我回答说，心里琢磨着从这儿到戴夫和简的家确实要经过伯恩斯维尔。

"哦，抱歉，我记错了，莱克维尔要更偏一些。"

"其实也还好，我在那儿有自己的房间，学校里还有大学预科班。"

伍兹医生向后靠向椅背，微笑着继续道，"你就承认吧，那里就是荒郊野岭。"

我没说话，耸了耸肩膀。

"你能适应吗？"

我叹了口气，不知道她究竟是何用意。她是在发表感慨，刻薄地告诉我"谁让你不听我的"，还是真的问我有没有"应对的办法"？其实，不管她是什么意思，对我来说都无所谓。"我就在那儿待一年，然后我就去读大学。"

"现在想上大学的事是不是太早了？"

不想这个，我还能想什么呢？我心里念叨着，却没有说出口。我可

076

不想犯傻，非得提醒人家我内心的创伤吗？"创伤"一词对于我伤痕累累的人生来说已经丧失了其原本的意义。

我知道往事不堪回首，如今，寄人篱下的我能做的就是向前看。我非常想念卫理公会医院的斯文森医生，总是想起她倚在我床边跟我探讨文学创作的那一幕。可结果呢？她不还是继续给我开药，最后还把我送去托管治疗中心吗？我不能再想她，她只是过眼云烟，我现在的希望都寄托在伍兹医生身上，还有戴夫、简和偏僻的莱克维尔。当然，我也离不开母亲，我们两个人会纠缠一辈子。

咨询结束，伍兹医生把我送到门口，出门前递给我一张名片，"有任何想不开的事情，你就给我打电话。"

终于走进了南莱克维尔高中，上课不到十五分钟，我就把伍兹医生的悲观想法抛到了九霄云外。老师把一本二百多页的教材递到我手上，我看了看价钱，售价竟然将近二百美元。我拿起那本《古今园艺》，仔细闻了闻新书特有的墨香。我不舍得把它放进简买给我的粉紫色扎染背包，书包的颜色实在太俗气了，我听说这种买书包的钱郡政府都会给报销。我走在走廊，一路把它捧在怀里，既是对我初来乍到不安的掩饰，也是彰显我参加艺术史预科课程的勋章。

法语课上，老师用法语宣布课上只能讲法语。"同学们，咱们现在上的已经不是法语入门课！"她说她跟我们一样，想当初也是一个只会讲英语的威斯康星姑娘，梦想着有朝一日能说出一口流利的法语。"请大家记住，要想法语说得好，就得多开口！"正式上课了，老师让新来的同学站起来做自我介绍，"当然要用法语。"她用法语又强调了一遍。我环顾周围，除了我，只站起来一个女孩。她先开了口，用法语自我介绍道，"我叫莉娜。"莉娜十七岁，是来自波兰的交换生。她非常亮眼，下身穿着紧身牛仔裤，脚上是一双匡威运动鞋，估计她连烟都会抽。

她坐下来，所有人的目光都集中在我的身上。我穿着一件印着健怡可乐的T恤，急忙抱起肩膀挡住胸前的图案。自从住进托管治疗中心，自从工作人员把我几乎全部家当都拿走，这件T恤就成了我在那儿能买到的最酷的衣服。准确地说，那时候我根本没有权利打扮自己，社工让我穿什么，我就得穿什么。

"我叫埃米，来自明尼阿波利斯。"我用法语说，不过马上意识到自己犯了个时态错误，于是改口道，"我过去住在明尼阿波利斯。"同学们早已被分成了小组，大家的穿着打扮都差不多，女生都扎着高马尾，男生都穿着游泳队的队服。来自城里的我，觉得自己混迹在他们中间有点格格不入，甚至比莉娜还扎眼。课间站在走廊，我总看到有同学从屁股后面的口袋里掏出一个四四方方的玻璃玩意儿，然后低下头在上面戳来戳去。我不知道他们在做什么，难道又出了一款新的iPod，先进到连按键都没有了？我不知道自己能问谁，直到英语课上老师说课上绝不能使用iPhone，我这才恍然大悟。

下一节是摄影课，我好不容易才找到摄影教室，但似乎也终于找到了一点归属感。老师站在讲台上，拽起身上过时的毛衣擦了擦眼镜。分针走过十二点，开始上课，她关掉了所有的灯。

"学生都管我叫J。"她一边自我介绍，一边把幻灯片翻到下一张。我认识上面的图片，老师说那是安塞尔·亚当斯拍摄的《半个穹顶》。据说亚当斯为了拍摄这幅作品，背着四十多斤的设备和胶卷长途跋涉了几个小时。那时的设备的确非常重，不过我喜欢那种苦尽甘来的酣畅，希望自己有一天也能拥有同样的感受。

J老师又翻到下一张幻灯片,提问说:"你们认为什么是摄影?"

我举起手。

"摄影是光影的艺术。"我回答。所有目光都投向了我,大家肯定在想,这个新来的女生竟然知道这个。我想起母亲经常念叨的口头禅:"摄影就是用光影书写的艺术。"

接下来的一个小时,我认真聆听着J老师说的每一个字、每一句话,直到她提到这门课的费用,我才傻了眼。胶卷和二十五张相纸一共要交四十八美元,我全部身家加起来也才只有五美元,是出院前托管治疗中心发的,就装在一个信封里。我一整天都心慌意乱,终于到了晚饭时间,我向戴夫和简开了口,并把通知单拿出来递给简。

"这不是有免费的选项吗,你为什么不选那个?"

"免费的话,他们只提供六卷胶卷,最后还会把我们拍摄的作品粉碎掉。"我无法接受自己辛辛苦苦拍出来的作品最后进入碎纸机。

"你可以用自己的零花钱。"如果我每周帮忙做晚饭、每天洗碗并帮忙清洗厕所,每个星期我可以拿到十美元的零花钱,我从来没赚过这么多钱,不过这似乎意味着一开始我就欠了戴夫和简几十美元。

当天晚上我给母亲打了电话。根据规定,我们可以定期沟通,我隔着电话跟母亲开了口,"就算是你提前送我的生日礼物,可以吗?"母亲听到后非常不满,说戴夫和简因为收留我已经赚了很多钱,这点小钱他们竟然不愿意出。根据诊断,我的病情着实不轻,所以他们获得的补贴也属于上限水平。"好吧,"我既气愤又羞愧,"你就当我没说吧。"

刚挂了电话,我又听到简喊我下楼。电视上播放的是《一掷千金》,不过静了音。"你不能这样做,"她情绪激动,"你不可以跟我们要了东西后,又背着我们跟你母亲开口。"

"你这就是耍心眼。"戴夫也忍不住开了腔。耍心眼这个词我知道，在托管治疗中心时他们就这样说过我：同一件事，找不同的人沟通，就属于耍心眼，戴夫和简或许以后都会这样看我了。

我心想，要不干脆上木工课算了，可我真的很喜欢 J 老师，听她上课我特别投入，觉得自己也能如鱼得水。下课了，我等着其他同学离开教室，心扑通扑通地跳，我一边朝 J 老师走一边环顾四周，确定没人才坚定了脚步。她没说话，但脸上的表情告诉我她很惊讶，仿佛一只一直躲在壳里的乌龟，终于伸出了脑袋，难免显得笨拙和尴尬。我低声说，"我生活在寄养家庭。"自从来到这个新地方，这是我第一次开口跟人道出实情，估计以后也不会再跟任何人说了，"所以我想申请费用减免，可能吗？"

我在心里暗自祈祷，希望她不要把我的事告诉别人，否则不就把我耍心眼的事坐实了吗？同一件事，我竟然先后找了三个人帮忙。J 老师依然一脸错愕，我想她肯定觉得很尴尬，其实我又何尝不是呢？

"嗯，应该不是什么大问题吧。嗯，我是说，对于大多数孩子来说，四十八美元的费用应该不成问题。我会帮你问问，看看有没有什么解决的方式。你放心吧，这件事我一定不会跟别人说。"

"谢谢您。"我非常感激她能替我保守秘密，我真害怕这件事传到别人的耳朵里。

我与 J 老师道了别，心想她已经成了全校对我最了解的人。

按照事先说好的，母亲应该在八点前赶来接我，趁着戴夫、简和桑迪去教堂之前与他们见上一面。

"她这会儿到哪儿了？"简指着手表问我。

我赶紧拨通了母亲的电话，她说："再有五分钟就到了！"

十分钟过去了，戴夫和桑迪已经坐进了车里，留下简和我站在门廊继续等着。我抱着肩膀，心里越来越紧张。

又过了十五分钟，母亲终于到了，她一边停车一边喊了句："早啊！"

简生硬地回了一句："我以为你会八点准时到。"

"这也没过几分钟啊。"母亲面带笑容回应道，全然没有意识到气氛的尴尬。

"现在已经八点半了，教会的活动我们都迟到了。"

"你真是个大好人，还愿意陪着埃米一起等我！"

"我们不能把她独自留在家。"简的语气依然很不友好。

"为什么不行？"

"因为有规定，我们得遵守。"

"这是什么规定？有什么意义？"母亲又开始挑事。

我抓住她的胳膊，拉了一把。"再见了。"我一边说一边与戴夫和简挥手道别。

母亲带我在外面逛了一整天，晚上七点十五分才把我送回来，比事先约定的时间又晚了十五分钟。她把我送到门口，估计是想跟简和戴夫聊上两句。简义正词严地告诉母亲今后他们早上八点会准时出发去教会，如果到时候母亲还没到，就只能等教会活动结束再来接我了。

第二个星期，母亲果然再次迟到。教会活动结束后，戴夫、简和桑迪百无聊赖地靠着车子站着，而我则在停车场焦急地来回踱步。

终于，母亲开着车子来了。我赶紧跳上车，"砰"的一声关上车门。

"嗨，亲爱的！"母亲先开了口，等车子驶离停车场，她继续道，"他们竟然真的让我到这儿来找你，你知道我绕了多远的路吗？"

"你知道我刚刚经历了什么吗?我被迫听了一个小时的布道,牧师说了,只要我们把自己十分之一的收入捐给上帝,上帝就会赐给我们一台大屏幕的电视。你觉得要是让你坐在那儿听这些,你会作何感想?"

"你为什么不能在他们家等我啊?"

我感觉血液直冲到我的手臂,真想拽开车门跳下去,一路狂奔着逃离这个世界。我真想躲进森林,从高速口出去就有一片森林,我可以一直藏在那儿,等到安全了,再靠卖身换张车票,至少可以先逃到芝加哥。

要不然我还是把母亲掐死算了,这办法或许更管用。

我实在太生气了,扯着嗓子朝她大喊:"我倒是想在他们家等你,可他们不让啊!政府不允许他们把我独自留在家里!我连他家的钥匙都没有!"

听了我的话,母亲摇摇头,"他们怎么这么死脑筋呢?"

"你就不能准时来接我吗?对我来说,要遵守的规矩太多了,除了守规矩我还能怎么办?一个星期只能跟你出去一次,让你提前十五分钟到就那么难吗?"

我只是希望她能设身处地为我着想一次,哪怕只在我身上花百分之二十五或仅仅百分之十的心思也不行吗?这点要求她也做不到吗?每次跟人提到我的寄养家庭,她都一带而过,说是我"治疗"的一部分,说我病得太严重,没办法住在家里。她肯定就是这样跟我哥哥和嫂子说的,或者哥哥和嫂子根本不关心我身在何处。

"对不起。"母亲终于开了口,她的声音很轻,好像很委屈,像一个刚刚挨了耳光的孩子。

我目视前方,看着远处的天际线。

"你想来瓶汽水吗?"我一边问,一边从她事先准备好的保温袋里拿出一瓶桃子味的汽水。我看了看里面，还有各种口味的苏打水，肯定都是打折时她买的。她一定是先把它们放在冰箱的冷藏里，等出来接我时再打包好放在车上。我打开一瓶低糖奶油苏打水，喝了一小口，希望借助阿斯巴甜的力量感受她对我的爱。

我停止了对她的埋怨，她的情绪也一下子明朗起来，好像我俩是一对外出探险的母女，关系一直都很融洽。"亲爱的，你今天想干点儿什么？"

············

通常情况下，如果戴夫和简不催促桑迪，桑迪不会主动去做作业，没想到一天晚上她竟主动拿着作业本上了楼。我正站在厨房操作台那儿剪裁木乃伊照片，并逐一贴上标签写好说明。这学期的摄影课，我们要欣赏并掌握五百张摄影作品，这个任务简直让我欣喜若狂。

"你可以给我几张记笔记的卡片吗？"桑迪问我。

"当然。"我递给她一沓。这些都是母亲送我的，一定是打折商品。

简也上了楼，说是要拿一瓶低糖饮料。"桑迪，你竟然主动做作业了，真是让我刮目相看！"她微笑地看着我们，"埃米，看来你的榜样作用不小啊！"听了这话，我也忍不住嘴角上扬。

我跟桑迪背对着彼此，都在忙自己的事：我在看园艺的书，每一篇都贴上了标签，记录着题目、日期和地点；桑迪在抄写单词。

大约过了十五分钟，桑迪突然问我："不看电视，你心里不难受吗？"

"不难受啊，我喜欢学习。"我想了想继续道，"如果我好好学习，或许就能实现梦想，那才是我最大的幸福。"

桑迪点点头，继续写作业，我也继续忙自己的事。没过多久，估计完成了作业，她便跑到楼下去看《一掷千金》了。

几个星期后的一天晚上，他们照例在看《一掷千金》，马上就要播放古董节目了，简把我叫到了楼下。她和戴夫并排坐在棕色的真皮沙发上，一脸严肃，俨然要开庭审讯我的架势。

"我们得谈谈，"她先开了口，"你为什么要打印色情图片？"

"什么？您是什么意思？"

她举起一沓照片，我看了一眼，那是我准备剪裁下来做笔记的，他们给我定罪的证据竟然是米开朗琪罗的"大卫雕像"，还是一张黑白照片，甚至不太清楚。她语气强硬，让我想起她催促桑迪刷牙的模样，"我们绝不允许你做这样的事。"

"您说的是这个？"我忍不住笑了，回应说，"那是我的艺术史作业。"

"这也算艺术？"

"怎么就不能给模特穿上衣服呢？"戴夫插了一句。

"我也不知道，也特别不理解。"我耸耸肩继续道，"可是这是课程安排，我也没办法。"

"你不打印这些东西不行吗？"简问我。

我解释说，老师第二天要检查作业，我们需要把每张照片贴在一张卡片上，然后还要在旁边配上相关的说明。

简叹了口气，"那好吧，千万别让桑迪看见。"她把我的东西还给我，我接过来，她貌似依旧不太放心，补充说，"我不想在自己家里看到这些裸体照片，光是想想就觉得不舒服。"

看到简的表情，我不禁闪过一丝愧疚。虽然她的想法很荒谬，但这些裸体的东西或许真的会令她不快。这里毕竟是她的家，想到自己带给主人的不快，我也不免感到些许难过。不过，我马上想到母亲之前的话，简和戴夫因为收留我从政府那儿得到了一大笔钱，心里当即舒服了不少。

"色情图片"的事情没过多久，有一天，我问母亲愿不愿意带我去学人体素描，我知道她大学时学过。我俩跑到一间仓房改成的工作室，她告诉我如何给画板夹上画纸，然后我俩便双双在画凳上坐下，转身朝向教室前面的台子。

我有点儿紧张，除了父母，我还没见过其他裸体的成年人，更别说还要盯着人家看上三个小时。母亲信奉基督教福音派，平时看到女人穿短裤或比基尼都会生气，但对人体素描她却没有任何异议，因为她知道那是艺术。我本来还指望人体模特会像超级名模凯特·摩斯或是威伦道夫的维纳斯一样呢，结果从台子后面走出来一位穿着浴袍的男人，头发已经没剩几根了。我既紧张又想笑，但必须强忍着，还在心里默默告诉自己，屁股谁都有，没什么特别的，别那么幼稚，这可是艺术。

下课了，我坐在母亲的车里，告诉她说，"千万别让戴夫和简知道我学人体素描的事，他们会气炸的。"我打开一瓶低糖饮料，因为放在车里太久已经不凉了。我跟母亲讲了"大卫雕像"的事，母亲被逗得前仰后合，我也忍不住笑出了声。

母亲开车把我送回寄养家庭，高速公路两边的房子越来越稀疏。有那么一刹那，我真希望我们是在回自己家的路上，希望一到家就能打开教材学习，不用非得跟戴夫和简共度"阖家欢乐"的时光。但我了解母亲，她不可能改掉自己攒破烂的毛病，到时候还会让我继续吃各种治疗心理疾病的药物。

母亲减慢了车速，她打算把车子停在戴夫家门口。我深吸一口气，车子还没停稳我就推开了车门，同时道了句"拜拜，妈妈，爱你"。我一路跑进门，把门锁死，不想让母亲跟他们有任何交流。

透过窗户，我看着她把车子开走了，悬着的心这才放下。

在摄影课上，我认识了一个同学，名叫杰西卡。有一次，她邀请我去她家给她做摄影模特。到了她家后，杰西卡依照J老师的建议，调用了卧室里的各种光源，都是在家居店能买得到的东西。戴夫和简对我和杰西卡的举动颇为不解，两个十多岁的姑娘不去逛商场或是看电影，竟然搞什么摄影？不过听到我们是在完成作业，便没再多问，随即答应了我的请求。

课后，杰西卡开车载着我直接去了她家。她给我戴上圣诞彩灯，又在我下巴附近打了一束手电光。她把相机架在三脚架上，这样拍摄起来会更稳，可以延长曝光时间。她让我上下晃动，这样曝光后就会呈现出一道道白色的光束。我抱着她的猫，做出沉思状，她又帮我拍了好几张。终于大功告成，她带我来到她家特别宽敞的厨房，家里没有大人，她拿给我一瓶健怡可乐。杰西卡低头盯着脚下的地砖，在我不经意间开了口，"我跟我爸爸住。"原来她的父母也离婚了，我顿时放下了内心的防备，看来这世上难过的人不止我一个。道别时她邀请我以后再来玩，我诚心诚意地道了句"好的"。

又过了一个星期，跟我一起上大学英语预科课的一个姑娘约我去咖啡馆写作业。她叫瑞秋，说自己想参加全国小说创作月的活动，听说我已经完成了一部小说，她很是羡慕。其实我那部小说根本不是什么成熟的作品，就是我在卫理公会医院写的那个，简直糟透了，事后我一直没有勇气拿出来，一遍都没再读过。我们俩约定了一个日子，承诺在那之前完成作品的大纲。我跟戴夫和简报备时,他们依然无法理解,认为这种消遣简直比拍照更奇葩,不过他们并没反对,还祝我能写出好的作品。

到了星期六的下午,瑞秋开着她那辆破车来接我。一路上我们听着明尼苏达公共广播播放的《潮流》,往北开了一段,开到最近一家不是星巴克的咖啡馆。我们并排坐下,聊了几个小时,不仅明确了大纲,还讨论了细节。我瞥了瑞秋一眼,发现她也正在用褐色的眼睛盯着我,我觉得自己的心都要化了。还没等到她开车把我送回去,我已经在想用什么理由再约她出来了。

到这儿没多久,我竟然交了好几个特别酷的朋友,简直太开心了。别的不说,单说她们能让我有正当的理由从戴夫和简的家出来,就足以让我开怀了。社工英格丽照例每个月都来探视,我忍不住沾沾自喜地向她讲述了我和朋友的故事。

"是吗?太好了!"英格丽坐在厨房的餐桌边,抱着肩膀,"你们都去了些什么地方啊?都是怎么去的?"

我滔滔不绝地回答着英格丽的问题,两个朋友愿意开车载我出来玩,看来我还挺受欢迎。

"嗯,看来你已经适应了这里的生活,我真为你骄傲。"

当天晚上,戴夫和简把我叫下楼,我注意到是广告时间。"埃米,"戴夫说,"我们跟英格丽谈了。"

"她说什么?"

"她说你不能坐未成年人开的车子,这是规定。"

"什么?为什么啊?"

"你要知道,我也不太同意这条规定,"简继续道,"不过,我们得对你的安全负责。"

"那我怎么交朋友呢？我们约好这周三拍照片的，您能送我去吗？"

"正好说到这儿，"戴夫补充道，"英格丽还说了，你不能单独去别人家。"

我真后悔，竟然得意忘形地跟英格丽交了实底。母亲说得没错，社工根本解决不了问题，只会制造麻烦。我刚刚卸下防备、敞开心扉，结果就落得了这个下场。看来我再也交不到朋友了。"这简直不可理喻。"

简摇摇头，发出一声叹息。"规定就是规定，你要是想见朋友，可以当我们在家时把她们约到这儿来。"

"谢谢。"我虽然嘴上这么说，但心里知道，我永远不可能约人到这儿来，我跟朋友该怎么解释？戴夫一家跟我是什么关系？到时候我要喊他们"爸爸""妈妈"吗？我要告诉朋友他们是我的寄养父母吗？我宁可死也不愿告诉别人这些事，还是让我孤独终老算了。

没办法，我只能取消跟朋友拍照的约会，至于说取消的原因，我想办法编了一个合理的解释，说自己做了一件特别酷的坏事，家里为了惩罚我，整个星期除了上学都不让我出门。到了周末，瑞秋约我去读诗会，我没办法，也只能回绝。再之后，便没有人向我发出任何邀约了。

我虽然失去了跟朋友单独出门的机会，却换来了更多在暗室冲洗照片的时间。戴夫同意来学校接我，我特别留意了J老师的课表，知道她哪天会晚下班。我还发现她总是播放很多老歌，每次听到保罗·西蒙的《彩色胶片》时还会跟着哼唱几句。我很享受冲洗照片的仪式感：打开计时器、往胶卷里倒入显影剂、等待、晃动、把胶卷倒过来、在台子上轻轻磕打。定影液的酸味直冲进鼻子，那味道真让人受不了。

暗室通常只有我和J老师两个人，不过，每次临近作业期限，就会有些临时抱佛脚的同学跟我们凑热闹。两个同学正在水池前嬉闹，女生在男生胳膊上打了一下，男生则想把对方的胶卷偷拿走。J老师本来在看电脑，听到动静便抬起头，放下手里的三明治，生气地看着那两个同学。

我跟他们不同，我从不临时抱佛脚。作业布置下来不到两天我就完成了，眼下冲洗的胶卷是我自己拍摄的项目，包括莱克维尔的原始未开发区域，星期天跟母亲出门拍摄的明尼阿波利斯石头拱桥，还有趁着人家家长不注意偷拍的小推车里的小宝贝，被发现后险些被送警察局。我喜欢脖子上挂着母亲那台老旧佳能相机的感觉，虽然有点重，却总感觉自己并非身处苦难的当事人，而是一位带着相机的旁观者，或是一位匆匆的过客。

大家忙完手里的活相继离开，J老师朝我走了过来。

"嗨，我有样东西要送你。"她一边说一边拿出一包相纸，包装上印着"伊尔福德"几个字，应该是相纸的品牌。课程费用包含了胶卷钱，也就是说，我们在这门课上用多少胶卷都可以，当然我们得自己把底片卷成胶卷。但至于说相纸，一学期每人只发一包。相纸很贵，每张的售价将近一美元，所以我已经开始潜移默化地做母亲的工作，希望她可以送我一包相纸作为圣诞礼物。

"这是我在柜子里翻出来的，"她说，"多出来的一份。"她一边说一边把相纸放在我旁边，我微笑地看着她，眼睛眯成了一条缝，"千万别跟人说。"

转眼即将迎来我十五岁的生日，母亲也到了五十五岁的年纪。为了庆祝，她邀请所有朋友去绿磨坊享受了半价的畅饮时光。我和她穿着海军风格的亲子装，客人都不知道我被寄养的事。到时间了，我得马上返回帕克家，于是我不安地盯着手表。

我走到母亲跟前，附在她的耳边对她说，"你得送我回去了。"我也不想这么扫兴，她的朋友都玩得正嗨，但我没办法，不回去不行啊！我抓住她的胳膊，拖着她想往外走，她把我甩开，与朋友挨个道别后才肯离开。我坐在副驾驶的位置，把座位上散落的薯条拨弄走，尽量保持克制，不想朝她大喊大叫，也不想说什么难听的话。既然是为了庆祝生日，我就别惹她生气了，我希望可以跟她相安无事地道别。

车子终于驶到戴夫和简的家，天色已晚，母亲还是趁我不备跑进门跟人家攀谈起来。我不安地撕扯着手上的倒刺，每次他们的对话稍有停顿，我就示意母亲离开，连"拜拜"都说了好几遍。

母亲终于被我送走了，我连连向房子的主人道歉。我一个人瘫坐在门厅，感觉心力交瘁。今天跟母亲待了一天，还参加了派对，我感觉自己已经招架不住了。"下次我一定按时回来。"

简抱着肩膀，摇摇头，"我下楼睡觉了。"戴夫也跟着她下了楼。

我下意识地走去厨房，把笔记卡片、胶带和蓝色手柄的剪刀收拾到一起，拿回房间后一股脑地扔在床上。我关上房门，脱下黑色牛仔裤。我拿起剪刀，把刀刃贴在大腿上，使劲划下去，皮肉翻开，像张开的嘴。我看着伤口，刚开始并没有流血，我甚至看得见表皮下面的脂肪，不过鲜血马上一滴一滴地涌了出来，越流越多，顺着大腿流到了地上。

我抓起洗脸巾，捂住伤口，躺倒在床上，内心无比平静，很快便昏睡了过去。

第二天早上，简跟我道歉说自己昨晚不该发火，"我不是冲着你，气的是你妈妈。"

我耸耸肩，不知道她究竟是何用意，跟我发火与跟母亲发火有什么区别？

她解释说："我们不能忍受她一再冒犯我们的边界。"很少有人说母亲冒犯了我的边界，那或许是我的问题，谁让我愿意跟她待在一起而不愿意回到寄养家庭呢。

戴夫和简似乎希望我能跟他们走得更近，有什么事都能跟他们说。但我知道，他们认为我太附庸风雅，甚至有点自命不凡。反过来，我也看不上他们的胸无大志，还有家里那些俗气的匾额装饰以及他们钟爱的黄油爆米花。作为我十五岁的生日礼物，母亲给我订阅了一份《纽约客》，每次戴夫把它递给我时，我都能从他的脸上读到一丝嫌恶，好像手里拿的不是《纽约客》，而是《断背山》的剧本。（我其实根本没有时间看这些杂志，每天都在忙着学习。每次收到杂志，我就直接放到枕头边，跟相机放在一起，希望能通过渗透作用吸收到其中的精华。偶尔，我也会翻开杂志看看，用手指搜罗里面用的好词，有些词听起来就很酷。）

我已经学会看懂人心，明尼苏达主张含蓄文化，我知道自己该怎么做，表面上的"对不起"掩藏的是内心的恶意，我只想和那些执掌我的生杀予夺大权的成年人相安无事。不要以为大家熟了，就可以对我横加指责。简几乎每天都会跟桑迪大喊大叫，通常都是催她刷牙、做作业，或是骂她过马路不小心。桑迪也从不示弱，常常吼回去。不过，有一次我看到桑迪做了正确的选择，她可怜地趴在简的胸前，简也温柔地摩挲着她的头发。可我毕竟跟桑迪不一样，她们是亲戚，我不过是个外人，我还有自己的母亲。

一天晚上吃饭时，我对戴夫说："您能把叉子递给我吗？"

"你是不是忘了什么？"简掺和了进来。

"嗯，忘了叉子，我有刀和勺子，但是没有叉子。"

"我是问你是不是忘了说什么？"我歪着脑袋，不明白她是什么意思。简于是开口道，"你忘了说'请'字。"

"哦，对不起，我忘了，不过我只是想要一把叉子而已。"

"不对，绝不是'一把叉子而已'，你从来不说'请'和'谢谢'。"

"谁说的？我经常说啊，我只是这次忘了加'请'字。"

"你有时的确会说'请'字。"戴夫似乎想要帮我打圆场。

"不对，"简不同意戴夫的说法，"你从来不说'请'字，好像我们帮你做任何事都是理所应当的。"

"哦，对不起，我以为就是一把叉子，没什么特别的，觉得不用说'请'也没关系。"

"你觉得没什么特别的？"简比比画画指着四周墙上的匾额，又指了指桌上的意大利面，然后继续道，"今天晚上，在我家里吃饭，在你看来没什么特别的吗？"

"对啊，我觉得没什么特别的。"

"你也太不懂事了，"她微笑着把叉子递给我，"你该说什么？"

"请？"

"该死的，当然不是，你要说'谢谢您'！我把叉子递给你，你要说'谢谢'。"

"谢谢您，"我赶紧弥补过错，"非常感谢。"我嘴上客客气气，心里却在骂人。

晚饭后，我去冲了澡，胃里直翻腾，吃的东西都被我吐了出来。

接下来的一个星期，我真正做到了"请"不离口，叉子、刀、勺子、盘子、杯子、开门，时刻不忘加个"请"字。对了，事后还会补上一句"谢谢您"。我本以为戴夫和简会听得不耐烦，没想到他们每次听到都会心满意足地朝我微笑。

"你最近怎么样？"安妮特十月份来看我时问了我的近况。

通常情况下，我很不愿意跟安妮特抱怨，跟她相处的时间对我来说太宝贵了，我怎么可以浪费在牢骚上，尤其我们现在离得很远，她是特意从北边开车过来看我的。可是当天下午，我实在没忍住，戴夫和简给我的压力太大了，我感觉自己完全没有喘息的空间。就算是到了学校，我的内心也无法平静，只有抠吐或不吃东西感到饥饿时，我才能获得片刻的安宁，才能把心思放在课堂上。

我并没有跟安妮特说这些琐事，只是抱怨了寄养父母陈旧的观念和想法。比方说，他们觉得我为了参加全国小说月写五万字文章的想法很离谱，或是他们不让我见朋友，还有他们觉得米开朗琪罗的大卫雕像是色情作品。

"埃米，这没什么可抱怨的，他们的想法跟大多数明尼苏达人一样，不要指望着他们能像生活在大都市的人一样开明，要知道那些波希米亚风格的艺术家也不可能做出照顾寄养小孩这种事。"

我叹了口气，隔着裤子挠了挠大腿上的痂。"前几天，我跟他们吵了一架，他们说我不够礼貌，不经常说'请'和'谢谢您'，他们觉得不管给我什么东西，我都应该表达谢意。"

"他们收留你的确是在做善事，大部分人哪愿意给别人养孩子啊，你要念着他们的好，不要忘恩负义。"她开着车，快速瞥了我一眼，然后迅速把目光转向前方。她说的每个字我都听进去了，令我无比沉重和煎熬。我想就自己发牢骚的行为道歉,就算我被他们压得喘不过气来,也不该与安妮特说三道四。"即使你内心不认同他们,"安妮特继续道,"表面上也要装装样子。"

前方红灯,她把车子停下,转头看着我。"你好像瘦了,又掉体重了?"

我透过外套、毛衣、衬衣摸摸自己的肋骨,扭头看向窗外,道了句"并没有。"

迎来了十一月,我开始撰写新的小说,是一部自传性质的作品。书中的主人公骨瘦如柴,生活在海边城市,给主人公上课的老师的名字刚好与我老师的名字不谋而合。写作过程中,我难免情绪激动,不仅会泪洒键盘,连鼻涕也会跟着流出来。我不分昼夜地写啊写啊,外面的世界仿佛在我眼前消失了,窗外天空的颜色从绯红色变成了暗紫色,最后变成了一团漆黑。

坐在电脑前的时间太长,我的后背提出了抗议。整条脊柱,从尾骨到脖子,没有一处不痛,但任何痛苦都无法阻止我表达的欲望。我把自己的痛苦告诉过很多人,但似乎并没有人在乎。既然如此,我就把它写下来,只要我的文笔足够好,总会有人被我感动。我虽然无法改变母亲,也无法让戴夫和简随和起来,但或许某位老师读了我的手稿后会为我鸣不平,主动提出收留我呢?到时候,我不仅会名利双收,还会拥有一个梦寐以求的家庭。

简完全不理会我内心的想法,还一直让我跟他们一起看电视。我每次拒绝的理由只有一个:"我得写小说"。

这个理由的确帮我挨过了几晚,但最终她还是爆发了。

"你为什么非得写小说？"她把电视音量调低，突然对我上起心来，"你是不是强迫症又犯了？"

这是强迫症吗？我每次学完习就会写点东西，如果不写，就觉得会有坏事发生，比如说我永远也成不了知名作家。照这个逻辑看，说我是强迫症也不无道理。

"我再不写，就写不完了。"

"为什么一定要写完呢？有什么用？"简问我。她一边说一边看了一眼戴夫，希望戴夫能帮她说两句。"我觉得你就是想通过写作逃避自身的问题。"

她的话让我想起托管治疗中心，那里的工作人员知道了我性侵的遭遇后便没收了我所有的书。没有了书的庇护，我又变成了一个脆弱无力的小孩，像被扒光了衣服，只能穿着内衣瑟瑟发抖。面对简的苛责，我振振有词地回了一句，"我不想一事无成地虚度一生。"

她气得直接关掉了电视，"你要知道，你没什么特别的，不过就是个普通人，跟我们一样，就是个普通人。"

我握紧拳头，大拇指都被我压得不过血了，她对我的评价无疑是我听到的最残忍的羞辱。

简毫无察觉地继续道，"你若不是总爱好高骛远，也不至于动不动就失望难过，更不至于抑郁沮丧。"

我狠命咬着后槽牙，又是这番我恨透了的理论：我的痛苦都是我自找的，这次也是，我唯一的优点，我的雄心壮志，再次成为我失败人生的罪魁祸首。反正我怎么做都不对，如果我再委曲求全地待在莱克维尔，就会感到无尽的压抑和痛苦；如果渴望得到更好的生活，又会被自己的失败击垮。

她的话着实刺痛了我，我怕他们说的都是对的：我就是一个普通人，资质平平，没什么了不起，就算我死了，也不会有任何人记得我。我死后会不会什么也留不下？墓碑上只能刻下我被确诊的各种精神疾病？我甚至没办法证明他们是错的，又或者我真的有问题？

不过，我不能让他们看出我心虚，估计他们就是想让我自我怀疑。"您或许是对的，我马上就回去看书。"我转身上了楼，不用回头也能感觉到他们咄咄逼人的眼神。我经过厨房，径直回到自己的房间。脑子里冒出各种声音，七嘴八舌，谁也不肯示弱：我究竟能不能成功？这一切到底有没有意义？我为什么总是不开心？我拿起小剪子，使劲刺向自己的大腿，伤口越来越深，但只要还能听见脑子里的声音，我就无法停手。最后，我重新穿好裤子，将新鲜的伤口遮盖起来。我再次走出卧室，下楼继续我的创作。

…………

我开始失眠，伍兹医生建议我睡前服用具有安神功能的药，可这药在我身上一点作用也没有。我气急败坏地坐起来，看到月光落在窗外光秃秃的树枝上。

腿上有个伤口感染了，火烧火燎地疼，我不由得焦虑起来，不知道有人问起我该如何解释。有一次，我的手不小心被胶卷的卷轴划出了血，看着血一滴一滴掉落在教室地板上，我反倒释然了，脸上绽放出笑容，终于有借口去找医生开抗生素了。

过了几天，我跟戴夫说要去房子后面的小树林拍照，得到允许后我便一个人走上了乡间小路。不过，我马上折返到相反方向，顺着高速下面的辅路朝着商业中心走去。我去沃尔格林连锁药店给自己买了提神醒脑的药，用的是我的零花钱，然后又去五金店买了一盒刀片，一共一百个，每个都有独立包装。我想这些刀片应该消过毒，至少不会造成伤口发炎。

我特别讨厌每周帮我做咨询的那位心理医生，她的"疗愈中心"位于一栋住宅的地下室。诊室摆放着大量的草药茶，还有一台方便搬运的小瀑布，一直发出汩汩的流水声。这诊所号称是进食障碍治疗中心，但自我第一次就诊后，她就没再称过我的体重，这倒是合了我的心意，不过也同时失去了我对她最起码的尊重，她做心理医生显然不称职。每个星期二的晚上我都得去见她，她问我的都是些关于我不当行为的问题：是不是会拼命地洗澡？是不是会违反规定？是不是会伤害自己？我统统回答没有，我现在撒谎脸都不红，反正她也不是真正关心我，她关心的只有我的行为，我为什么要跟她讲实话？再说了，就算我能敞开心扉、据实以告，估计她也只会让我深呼吸，根本提不出实质性的解决方案。因为在他们看来，我此时待在明尼苏达的莱克维尔本身就是解决方案，而非导致问题的根源。

只有伍兹医生能够识破我的谎言。我刚一走进她的办公室，她就问我："你最近是不是又有吃饭的问题了？"

我心跳加速，"我也很想告诉你我一切都好。"

"那就是说你确实遇到了进食问题，恭喜你啊。"听了这话，我真是气不打一处来。我已经努力敞开心扉，承认我遇到了问题，她听了不仅不紧张，竟然还开起了玩笑。伍兹医生把一大堆塑料恐龙搬到一边，从里面翻出一台体重秤。她让我脱下毛衣站上去，身上只留下牛仔裤、裤袜和T恤。"下次再来见我时你必须涨六斤的体重，听见了吗？"

我表示做不到，就算我之前真的掉了六斤的体重，我也不可能在不影响健康的情况下在一个月内把体重涨上来。但她已经不想再听我讲的任何借口。

"增重的同时记住了，你不要再伤害自己了。"

我本来正蹲在地上系鞋带，听到这话立马停了下来。我抬头看着她，"你怎么知道？"

她指了指电脑，"我看到你开抗生素了。"

这就是我喜欢伍兹医生的原因，她至少对我很上心。她要做的就是治疗我的心理问题，而不要给我立各种规矩，她只想做一个公正的裁判。还有，她说话总是直截了当，让我觉得她跟我很不见外。"你这次没事纯属幸运，下次可就不一定了。万一感染了葡萄球菌，你的腿就得截肢。"她还有心思开这种玩笑，我忍不住朝她笑了笑。不过想到她的最后通牒，心情还是有些沉重。

每天早上天不亮我就出门了，独自走去公交车站。等车时看到太阳升起，晨光照在一成不变的街道和千篇一律的房子上。公交车上，赶去上学的学生都低头看着自己的 iPhone，手机反射的光映在他们脸上，一个个像脸色惨白的鬼魂。终于到了学校，天还没有完全亮。到了午餐时间，我啃着手中的澳洲青苹果，有种反胃的感觉，于是赶紧把餐盘里的东西统统扔进垃圾桶，冲进了洗手间。书包里背着刀片，我拿出来，在自己的身体上划出一道又一道口子。等到放学铃声响起，大片的玉米地已经笼罩上了落日的余晖。我无法想象自己明年冬天还要在这里度过。这里的冬天非常漫长，即使到了五月份，地上的积雪还是未能完全融化，或许到了六月还有。当然，我也无法想象这里的夏天会是怎样，会万物复苏吗？会绿意盎然吗？

每晚做完作业、吃完晚饭、洗澡抠吐后，我就会躺在房间，听着乡间路上不断驶过的车辆，看着车前灯把光影打在墙壁上，我竟然思念起了上帝。之前有一次，我看过母亲的一本《目标驱动的人生》，作者是里克·沃伦牧师，刚刚读了第一章，我就深信上帝对我的人生早有规划，一切都已命中注定，我要做的就是找到上帝的安排，顺着既定的方向一路前行。

我经常在半夜醒来，醒来后我会做祷告。我也不知道自己的祷告所为何事，我不求考试得高分，也不求自己能荣获普利策奖，我只求自己接下来的人生不要太过艰难。我需要一定的安全感，需要一些依靠，这样我才有力量坚持下去。

我紧紧闭上眼睛，祈求上苍，"求你让我有点念想吧"。

然而，并没有。

戴夫和简一直在想办法让我高兴起来，特意带我和桑迪去听了阿卡贝拉演唱会。他们还提出说带我去做按摩，不过被我拒绝了。一个星期六的下午，简的女儿突然来访，她为人不错，主动对我说，"跟我和桑迪一起去晒晒太阳吧，太阳不仅利于钙的吸收，它本身也是一种天然的抗抑郁药。"

"晒太阳会长皱纹，还会得皮肤癌。"

"哎呀，快点，别扫兴，跟我们一起去，享受一下女孩子的专属时光。"桑迪听了这话，高兴地转了个圈。

我面露难色，"不，我还是不去了。"

每次我听到别人善意的建议，都会加重我对自己的厌恶。我是不是该跟着他们去晒太阳，把自己也晒得红红的？或是同意让一个庸医在我的脊背上乱按，借此改善自己的心情？

又到了英格丽探视的日子,她跟我推荐了一本书,告诉我一定要看。给我讲述书上的内容时,她两眼一直在放光。"主人公的父母跟你母亲一模一样,你绝对想不到!"她让我去给她拿张纸,好帮我把书名写下来。"书的名字是《玻璃城堡》。"

后来,安妮特来看我时帮我带了简装版的《玻璃城堡》。她站在门廊,告诉身边的简说,"这书里的妈妈跟埃米的母亲很像,我无法想象会有如此的巧合。"

或许,珍妮特·沃尔斯的畅销回忆录的确能给我提供一些有价值的参考,但我并没有太多时间留给阅读。再说了,我为什么要花时间读一本像母亲一样的故事呢?每周只见一次,我已经感觉招架不住了。

后来,不断有人向我推荐书目。简的女儿再次来访,我看到她皮肤被晒得黝黑,头发还挑染了几缕火红的颜色。她也给我推荐了一本书,说一听到书名就觉得对我有用。"这本书位列畅销书的榜首,"我一下子兴致盎然,"书名叫《秘密》。"

她大概给我讲述了书中提到的"万有引力":我们的意念和想法会"引发"相应的现实,思维方式甚至会决定我们的贫富和健康状况。搜一下谷歌就知道,倡导这种思想的人甚至认为造成大屠杀的根本原因是人的负能量。她说她可以买一本先借给我看,等我看完了再还给她。不过我还是拒绝了她的好意。

"好吧,随你便吧。反正我是真心想帮你!"

七

寒假期间,母亲开车带我去了华盛顿特区,我俩要在那儿待十天。其实我很担心,但若是不跟她去华盛顿,我就得暂时搬去托管中心或另一户寄养家庭,原因是我的暴脾气已经影响了当下寄养家庭的和谐,戴夫和简需要过一段没有我的清净日子。母亲的兴致倒是很高,摄影师安塞尔·亚当斯和安妮·莱柏维兹都将在科克伦开办摄影展。我早在出发前几个星期就收拾好了胶卷、药水,还有两个两升容量的汽水瓶,我们可以放心地拍照片,一回到酒店房间我就可以把照片冲洗出来。我发现每收拾好一样东西,我对旅行的不安就减弱一分。终于出发了,我们毫无章法地把母亲新买的二手别克车的后座塞得满满当当。(她之前的丰田花冠并没有处理掉,直接被她当成了便携式仓库。如果有人问起,她就会把我作为挡箭牌,说那辆车是留给我的。)

路上的车很多,再加上下雪,我们整整开了二十四个小时才到达华盛顿。母亲说我应该多看看祖国的风景,但哪有什么风景啊,眼前只有高速公路。每次到了服务区,我都会下车伸展一下胳膊和腿。一路上真的很辛苦,但我一句抱怨的话也没有讲,驶离莱克维尔的每千米都能让我感受到更多自由的味道。

每次看到西蒙和加芬克尔的作品《美国》中所描述的画面,我都会用插在卡带转换器上的iPod播放一遍这首歌,我俩还会跟着大声唱出来。我和母亲唱歌都不太好听,但俩人合唱时却很合拍,母亲说这就是血缘的力量。

一路上,我感受到的只有自由,母亲的缺点和毛病似乎不再构成我的困扰。车载冰箱里母亲准备了满满一箱汽水和低糖酸奶,够我们喝一路了。到了晚上,我俩就去汉堡王买一份超大份的薯条,两个人吃足够了。我们还会特意向收银员多要些番茄酱,直接挤进嘴里,味道很好,咸淡适中,酸甜适度,再喝上一口带了一路的汽水,那感觉非常奇妙,也很方便我催吐。这一路,我们只进过一家餐厅正儿八经地坐下来吃顿饭。当天是圣诞节,母亲带我进了一家泰餐馆,她说辛辣食物可以防治抑郁,于是我不断往自己的餐食里加辣酱,直到辣出眼泪。

我们去看了安塞尔·亚当斯的摄影展,母亲在里面走了好几个来回,却还是意犹未尽。她走到作品前,拿出老花眼镜,仔细研究旁边的摄影说明,有时因为凑得太近还会引发警报。比起安塞尔·亚当斯,我更喜欢安妮·莱柏维兹的作品,她为名人拍了很多照片。我认出了好几个,包括挺着大肚子的裸体的黛米·摩尔,还有很多她抓拍的照片,模特是她的生活伴侣苏珊·桑塔格。母亲竟然没有对同性恋品头论足,这倒超出了我的预期,没想到她还有如此细腻的一面(又或者,母亲确实如她常说的那样,认为女同性恋是非常睿智的选择,不用委曲求全地忍受男人)。照片中记录的两个人的生活令我心驰神往:桑塔格悠闲而舒展地躺在沙发上，俩人在各地的旅行见闻（包括巴尔干战事，那地方我听都没听过），最多的是桑塔格的手稿。她们浪迹天涯的人生让我颇有感触：两位艺术家心有灵犀地生活在一起，这种家庭幸福才是我憧憬的。我可跟南莱克维尔中学的那些傻姑娘不一样，认识个留着胡子的小伙子就没完没了地到处吹嘘。

我们不管走到哪儿，母亲都能结交新朋友，看到有人要拍合照，她就主动帮忙。有一次，我们正在国家大教堂参观，看到一家人想拍合影，她又主动凑上前去。

"很好，不过你个子高，应该站到她后面。非常好，让他站中间就可以了。"那家人站在圣坛前，在母亲的指挥下重新排列了站位，"特别好，马上就好了，大家再凑近一点，咱们假装关系特别和睦啊！"

母亲先拍了一张，调整曝光后又拍了十几张。她不喜欢数码相机，但这次忍住了，并没有妄加评论。

那家人从母亲手里接回相机，查看了拍摄效果，当场发出了感慨："您拍得太好了！"女主人邀请我们去她家吃晚餐，特意为我们做了很多道素菜，有炸小饼、奶油炖菜、干酪咖喱等，送我们离开时还把没吃完的素菜打包好给我们带上。再后来，我们到了国家大草坪，母亲下车前把吃的东西统统塞进背包，我俩坐在草坪上悠闲地又享用了一顿美味。

这顿餐食毕竟是别人的一番好意，催吐实在太不礼貌了，于是我没有那么做。

晚上，我和母亲住在汽车旅馆。我俩共用一张大床，她躺下后我明显感觉那一侧的床垫塌了下去，我这才意识到自己原来那么渴望与人亲近。待在寄养家庭时，我几乎不会跟人有任何身体上的接触，只有到了星期天见母亲时才会跟她有个拥抱。母亲之前给我讲过一只小猴子的故事,自从被迫离开妈妈,它便始终抱着一条毛巾不放,为的就是一种心理安慰。我又何尝不是呢?我早就意识到了这一点,可我甚至连一个可以替代的毛绒玩具也没有。当然,我也不允许自己矫情,那样只会让我变得更脆弱、更可怜。我爱母亲,但我知道不能对她产生依恋,否则就会付出代价。

旅行结束。按照事先说好的,母亲应在晚上七点前把我送回莱克维尔。但是突降大雪,我们距离莱克维尔还有好几百千米。母亲开足马力,希望能尽早赶到。

已经晚上六点了,我用母亲紫色的翻盖手机拨通了戴夫家里的电话,告诉他们我们还在威斯康星州,肯定无法按时赶回去了,对此我感到十分抱歉。

我们终于在晚上九点多抵达了终点。门廊的灯关着,房子里也一片漆黑,我知道他们是故意这么做的。

母亲把车子驶入房前的小路,感应灯亮了,照亮了车的前机盖,雪很厚,路上明显被撒了盐。

"你别进去了,"我对母亲说,"我自己进去。"

"我还想跟他们聊几句呢。"

"别去了!"我抓起自己那个扎染的杰斯伯背包,随手关上车门。我绕到车后面,从后备厢拿出纸质购物袋,里面是我们给戴夫他们买的打折礼物。我快步走到门口,按响了门铃,等了很久戴夫和简还没有出来,我当然知道这其中的意思,可没想到母亲却趁着这工夫站在了我的身后。我压低声音跟她说,"你就别进去了。"

母亲毫不客气地进了门,所有人都站在门口。

"你回来得太晚了，"简没好气地说，"我们都要睡了。"

母亲还在高谈阔论，简索性把门打开，外面的冷风吹了进来，气氛尴尬得要命，可母亲却完全没有打退堂鼓的意思。

终于，母亲离开了，简关上房门。"你怎么就从来没有准时过？"

"对不起，我管不了我妈妈。如果我有那个本事，也不会住在您这儿了，我真的管不了她。"

"我们家不是你的酒店，"简继续道，"不能想什么时候来就什么时候来，想什么时候走就什么时候走。"

我真想给母亲打电话，让她折返回来把我接走。我们可以继续浪迹天涯，继续四海漂泊。可是我没有，我没地方去，只能待在这里。

再次回到莱克维尔，生活似乎比离开前还要艰难、压抑。我经常躲在学校洗手间的隔间里用刀片划伤自己，不小心再次引发了伤口红肿，火辣辣地疼，我隔着牛仔裤挠了两下，告诫自己千万不可以抓破。如果再发炎，我恐怕很难蒙混过关了。我减少了去暗室的次数，不想让自己表现得太过痴迷。晚上洗澡时，我会把手指伸进嗓子眼儿，掏空自己后我虽然会变得虚弱，但也没了焦虑的精力。那段时间，我每次想到要见伍兹医生，都忧心忡忡。

该来的还是来了，我逃了微积分课，拿着矿泉水瓶站在饮水池前。我打算喝十瓶水，总能涨五六斤的体重吧，至少可以补齐我这个月又掉下去的体重。不过我转念一想，何苦呢？为什么要讨好伍兹医生？再说了，我连头发都没洗，她最讨厌别人不洗头了。

我走进她的办公室坐下，两腿蜷在胸前。我低头薅着毛衣上的线球，心里做好了准备。等会儿她一定会拿出体重秤让我称重，还会跟我探讨个人卫生的问题。

可我想错了，伍兹医生开口的第一句话竟然是："你有没有想过自杀？"

我看着窗外的停车场，应了句："算有吧。"

"你想过具体的实施计划吗？"

我眼角抽搐了一下，"没有。"

"那很好，"她一脸真诚地继续道，"你要是想自杀，可以等到十八岁以后再实施。现在，你必须好好活着。"我瞪了她一眼，知道她又在说反话，我很讨厌她用这种方式提醒我还未成年，让我充分意识到很多事情我都无能为力。

"你有什么愿望吗？"

"我参加了摄影比赛和诗歌比赛，已经提交了作品，希望能获奖。另外，我还希望二月份参加高考时，总分三十六分，我至少能考三十分。"

"那很好啊，除了这些，还有什么其他活着的念想？"

"我不知道。"我咬着嘴唇，不想作答。我很累，不想跟她玩这种无聊的游戏。"我不知道活着有什么意义，我继续活下去值得吗？"

"埃米，你不用去思考所谓生命的意义，也不用非得成为了不起的天才。你要知道，活着本身就是意义，不自杀就是一种胜利。"

我叹了口气，她为什么跟别人一样，一点都不在乎我的梦想呢？如果我确定自己能够实现目标，再难我也会坚持下去。可是，随着日子一天天过去，我感觉梦想离我已经越来越远。

"我的痛苦会消失吗？我会不会一辈子都像现在这样活着？还是说未来的我会比现在更抑郁？"

伍兹医生半天没说话，下意识地把头发掖在耳后。"心理问题很像癌症，总是会反复，这阵子好了，过阵子可能又严重了。我们会根据情况调整你的用药，你的感受也会有相应的好转。"

我明白了，结论已经很明显，我的问题无论如何都不会消失。我很欣赏她的坦诚，但也仿佛听到了自己心碎的声音。

伍兹医生转头朝向电脑屏幕，一边敲打键盘一边对我说："我可以帮你增加药的剂量。"

我再次叹气，"好的。"最后，她对我提出了一个要求，我也答应会做到：一旦我产生结束生命的想法，必须告诉信得过的大人，或是拨打911报警电话。伍兹医生还让我把这个承诺写下来，让我签上名字。她这么做应该是为了免除看护人的责任吧。

咨询结束，伍兹医生把我送到门口，"埃米，你要是自杀了，我一定会难过死的。想想我，你可不可以不要那么残忍？"她很少流露情感，现在这么说的确打动了我。两次诊疗期间，她是不是多少也会惦记着我？这样一丝小小的幸福竟然在我心里扎了根，变成了我必须履行的责任。伍兹医生微笑地看着我，继续道，"不过我知道，你根本不在乎我的感受。"

下周就要期末考试了，今天是星期三，我来到J老师上课的教室门口，站在她看不见的位置。腿上又多了两道伤口，已经开始红肿化脓，如果我还想活下去，就必须向人开口，这样我才能拿到抗生素，但也意味着我会因为自残受到相应的惩罚。仔细想想，这倒是个自我了断的好时机，终于可以一了百了了。

我瞥了一眼教室里面，她正坐在电脑前吃三明治。我想进去告诉她我很在乎她，我很爱摄影。但我知道，如果真的这么做，我肯定会痛哭流涕。我可不想那样，于是我转身离开，打算去餐厅吃饭。

第二天，我再次来到 J 老师的门口，再次选择转身离开。没想到这次她跟了出来。于是，我加快脚步，她也没有放弃的意思，紧紧跟在我身后。"出什么事了？"她在我身后开了口。

"没事"两个字脱口而出，我真恨自己，为什么要撒谎？

她迟疑了一下，然后继续道："你好像很难过。"

"我知道。哦，不，我是想说我是有点儿。"

J 老师眉头紧锁继续跟着我，跟了一段看我还是没有反应，于是对我说："那……咱们回头见吧。"

"再会。"我用法语跟她道了别。

就这样吧，我想好了。我独自坐在餐厅，本来我是有机会跟人沟通的，可我却选择了放弃。我可以写小说，可以拍很多照片，可我依旧很害怕，怕这世上永远不会有人真正了解我。

当天晚上，我在本子上写下一段话，对自己可能面临的两种结果做了分析，"或许，我可以想办法继续活下去，最终取得伟大成就。又或许，我可以选择尽早止损，此刻就做个了断"。我不知道这段话能不能算作我的临终遗言。

随后，我另起一页给 J 老师写了一封信。我想把当面难以开口的很多话都讲给她听，我想让她知道她对我有多重要，她是我最在乎的人。这样，就算我死了，就算她再也见不到我，也能知道我对她的爱。第二天上午，我趁她教室没人便偷偷进去把信留给了她。

接下来是大学预科的生物课，我彻底走了神，琢磨着临死前还有什么要做的事。我已经留了遗言，准备好了一瓶咖啡因药片，药量足够令我心脏猝死。我盘算着整个过程：等到放学，我走出校门，走到学校对面的树林，吞下所有的药片，然后用雪把自己埋起来。书包里有我已经完成的作业，这样他们就会知道，哪怕到了人生的最后一刻，我也是个不折不扣的好学生。

突然，我想起摄影实验室的托盘里还有我很多的底片和相版，都放在活页夹里。如果我死了，处理这些东西的工作就要落到J老师身上了。她肯定会把我所有东西都拿出来，整理好后统一交给母亲，也可能是交给戴夫或简。我想起当初不小心被胶卷轴划破了手，自己没当回事，可她的脸都吓白了，甚至吓得跑出了教室。要是知道我死了，她会难过吗？她本来想要跟我沟通来着？

我站起身，老师还在上课，"我有点儿难受。"我给自己找了一个理由，然后径直走出了教室。

我站在校医务室门口，"我的伤口好像感染了。"我对护士说。她从失物招领处给我找来一条短裤，我走进卫生间，好不容易脱下黑色的牛仔裤，刚刚结痂的伤口又被撕裂开了。我站在护士面前，腿上一百多道伤疤暴露无遗。

她坐在电脑椅上滑到我身边，俯下身看着我惨不忍睹的大腿，又红又肿，"你父母知道吗？"

"不知道。"

"你想过自杀吗？"

"嗯。"

"你想好具体的计划了吗？"

"想好了。"我瘫坐在帆布床上，知道这话一说自己就完了，接下来会发生什么事我一清二楚：打电话、去急救室和精神病院。我知道这会断送我提前上大学的梦想，一切又将回到原点，但我别无选择，命都没了，还拿什么实现梦想？要想活命，就得找人帮忙，我对自己不放心。

护士坐在我旁边，抚摸着我的后背。我终于回过神来，听到她对我说，"你做得对，一定会好起来，一切都会好起来。"

我不知道她为什么这么说，但她的语气十分笃定。

简还没下班，但她提前从单位出来了，因为要送我去急救室。她有点激动，"你为什么不先跟我们说呢？为什么要直接跑到校医务室？"

我耸耸肩，知道她会介意这件事。在她看来，他们收养我的目的就是要拯救我于水火。她先带我去了麦当劳，要了份薯条，我们俩坐在灯下的一张小桌边，身上都穿着厚厚的外套，默不作声地吃了起来。

过了一会儿，她终于开了口，"你现在还想去吗？"

"去哪儿？"

"去医院啊。"简气急败坏地回答。

"对。"我一边说，一边把手插进袖笼。

医院给我做了非常详细的评估，比对"痛苦清单"逐条做了询问。随后，我来到候诊室，蜷缩在诊台上，等着对我的宣判结果，我甚至没把书拿出来学习。

终于，当班的心理医生走了进来，跟我说如果我能保证不再伤害自己，即刻就可以让我跟着简回家。"你能保证吗？"

我坐起身，眼神疲惫，我真的很累。"不能。"我给出了答案，竟然没有撒谎。

我被带去了精神病诊疗区，接诊室只有简一个人。她穿着外套，像随时准备离开的样子。"你妈妈来不了。"她说。

"什么?"我不太明白她的意思。母亲需要来吗?她为什么要来?我只不过是住院了啊!

"她说教会有事,今晚就不过来了。"

我耸耸肩,不觉得她有什么来的必要。简看着我,放慢语速对我说,"她女儿都住院了,她还有心思去什么教会?"她虽然在指责母亲,但我感觉她在说我。母亲当然会选择教会了,我能怎么办呢?能因此就不爱她了吗?简是怎么想的?以为我会因为这个改变立场爱她多一些吗?爱很复杂,从来都不是等价交换。

简看我没作声又继续道,"你以为我愿意大周五晚上在这儿待着吗?明后天是周末,我有很多事情要做!"我牙关紧咬,一声不吭。简开始一一悉数自己的安排:寻古探幽、看电影、烤松糕。所有计划都因为我泡汤了,她得忙我的事,要填好多表格,还要参加心理咨询,还有无尽的自责。"你妈说她不来了。"她又念叨了一遍。

我知道简很生气,我直接去校医院就是对她的不恭,像是在质疑她作为寄养父母的能力,甚至是对她人格的攻击。她开始只是不安,慢慢变成了沮丧,我知道她盼着有人能安慰她一下,拍拍她的背,告诉她她是个好人,已经做得很好了,哪怕我能说两句话也行啊,我可以告诉她,她对我的照顾很细心,比我"亲生母亲"还要体贴(我特别讨厌听到"亲生母亲"这个词)。

可我不想对她说这个,只想告诉她我自己可以,她不用待在这儿。她和戴夫早就知道我的问题很严重,还因此多领了不少政府补贴,现在却又表现出一副不解的样子,不明白我为何会烂泥扶不上墙,为何又沦落到住进精神病院。我已经尽力了,我不是按照事先的承诺主动找人求救了吗?

这个世界好像一直在鼓动我求助他人,好像我走到今天这步田地就是因为我凡事都闷在心里,不愿意跟人开口。然而,每次我向别人敞开心扉,告诉他们我内心的痛苦,我得到的又是什么结果呢?简含沙射影地说母亲根本不爱我,我的做法令她和戴夫非常失望。大家都说要寻求帮助,我开口了,可他们又接受不了。

简终于走了。她从外面关上门的刹那,我感觉身体放松了许多。一位二十多岁的辅导员给我送来一身病号服,告诉我睡觉时穿这个,她又拿给我一床被子,像是某位母亲给自己生病的孩子做的。这么看来,我或许只是病了,而非误入了歧途。被子很厚实,压在身上让人有种踏实的感觉,被子和身下的床垫把我紧紧包裹在里面。刚刚服用了安定,两条腿像灌了铅一样重。

第二天的早餐是牛奶麦片,麦片盛在一个小盒子里,牛奶是脱脂牛奶。别的孩子都在玩牌,把扑克拖拉成扇形,像架起了一座桥。对于我们这样的孩子来说,这里或许就是我们的夏令营吧。我们被分成不同小组,跟彼此分享内心的感受,没有人在一旁指点对错。这里的每个人似乎都很难过,我也不用假装坚强。我可以安心地把自己交给别人,有人会照顾我,我也不用假装自己有爱我的家人。

第二天是星期六,探视时间母亲来了。她一见到我就给了我一个拥抱,道了句:"嗨,亲爱的!"她给我买了罐装汽水,还带给我一些画纸,对于我为何入院我俩都闭口不提。住院没什么特别的,对我来说,在哪儿住都是一天,在哪儿见母亲也都一样,会客室跟麦当劳、罗德威酒店,或是图书馆都没有区别。家里乱成什么样都与我无关,太远了,我不必为之困扰。直到探视时间结束她才走,我回到电视房继续看电视。

精神病院成了我最自在的地方，在这里，我可以无忧无虑地做个孩子，我终于明白自己为什么总是反复住进来了。坦率讲，我觉得戴夫和简说的话有一定道理，我确实有点好高骛远，因此给自己造成了巨大的心理压力。在我心里，我似乎只有两个选择，即所谓的"不成功便成仁"。可一旦住进医院，我的想法似乎就变了，我没那么在意成功了，也不那么想死了，只是依旧盼望能有书本做伴。当然，这次住院的感受和之前还是有所不同，外面还有我在乎的生活，下星期就要期末考试了，我还没来得及复习。

晚餐时间，我遇到一个之前在托管治疗中心认识的姑娘，她不太爱说话，从不惹事，用餐前一定会做祷告。她坐在我对面，抚弄着脖子上的项链，告诉我她马上就要被送去州医院。

我的心一下子提到了嗓子眼儿，她是一个贪食症患者，真不知道大人都是怎么想的，把她关起来，她的病情就能好转吗？别人很难理解我们的痛苦，就连心理医生的治疗手段似乎也少得可怜。

星期六下午，戴夫和简过来看我，身后跟着他们的女儿。聊了没几分钟，戴夫和简就走了，只留下他们的女儿和我两个人。

我们隔着桌子面对面坐着。会客室很亮，她一头金色秀发，皮肤是健康的小麦色，我心想她肯定不缺维生素D。"你这个自私鬼究竟想怎样？你想伤害自己、伤害你母亲，你随便，但我不允许你伤害我的家人。"

此时此刻，她直言我不是她家的一分子，我倒是十分敬佩。简受到了伤害，具体是何原因我并不太理解，她的女儿为了保护妈妈出面谴责我这个外人再正常不过了，他们才是真正的一家人。

"我不想伤害任何人。"我解释说。

"闭嘴吧！昨天你母亲都没过来看你，你就应该知道她根本不在乎你。再有下次，我们也不来了。"说完，她拿起包就走了，我独自一人坐在会客室。她的话并没有伤到我，我本来就瞧不上她，她说什么我并不介意。不过，她的话点醒了我，留给我犯错的时间不多了，如果下次我再进来，必定会影响我的未来，大家也会对我放弃期望。他们不会在乎我有多痛苦，不会关心我多想自我了断。我清楚地意识到住院不再可行，不管出于什么原因，我都不能再住进来了。自我了断似乎也不可行，我想过好多方法，好像都很难成功，到最后又会被送回这里，甚至可能是比这儿更糟糕的地方。

第二天一早，我睁开眼睛，看到美丽的朝阳透过通风口映照在墙上，我翻身想拿起相机把这美好的瞬间记录下来，却突然意识到相机根本不在枕边。

星期一上午我见了当班的心理医生。我坐在医生对面，母亲坐在我旁边，戴夫和简坐在另一边。

"你后悔自己做了这样的事吗？"简问我。

"什么事？"我反问道。

"想方设法住进精神病院啊！"

我想戴夫和简是想让我跟他们道歉吧。我内心确实觉得自己做错了，我割伤自己、跟人撒谎、饭后催吐，这些都是我的错，不过住院这件事我并不后悔。但我该怎么跟他们解释呢，似乎很难说清楚，于是我选择继续嘴硬下去。

"不后悔。我内心感到不安时遵守安全承诺找人求助，我觉得自己做得没错。"我很讨厌"安全承诺"这个措辞，不过我留意到心理医生听到后很认同地点了点头。

"埃米根本不用住院,"母亲一边看着戴夫和简一边说,"她不用住在这儿。"

"我确实产生了自杀的想法。"我告诉母亲。

"自从和她妈旅行回来后,埃米的情况真是急转直下,"简看着心理医生继续道,"埃米的母亲就是她最大的病根。"

戴夫在一旁低头揉搓着手指。

"他们俩根本不关心埃米的智力培养。"母亲反驳道。

"埃米的母亲高估了她女儿的智商,她的期待埃米根本达不到,所以才会给埃米造成巨大的心理压力。"简也毫不示弱。

"你们别争了,我不会再自杀了,"我补充道,"我已经想好了。"听了我的话,大家都安静了下来。

心理医生点点头,简却一直在瞪我。"你让我们怎么相信你?我们怎么确定你不会在我家继续做伤害自己的事?"

"大斋节的四十天,我保证不会划伤自己,我也保证不听流行音乐,法语歌除外。"

"你能这么说我很高兴,"简马上改了语气,"不过你的保证根本就没诚意,你连基督徒都不是。"

"可我毕竟一直生活在基督教文化里啊,你也不是天主教徒,那你过大斋节吗?"

"从你们的对话判断,你的确可以出院了,"医生终于听不下去了,"如果埃米愿意签署安全承诺,我们现在就可以让她出院。"

"我不相信埃米的话,"简表示反对,"我觉得她该在这儿住一段时间,好好反省自己的行为。"

115

"什么行为？我想自杀，找人求助不对吗？我遵守自己的安全承诺不对吗？你想让我怎样做呢？"

"如果埃米同意签署安全承诺，我们没有理由让她继续留在这儿。您还有什么其他想法？"医生看着简问她。我不知道如果简继续坚持，他们会把我怎么样，会被送去别的寄养家庭吗？想想也不一定是坏事。但是，如果我真的离开她家，那就意味着我还得转学。距离高考不到一年了，如果我想顺利参加高考，我还能转去哪儿呢？再说了，下一户人家也不一定比戴夫和简好。

"好吧。"简一边说一边拿起自己的包。

我填写了安全承诺：如果我有伤害自己的想法，就去听卡拉·布鲁尼或说唱歌手索拉尔的作品，要么就拿起笔写作。我先在上面签了字，然后又请在座的大家先后签了字。我注意到戴夫在签字时眉头紧锁，一脸的不情愿。

"再见，宝贝！"母亲拥抱着跟我道别，掏出车钥匙转身离去，估计又去购物了。

心理医生把我送回病房，我把衣服收拾好，放进一个全新的垃圾袋，她把我粉紫色扎染的背包递给我，里面装着我的作业、刀片，最底下还有提神的药物。我们走出医院，身后的大门啪嗒一声锁上。我跟在戴夫和简的身后，坐进车子的后排座位上，一句话也没说。

八

    出院后一切都变了，如果之前戴夫和简对我还有些许信任，那么现在已经消失殆尽。除了睡觉，他们甚至不允许我单独待在自己的房间，放学后我也不能在学校待太久，必须尽早回家。戴夫每天都会看着我把欣百达、仙特明和通便丸吃下去，然后再把剩下的药锁起来，锁进一个不结实的塑料盒子，用黄油刀随便撬一下就能打开，真不理解他们为什么要上锁。

    那天，我们刚进家门简就对我说，"我会定期查验你的大腿。" "查验"？这个词也太搞笑了，有必要说得这么官方吗？我笑出了声，但简并不觉得好笑。

    我走进房间换衣服，她就守在我门口，虽然很犹豫，我还是换上了短裤，与其说我不想让别人看见自己的脆弱，倒不如说我不想让简查验我的身体。我看着窗外，琢磨着自己能不能顺着外墙爬下三层楼，然后从后院逃跑。

    我走出房间。

简看到我的瞬间惊恐地用手捂住了嘴，然后跑下了楼。

我痛苦的痕迹竟然会让她也感到痛苦，这倒让我获得了一丝满足。之前，总有人说自我伤害是为了博取关注，我非常讨厌这种说法，我默默的自我伤害行为不恰恰说明我不是在求关注吗？这回戴夫和简或许可以相信了，我之前说自己有自杀倾向并非为了给他们添堵。

当天晚上，他们说我不能再去上大学预科的艺术课程了。"压力太大对你不好。"我说我的压力并不来自大理石材质的裸体雕像，可戴夫还是带我去了教导处。我仗着自己成绩优异，可怜巴巴地看着博世处长，没想到还真有效果，对方竟然多给我安排了两门高级课程。戴夫带着我离开时一脸的羞愧懊恼，我想告诉他我丝毫没有伤害他的意思。但想到自己占了上风，内心难免还是添了一丝喜悦。

当天下午，我被J老师叫去了她的办公室。我看到她手里拿着我写给她的信，坐下来的瞬间，羞愧之心令我胸口一紧。

"你的文笔真好。"J老师先是夸了我。听到这话，我多少还挺为自己骄傲。不过，我紧接着看到她把手指伸进眼镜下面，抹去了眼角的泪，我着实不知该如何应对。"我读到这封信时都快难过死了，我仿佛能感受到你的痛苦。"她用手捂住胸口继续道，"我之前竟然对此一无所知。"

"对不起。"我并不想J老师替我担心，更见不得她伤心难过。她本可以继续按部就班地工作，朝着表现不好的同学翻白眼，用黑色记号笔把我优秀的作品圈出来，她根本不必应对我这个麻烦。"我现在好多了，以后还会越来越好。"我一边说一边点头，像是在说服自己。

我起身离开，她给了我一个轻轻的拥抱。第二个星期，摄影教室只剩下我和她两个人，她问我，"你怀念跟母亲住在一起的日子吗？"

"有时会想。"我说，但心里更希望J老师或是其他某位老师能够收养我。她要是提出来，我肯定二话不说，当晚就收拾行李搬去她家。"我也怀念生活在城里的日子。"

"你想去参加夏令营吗？"J老师继续道，"那种摄影夏令营？"

"我不知道他们会不会同意。"我想象戴夫和简坐在沙发上一副高高在上的样子。他们肯定不同意我去参加什么夏令营，尤其我才刚刚从精神病院出来。

"我可以帮你写推荐信，还需要我做什么，你就尽管跟我说。"

"谢谢您。"我假装若无其事，内心却掀起了小波澜。读五年级时，乐队老师曾跟我提过密歇根的因特洛肯艺术中心，两年前我还曾经申请参加过他们的活动，后来却因为自杀未遂住进了精神病院，但我确定他们一直在组织摄影夏令营。

J老师帮我挑了几张我最好的摄影作品，戴夫和简并不知道我的计划，我找母亲帮我签了字。她全力支持我追求艺术，戴夫和简越是反对，她就越支持。

几个星期前，我的生活百无聊赖，看不到一点希望，眼前是没完没了的冬天，每晚看的也都是相同的电视节目，当然还有无休止的、愚蠢的博弈。可现在情况变了，自从填完表格，我好像有了动力，我要重新编辑人生代码，用全新的生活代替曾经的过往，我要勇敢追求自己的梦想。

我刚走进戴夫和简的家，就感觉气氛不对。戴夫走去厨房，打开冰箱，拿出一瓶饮料，什么话也没说。过了几分钟，简提前下班回来了。她放下包，"桑迪住院了。"说这话时，她看着我，"你现在好受了？"

"怎么回事？她没事吧？"我想她或许是被车撞了，被送去医院前一直躺在路边的冰雪里。

"她吃了防冻剂？她是不是误食了？"我真的很担心。我知道，很多时候，小孩子会错把防冻剂当成冰激凌。简抱着肩膀打断我说，"她是想要自杀！桑迪之前也在伍兹医生那里做过咨询，就是你喜欢的那个医生，她调整了桑迪的用药。桑迪看到你进了医院，她之前一直把你当成榜样，结果你带给她的却只有失望。""我并没有多喜欢伍兹医生，"我看到简紧咬着后槽牙，知道自己又说错话了，"对不起，我一直希望桑迪能好好生活。"

"你还是等她出院当面跟她说吧，你还要跟她道歉，如果不是你的缘故，她根本不可能做出这种傻事。"

老实讲，我并不觉得桑迪吃防冻剂跟我有什么关系，但我知道他们为什么会觉得我有责任：我先进了医院，现在桑迪又步了后尘。自从我走进他们的生活，他家的坏事就没断过。

几天后，桑迪终于回来了，她穿着袜子在地板上朝厨房方向滑过来，还低声哼着歌，完全看不出有什么不正常。简带她进了厨房，然后自己叉着腰守在门口。我咽了口唾沫，"桑迪，对不起。"

"说清楚，为什么对不起？"简不想让我轻描淡写地蒙混过关。

"对不起，我先去了医院，给你带了个不好的头。"

"不是你，我觉得是他们给我开的药有问题。"桑迪一边说一边做了一个发疯的手势，还吐了一下舌头。

我微笑地看着她，悬着的心放了下来，不过一旁的简还是一脸冷漠，谁让我扰乱了他们家的和谐呢？我一厢情愿地认为，只要我们能忘记不愉快，只要我好好吃饭、遵守规矩，只要我不再伤害自己，日子就可以回到从前。

之后的一天，博世处长把我喊出课堂。我走进教导处，看到戴夫坐在里面，"是桑迪又出事了吗？"我惴惴地问。

"不是，"他说，"我要带你去看伍兹医生。"

我不知道又出了什么事，待到我走进伍兹医生的办公室，发现简和母亲已经等在里面。

还没等我坐下，简就拿出一包东西质问我道，"这是什么？"我看了一眼，是个密封袋，里面放着药、独立包装的刀片、伍兹医生的名片、画笔、一瓶油墨、一沓相版和几张五寸照片。"戴夫查看了你的背包，你竟然带着武器上学，我觉得把你送去监狱都不为过。"听到"监狱"一词，我内心无比紧张，不过还是尽量表现得平静，不想让简的吓唬得逞。

伍兹医生抱着肩膀坐在我对面，母亲也抬起头看着我。

"你们听我说啊，自从上次出院后我就再没有伤害过自己，可我之前割伤自己总得有工具啊，这有什么可吃惊的？"

"当然吃惊了！"简继续道，"你难道不该把这些东西丢掉吗？"

我一时不知如何回应，"你说得也不无道理。"

"是啊，埃米，你为什么不把刀片扔掉呢？"母亲问我的语气好像自己受到了羞辱。

"对不起，是我蠢，我是该扔掉的。"我看着在座的每个人，"对不起，对不起，可以吗？"

"好吧，"伍兹医生双手合十，"咱们想个惩戒她的办法，然后就让这件事过去吧。埃米，我相信你以后不会再私藏这些东西了，对吧？"

"不行，我还没说完呢！"简继续道，"这些都是什么药？"

"咖啡因。"

"搞笑呢？"

"我真的很累。"

"这些画画的东西都是哪儿来的？"简拿出油墨质问道。

"我妈给我买的。"

"一瓶油墨，要说其实也没什么！只要你答应我不再伤害自己，就算你把自己房间的整面墙画上画我都没意见。"简转头看向母亲，"我不明白你怎么可以不跟我们打声招呼就给她买这些东西。"

母亲从鼻梁上把眼镜拿下来，用衣襟擦了擦镜片。

戴夫又拿出相版和照片，"还有这些。"他一边说一边把东西递给我。相版是去年秋天我跟同学一起拍的照片，其中一张我把自己装扮成了圣诞树，身上缠着圣诞彩灯，还有一张算是人物照，我怀里抱着猫咪，我左胳膊上的伤疤清晰可见。"这些照片简直邪恶，你想要表达什么呢？我家里绝不允许出现这些鬼神的东西。"

"这照片不是我拍的！否则我不会放在房间里，早就把它们放在摄影教室我的作品夹里了。"

"你的这些照片就是在美化自我伤害。"简依旧不依不饶。

"不至于吧，"母亲终于听不下去了，"埃米喜欢艺术创作。"

为了避免争执升级，伍兹医生提前结束了家庭咨询。她警告戴夫和简不要总是查我，这样做一点好处也没有。他们是我的寄养父母，想要了解我很合理，或许在他们看来，只要我愿意打开心扉信任他们，我就可以成为家里的一分子，就可以勇敢面对过去，成年前好好享受几年正常的童年时光。可在我看来，这世上简直没有比这更蠢的想法了，所谓过去，不是想过去就能过去的。再说了，戴夫和简对我来说没有任何特殊意义，我有自己的母亲，怎么可能跟他们一条心？

每天晚上，只要电话一响，戴夫和简就会一脸不快。他们没有理由禁止我和母亲交流，不管母亲做了什么决定，简似乎都无法认同，甚至会隔着电话跟母亲嚷嚷。寄养家庭的初衷本来是帮助协调我们母女的关系，让我们重新和睦相处，可我总觉得戴夫和简根本不想达成这个目的。他们认为母亲对我造成了恶劣的影响，老实讲，他们的感觉没错，但母亲毕竟是母亲，对我来说，他们才是可有可无的外人。

各种冲突混乱中，我收到了因特洛肯夏令营的录取通知书，还为我提供了一点奖学金。夏令营的费用很高，不过母亲答应帮我解决。她动用了乔治·W.布什政府发行的刺激支票，还有之前攒的我读大学用的学费。想到自己可以穿着高筒袜和其他年轻艺术家在森林里度过六个星期的摄影时光，我简直欣喜若狂。

戴夫和简听说了这件事后非常气愤。我不明白为什么要跟他们请示，不用问我也知道，他们肯定会反对。简给英格丽写了一封信，问她怎样才能跟因特洛肯的人取得联系，告诉那边我的状况不是很稳定，英格丽说她会处理此事。我不知道具体是谁打了电话，总之我很快就收到了夏令营的拒信。

我再次见到了伍兹医生。她关上办公室的门对我说，"你得尽快离开莱克维尔。"

我低头看着脚上的运动鞋，"我本来想去参加夏令营的。"我之前不好意思说，现在无所谓了，反正也去不了。

伍兹医生拿起办公桌上一个小雕塑，一边把玩一边继续道，"明年还能去吗？我觉得你得换个地方住。"

我进来之前以为她会因为刀片和咖啡因的事数落我，然而她并没有。

她跟简不一样，不觉得我是什么恐怖因素。她看着我，好像我只是一个人畜无害的伤心的小女孩，除了伤害自己，其他什么坏事我都不会做。我想，伍兹医生之所以会信任我，多少和我上次遵守自己的安全承诺有关。老实讲，我真不知道自己的行为会触发他人怎样的感受，不知道带给他们的会是开心还是焦虑。

我跟她说自己没有地方可去，只能继续留在南莱克维尔上学，"难道我能回去我妈妈那儿吗？"

"不行。"伍兹医生瞪了我一眼，"她会再次把你逼疯，然后你又会瘦成皮包骨，最后甚至会吸毒过量导致死亡。你能住学校吗？学校有没有宿舍？"

"你是说那种寄宿学校？"我脑海中浮现出英国乡村的延绵田野。

"你总说想读大学，明年你就去读大学，到时候就可以住在宿舍了。"

"您不怕我在宿舍发疯吗？"

"你继续在这儿待下去才会发疯。"

"您真觉得我能去读大学吗？您以前总是说不要太早忧虑大学的事。"

"我那会儿是担心没人收留你，怕你睡大街。"

"会吗？"我从没想过自己的生活还能比现在更糟。

"当然，埃米。"她有点生气了。

我俩畅想着大学生活的美好，但现在申请明尼苏达大学的主校区已经太晚了，母亲当初读的是它位于莫里斯镇的分校，那时母亲只有十六岁，比我现在大一点。州政府的"中学后求学项目"甚至可以出资支付我的学费、杂费和书本费，我个人只需要承担食宿即可。莫里斯的地理位置很偏，开销应该也不大。

这计划简直无可挑剔，堪称皆大欢喜。母亲可以让我从寄养家庭中搬出来，戴夫和简也可以把我的"色情照片"和其他乱七八糟的东西统统清理掉，而我则可以用求知若渴的学习取代家庭带给我的困扰。

第二天午餐时间，我去了教导处，请他们把我的成绩寄给莫里斯学校。我不知道自己在托管治疗中心的学习成绩如何，再之前的就更不知道了。我其实挺害怕看自己的成绩，但再怕也得面对。我在图书馆打印了自己的申请材料，我可不想让戴夫和简知道这件事。我填好单页的表格，附上我的大学预科申请信和高考成绩。我二月份时参加过一次考试，本来只是想试试水，结果拿到了三十一分，总分三十六分，成绩还算凑合，当然并不理想，很难申请到特别好的大学，但莫里斯本来也不是什么紧俏的地方。一切准备就绪，我把材料装进袋子。每份材料都寄托着我的梦想，现在我终于知道为什么有人对申请这件事特别执着了。

戴夫和简听说母亲正在帮我跟因特洛肯申诉，希望对方能够重新接受我的夏令营申请，二人即刻表明了态度：如果我执意要去参加夏令营，那就得放弃我的"寄养资格"，还有别的孩子需要他们帮助。他们满口仁义道德，但在我看来，他们就是觉得我挡了他们的财路。我知道，他们因为照看我，一个月可以拿到一千多美元的补贴，母亲说过好几次，还说这钱比她工作一个月的工资都多。

"我明白。"回答戴夫和简时，我表现得一脸严肃，但其实心里早就乐开了花，或许我真的可以永远离开莱克维尔了。

"那你在夏令营之后打算去哪儿？"简问我，"去跟你妈住吗？你是怎么打算的？"

听到我说"不知道"，她一脸鄙夷。我不想告诉她我申请大学的事，万一她给那边打电话,恐怕又会坏了我的好事。到了星期天,母亲过来接我,她开心地咧着嘴对我说,"我有样东西给你。"

她从座位旁边抽出一个大信封,信封上印着金红色的"明尼苏达大学莫里斯分校"几个字。信封很厚,我被录取了。

"太好了!"我不停地感慨,"太好了!"我隔着挡位操纵手柄给了母亲一个大大的拥抱,内心的喜悦几乎要漫溢出来。我终于可以上大学了,可以住在宿舍,可以远离成人的世界,不用面对他们对我的梦想指手画脚,就连母亲也离我有一百五十多千米远,属于安全距离。

母亲带我去了麦当劳,我在那儿填写了各种表格。食宿的总花销为六千七百一十美元,也不是一笔小数目,但埃德娜祖母答应留给我一笔钱,让我用来支付大学的学费,我们可以用它支付食宿费。儿童保护中心并未介入此事,只要母亲签字证明我可以照顾自己,等到大学开学后她就可以把我从戴夫家接走了。

又过了几天,我放学回到寄养家庭,看到戴夫手里拿着莫里斯分校的大信封。

"你打算什么时候跟我们说这件事?你是计划着到时候你母亲来这儿什么也不说直接把你接走吗?"说这话时,他的脸抽搐了一下。他情绪激动,语气很不友好,这我倒是没想到。他们不是说已经把我的床位给了别人吗?我还没有得到夏令营重新接收我的确认函,如果再次遭到拒绝,我这个秋天恐怕就得另找容身之地了,不是吗?我要去读大学,他不是应该高兴吗?英格丽负责的问题孩子中,我可是第一个上大学的呀。看来他并不这么想,我的录取通知书对他们来说不过是我无法跟他们成为家人的又一个证据。

戴夫摇摇头,从冰箱里拿出一瓶饮料,随后啪的一声把冰箱门关了回去。

…………

安妮特来看我,我刚坐上她的车就告诉了她我被莫里斯录取的消息。我已经仔细研究了课程大纲,计划着三年内从那里毕业。安妮特开车载我驶向当地的滑雪胜地,我跟她滔滔不绝地畅想心仪的专业,我想主修法语或英语,再以后想成为一名医生。

我们俩坐上缆车,面对面坐着。安妮特对我说,"我没想到你在莱克维尔的日子那么不开心,真的那么糟吗?"

她之前都不太关心我的生活,我没想到她会问我这个问题。

"我和寄养父母相处得不太好。"我回答说。几个星期前,我不小心把发夹落在裤子口袋,洗衣服时把戴夫和简的洗衣机搞坏了,他们非常生气,跟我要了三百美元作为维修费。本来政府可以帮忙支付这笔费用,但他们拒绝了,告诉英格丽我必须自掏腰包,我要对自己的行为负责。

"你没想办法化解与他们之间的矛盾吗?你觉得自己的态度有没有问题?你妈妈的态度呢?"

"都无所谓了,反正我马上就要读大学去了。"

缆车把我们放在了山顶,我从小到大只滑过一次雪,不太有经验。滑雪板被我摆得太正,我一路向下,安妮特在我身后追上来,大声地告诉我该如何转弯。

再次坐上缆车,安妮特问我,"你放假打算做什么?"

我耸耸肩。

"十五岁上大学,你以为这样你面临的家庭问题就可以迎刃而解了吗？"她说她家附近有一所学校，"你可以在那儿读大学预科课程，就算学校没有此类课程，他们也会帮你找到相应的老师，毕竟大家都得学外语。"我看着远处的山脉，虽然已是春天，但山上还是白雪皑皑。"在我说的学校上学，你会觉得开心吗？"

"当然。"我望着远方，无尽的远方，望着还没开冻的大草原。我当然愿意跟安妮特住在一起，去那样的学校读书，吃有机的水果。但我不能这么做，这才是问题的关键。

"你好好问问自己，埃米，我知道你迫切想要离开莱克维尔，但你真觉得莫里斯是你最好的归宿吗？"

我咬紧牙关，她这问题真的很残忍，残忍且毫无意义，我自己也不知道答案。

母亲带我去了莫里斯分校，我们在高速上开了一百多千米，下了高速又开了五十千米的小路，沿途的玉米地里耸立着很多风力发电机，虽然关着窗户，农田里肥料的臭味还是能飘进来。母亲兴奋地给我指着她曾经的宿舍楼，我希望自己也能住在里面。

我旁听了一天的课，之后，母亲最喜欢的教授带着我们去了主街最豪华的饭店，请我们吃了晚餐。

"你为什么想来莫里斯分校啊？"他问我。

我有点尴尬，不知该怎么开口，他可是毕业于哈佛大学的高才生啊！"我喜欢这儿。"不管怎么样，这里毕竟是大学，我甚至可以直接跟着法语专业的大三课程学起，这简直是我有生以来最大的荣耀。

我本以为对方会很欣慰，没想到我却从他脸上看到一丝担忧。他说我就读别的学校或许会更开心。

"您为什么这么说？比如说什么学校呢？"

"比如去做我的校友啊，你可以去读哈佛大学，那儿的学生求知欲更强，跟你很像。"

我坐在那儿，呆若木鸡。他为什么这么说，为什么说我更适合哈佛大学？他怎么知道？我们见面才不过二十分钟啊！

我涨红了脸，但心里也不禁愁云四起，大家为什么就不能替我开心呢？一年前，我还被困在治疗中心，连书本都被人收走了，前途渺茫，整日担心自己被送去州立医院。现在，我凭借自己的努力，人生已经有了很大的变化，不仅可以十九岁就拿到学士学位，还可以逃离当下的所有痛苦。

"嗯，那她能转学去哈佛大学吗？"母亲问道。

"哈佛大学最近几年已经不接收转学来的学生了。"

"那耶鲁大学呢？"他们开始讨论名牌大学毕业有多么困难。我看了一眼母亲，桌上的烛光映在她脸上，我暗自思忖，如果母亲不是在这个鸟不拉屎的地方读书，而是去了别的地方，她还会像现在这样落魄吗？或许她也会有一份高薪体面的工作，也会知道各种意大利面具体都叫什么名字，也会生活得很幸福，甚至根本不会养成囤破烂的毛病。

想到这一切，我害怕起来，回想起之前跟她发生争执时，我总是跟她大声嚷嚷，"如果当初斯坦福因为你年纪太小而拒绝你，你为什么不等年纪合适了再重新申请呢？"我知道这是她的痛处，她总是回答说因为她想早点离开家。看着她跟教授谈话的模样，我几乎可以确定，如果她愿意再等一年，她的人生将会彻底改写。

想到这些，我的眼泪不自觉地涌了出来。或许安妮特说得对，但我真的无法想象为了所谓更好却渺茫的机会，我还要在寄养家庭生活两年。

我真的能考上名牌大学吗？这么多年过去了，大人一直告诉我不要好高骛远，我这次终于认同了他们的想法，难道我又错了吗？

几个星期过去了，我知道戴夫和简对我还很生气，不过我还是鼓足勇气走下楼，趁着节目广告的当口向戴夫开了口，"明天放学您能去学校接我吗？"

简调低电视音量，"为什么要晚回来？"简问我。

"社团要开会。"

"什么社团？"

我咬了一下嘴唇继续道，"老师牵头组织的社团。"社团的名字是"同志联盟"，牵头人就是教我们艺术史的老师。我已经加入该社团几个月了，之前一直谎称自己参加的是法语社团。（反正交纳的会费都一样多。）明天我们要组织一场比萨聚会，发起一场反对"太娘了"等侮辱言论的活动，然后再把南莱克维尔中学的各个角落挂上彩虹旗。

"你那个社团叫什么名字？"简继续追问。

"是个联盟。"她没有放过我的意思，我只好道出实情，"同志联盟。"

广告结束，《一掷千金》继续开播。所有人的眼睛都盯着电视，几位穿着紧身裙的妙龄女子拎上来几个密码箱。简的两眼始终盯着屏幕，"那种活动你不用去，你又不是同性恋。"

"如果我是呢？"我的声音很尖，自己也被吓了一跳。老实讲，我也不知道自己是什么取向，不知道自己会不会喜欢男孩子，会不会是双性恋。在我成长的环境中，同性恋一直被视为一种罪恶，双性恋就更离谱了，让人感觉就是要占尽便宜。不管是同性恋还是双性恋，在他们看来，都意味着一辈子不会只爱一个人，这和荡妇有什么区别。米歇尔做了变性手术（并皈依了唯一神教），按理说她应该能够理解这种倾向，可事实并非如此，她除了理解自己的性取向，其他取向在她看来都是罪恶。

简看着我，一脸错愕。"我无法想象竟然让你在这儿住了这么久，对于桑迪来说，我这简直是引狼入室。"

"抱歉，我没有贬低谁的意思，"我提高音量反驳道，"但我对桑迪一点兴趣也没有！"

我跑回楼上自己的房间，砰的一声关上房门，我知道他们不允许我关门，不过并没有人跟上来。我的心跳慢慢恢复了正常，悬着的心也放了下来。我们之间的紧张关系终于还是升级了。我从未表达过自己的不安，也不允许自己在他们两位大善人面前表现出脆弱，这一刻他们应该也会感到很踏实，终于掌握了我可能危及他们家庭的罪证，也找到了足以解释他们不管怎样努力都无法解决我的问题的理由。那天晚上，他们来到我的房间，告诉我最后一门大学预科考试结束后必须搬走。可在那之后我还有两个星期才放假，不过他们表示那是我自己的问题。

长大后，我与戴夫和简的关系有了好转。他们又收养了一个姑娘，她患有糖尿病，相信巫术，还有躁郁症。看到他们面对新家庭成员招架不住的样子，我倒是有些开心，他们应该会想念我吧。住在戴夫和简家的最后一个星期，我收到了因特洛肯发来的接收函。他们给伍兹医生打了电话，电话中医生确认我的情况稳定。伍兹医生给我做咨询时告诉我说，"我跟他们说了，换换环境对你的康复有好处。"我真想给她一个大大的拥抱，不过我知道这不符合规定。昨天我参加了大学预科的生物考试，今天是我离开寄养家庭的日子，我答应桑迪有时间就会回来看她，但我知道自己不会回来了。母亲终于来了，我跑出房门，奔向她的车。接下来的半个小时，我一直站在门前的小路上，等着母亲把我那四个袋子塞进车里。我无论如何也不愿再进那栋房子了。

回到母亲家,之前楼上的房间一直租着,这会儿却刚好没人,所以我可以暂住一段时间。没有床,我就睡在一条绿色的健身垫子上。冰箱里摆满了过期的低糖酸奶和健怡可乐。

学校还有两个星期才放假,这段时间母亲只能来回开车送我上下学,每天路上就得花一个半小时。我不禁想起她刚和米歇尔离婚的那段日子,她为了证明自己可以照顾好我,付出了很多辛劳,那段日子要是可以一直持续下去就好了。

每天晚上放学后,我就在学校门口等她。因为等的时间很长,我索性蹲在地上把作业做了,然后再坐在背包上继续等。因为每天早起赶路,晚上又得忍受漫长的等待,我觉得非常疲惫。但母亲也没办法,她得工作。为了弥补早上送我耽误的工作时间,她都得很晚才能来接我。终于到了放假前的最后一天,我每节课都泪眼婆娑地与人道别,主要是老师。我知道,他们中很多人,我这辈子都无缘再见了。

最后告别的是J老师。我捧着自己的文件夹站在她面前,"再见。"我冲进她怀里,她给了我一个拥抱,我旋即飞速地跑开去。

我站在校门口等着母亲,看到同学三三两两地离开。暑假来了,他们兴致勃勃地讨论着暑期打工卖冰激凌和参加排球集训的计划,我坐在背包上竟然睡着了。一位母亲蹲在我面前,摇着我的胳膊,我这才醒过来,"你没事吧?"她问我。

"我没事,在等我妈来接我。"

"这么晚?"太阳已经落山,我猜大概有晚上八点半了吧。那位女士让我用她的电话联系了母亲,母亲说她还得等一会儿才能到。

"没关系的,"我告诉面前的陌生人,"我每天都在这儿等她。"

那位女士离开了,之后再也没有人路过。我透过窗子看到门卫正在清理餐厅的地面,明天开始就要放假了,餐厅也将停用一段时间。

终于,别克车的前大灯划破了漆黑的夜,我收拾好东西,打开车门坐进车里。我太想离开这里了,一刻也不想多留。车子越开越远,莱克维尔在我们身后渐渐退去,我内心竟毫无波澜,没有一丝一毫的不舍。

九

因特洛肯真的好远，路上一共开了十一个小时。越靠近营地，植被越茂密，高速两边的松树笔直而挺拔。跟母亲道别后，她抹着眼泪转身离去，看着她的车子越走越远，我竟感到莫名的兴奋。

整整六个星期，任何人都别想打扰我，甚至没办法给我打电话。如果有人非要跟我联系，也只有两个选择，一是给我写信，二是若有急事，可以联系组织方，让组织方转达给我。其他营员都在抱怨禁用手机的规定，反正我也没有手机，这规定我倒挺喜欢，这才是生活的正常状态。我非常喜欢他们发的制服：上装是浅蓝色的网球衫（除星期日要穿一身白外，其他时间都得穿制服），下装是海军短裤和不同颜色的及膝长袜。开幕式时，圆形的露天剧场高朋满座，会聚了两千多位音乐家、画家和电影人，大家统一着装，我平生第一次找到了适合自己的位置。

傍晚时分，夕阳西下，格林湖边吹来习习凉风。一位主管老师开始讲话，"莎士比亚曾经说过，'艺术的魅力就在于赋予生命更大的意义'。"我长舒了一口气，终于有大人把生命的意义当回事了，不过我怎么觉得莎士比亚的话有点牵强呢？开幕式接近尾声，舞台上的乐队演奏了一首简单而伤感的曲子，是弗朗兹·李斯特的前奏曲，据说这曲子是因特洛肯夏令营的主题曲。

我跟着大部队走回高中女生的营区，鼻子里弥漫着植物的幽香，脑海里萦绕着美妙的音乐。走进十九号木屋之前，我抬头仰望夜空，浩瀚的星辰无比震撼。

开始上课。老师就坐在实验室门口，我和其他三位同学围着他。他说自己平时在社区大学教书，一年中最开心的日子就是参加这个夏令营，因为这儿的学生真心热爱摄影。

"要想在摄影上有所建树，就得多拍作品，每天至少一卷胶卷，在夏令营期间相纸可以随便用。"科特一边说一边站起身走去暗室，再次出来时，他手上拿了一沓伊尔福德信封，里面都是相纸，"用完了，你们就跟我说，我让他们再去买。"

科特让我想起卫理公会医院那些姑娘的父亲，他对我们很好，我第一次体会到有人宠着的感觉。他坐在门外，看着野外的生灵，我把拍摄的相版拿给他，他一边看一边用红色铅笔圈出他认为好的作品。"还是经验不足，"他摇摇头继续道，"还得多拍。"以前，我不论有什么热情，大人的态度都是打击我，这是我第一次听到有人鼓励我，感觉有点奇怪。

我平生第一次体会到一个孩子应有的状态。

我们四个摄影学员的关系越来越熟络，经常凑在一起逗安东尼开心。安东尼之前一直读私立学校，后来他母亲因为金融危机丢了工作，从此他便失去了活力，终日蔫头耷脑。"我这辈子只能待在那个毫无指望的城市了。"在暗室红灯的映照下安东尼像一颗霜打的茄子，一边说一边把自己的照片从显影托盘中取出来,然后放进了定影液。

"你可以考大学啊,安东尼。"一位来自芝加哥郊区的姑娘鼓励他道。大家开始七嘴八舌,说他确实可以考大学,他那么聪明,既然读完了高中,不是刚好可以准备高考吗?安东尼告诉我们他就读的中学很烂,老家的经济也不景气。我觉得他太悲观了,不管生活中遇到了怎样的苦难,求学都是最好的出路。

"你们不懂,你们根本就不知道我有多难。"

科特一直怂恿我们申请因特洛肯的寄宿学校,还说学校会提供一定资助。我们知道这是强制推销,但也只能由着他讲完。安东尼每次听到因特洛肯学校时就会变得特别强硬,仿佛受不了有人明知道有些东西你得不到,却偏要在你面前显摆似的。我们知道,这恰恰说明他很在意。

老师还没推销完,我抱着肩膀、歪着脑袋,信心满满地宣布,"我不申请寄宿学校了,秋天开学我就去读大学。"或许,我说这话时也成了安东尼屏蔽的对象。

夏令营的时光很美好,我不是在跟摄影学员讨论摄影,就是跟同屋的姑娘们待在一起。我们房间的姑娘都是十五岁,开学要升高一的年纪。负责看管我们的是一位行事拘谨的木琴演奏家,她头发很长,总是梳成两条大辫子。

每天,活动从早上六点半准时开始,集合号震得我们的木板门嗡嗡响。所有学员快速跑去网球场,排好队形开始做操,结束后,辅导员会告诉我们晚上演出等活动的安排。大家都会相互学习、相互捧场,看彼此的演出、参加读书会、出席画廊开幕等。

如果有姑娘透过短裤边缘看到我大腿上的伤疤,我会编出来各种理由应对：'我不小心摔在玻璃茶几上了''我被割草机给撞了''我们家去威斯康星州野生动物园时一只老虎闯进了我们车里，我险些命丧虎口'。夏令营的大部分时间，所有人都在憧憬未来，很少讨论过去的事。

到了夜里，每次熄了灯，我们都会躺在上下铺上继续畅想未来。木屋里随处可见前人用记号笔写下的寄语，有的贴在厕所隔间门上，有的贴在柱子上：有名人名言、歌词诗句、音符小节、谜语，还记录着留言的人名、时间和专业。我们仔细梳理，想看看能否从中找到名人留下的痕迹。木屋地中间绝对是神坛一般的存在，以往每届住在这里的营员都会集思广益想出一个全屋都接受的标语，写下来留给我们这样的后人。

半夜三更，我被一阵咯咯的笑声吵醒，我知道她们在做什么。五个女孩围在地中间儿，我们的床铺都贴着墙壁放在四周。

我爬起来，顺着梯子下了床，走到她们跟前。"我们得决定了。"泰勒是一位音乐剧演员，她拿出舞台剧的腔调继续道，"就在今晚。"

气氛越来越激烈，几乎所有姑娘都从床上下来加入了讨论。

"你们看这个行吗？"泰勒继续道，"十九号木屋的漂亮姑娘，"她刻意停顿了一下，"能让男同性恋改变性取向。"

大家听后一阵骚动。

"抱歉，可这不成立啊，"我提出了异议，"我们中间有任何人曾让男同性恋改变过取向吗？"整个暑假，我们连一个男孩子都没吻过，别说接吻了，见一面都难。他们住的地方离我们足足有一千米，中间还隔着茂密的树林，"咱们这儿有人吻过男生吗？"

三个姑娘举起了手。

泰勒问我道："你呢，埃米？"

"嗯，当然。"我回忆起中学的经历补充说，"好多呢。"

一个吹双簧管的姑娘一脸沮丧地感慨道，"就算给我机会，我也不知道怎么接吻。"

"你得多练习。"泰勒告诉她，边说着边转向我，抚弄着自己金色的秀发对我说，"埃米，你愿意吻我吗？"

我犹豫了一下，我以前也吻过女生，不过都是在玩真心话大冒险的时候。所有人的目光都集中在我的身上，我伸出双手，捧起泰勒的脸，用我的唇贴上她的唇。

我本来以为她会躲开，没想到她竟然给了我回应。她的身体很柔软，我感觉自己随时可能燃烧起来。

终于，泰勒退后一步，"埃米很厉害，"她一边告诉大家一边再次转向我，"再来一次？"

我没有反对。紧接着，双簧管姑娘说她没经验，需要帮助，然后便哆哆嗦嗦地把脸凑到我面前，自然很快就被我融化了。待她回过神来，开口第一句话就对泰勒表示了认同，"埃米确实厉害。"

大家开怀大笑，又一位室友朝我走过来，我又吻了她。所有人排成一排，一个接一个地站到我面前。我的手穿过她们的秀发，有红色、黑色、金色。七个，我心里默数着。周围人开始爆笑，我松开了拥着对方的手。辅导员不知何时站在了门口。

"我们正在想标语，"泰勒解释道，"您觉得'让男同性恋改变性取向'这句怎么样？"

所有人又是一阵大笑，随后便四散着爬回了自己的床。梯子吱吱嘎嘎地响，好像有几个人一直没下床，而且睡得很沉。虽然我费尽口舌想改变大家的想法，结果还是无济于事，最终我们还是在地中间用花体写上了"十九号木屋的漂亮姑娘,能让男同性恋改变性取向"。

星期六晚上的派对中,我一直跟十九号木屋的姑娘们待在一起。柔美夜色中响起了夏日的专属歌曲,凯蒂·派瑞的《我吻了个姑娘》。

泰勒本来要跟一个男孩儿共舞的,结果听到这首歌后她丢下那男孩儿,穿过人群跑回我们身边。"埃米!"她把手附在我耳边屏住呼吸,像是要告诉我一个秘密,结果却突然大声喊道,"这是你的歌!"

所有人都笑了,我涨红了脸,心里已经做好准备,她们肯定会说我是个荡妇,或无情地指责我吻她们吻得多开心。没想到泰勒竟然跟着音乐大声唱了起来,旁边的男生都被她吓跑了。

今晚我们吃的是烧烤。吃完后,我一个人溜达去了屋后的树林,我越走越远,木屋里的声音变得模糊不清。我在一棵树旁站下,俯下身把手伸进喉咙。

我呕了几下,不过脑海里马上冒出一个问题:为什么啊?

以前,我总能找到各种理由伤害自己:稍微的恶心可以让我感觉自己还活着,所以我会抠吐;皮肤不够舒展,压得我喘不过气来,所以我会用刀片割伤自己;痛苦像是来自洪荒世界,如苏必利尔湖一般浩瀚无边。无数次有人告诉我,说我病得太重,永远也不可能康复。那天晚上,我突然意识到自己根本没有理由抠吐,这只是惯性行为。我用树叶蹭掉手上的呕吐物,走回木屋,重新回到朋友的身边。这里才是真正正常的地方,我也一下子成了正常的自己。

总是给树拍照,我终于拍腻了,于是室友就变成了我的模特。我在林子里挂上一条床单作为背景，然后让模特们统一穿上黑色背心在背景前站好，每个人都漂亮极了。

科特很喜欢我的作品，每个人的面孔都各有特色，聚在一起复杂而矛盾。他摇摇头，发出无奈的感慨，"我太老了，不适合拍漂亮姑娘了，否则别人会觉得我是个猥琐的老男人。不过，你没有这个困扰。你之前拍照用过大号底片吗？"我听说当初安塞尔·亚当斯就曾经把 8 寸 ×10 寸的大镜头拖到山顶，用鸟瞰的视角拍摄了约塞米蒂国家公园。我没有他那么好的条件，我只用过一台相机，就是母亲的那台普通相机。科特走去暗室不知在找什么，出来时手上拿着一个黑色砖头一样的东西，上面有两个镜头。

"小心啊，这个特别沉。"我伸出双手接过相机，沉甸甸地捧在怀里。星期日，我和一位歌剧演员长途跋涉去了训练棚，林子里分散着好多训练棚。男生女生被安排住在林子两边，这些训练棚就像非军事区域，可以为男女生的见面提供空间。

已是日暮时分，柔美的金色光线洒在训练棚的木地板上。我发现三脚架坏了，只能靠自己的力量保持相机平稳。我深吸一口气，找好角度按下快门，再重新做好准备，拍摄一张照片。我只有十二张大号底片，也就是只有十二次机会，所以每次按下快门都是一次艰难的抉择，我必须拍好，抓拍到模特肩上稍纵即逝的光线，否则我该如何铭记这美好的时刻？我需要保留美好人生的凭证。不管之前发生过什么，不管未来结果如何，当天傍晚我的内心荡漾着幸福和快乐。

两天后的摄影课上，科特找出了 16 寸 ×20 寸的相纸，又找来一个超大号的冲洗盘。终于出片了，其中一张我拍摄的是那位歌剧演员的锁骨和后背，焦点落在她的一处皮肤上，周围背景虚化，科特把这张照片挂在教室前面的墙上，告诉我说，"你应该来这里专业学摄影。"

"我马上就要上大学了，连宿舍都安排好了，直接跟着法语专业三年级读。"说这话时我心头一紧，来这个夏令营本来该是放松的，毕竟我的未来已经安排妥当。如果不去莫里斯，我希望自己能去哥伦比亚大学，以前我有一件非常喜欢的哥伦比亚大学的卫衣，那段时间一直穿着。可是，我申请到哥大的概率太低了，我不想为之再忍受两年的煎熬。

"或许这个寄宿学校能给你一些奖学金呢。"科特摘下眼镜收好，放进牛仔衬衣的口袋，"你可以申请一下试试。"

夏令营步入尾声，我听从科特的建议试着申请了因特洛肯寄宿学校。活动结束，我重新回到明尼阿波利斯，内心又开始焦虑。母亲转发给我一封长达两页的邮件，我在因特洛肯时她就发给我了，只是我当时没看到。她在信中分析了我们的经济状况，除了给我治病的开销，她每年还能剩下两万八千二百五十美元，每个月她还可以从儿童资助机构获得一百五十美元的补贴。有几年，她靠租房子攒了几千美元；2007年，她投资损失了二千四百美元，修车什么的又花了三千三百美元，除了退休金账户，她已经没有别的存款了，而退休金账户也只勉强够她交纳医疗保险。她工作的部门马上就要关门了，很可能等不到我毕业她就会被迫提前退休。她把所有的闲钱都花在了这次的夏令营上，即使那样依然不够，还另外想了办法。看到这些，我感到既幸福又愧疚，更多的还有恐惧，没想到她竟然如此直白地跟我摊了牌。我知道，就算母亲没有囤东西的毛病，我们的经济状况也好不到哪儿去。

安东尼也申请了因特洛肯学校，我俩几乎每天都通过邮件联系，分担焦虑的同时，也想给彼此希望。等待因特洛肯回复的这段时间，我一直住在母亲公寓的楼上，就睡在气垫床上。房间里很热，我每天要冲三回澡，经常一丝不挂地趴在风扇前看书，可即使那样，依旧是汗流浃背。好在麦当劳推出了一款不到一美元的特价餐，母亲每晚都会带我去那儿吹空调。我记得我就是在麦当劳吹着空调，看了电视上播出的北京奥运会，只可惜餐厅把电视调成了静音。

从夏令营回来没几天，一天晚上，母亲对我说，"你得学开车了。"

"可我没时间啊。"距离我去莫里斯只剩十五天了，我却丝毫不愿想大学的事。

"十五天刚好够了。"母亲一边说一边把切好的苹果蘸上焦糖。她提醒我之前的丰田花冠还给我留着呢，那个锈迹斑斑的老古董快赶上我的年纪了。

我前几年一直央求母亲教我开车，教会的停车场就是个练车的好地方，这会儿她真的要让我学了，我却一句话把她顶了回去，"我不想学。"我的理由是开车不安全。母亲就是一个例子，她就算能保持清醒，也不能保证安全驾驶，她已经多次撞坏保险杠，更严重的是她常常开着车睡着，用她自己的话说是"打了个小盹儿"。

听了我的借口，母亲哼了一声。"我十五岁的女儿是怎么了？竟然不想学开车？开车可是意味着自由、独立和成年啊！"她说得没错，可这也正是我害怕的原因，不管离开母亲去哪里读书，是因特洛肯还是莫里斯，都意味着我要成年了。伍兹医生甚至暗示过我，到时候我就彻底解放了。可我并不喜欢这个说法，我想继续做母亲的女儿，现在似乎终于如愿了，我却已不再需要她。

尽管我嘴上发着牢骚，但每天下午还是会骑车两千米赶去一家商业街的店面，跟其他十几岁的年轻人一起坐在塑料椅子上等着驾驶培训。

我上身就穿了一件细吊带，太阳火辣，每天骑车来回，背上已经晒得脱了皮。男孩子都被晒成了农民一样黝黑的肤色，胳膊像极了玉米热狗肠。停车标识和侧方位停车对我来说真的很难，根本背不下来，我心里惦记的只有因特洛肯艺术学校。我现在明白当初为什么会抵触这所学校、放弃心心念念的哥大而选择莫里斯学院了，到哪里上学对我来说根本无所谓，我害怕的是未知的不确定性。

教练终于来了，手里拿着录像带。房间角落里架着一台电视，播放的是一位身穿运动服的母亲正因孩子的死而泣不成声。她不该自己教孩子开车，以为自己能教得很好，结果出了事故，她一定肠子都悔青了。

我冲出教室，趴在花架边，刚刚进肚的香蕉和汽水被我一股脑地吐了个干净。

再有一个星期我就要去莫里斯办手续了，却迟迟未收到因特洛肯的消息。安妮特第一次带我去了她家，她家房子是一栋位于自然保护区边上的跃层小楼。

她从食品储藏间搬出一整箱果汁饮料，拿出一瓶递给我。我尽量控制脸上的表情，不想让自己看上去像个没见过世面的乡巴佬。

我在她的沙发上坐下，她问我说，"你去莫里斯打算学什么专业？"

"英国文学？也可能是法语？我还想学个医学预科。"

"埃米，你听我说。"她听了我的话叹了口气。她说她知道我喜欢法语，喜欢读书写作，"但你这么做多少有点不负责任。"学这些专业的人大多来自不错的家庭，家里养活得起他们，而我跟他们不一样，我一毕业就得找一份能养活自己的工作。

"或许以后我可以成为一名医生？毕业后去读医学院？"

"你知道读医学院有多贵吗？"

我摇摇头。

"你答应我，千万不要读名字跟法语或法国扯上关系的专业，文学类的也别选。"

我长舒一口气，既难过又气愤。不过我心里也明白，也无数次地想过，如果母亲当初学的不是艺术，我们的日子或许不至于过成这样。我晃动着手里的杯子，果汁味道浓郁，不断地往上冒气泡。我点点头，接受了安妮特的建议。

当天晚上，我和安妮特跟母亲约好在商场见面。我们在那儿一起吃了晚饭，坐在餐厅露台，下面是商场的停车场，我心里五味杂陈，凉风习习，蟋蟀啾鸣，我即将走上求学之路。

母亲滔滔不绝地讲述着自己的夏天，安妮特在一旁静静地听着。我看着自己的辅导老师，我已经与莱克维尔和托管治疗中心的一切断了联系，除了原来在精神病院认识的一个姑娘。我心里清楚，一旦我去读书，以后便也见不到安妮特了。

母亲起身去了洗手间，安妮特示意服务员过来，用信用卡结了账。她从包里拿出一张装在信封里的卡片，一边递给我一边说，"回家后再打开。"

母亲从洗手间出来，看到我正拥抱着安妮特。我装出一副无所谓的表情，好像根本不介意跟她道别。

回到母亲的公寓，我准备收拾行李。不过我自然忍不住先要打开安妮特的卡片，认真地读上面的每一个字。我屏住呼吸，家里东西太多了，我绕过所有障碍冲进洗手间，全家除了母亲的房间有门可以保护隐私外，另一个有门的地方就是洗手间了。当然，家里除了母亲的床可以让人体面地坐在上面，另一个能坐的地方也只有马桶了。旁边就是浴缸，里面堆着吃完了的花生酱罐子，还有一大堆脏衣服，已经装不下了。我看到地上摆着一个鞋盒，里面放了好多哮喘喷雾，都是我之前用过的。

我打开信封，抽出卡片，想着估计是些"认识你真好"之类的道别的话，没想到卡片上印着学士帽和学士服，旁边的文字是"祝贺毕业"，好像我已经大学毕业了似的。我打开卡片，里面写着一首诗，说的大概是人生的新起点之类的，一张支票掉落到地上。

我从一堆收据和废旧说明书中把它捡起，翻过来一看：两千美元。

我惊诧不已，我这辈子没有见过这么多钱，我激动不已，第一次知道什么是感激涕零。我想起曾经提出的疑问：我拿什么支付洗衣费？放假时能去哪儿？上了大学我的困惑就能迎刃而解吗？

安妮特替我想了这些事，我的心灵导师真正在为我着想，想到了我将面临的切实困难。我知道她不是在跟我道别，而是在帮我走向更美好的人生。

…………

还有三天我就得去莫里斯报到了，我终于收到了因特洛肯的消息。它们愿意招收我，但学费太贵了，比莫里斯高出了一万美元，严重超出了我们的承受范围。母亲为了送我参加夏令营已经倾尽所有，家里已经一贫如洗。她给学校写邮件申请学费减免，剩下的只有等待了。星期天我就要去莫里斯注册了，我不想再给母亲增添压力，我知道她也不知道该怎么办。我俩对学校的事只字不提，默默地看着时间一分一秒地过去：申请宿舍，发放钥匙，发放结束。

第二天还是没消息，我躺在气垫床上辗转反侧，突然听到门响。母亲朝我走过来，躺在我旁边的暗色地毯上，"你要不要也躺到床上来？"我给她腾了点地方，她泪流满面，我从未见过她如此难过。

"看来我们得收拾行李准备去莫里斯了。"她说。

我点点头，虽然我渴望再次体验因特洛肯植被的馨香，但心里知道这么做对谁都好。我转过身，搂着母亲，希望她不要愧疚，我知道她已经尽了最大的努力。

我的东西并不多，参加夏令营的单人床单也被我塞进了扎染背包，还有几件郡政府资助购买的衣服。

我走回房间，在一堆旧衣服里仔细翻找，想确认有没有落下重要的东西。一抹天蓝色引发了我无限的感慨，是那件哥伦比亚大学的T恤。我屏住呼吸，把它展开，仔细检查上面有没有破洞或老鼠尿的痕迹。竟然都没有，衣服很好，我用手指抚过上面白色的字母，那是褪了色的"哥伦比亚大学"几个字。

电话响了，我飞快跑过去，结果还是错过了因特洛肯的来电。我拨通母亲单位的电话，母亲正在用另一条线路与因特洛肯资助办公室沟通。过了一会儿，母亲给我打回电话，哽咽着告诉我学校同意给我八千美元的资助。我从她的语气中听到了释然，不过好像还有一丝遗憾，仿佛一切的等待最终都取决于运气，如果运气不好，她再多努力也会付诸东流。

安东尼也考上了因特洛肯，不过学校让他交两万美元的学费。他的母亲刚失业，美国经历了自大萧条以来最不景气的经济形势，再次就业谈何容易。听到这个消息时，我很难想象竟然会有人面对比我更糟的困境，我替安东尼难过，替他担心，怕他没能像我这般好运，有两个大人真心帮我这个相貌平平，甚至有点邋遢的白人姑娘。我相信因特洛肯寄宿学校就是我们的避难所，它会保护我们。我担心万一他来不了这座绿树成荫的校园，如果他流落在外，可能会遭遇很多可怕的事情。世界就是这样，一旦错失一次机会，再想等到下一次简直比登天还难。

因特洛肯给了我"优等生"奖学金，这其实说明不了什么问题。艺术创作总是见仁见智，我不过是拍了几张年轻女孩的照片。年轻女孩子嘛，谁拍都会拍得很美，奖学金为什么偏偏给了我呢？我总是觉得，如果有好事发生在我身上，就意味着别人被夺走了机会。我希望自己干掉的是那些没有真才实学却厚颜无耻的纨绔子弟，可却偏偏抢走了朋友的机会。每次想到这个我都十分痛心，只能闭上眼睛劝自己不要胡思乱想，害怕把自己逼疯。

母亲终于下班了，我跑去巷子口迎她。她走在开满牵牛花的篱笆边，我一把抱住她，她浑身汗涔涔的。"我们终于没白忙活！"她说。我太感谢母亲了，要是换作戴夫和简，他们怎么可能让我去那里上学？托管治疗中心就更不可能了，要是我还待在那儿，去因特洛肯上学就是痴人说梦。我知道自己没选错人，我一直站在母亲这一边，我的选择没有错。

"嗯，咱们出去庆祝一下？"母亲提议，"去麦当劳吃快乐套餐如何？"

十

  我坐在因特洛肯艺术学校的教导处，紧张得双腿直抖，手里握着便利贴，上面写着我考取高等学府的初步计划。理想不再只是遥远的梦，如果我能得偿所愿，我的人生便不必像母亲那般凄惨。万事俱备，我一定会为了未来竭尽全力。我要做的是获得专业的指导，即将碰面的女士就是给我指导的理想人选。

  "埃米？"门口有人喊我，我赶紧站起身，打量着眼前的女士。"我是凯莉。"她说。我心里琢磨，你能把我带出过去的泥沼，带我走向更好的人生吗？凯莉穿着宽松的绿色毛衣和高腰牛仔裤，干练的齐短发让她看上去显得有点严肃。

  她关上办公室的门，没等她坐下我就迫不及待地开了口，"我希望自己能考上一所好大学，哥伦比亚那种常青藤大学。"

  "现在讨论大学还为时尚早，明年春天讨论也来得及。"凯莉一边冷静地答复我，一边坐到自己的电脑前。

  "嗯，我本来可以直接去读大学的，但我没去。"我解释道。

"咱们还是赶紧把课选了吧。"

我咬着嘴唇,低头看着自己事先准备好的便利贴。

凯莉把我读到的课程敲进电脑,"你想选的这些课都已经报满了。"她打印出还有空余名额的科目,我看了看,竟然还有每天得两个小时绘画和两个小时雕塑这种要求。

"我可以选修摄影吗?我就是因为这个才被录取的,关键我不会画画。"

"所有视觉艺术专业都得选修绘画课,都得会画画,这是系里的要求。"我感觉她的耐心正被我一点一点地消磨。

"那好吧,"我只好接受她的建议,"我想考入重点大学,还得从哪些方面努力呢?"

"我不是说了吗,你现在想这个就是瞎操心,后面还有学生等着我呢。"凯莉说这话时依然面带微笑,拿起印着"鲍灵格林"几个字的咖啡杯呷了一口。我心里琢磨,要是凯莉知道我的情况,或许能更理解我为什么如此迫不及待。想当初,如果斯文森医生没有问我关于大学的事,我或许这辈子都不敢想。斯文森只不过是我的心理医生,她都会挂念我未来的学业,而身为教务辅导员的凯莉,本职工作就是提供学生学业辅导,她怎么可以对我如此冷漠?人和人的差距真的很大,我突然想去厕所抠吐。

我回到等候室,那里站了一长队的学生,都是等着跟教导处敲定选课安排的,估计凯莉花在他们身上的时间也不会比我的长。自己的雄心壮志竟然被人视为麻烦,担心未来也被当成了杞人忧天,连解释的机会都不给我,我真是大失所望。我扯下那页写满计划的便利贴,团成团扔进了垃圾桶。

149

迎新会上校长讲了话,"我们艺术学校的育人宗旨就是培养艺术人才。"我抱着肩膀,着实有点后悔,估计是字太小,我竟然没在录取通知上看到这个信息。他一一悉数这里的优秀毕业生,说有多少人去了茱莉亚音乐学院,多少人去了伊斯曼音乐学院,还有其他类似的大牌院校。夏令营期间,我们这些营员已经被疯狂灌输过这些数据,全美国百分之十七的乐团演奏家要么是这里的校友,要么来这里参加过夏令营!我当初还想,因特洛肯或许能用它培养出第一位小提琴家的本事培养出一位常青藤的尖子生。自从跟凯莉谈过学业计划后,我意识到自己当初的判断完全错了。

星期四,视觉艺术相关专业的学生终于聚齐了,这是一场所有人都要参加的讲座,其实就是高等艺术学校的推介会。我特别期盼能有罗德岛设计学院的介绍,作为业内的佼佼者,它与布朗大学会互认选课。"咱们这儿根本就没人考上过罗德岛设计学院。"一位学姐翻着白眼跟我抱怨,我很难不注意到对方粉色的头发和夸张的耳钉。学姐看我有些不解便又补充说,"这儿教的东西有点过分强调概念。"

"强调概念是什么意思?"我真担心这里教不出优秀的学生。

我们的系主任是卡兹,留着两撇小胡子,特别钟爱穿苏格兰裙。他总爱潜伏在班级最后一排,看到有人溜号他就过去搞个突然袭击。卡兹为人和善,甚至有点过分热情,特别是在鼓动我申请来这里读书的时候。当时,他完全没跟我提起学习绘画的事,也没说我可能选不到摄影课,抑或是每天四个小时的艺术课程可能严重影响我的平均成绩,因为其权重远大于其他文化课。

此刻讲话的是一位穿裙子的女士,打扮得很像烦躁的心理医生,正翻着幻灯片介绍自己的学校:照片中一群奇装异服的学生正在制作什么彩色作品，图片旁边还配有简明的图表。终于，她讲到了学费一项，看到幻灯片上的数字我倒吸了一口凉气，赶紧伸出手捂住嘴巴。每年的学费竟然高达五万美元，拿到的学位比母亲的也好不到哪儿去。"大家还有什么问题吗？"她问我们。

我举起手，"请问您那儿会提供资助吗？"

卡兹生气地瞪了我一眼。

那位招生办老师滔滔不绝地介绍了佩尔奖学金、优等生学金和助学贷款。我估算了一下，要想从它们那儿毕业，我至少得欠下二十万美元的外债，母亲的房子都不值这么多钱，这对我们来说就是天文数字。我不了解助学贷款如何操作，总觉得不可能有人愿意借我那么多现金。

我如梦初醒，隔在我和大学之间的最大障碍就是高考分数，另外我还得想办法找到资助。大家可能直觉地认为越是好的学校，学费就会越贵，但事实并非如此。自从我参加了高考测试，自从提供了自己的电子邮箱，我几乎每天都会收到各种介绍大学的邮件。地方大学都会强调自己的申请流程简单，但我点开一看，费用之高严重超出了我的想象。我还收到了达特茅斯和耶鲁大学的简介，它们的宣传亮点是资助标准：年收入低于六万美元的家庭可以免付学费。越是常青藤这样的顶尖大学资助力度越大，可能是为了争取优秀学生，而再往下哪怕只是一个梯队，那些大学基本不提供任何资助了。对我而言，我唯一的选择就是拿到全额奖学金，家里给我上大学的钱已经被我花在了寄宿学校上，这笔钱相当于明尼苏达大学好几年的学费。

我很庆幸自己能生活在寄宿学校，远离戴夫和简，还有母亲。但有时我也会担心，自己会不会犯了严重的错误？对于富家子弟来说，读寄宿学校像是在做精神疗愈，他们可以在精神崩溃后来这里休养，摆脱来自家庭的各种压力。学校的管理制度跟托管治疗中心很像，一百五十名女生住在一栋黑色的宿舍大楼，门上装有警报装置，不仅家具摆设跟医院一样，就连餐食都跟托管中心的食堂一样难吃，简直"味同嚼蜡"。（稍微有点心眼的人都会多拿几根香蕉，攒着慢慢吃。）我内心有一种不好的感觉，自从当初住进托管治疗中心，焦虑就一直伴随着我，管事的人对我毫不关心，甚至巴不得我越来越糟。

住进寄宿学校两周了，我对未来的焦虑愈加严重。我走进宿舍大楼的电视房，电视上正在播雷曼兄弟破产的新闻。站在电视机前，我不自觉地摩擦手臂，因为长时间画画，我总觉得手腕酸痛。我之前就听说美国经济进入了衰退期，有些亲戚还因此在2006年夏天失去了安身之所，这条新闻令我意识到形势似乎更加严峻了。母亲当晚也给我打来了电话，情绪很不好，担心自己丢了工作，更担心养老金打了水漂，她竟然把钱投进了股市。

"你觉得他们会不会把靠奖学金在这儿学习的学生撵出去？"一位学习演奏双簧管的同学问我。我俩都在学校餐厅帮忙，学校要求每个人都得参加"公共服务"，我俩刚好被分配在同一时段。

"他们可以这么做吗？"

"怎么不可以？"他耸耸肩，喝了一小口巧克力牛奶。我紧闭双眼，告诉自己不要胡思乱想。

他拧了拧抹布，继续擦下一张桌子，一边指着水桶里的脏水一边无奈地对我说，"学艺术的，到最后干的可能就是这种擦桌子的活儿。"

虽然还没有开始正式上课，我已经把艺术看成了自己前进路上的绊脚石。我想好了，专业课我不能花费太多精力，只要想办法得优就行，我得把更多的精力投入文化课的学习中。不管之前有几个学生从因特洛肯考入了常青藤大学，反正常青藤是我努力的唯一方向。

物理课上，老师说我们不必做题，可以把课上学到的反射理论和光学原理应用在艺术设计上。下课后，我走到老师身边，先是做了自我介绍，然后问他说，"咱们物理课的水平能参加大学预科物理B或物理C的考试吗？"

他摸了摸下巴，一副若有所思的模样，"学习的目的不是为了考试。"

我气急败坏地跑去走廊，竭力忍住即将喷涌而出的眼泪。英语课上，英语老师趴在讲桌前，身上穿着哈佛大学的运动衫，肚子那儿绷得有点紧。我舒了一口气，或许他与哈佛大学的渊源能对我的梦想有点帮助。

"大家好，我是韦斯科特教授，"他一边说一边端起印着哈佛大学标识的杯子，喝了一小口咖啡，然后继续道，"人类认识外界的方式多种多样，空间、动感、视觉、音乐等，语言并非唯一的手段。"我感觉他这话就是在讽刺我，好像已经知道我唯一关心的就是如何考上大学。

他讲到自己曾在哈佛大学读过两周关于教育的课程。原来如此，怪不得他身上有这些哈佛大学元素，我想他那两周肯定没好好上课，整天都待在学校礼品店了吧。接下来是大学预科的微积分课，我终于松了一口气，不仅因为课程名称有大学预科几个字，还因为这才是正经上课该有的样子。Z老师站在黑板前，"学校竟然想用白板代替黑板！"她摇头慨叹。我看到她深蓝色的裤子上落了好多粉笔灰。

上课铃一响，她就开始了正式的讲解，先用一个故事引入了导数的概念。下课时她对我们说，"我知道大部分人会退选这门课"，从她脸上我并未读到沮丧，反倒让我燃起了一丝希望。

果然，最终选择微积分的学生寥寥无几，我们几个人经常在晚餐后凑在教室做作业。夏洛特成绩平平，钢琴专业，说着一口流利的法语，我俩经常凑在一起研究数学题目的法语翻译。夏洛特跟这里的大多数同学不一样，她从不违反学校穿制服的规定，总是穿着淡蓝色的牛津布衬衣，把衬衣规规矩矩地塞进蓝色裤子里，长得像极了《小王子》里的小王子，只是戴了一副眼镜。

一天晚上，她说想约我星期六晚上一起做作业，我听了很是欢喜，我已经很久没跟人有什么周六计划了。我一直在宿舍楼的地下室等她，荧光灯下商品售卖机发出嗡嗡的响动，旁边的洗衣房传来洗衣机的轰鸣，热气充盈在整个地下室，到处弥漫着干净床单的味道。

夏洛特终于来了，"Je suis désolée"，她用法语跟我道了句抱歉，说自己迟到了三分钟。她从背包里掏出一个特百惠的密封盒，里面盛着饼干。她看我一脸不解，赶紧解释说这是她刚刚烤好的。我知道夏洛特住在校外，但并不清楚有家的人周六晚上是否都会烤饼干，我也是第一次想到这个问题。我把饼干盒放在一边，从里面拿出来一块，还是暖烘烘的，上面撒了海盐。

"很好吃！"我用法语夸赞道。"谢谢，谢谢！"她回应我说。我俩开心地吃着饼干，隔壁练习室传来小提琴和钢琴的演奏声，还有笑声和男低音的演唱，对了，我还听见有人在练习舞蹈。我坐在夏洛特身边，一切嘈杂似乎都与我无关，置身事外的感觉也挺好。

我俩赶完整个星期的作业，夏洛特又认认真真地检查了一遍。通常情况下我是不会检查作业的，但现在既然我哪儿也不愿意去，又不想让夏洛特对我产生反感，于是便跟她一起检查了一遍。

时间来到了十月初，我在信箱里发现了一张卡片，应该是埃德娜祖母寄来的，她通常都不写寄信人的地址，只在落款处写上已故丈夫的姓氏，然后再加上夫人两字。

卡片上的图案是个小仙女，旁边用烫金字体印着"生日快乐"几个字。我打开卡片，里面除了印着一首小诗，还有手写的两行字："祝一切安好，爱你。"署名是米歇尔。

我心头一紧，整整五年了，这是米歇尔第一次跟我联系。肯定是埃德娜祖母或是帮我开具大学支票账户的姑姑告诉了她我的地址。我知道自己应该心存感激：毕竟她没有忘记我的生日。之前，大人太多次地告诉我要对家长有耐心，要理解他们，原谅他们，不要等到他们死了以后再为自己的行为感到后悔。

可我就是想把这张卡片团成团扔掉。我现在住在学校，有了名正言顺的借口离开家人，然而，任何来自父母的消息仿佛都会打破我的错觉。我不能绝情地扔掉那卡片，怕与父亲的关系彻底破裂，至少我不想成为主动切断联系的一方。

回到房间，我把卡片扔进最底层的抽屉，努力想忘记它的存在。可做作业时，那张仙女卡片却一直撩拨着我的心，提醒我为人子女的事实。我不知道他们会不会一直把我当女儿一样呵护，反正我貌似永远难逃是他们女儿的命运。

…………

开学好几个星期了，母亲打电话告诉我她周末要来看我，同时参加学校组织的家庭日活动。

"我要过生日了，"我用恳求的语气对她讲，"你别来了，对我来说这就是最好的生日礼物。"我周末要写英语课布置的"反思日记"，下星期就得交，下下周还要参加高考预考暨全国优秀奖学金选拔测试。既然涉及奖学金，我自然要好好准备。母亲开车来这儿一趟，光是油钱就不少，她不是一直说自己没钱嘛。（安妮特的支票已经被我花得差不多了，做手工的橡胶胶水不便宜，洗衣服的钱算下来也不是小数目。）当然，这还都是其次，最最关键的是因特洛肯是我的地盘，我不想母亲擅自闯入。当然，我并没有直说为什么不希望她来，可我就是不想。

她根本不听我解释，坚持说自己有权来看望女儿，不管我怎么想，她都一定会来。我知道她的话没错，但越是这样我越是气愤。

周五，母亲开了整整一夜的车往我这儿赶。周六上午我还有课，早上八点开始。我看见站在教室门口的母亲，顿时气不打一处来。她身上的衣服皱皱巴巴，头发油腻腻地打了绺。好在我俩长得并不像，希望大家不要认出她是我的母亲。

"咱们今天的作业是给自己的父母画幅画像。"临下课，老师宣布了本周的作业。

就这样母亲坐在了我的对面。"嗨，亲爱的！"她微笑地看着我，侧身朝我走过来，我要坐在画凳上盯着她整整两个小时。

为了报复，我决定给她画一幅轮廓线画像，画纸我看都不看一眼，全程盯着她脸的轮廓，随意在纸上打出线条，希望把她画得丑些，让她难过。母亲的表情十分放松，难掩被我仔细打量的开心。我强压怒火，紧紧咬着后槽牙，留意的都是她的缺点，包括她脸上的皱纹、两腮的高原红，还有她下巴和嘴唇上方过于明显的汗毛。

老师给我们的时间很充裕，我竟然画了两幅。我看着自己的画板，其中一幅，母亲高贵慈爱，是我喊她妈咪时候的样子，另一幅中她就只是母亲，撇着嘴，一副怪里怪气的模样。

我万万没想到，这两幅画竟然成了我当时最好的作品。

我跟母亲说我没时间陪她，当晚已经跟人约好了饭局。有个姑娘跟我住在同一楼层，她的父母都来了，开着两辆车把女儿的好朋友统统带去了特拉韦尔斯最好的饭店，为了帮女儿庆祝生日，我自然也得到了邀请。这是我第一次吃南瓜饺子，浪漫的烛光下，我感受着口感甜糯的美味在我舌尖慢慢融化。突然，我想到了母亲，愧疚一下子涌上心头，她或许正坐在车上啃着干巴巴的零食。服务员端着甜品走了过来，没想到蛋糕上插着两根蜡烛，朋友的家长说其中一根是为我点的，他们事先得知今天也是我的生日，特意交代给了餐厅。我真的很感动，趁没人注意赶紧抹了抹眼角。

吃完晚饭赶回宿舍，已经快到熄灯的时间，我再次想到母亲，打开窗帘，望着窗外的松林，天色昏暗，什么也看不清。但我想象着母亲一人坐在车里，正在记录今天的感受。等一下她可能会把椅背放平，躺在上面和衣而睡。这画面太凄凉了，我快速跑去洗手间，站在淋浴下面，晚上吃的美食统统被我吐了出来，仿佛这样可以减轻我的罪过。不过，我马上又开始后悔，这么好吃的东西，为什么要吐掉呢？！

第二天，我主动给母亲打了电话。我带她去了商场的鲍德斯书店。"早知道咱们要来这儿，我应该事先找点打折券。"她面露难色。

"我只是想买一本学业能力测试的书也不行吗？"我语气很冲。虽然已经学了两年，但我的数学成绩始终提不上来，图书馆的题我都做过了。我挑了一本巨厚的书，书名是《最新学业能力测试1000题》，"买这本就行。"

母亲对我并不小气，我需要的东西她都会满足我，很多我根本不需要的东西，要是看到清仓处理，她也会买给我。她就是有一个根深蒂固的理念，东西如果不打折，那就不是必需品。虽然有点不情愿，她还是拿出银行卡替我付了书费。

我把书捧在怀里，因为一直咬着牙，脸绷得有点疼。我知道自己是个差劲的女儿，但还不想适可而止。趁她还没跟我翻脸，我又带她去了一家鞋店，"我想看看跑鞋。"我对营业员说，我一边说一边伸出脚，我脚上的运动鞋穿了太久，脚趾那儿都变形了。

母亲问营业员说有没有打折的鞋子，对方表示没有。母亲愁容满面，像被人严厉斥责了似的，不过她还是拿出银行卡帮我付了账。

我从收银员手里接过新鞋，当即就想跟母亲道歉。她已经证明了她对我的爱，现在轮到我回馈她了。我知道钱这东西，一旦花了就没了，然后就会惦记一辈子。可我并没有乱花钱，如果我不趁这会儿让母亲帮我买鞋子和书，不知道以后还有没有机会。我厚着脸皮、硬着心肠接过新鞋，好像她本来就应该买给我。

我跟着母亲来到她的车前，坐进车里，她启动车子朝我学校的方向驶去。

"我以为你会带我吃顿饭，帮我庆祝生日。"

"你想去哪儿？"说这话时母亲并没看我。

"我也不知道，去哪儿都行。"我想起昨晚的生日晚餐，想起美味的饺子，我在内心咒骂自己，怎么可以想到那么奢侈的地方？怎么可以把金钱和爱画上等号？

母亲把车停在路边，"告诉我你想吃什么。"

"我不知道！"

"要不咱们去汉堡王吃薯条？"

"我不知道这附近哪儿有汉堡王。"

"那麦当劳呢，埃米？"商场里到处都是吃东西的地方，可以堂食的那种，可母亲不会舍得花那份钱，而我也不可能主动跟她开口。

"我不知道。"我强忍着，不想掉眼泪，丢人！我想跟母亲说她不必忍气吞声，可以跟我发火，但又觉得自己应该跟她保持距离，要建立彼此的边界。我不想给她机会，说我配不上她给我买的这些东西，于是便说了句，"那你还是送我回学校吧。"

一路上，我俩谁也没说话。母亲还得开一整夜车赶回去，明早得直接去上班，我怎么可以这么狠心？虽然肚子很饿，我却依然很想吐。

"谢谢你帮我买这些东西。"看着她的车越开越远，我真想大哭一场，我不想再惹她生气。学校餐厅的晚餐时间已经结束，我回到自己房间，找到削铅笔的刀，脱下裤子，在大腿两侧分别划了八道。看着翻开的伤口，我内心充满了愧疚，痛恨自己又走回了老路。不过，我终于可以松一口气了，终于可以聚精会神地看书了。

本周艺术院校推介会终于结束了，卡兹把我叫去他的办公室。"有什么事吗？"我不安地把手垫在屁股下面。他跟韦斯科特一样，总说我不懂得如何丰富自己的作品，希望他不会误以为我作弊了，我的画画得那么糟，不可能抄袭别人的摄影作品。

"你母亲说你不太喜欢学艺术。"

"什么？"

卡兹将身体靠向椅背，"你有什么想法？我想听听你本人的想法。"

他若是想批评我可以找到很多理由：我有好几门课只得了B，学校给了我很大一笔奖学金，可我的作品却平庸无奇。每个星期，老师都会在我的写生本上留下写着评价的便利贴，记录我本周的糟糕表现："色彩太多""涂抹严重""灵感不足"等。

"我不知道她为什么这么说。"我挤出笑容回答了卡兹的问题。

我坐在用来进行模拟考试的餐厅，最后一根稻草彻底把我压垮了。我刚刚写下自己的名字，就感觉一股热流涌上了胸口。监考老师大声宣布考试结束，我当即站起身，径直朝凯莉的办公室走去。

"我需要您的帮助，"我告诉她，"再这样下去，我根本考不上能够提供奖学金的大学，我预考考得很差，我心里很清楚。"

"你看啊，我现在手头有一堆工作要做，很多毕业班的学生都在等着我的辅导。要是我不帮忙，他们可就真的没学可上了。"

"您不了解我的情况。"凯莉确实对我的家境一无所知。她不知道，"大学"关乎我的身心健康，关乎我的整个未来。我不知道该如何跟她解释母亲的情况，我能否考上大学对母亲来说意义重大，我能跟凯莉说的只有相关数字，包括学费和我不太理想的成绩。

"我真没时间应付你们这些过早焦虑的低年级学生。"凯莉站在办公室门口，一脸憔悴，我一连串的需求愈加让她疲惫不堪，"下次没有预约的话，不要擅自来找我了。"

今天是星期六，我跟夏洛特一起做完了作业。因为比预想的时间完成得早，我俩出去溜达了一圈。冰激凌店门口排着长队，广场弥漫着面包的香气和流行的爵士乐。我对这一切浑然不觉，仿佛我俩拥有属于自己的宇宙，刚刚做了那么多微积分题目，两人脑子都蒙蒙的，旁若无人地走在街头。

夏洛特抬脚踢了路上的石子，两手一直揣在裤子口袋里，虽然是周末，她依然穿着制服裤子，说换来换去麻烦。她不在乎所谓的时尚潮流，我很欣赏她这一点，仿佛我对这方面的无知也成了值得敬佩的品质。

脚下的落叶发出清脆的声响，依然挂在枝头的树叶在路灯的照耀下闪烁着金色的光。钢琴房那栋楼里有几个窗户还亮着灯。

"我以前也喜欢弹钢琴。"夏洛特用法语跟我说，还说她小时候每个星期花在练琴上的时间有将近四十个小时。

"四十个小时？真的假的？"我用法语跟她确认，不太相信自己听到的数字。她说平时每天练习四个小时，周末练八小时。她摇摇头，咬着嘴唇大发感慨，没想到自己竟然是因特洛肯最糟糕的钢琴演奏者。

她跟我一样，因特洛肯跟她预先想的不一样。艺术作为个人娱乐和作为一种叛逆的表现是一回事，但作为专业，不仅要训练还要打分，则完全变成了另一回事。

夏洛特和我走过露天剧院，同学们正在那儿表演各种悲剧和喜剧。成排的大树下光影婆娑，时而看到松鼠快速跑过，时而看到情侣情意缠绵。我们转到另一条路上，走到位于校园正中心的木头建筑，那里是写作系的大楼。夏洛特用法语告诉我，她希望自己有朝一日能成为作家，还梦想着搬去巴黎，在一家名为"莎士比亚"的书店或是公司找份工作。她憧憬着自己毕生能从事诗歌创作，虽然穷困潦倒，也算度过了唯美浪漫的一生。

我虽然知道这世上没有钱万万不行，但还是被夏洛特的单纯深深打动了。我不想告诉她我的梦想就是赚很多钱，盼望着日后家里能有一台专门储藏饮料的冰箱。

"你想转专业吗？"我问她。学校偶尔会有转专业的学生，我在教导处见到过申请转专业的表格，她既然讨厌弹琴，喜欢写作，转个专业应该也不难吧？

夏洛特听了我的话，一边摇头一边道了句"不了"。她说自己既然选择了钢琴就应该坚持到底，不想半途而废。

她的坚持再次令我感动，只希望她不要为此付出惨痛的代价。我缺的正是她内心的那种骄傲，我要是她，肯定早就放弃钢琴了，我可不想费力不讨好地证明自己的坚持，我就是要急功近利，就是要实现目标。然而，从来没人告诉过我实现目标需要付出怎样的代价。

英语课上，老师组织我们就一篇关于感恩节的作品展开讨论，是杜鲁门·卡波特的《冷血杀手》。教室里不知是谁的手机响了起来，韦斯科特教授跟大家点点头，接听了电话。"好的，我马上办。"他大步流星地走向门口，腰间哈佛大学的挂件随着他的脚步左右摇摆。他关掉灯，警觉地开口道，"学校出现了枪击犯，大家别紧张，一定要保持冷静。"

同学们一片哗然，全部都躲到了课桌下面。韦斯科特老师把教室门锁死，走回自己的座位，两手插兜打量着我们。我旁边的姑娘前后不停地晃动，用手捂着嘴，生怕自己哭出声来。

之前，我曾多次想过自杀，想过自我了断，但我不想死在别人手里，不想连搏一把的机会都没有。如今危险真的来了，没想到我竟出奇地冷静，此时成了我在这儿几个星期最为踏实的一刻。我感觉一切都说通了，我就是这个命，好不容易走出了托管治疗中心，好不容易摆脱了寄养家庭，结果却死在了别人的暴行之下。我怎么可能上得了常青藤？是我想多了，这才是属于我的结局。

我索性躺了下来,等着死亡降临,漫不经心地看着书桌底下别人的涂鸦。

二十分钟过去了,韦斯科特老师打开灯,对我们说:"大家可以起来了。"同学们迷迷糊糊地站起来,整理好身上的制服。"其实根本没有什么枪击犯,刚才我就是想让大家体会一下《冷血杀手》呈现的主题。"

几个同学愤怒地跑了出去,教室里充斥着长长短短的抽泣声。我也长舒了一口气。

我现在知道自己该做什么了,我要转去学习写作,只要我还活着,就有机会改变人生的结局。绘画帮不了我,但写作可以。只有把文章写好,考上好大学的概率才会增加。我顿时热血沸腾,接下来的几个星期我不遗余力地向所有老师示好。"我学习了很多认识世界的方式。"我讨好地告诉韦斯科特老师,并把我只得了 B- 的红色调绘画作品拿给他看,说我这幅作品的创意就来自杜鲁门·卡波特。

下午,我翘了艺术院校推介会,跑到对面楼见了写作系的系主任米卡。她最多三十出头,体形消瘦,动不动就会害羞的样子。之前,我给她发过一部我创作的漏洞百出的小说,还附了几首诗作。

"你为什么要转专业?"她问我。

"我喜欢阅读和写作。"我坚定地回答,语气一听就是出于真爱,没有任何功利的想法。米卡善解人意地在我转专业的申请表上签上了名字。

十一

期末考试结束,我先是搭车去了芝加哥,然后又从那里乘长途大巴赶回了明尼阿波利斯,母亲在那儿接上了我。本来寒假她让我待在她朋友家,不过又反悔了。最终,我们还是回到了母亲那里,没等进屋,只是看到她站在门廊找钥匙,我的心就开始哆嗦起来。

门开了,照例传出一股难闻的味道。我犹豫了,真不想进去。

"快进来啊!热气都被你放出去了。"

我硬着头皮走进屋,里面并不比外面暖和多少。厨房脏乱不堪,跟电影《机器人总动员》描述的场景差不多,到处堆着破烂,足有一人高:一罐罐蔬菜汤罐头、一包包麦片、发黑的香蕉、未开封的纸盒、花生酱的空瓶、塑料购物袋。我走了半年,家里堆放的垃圾至少涨了六十厘米。

我"跋山涉水"地回到自己的卧室,床上的被子突然动了一下,吓了我一大跳。

"这是谁啊?"我质问道,又生气又好奇,难道母亲又有男朋友了?

"你不是不在家住嘛。"母亲说,这个人一直住在爱心办公室,她俩都在这儿帮忙献爱心,所以我住校这段时间,母亲干脆就让她住到了家里。

"你能让她搬走吗?"

"你给我几个小时,我马上把沙发收拾出来。"我站在客厅门口,过道被她的破烂堵得死死的,就算想走到沙发那儿,没有几个小时根本挪不过去。我跟她一起收拾出过道,沙发上堆了太多东西,一摞一摞的相册、建筑画纸、玩具,我真不知道能把这些东西放去哪里。

十二月初,母亲答应每个月给我二百美元。政府每月给她一百五十美元的补贴,她自己又拿出五十美元作为我的生活费。她说她小时候父母就是这样对待她的,她对此虽然耿耿于怀,但眼下来看,这或许是解决我俩关系的最好办法。我没想到的是这二百美元竟包含了我住宿的花销!要是在大学,我还可以找个男朋友,放假期间至少他会收留我,母亲当初不就是这么过来的吗?

眼下,我不知道自己能去什么地方,母亲已经把楼上的房间租了出去。我想到哥哥,但我俩已经断了联系,上一次跟他通话是什么时候我都忘了。母亲说过,哥哥担心我把他的孩子带坏。"我想去埃德娜祖母那儿。"我终于有了主意。老实讲,我跟祖母的联系并不多,也就逢年过节打个十来分钟的电话,她说谢谢我惦记她,然后就会把电话挂掉。我从没在她那儿过过夜,电话接通,祖母说话的气息有点不稳,"喂,你好?"

"嗨,祖母,是我,您最近怎么样?"

"我挺好的。"她已经九十一岁了,从我小时候起,"挺好"恐怕就是她最好的状态了,"你是谁啊?"

"我是埃米啊,我现在在明尼苏达,我可以去跟您住一段时间吗?"

她半天没说话,"你打算什么时候过来?"

"要是您方便的话,我现在就想过去。"我瞪了母亲一眼。

"可是,我的房子太乱了,家里也没什么吃的,我都不知道晚饭给你做什么。"我知道她说这话是在拒绝我。

"哦,没关系,谢谢您,祖母。我大概两小时后到。"就这样,两小时后我按响了祖母埃德娜家的门铃。母亲没下车,想着如果祖母不肯收留我,她可以直接开车把我带走。

开门的是科琳姑姑,我之前只见过她一次,寒暄了几句我才知道,虽然她年近古稀,但为了照顾母亲还是搬来了这里。

"埃米!"姑姑一边喊着我的名字一边给了我一个拥抱,"太长时间没见了!"

她把我领进厨房,我留意到祖母家的厨房照例打扫得一尘不染,但总觉得空气中有一种淡淡的骚味。埃德娜祖母坐在电视前面,穿着一件粉色运动衫,前大襟是一只贵妇犬的图案,下身穿的裤子也是粉色的。

"嗨,祖母。"我凑上前抱住她。

她给我的回应跟以往一模一样:"快去梳梳头。"

我住在米歇尔以前的房间,木质扣板,闻起来像是雪松。早上起床后,我仔细梳理了头发,带着从图书馆借来的复习资料下了楼。吃麦片时,我跟祖母说自己已经考过学业能力测试,现在想针对每个科目再做些复习。祖母听了我的话一脸欣慰。

整个上午,我都坐在铺着塑料布的餐桌前认真复习,对面墙上挂着好多全家福照片,每次做题做累了,我都会抬头看看照片上我不太认识的亲戚。据说,在我出生之前,米歇尔就跟兄弟姐妹断了联系,照片中谁是谁我自然不清楚。其中一张照片里有我,我也就小学一年级的样子,留着一个西瓜头,应该是祖母让我剪的,身上穿的漂亮裙子应该也是祖母送我的礼物。

一整个上午科琳姑姑和祖母都在悄无声息地玩纸牌。吃完午饭,祖母补了一觉,我做了一套模拟试题。傍晚将至,我们吃了几块饼干,喝了不含咖啡因的可乐,凑在一起玩了几把纸牌。突然,电话响了,祖母回去自己的房间接了起来。

估计是我认真学习的态度打动了祖母,她竟然破天荒地没有对我表现出任何不满。我小时候几乎每次见她都会被弄哭,她要么说我头发难看,要么说我站没站相、坐没坐相,要么说我胃撑得太大衣服都盖不住了。这次,她只是问我打算住多长时间。"几天行吗?"我问道,可事实上宿舍还得两个星期才能开放。我是这么想的,她每次问我,我都说住几天,或许这样就能一直住到开学。圣诞那天姑姑出门去看朋友,家里只剩下我和祖母两个人。祖母埃德娜照例坐在电视前,电视上播放的是十八线小明星演唱圣诞圣歌的节目,我继续埋头苦读。电话又响了,这次似乎比往常提前了一些。

祖母接完电话走出卧室,重新坐回自己的椅子上,开口道,"来电话的是米歇尔,他每天都给我打电话,我看他日子过得一点也不开心,不过她说她非常想你。"祖母每次都会把米歇尔的性别搞乱,这让我多少有点不自在。我会想起之前每次发生这种事,米歇尔都会跟祖母大声嚷嚷,可下次祖母还是会搞错,然后再次道歉。"我问她想不想跟你说话,她说不了,怕心里太难受。"

"没关系的,祖母,"我不想让祖母不开心,继续道,"我已经习惯了。"

祖母抽泣了一下,我以前从没见过她哭。我从试题上抬起头,想要安慰她几句，但又觉得不太合适，于是便又低下头，继续研究试卷上的题目。

"我觉得米歇尔还不如死了呢，那样她也不至于像现在这样痛苦了。"我看到她眼泪滚落了下来，"我希望自己也干脆死了算了，我真的不想活了。"她说到家里的每一个人，还说家里人的命都不好：四十一岁还没结婚，患了癌症还嫁给一个废物，长得漂亮跟人家同居却没有结婚的打算，本来考上大学的孩子却因为父亲离世无法完成学业。

我很庆幸她没提到我。

"我很难过，你的父母一点也帮不上你，"她继续道，"你是个好孩子，可越是这样我越是难过。"

"没关系的，一切都会好的，祖母。"我把手放在她手上，她的手很凉，皮肤很薄，能清晰地看到血管和筋骨的痕迹。"我会好的。"我念叨着，既是对她说，也是对自己说。

埃德娜祖母往后撤了撤椅子，"我要去补一觉。"说完，她站起身，晃晃悠悠地走去了自己的房间。

我看着面前的模拟题，觉得自己似乎成了每个人的负担。我知道祖母很爱我，可越是这样我心里越是难受，感觉她每次看到我都会增加内心的苦楚。埃德娜祖母说过，父母对我的影响将伴随我一生。正所谓说者无心，听者有意，我对她的承诺其实并无底气，前路怎么可能一帆风顺，不仅不会一帆风顺，甚至可能发生非常糟糕的事情。在我心里，"考不上名牌大学"就是糟糕的事，就算我一分钟也不浪费，就算我做到了持之以恒，也不可能杜绝坏事的发生。

圣诞节过后，科琳姑姑和埃德娜祖母开车把我送回到母亲家，她们要赶去看望米歇尔,据说她已经搬回了双子城。

再次回到母亲家,我莫名其妙地大哭了一场。我浑身发抖,打开药箱,找到一把修指甲的剪刀。于是,我脱下牛仔裤,在大腿上划了一道,血慢慢涌了出来,我这才松了一口气。现在脑子清醒了,我知道自己下一步该做什么:我可以睡在楼梯口,睡在连接楼上楼下的楼梯平台。

我翻遍了母亲攒下来的药,大部分都是止痛药,像是缓解痛经的那种。终于找到了安眠镇定的药,旁边还有提高注意力的药。以防万一,提高注意力的药我也拿了几片。

我从母亲床上拿了一个枕头和一条毯子,跟她说我要睡在楼梯口。"你疯了吗?"母亲非常不解,继续道,"那里没有保温层,很冷的,你给我几个小时,我很快就能把沙发收拾出来。"

"不用,我就住这儿。"我站在楼梯口,穿着外套、紧身裤和牛仔裤,直接躺在了灰暗的地毯上。风从墙缝里钻进来,外面至少有零下二十摄氏度。我知道,只有睡着了才能打发时间,可我的胳膊却一直抖个不停。我吃了一片安眠药,把毯子裹紧,像是裹起一具干尸。

我紧闭双眼,脑海中突然出现医院的场景。医院里总是暖暖的,床单、毛巾、淋浴的水,每样东西都一尘不染。想要住进医院并不难,用力把自己划伤,一切很快就能归于平静,我会拥有属于自己的床,还会有人把热乎乎的食物端上来给我,我吃不吃也没人在意。

我现在知道自己为什么那么喜欢精神病院了,为什么之前会一次又一次地住进去。小时候,我只住过自己家,跟这里比起来,病房简直就是天堂。现在,除了精神病院,我脑海里还出现了别的画面,是高耸的松林和高亢的咏叹调,是洗衣房、自动售货机、微积分作业,还有巧克力饼干。夏洛特就坐在我旁边,跟我一起做作业。我又吃了一片安眠药,

169

心里默念着咒语：密歇根、密歇根、密歇根。

我去见了伍兹医生，跟她讲了自己睡觉的地方，想让她帮我再开点安眠药。"你不要再吃这些药了。"她说，说话的语气仿佛从来没有开过这种药给我似的。伍兹医生建议我做做冥想。

"你不知道我目前的生活状况。"我回道。

她还说我可以拍照片发给她，随即又给我开了一款治疗焦虑的新药。

我打电话给安妮特，话语间透着绝望，我自己也没想到，真是尴尬死了。"母亲这儿没有我住的地方。"我多希望她能主动提出让我去她那儿住几天，她的房子很大，就在保护区边上。不过我并没有开口。

"你看这样行吗，我过去帮你把她那儿收拾收拾，还能找不到一个睡觉的地方？"她好像有些不快，肯定觉得我在危言耸听。

"不，不用，没事了，您不用来。"

"我一个小时就到。"

安妮特开着她的现代车停在了母亲家门前。她拎着一大袋清洗工具进了门，我用毛衣袖子擦掉脸上的鼻涕，把安妮特带到楼梯转弯处，地上还扔着我的毯子和枕头。我把安妮特引进客厅，客厅连下脚的地方都没有，她只能站在门口往里张望。

母亲哼了一声，俯下身开始收拾地上的破烂，旁边蹲着约克郡犬，看到有人来还叫了两声。母亲赶紧跟安妮特道了句"你好"！

安妮特四处打量一番，我带着她出了前门，绕到房子的后门，一路绕过各种障碍，走去了我的房间。我们一路都踮着脚尖，生怕踩到狗屎。我看了一眼自己曾经的床，确定之前睡在那儿的人不在，安妮特开始帮我收拾地上的一堆衣服。母亲走进来，把几件脏兮兮的小孩儿衣服从垃圾袋里拽了出来。

"这个空气净化器我是给埃米买的，"母亲悉数着机器的各种高科技功能，然后继续道，"这样的生活还有什么不满意的？"

风扇呼呼地吹，老鼠的骚味依然熏得安妮特无法忍受。我注意到她一直在克制自己的表情，不想让人看出她的真实感受。

"让埃米去我那儿住几天，您介意吗？"安妮特问母亲。

"当然不介意了！简直太好了。"

我收拾好自己的衣服，塞进背包，跟着安妮特出了家门，一声不吭地走到她的车旁。她打开后备厢，把清洗工具放进去，我看到里面还放着一台吸尘器。

我俩上了车，街灯照在路旁的积雪上，周围一下子亮了起来。安妮特打开暖风，车里渐渐暖和起来，她摇摇头，"我真是太蠢了，竟然还带了吸尘器。"

十二

终于回到了学校。我再次见到夏洛特，跟她在校园里转了转。我没有跟她提起家里的事以及我在假期的遭遇，我不知该如何讲起，不过我跟她说了自己模拟考试的成绩。

我费了吃奶的力气做完了拜伦和卡普兰模考系列，之后又发现了一套《普林斯顿教育咨询》复习资料，我从中学到了一个应试技巧：排除明显的错误选项，在剩余选项中随便蒙一个。最终，我终于在学业能力测试的数学部分考出了七百分的成绩，要想考上好大学，数学成绩绝不能低于七百分。

夏洛特抿了抿嘴唇，用法语说了句"我不喜欢什么应试技巧"。她问我为什么不能系统地学习数学呢？

我想跟她解释，想告诉她我没时间。留给我的时间真的不多了，若想凡事按部就班地来，那我必将一事无成。夏洛特朝我翻了个白眼。

夏洛特的态度让我一下子变成了泄气的皮球，我知道她永远也不可能蒙答案，也不需要所谓的应试技巧。她看上去简单直接，我也想像她一样活着。

我问她什么时候可以为我演奏一首钢琴曲。

"Jamais."她用法语回答，意思是"永远也不"。

她一直插着兜，我们一路走到了校园的尽头。脚下的积雪发出吱嘎的声响，月光洒在松树的枝条上闪闪发亮。

夏洛特说她遇到了一件棘手的事，想问问我的意见。她父母希望她以后就读一所文科院校，学费可以减免，可她一心只想读重点大学，这就意味着他们得交全额学费。她的语气中透着纠结和痛苦，"你怎么看？"她讲的还是法语。

我叹了口气，原来不止我一人为未来感到苦恼。可我该如何劝她呢？我并不知道，我无法切身体会她的艰难抉择。

"Suis tes rêves."我跟她说，刻意表现得无比坚定：追逐你心里的梦想呗。

她跟我确认了一遍，问我真是这样想的吗？

其实我也不知道。她这样的人去哪里读大学都无所谓，但这话我并有没说出口。我跟她不一样，我要想活下去，哪怕是磕磕绊绊地活着，钱都是我最大的障碍。她并没有为钱发过愁，甚至还觉得为了艺术穷困潦倒是件浪漫的事，就算艺术再不赚钱，她也不必为了生计出卖肉体。不管最终她作何选择，她的父母一定都会为她的决定买单。

"当然。"我用法语强调了自己的态度。

夏洛特松了一口气，开心地搂着我。

时间过去了一年，大学申请开始了。时间紧迫，我既期盼又恐惧。我终日守在图书馆的申请咨询区，里面所有的报考指南我都翻了个遍，其中一本书出自知名咨询顾问之手,学生都称她为凯特博士。根据她的讲述,她所指导过的学生都想申请名牌大学,但都困难重重,与我的情况一样。但其实也不一样,那些人似乎都有家有父母,还雇得起常在电视上露脸的专业顾问,这对我来说简直是天方夜谭。

凯特博士在《申请秘籍》一书中对三个学生的情况进行了详述。其中一个分数很低,最终却申请到了理想的学校,第二个文书写得极烂,还有第三个学术背景不太好,好几门的成绩都是 C、法语只学了两年、在寄宿学校期间还养成了许多毛病,从简历上看简直一无是处。

按照这本书的逻辑,几个学生的未来跟我的未来一样,完全取决于自我营销的方式。所有申请事宜,包括推荐信、个人陈述和个人简历,都能起到很好的伪装作用。其中有一点至关重要,那就是必须事先预判并准备好面试委员可能问的各种问题,他们最关心的就是考生的潜力。

我越看越觉得心里没底。我的背景比她书上的那几个案例还要复杂。(书中那份最弱的申请材料在我看来已经很不错了。)我不知道该如何介绍自己,之前,除了跟伍兹医生说过我的个人情况,加上偶尔跟安妮特聊上几句,别人大多对我一无所知。我的情况太复杂了,我自己都搞不清楚,也无法改变,别人怎么可能感同身受?要想从大学申请的牛角尖中走出来,我必须放下所有压力,可压力哪里是说放下就能放下的?

我点开凯特博士的网站,想看看她的收费情况,掂量着能从哪儿弄来几千美元,请她做我的申请顾问。我搜到一篇最新的帖子:白金会员的打包价格为三万美元。

我真是太天真了,竟然以为几千美元就能解决问题。不过,我留意到她也做公益项目,于是特意用谷歌查了"公益"的具体意思,发现其实就是"免费"。我找来一张 CD 光盘,刻录上我最好的摄影作品,连同我的诗歌创作一起装进一个信封。我灵机一动，还给她写了一封感人的信，希望她能同意做我的申请顾问。我从未如此坦诚，反正也无所谓，凯特博士只是我在图书馆翻到的一本书的作者，收到我的信或许看都不会看一眼就直接扔进了垃圾桶。如果她回信，或是有招生办跟我联系，那只能说明我的文字的确很有魅力，让他们觉得我值得他们助我一臂之力。之前，母亲也做过类似的事，用她的个人魅力和假面具博取了很多医生的理解和同情，否则也不至于没人站在我这边。我心里明白，若想让素未谋面的人喜欢我，就必须把自己的故事讲好。

我跟住在对面学写作的姑娘打听了相关情况，问她学校有没有教非虚构文学的老师，她告诉我有一个，是个钢铁直男，喜欢吉姆·哈里森和钓鱼，裤子前开门的拉链总忘拉，最喜欢布置的写作作业是两性话题。

春季学期的第一天，我来到这位老师的教室门口，背包里装着选课单和退课单。我紧张得胃里直反酸水，担心自己耍心眼的行为被对方识破，我怕自己承受不住，怕自己再次崩溃。我怕自己的主动会被人看成人品问题，所谓的"策略"也可能被视作"狡诈""油滑"。

可我跟夏洛特不同，我别无选择。除了选修这门课，我还有什么办法写出感动读者的文章呢？下课了，同学们穿着制服鱼贯而出，我留意到教室墙上贴着一幅鲍勃·迪伦的海报。

我跟老师来到他的办公室，跟他一一悉数了我读过的回忆录。他喝了一口咖啡，好像并没有什么反应。虽然四下没人，我依然压低声音打出了自己的王牌，"我父亲是个变性人，我想写一篇关于性别认知的文章。"

这话一出，我心里咯噔一下，琢磨着这算不算是对米歇尔的背叛啊。

老师抿了抿嘴，点头表示认同，"嗯，我感觉你还挺有想法。"他挥挥手，一副指点江山的架势，"那你就来上我的课吧。"

通常情况下，如果有人对米歇尔的事感兴趣，我一定会非常反感。大多数人都认为父亲性别的改变对我造成了严重的"创伤"，家里突然有了两个母亲，想想都让人觉得诡异。然而事实上，我家的问题比这复杂得多。有一次，夏洛特问到我家里的情况，我并没有介意，我俩肩并肩地走在近一米深的雪地里，只有一条狭窄的小路可以通行。许多陌生人会问我如何通过手术从男人变成女人，如何通过手术安装上阴道，我对此了如指掌，即使人家不想知道细节，我也会一股脑地倒给他们。可夏洛特并没有问我这些。

我想对夏洛特敞开心扉，但我做不到。公众知道的变性人并不多，对他们的评价都很苛刻，我想保护米歇尔，不想有人只是因为她变性的举动对她指手画脚。我不想对她变性之前的刻薄耿耿于怀，觉得那不能怪她，后来她说她那会儿有严重的性别认知焦虑；我也不想过多考虑眼下和她的关系，毕竟我很少有机会与父母见面，就连简单的交流也很奢侈。夏洛特对米歇尔的变性感到很好奇，觉得像是老天的奇迹，她认为米歇尔没什么错，人就是应该摒弃所谓的社会判断，做回真正的自己，一切终将好起来。她总是很理想主义，对此我很钦佩，理想主义没什么不好，我不想摧毁她的理想世界。

我答应她文章写完就拿给她看，但具体该写什么，我还没有具体的想法。我翻出之前写了四十多页的回忆录，有很多关于米歇尔在家作威作福的描写，那时他还是男人，觉得自己是一家之主，所以无论母亲和我做什么都得听他吩咐。文章中，我还是常把米歇尔称作"父亲"：典型的严父型大家长，我对他既怕又爱，因为怕他反而更爱他。但他也是那种典型的会离家出走的家长，写这部分内容时我一直用的是单人旁的他。关于究竟该用单人旁的"他"还是女字旁的"她"，我十分纠结，甚至想过专门增加一段内容解释一下自己的想法。在他成为米歇尔之后我很少见到她，也没再跟她通过话。其实，我可以用女字旁的她，觉得读者也能理解，毕竟我对他的记忆还停留在他做变性手术以前，那时他还是我的父亲。

我之所以用单人旁的"他"描写米歇尔，并不是出于报复心理，我这样做主要是因为我想把他们区分成两个人。之前的所有坏事都是父亲做的，这样我就可以对另一个人满怀希望。米歇尔不再是之前的父亲，她是一个全新的存在。虽然我们相处的日子不多，但或许有朝一日我们还能再见面，或许她可以成为一个更好的母亲，弥补我真正母亲的太多不足。

我陈述着自己的想法，整个工作坊鸦雀无声。

"写得太好了。"有人评论。

"这样写行吗？"我问老师。

老师摆摆手，意思是"还不太行"，他给我提出了很多建议，最终我把长达四十页的文章删成了七页，文章显得更加紧凑，结构也更加清晰了。夏洛特看到我的文章激动不已，不停地祝贺我，我都不知道她究竟要祝贺我什么。我们俩走在校园里，天空中飘着鹅毛大雪，雪片在空中盘旋飞舞。

几天后，我终于听到了夏洛特演奏的钢琴曲。按照学校规定，她们专业的学生必须参加演奏会，她说自己紧张得要命，单是想到要上台表演，就吐了三回。

夏洛特让我坐在练琴房的地板上听她弹琴，还特意嘱咐我不要看她。我盘腿坐下，拿出画本，手里握着画笔。她演奏之前告诉了我曲子的名字，可我一点概念也没有，只知道她说的是法语。

她开始弹奏，旋律忽高忽低，我用画笔在画本上画了几个圈，想把内心的感受记录下来：晕眩、旋转，不断地升高，再升高。我伸长脖子，扭头瞥向夏洛特，她身体松弛，演奏得如行云流水，她竟然还说自己害怕。我再次把头转回来，即使不看她，我也能感受到她的专注，她已经与琴声融为一体，一起在房间里回荡。这就是我喜欢艺术的原因，也是我欣赏夏洛特的理由。我不在乎她能不能摘得全国荣誉大奖，或是拼尽全力也只能得个B，我在乎的是她作为个体的存在。在周末的校园，她把自己凝结成一曲优美的旋律，恣意地游荡飞翔。我真希望她阅读我的文章时也能有同样的感受。这就是艺术的魅力，即使有人不认同我的观点，即使他们愿意听信更合常理的说辞，但只要我写得好，他们就会听进去，就会被我感动。

我的文章《炒蛋》被收录在学校的文学杂志《红色推车》中，夏洛特得知这个消息后比我还要兴奋。工作坊的活动中，所有作者都被安排在第一排，夏洛特开心地坐在第二排，认真读着我的作品。

我走到教室前面，扶着麦克风，光照在我的脸上。"我没有辜负米歇尔对我的期望，"我朗读着手里的文章，"在上帝一位论教会的'女性之夜'，伴着美食和鼓声，米歇尔隔着桌子附在我耳边对我说，'等你成年了，我也给你办个派对，再给你买只小猴子。'"

文章通篇讲的都是我作为女性的个人感受，记录的也都是些平淡无奇的小事，包括我最开始对自己性别的认识以及家人和社会强加给女性的各种荒唐规矩：裙子必须超过膝盖，不得参加体育运动，不能学习打击乐，身材不够苗条会招人嫌弃等。直到米歇尔做了变性手术，我才真正意识到人的性别认知可以遵从自己的内心，不一定非要顺应天意。我的父母似乎依旧延续着世人对两性的刻板印象，米歇尔经常称母亲为"女汉子"，因为母亲总是挥舞电动工具干些修缮地板的活，她有时甚至用单人旁的他来形容母亲，认为母亲根本不具备女性特质。后来，我结识了米歇尔的几个变性朋友，她们让我大开眼界，让我对自己的未来有了全新的认识：她们中有身材高大的博物馆馆长，有二十来岁的炫酷金发姑娘（据说我的名字埃米就是从她身上得来的灵感），有一位告诫米歇尔至少在我面前应该尊重我母亲的卡车司机（或许正是听了这位朋友的规劝，米歇尔才甩下一笔钱离开了我们）。那时候，我每天面临着太多的误导信息，正是这些人教会了我什么是真正的善良，他们让我相信我也可以做出改变，哪怕有人不认可我的努力，哪怕有人想阻挡我前进的道路，我也会实现蜕变，一如既往地努力前行。

当然，我还是有种危机感，是那种与生俱来的不安。母亲的工作是在犯罪现场摄影，拍摄的好多受害者都是"女友"和"妓女"；米歇尔又让我看过一部电影，名叫《男孩别哭》，电影逼真地刻画了一位变性人遭遇轮奸和杀害的全过程，我印象特别深。米歇尔之所以让我看这部完全不适合我年龄的电影就是要让我明白，变性人生活在世上真的非常艰难。可是在我看来，痛恨犯罪的对象其实不仅仅是变性人，这世界对任何有阴道的女性都不友好。

我知道自己想多了，毕竟电影里的事离我很远，对于米歇尔的变性经历我也并不完全了解，可我就是忍不住会用滤镜看待这一切，我想这就是青少年的视角，又或者是人性的主观意识。我只有在写作或是艺术

179

创作中才能实现自我表达，不必听人无休止地告诉我要多多考虑父母的感受，要设身处地地为他们着想。听众时不时发出感慨，他们的反应对我来说非常宝贵，这里没有人质疑我，也没有人表现出不满。

"我们相拥着彼此道别，"我继续道，"'我爱你，妈妈。'我对米歇尔说。从那以后，我只和米歇尔通过一次电话，之后便再没有了联系。一年半过去了，我来了第一次月经，没有人为我庆祝，没有人请我跳舞，没有人陪在我身边。我孤身一人跑到超市，给自己买了一包卫生巾。"

我讲述着自己如何从女孩变成了女人，我虽然还没做好准备，但别无选择。台下所有观众都听得入了神，让我内心充满了力量，我这辈子第一次感受到如此巨大的力量。

春假那几天我又去投奔了安妮特。此前，我特意多考了几次预科考试，希望能向大学证明自己的自学能力。我每天都会做模拟题，休息时就一脸茫然地看向远方，心里惦记着夏洛特。我不知道她喜不喜欢我，应该也喜欢吧，否则为什么要给我烤饼干吃呢？想到这个，我心里暖暖的，感觉可以化解掉所有不好的情绪。

再见伍兹医生时，我跟她滔滔不绝地讲述了自己的新朋友。

伍兹医生靠在椅背上问我道，"你喜欢男生吗？"

我抱起肩膀回答说，"我也不知道。"我觉得这是我的私事，没必要跟她讲。

"你需要想清楚这个问题。"她转过头来继续问我，"你最近情绪如何？"

"还挺好，就是……在我妈妈那儿住的时候，有点……"

"嗯，你确实不能住她那儿，换成谁也受不了。"我上个寒假把母亲家的照片发给了伍兹医生，从此以后她便没再建议我做冥想助眠了。安妮特也给英格丽发了邮件，希望她能帮忙找一个长久的解决办法。

"你有什么地方能住？"

"我可以去参加夏令营什么的。"母亲之前跟我提过一个斯坦福的项目，如果我愿意参加拓扑学（某种数学相关的学科）训练营，主办方同意给我全额奖学金。

"活动能持续整个夏天吗？"

"三个星期。"

伍兹医生摇摇头，拿起电话，拨了号码。我紧张地咬着后槽牙，有那么一刻，我竟然觉得她是想让我跟她一起住，打电话就是问问可不可行。

"嗨，"电话接通了，"我这儿有一个十多岁的姑娘，无家可归，你们能帮忙解决吗？"我真是太蠢了，竟然以为她会收留我。我把头扭向一边，看着窗外的停车场。我恨透了"无家可归"几个字，我觉得自己的情况不属于无家可归，我明明是寄宿学校的学生啊。"你去这个地方吧，"她一边说一边指了指她记在便利贴上的时间和地址，"一定要去啊，哪怕剩下的钱只够打计程车，你也要去。"

我才不去呢。好不容易放个假，我有太多重要的事情要做，要是住进政府资助的房子，那我所有的计划就都泡汤了。我读了那么多申请指导，都说这个暑假特别关键，一定不能荒废，要做就做那些可以写进申请材料的事。

再说了，如果政府部门知道母亲家里的情况，万一它们不让我回因特洛肯了怎么办？如果儿童保护中心也掺和进来，我这辈子恐怕只能待在明尼苏达了。还有一点最为关键，那就是我不想去那种地方，万一有

181

人欺负我怎么办？我觉得我还是一个人待着更安全。

暑假我有好多安排，母亲已经帮我约了整形医生，希望用激光手术彻底除掉我大腿上的疤痕。"激光处理不了你的伤残。"一位帅气的外科医生跟我和母亲解释道。他竟然说我这是"伤残"，我听着很不开心，不过他说这是某种疾病的后遗症，这倒让我觉得他还有一定的怜悯之心。我想象着自己再过十八个月就可以肆无忌惮地穿牛仔短裤，不用再担心别人的侧目，一切都可以重新开始，可以与过去彻底断绝关系，我内心又多了一丝希望。手术时间安排在今年暑假，医生说不用我们自掏腰包，医疗保险可以负担全部费用。

母亲之前送我考了驾照，这会儿又答应把她做芝士蛋糕布朗尼的秘方传授给我，真是让我感激不尽。

"你走之前我把材料给你备齐！"

该回学校了，我乘上了开往芝加哥的长途大巴，一路睡了好几觉，保温袋放在座位底下，里面有一包品食乐的烘焙半成品、一包奶油芝士、一瓶菜籽油、一小袋细砂糖，还有两个用报纸包裹好的鸡蛋。

经历了将近二十四个小时的辗转我才终于回到学校。我申请了宿舍厨房的钥匙，进去后发现里面除了一只铸铁锅什么也没有，不过也够我用了。我用刚入手的翻盖手机给夏洛特发了短信，坐在教学楼走廊的长椅上等着她的到来。

我们相拥问候了彼此，我拿出了自己烤制的布朗尼。我们坐在幽闭的地方，一边吃一边畅谈着假期的经历。夏洛特凑近我，又给了我一个拥抱。她身上的味道很干净，一股香皂味。我没有放手，一直抱着她，她也没有挣脱的意思。

"我想吻你。"我用法语对她说。

"这里不行。"她用法语回答我。她拉起我的手，带我走去走廊的尽头，走出教学楼的大门。我们穿过狭窄的小路，路两边是厚厚的积雪，我们走过小教堂和报告厅，走过视觉艺术教学楼，走进了露天剧场。我们踩着积雪走到剧场中间，夜空中繁星点点，让我多少有一点紧张。

我用双手捧起她的脸，亲吻着她的嘴唇。她的嘴唇瞬间融化，与我的融为一体。我们亲吻着，一遍又一遍，夏洛特低头看了一眼手表，提醒我再不回宿舍办理注册就要迟到了。我又吻了她，然后便以最快速度跑回了宿舍楼。

英格丽给母亲写信说帮我找到一位"寄养祖母"，等放了暑假我可以住到那里。

我虽心存疑虑，但也觉得或许不至于太糟。

"你如果住过去，就会丧失宝贵的自由，"母亲在给我的信中写道，"不管一个人把自己的人品说得多好，住到一起你就会发现其真实面目。"

"肯定是安妮特联系了英格丽，"她继续道，"我再也不想在我的（和你的）生活中出现社工或是寄养家庭了，这会勾起我关于戴夫和简的痛苦回忆。"

刚刚露天剧场的快乐瞬间蒸发了，母亲如果对安妮特不满，以后很可能不让我见她，从母亲信中的语气判断，她明显已经表现出了不快。

"妈妈，"我努力为安妮特辩解，"你不要跟安妮特生气，她也是身不由己。事实上，伍兹医生、凯莉，还有大部分关心我的人都是如此，谁让我们家的环境那么糟糕呢！除了她们提出的办法，暑假我还有别的选择吗？我当然也不想总被社工管着，可我有什么办法呢？现在的情况就是如此，大家都不好过，当然你也不好过，这我知道。"

我的邮件似乎有效地安抚了母亲，她在回信中写道，"英格丽说她作为社工得一视同仁，但是如果非让她挑一个最喜欢的孩子，你绝对是她的最爱！"

每个星期六的晚上我都会和夏洛特约会，先是一起写作业，然后就会相拥热吻。日子过得很快，积雪融化，小草泛出了新绿，枝头开满了鲜花。一天傍晚，我们来到林中的湖边，夕阳西下，我俩在金灿灿的日光中并排躺在草地上。

我不在乎自己躺在什么地方，第一次感觉身体给了我很好的保护。我品尝着夏洛特烤制的甜品，品尝着甜品在她舌尖的口感。每次跟她在一起，我都觉得心里特别踏实，内心所有的不安都随之消失殆尽。我记得 E.E. 卡明斯写过一首诗，每次想到它，我就会想到夏洛特。其中有一句是这样写的："拥有亲吻比拥有智慧更令人羡慕"。为了能跟夏洛特多待一会儿，就算不写作业我也愿意，可是她不行，她还要练琴。

我俩回到我的房间，房间里没有别人，我俩躺在一张下铺的床上，我开始憧憬未来，幻想着属于自己的家。我平生第一次想象自己成年后的生活，到时候，我和夏洛特就会守在壁炉旁，各自坐在沙发上默默读书。或许这就是戴夫和简口中的"正常生活"，如果真是这样，我应该也会喜欢。现在我有了夏洛特，一切都变得不一样了，我这才清楚地意识到以前的自己是多么孤独。

关于暑假的去处，我以为已经想好了，母亲只需要给郡政府打个电话，让它们再帮我找个寄养家庭就行了。当然，我心里也不情愿，但住在寄养家庭总好过住在车里。

安妮特不放心，发来邮件问我暑假的安排。"我觉得你还是需要一位社工，你母亲对你的照顾很可能一天不如一天。"她特意将最后一句话用了粗体："听话，一定要提醒你母亲给相关部门打电话。"

与母亲的通话中，我趁她讲述购买各种便宜货的喘息工夫问她说，"你会给英格丽打电话吗？"电话那头的母亲叹了口气，"你知道的，我不想把你送去寄养家庭，但我也没有其他办法。"

母亲答应我回头就联系英格丽，可是她并没有。

还有一个月就是大学预科考试了。夏洛特说好今天会来我房间跟我一起做作业。她出现在门口，手里端着两杯奶昔。

"樱桃味的。"她说，这是密歇根北部特有的口味。

我的胃突然抽搐了一下。十三岁时，我曾经自杀过一次，整个人昏了过去，等我醒来时，发现自己吐了很多樱桃奶昔一样的东西，从那之后我就再也碰不得樱桃了，就连樱桃口味的健怡可乐和糖果我都不敢沾。可是，要想跟夏洛特说明这一切着实要费一番功夫，算了，我接过奶昔，感谢了她的好意，硬着头皮喝了下去。

作业做完了，夏洛特坐在床上，我捧起她的脸，吻了她。我们两个躺下来，我抚摸着她的后背，透过衣服触摸到她的运动胸衣。

夏洛特突然躲闪到一边，仰头盯着我们头顶的铺位。她说她家要搬去欧洲了，暑假过后她不会再回来这里。

我无法相信自己的耳朵，不可能，绝对不可能。我想拥抱夏洛特，可是她却转身背朝着我。

"我不知道自己究竟是谁。"她用法语说。

"我不在乎你是谁:我真的不在乎你是不是同性恋,或者我自己是不是同性恋,抑或是双性恋,这些我都不在乎。"

夏洛特说我不理解她的难处,又说了很多有的没的,我的胃开始抽搐,她的声音越来越远。我赶紧跑下床,跑进洗手间开始呕吐,又是酸酸甜甜的粉红色的东西。

我从洗手间出来,发现夏洛特站在门口,背包已经背好了。

"你听我解释。"我对她说,她却已经转身离去。

接下来的整整四个星期我都没见到夏洛特,她连课后辅导和临时增加的预科微积分备考课程都没有出现。我听说她病了,像是猪流行性感冒,但我并没有跟她确认。

身边没了夏洛特,我这才意识到自己的变化,顿时心生惶恐。下午,我踩上体重秤,发现自己的体重竟然创了历史新高。我忘了对自己身体的仇视,如今的身材与那些毫无罪恶感开心吃饼干的人没什么两样,与那些忘我地躺在湖边诵读诗歌的人没什么两样。

我不能再这样下去了。现在是五月,还有三个星期这学期就结束了,我却还不知道暑假何去何从。我给母亲写了邮件,她没有回复我。我又给英格丽写了一封,她说想找寄养家庭需要母亲给政府打电话才行。

我掂量了一下几个可行的选择,安妮特说我可以在她那儿住两个星期,但八月份她要出门,我得再找地方。于是我开始申请夏令营,申请了好几个。但是,即使都能入选,各个活动之间也不可能做到无缝衔接。我没钱租房子,就算有,我才十六岁,谁会把房子租给我呢?

一天晚上,我在洗衣房撞见了同样备考微积分的一位高年级同学,"你怎么了?"伊莎贝尔抓着我的胳膊问我。

一定是我脸上的表情出卖了我，我从未跟学校里的任何人提起过我的居住情况，就连教导员凯莉都不清楚。（再说了，我连她的面儿都见不到。）可这次我实在绷不住了，烘干机在旁边轰隆隆地响，我把内心的不安一股脑地倒了出来。"那你来我家吧，我家在弗吉尼亚。"伊莎贝尔向我发出了邀请，"到时候我带你出去玩！"

于是我开始琢磨具体的实施计划。同住一套房的室友凯拉说可以开车把我捎到华盛顿特区，我用谷歌地图搜了搜东海岸，特区好像离弗吉尼亚不远。我之前在摄影夏令营认识的两个朋友就住在芝加哥，或许我还能跟她们见一面。我又收到之前精神病院一位病友的邮件，标题栏写着："希望你还活着。"考特尼是我唯一保持联系的明尼苏达人，希望她能让我去她那儿待几个星期。

得知有这么多朋友可以收留我，母亲甚是欣慰，紧接着就给英格丽发了邮件，讲了我的假期安排，甚至编出很多根本不存在的细节。"暑期正好是大学开放日，埃米在全国各地交了很多朋友！"她告诉英格丽我们不再需要寄养家庭，如果有人需要会说法语的保姆，"他们倒是可以联系埃米！"

我希望自己奔波的暑假能够一帆风顺。

十三

宿舍今天就要封楼了,之前答应载我去华盛顿的舍友终于出现在我的宿舍门口。她伸头向里面张望,看我正坐在地上,旁边摊了一堆东西,不知怎样把它们塞进两个背包。"嗨,"凯拉咬了一下嘴唇,面露难色,"抱歉,我载不了你了,车里实在没地方,我也没想到自己有那么多东西。"

我跟着她去了她的房间,地上摆着塞满脏衣服的洗衣篮,旁边堆着好几个箱子,靠墙的位置还有两个行李箱。食品包装袋和以前的作业都散落在桌子上,还有好多没来得及收拾的垃圾。过去一年,凯拉已力不从心,所以决定辍学回家,秋季开学就不再回来了。

"你怎么不早点告诉我呢?"

"我也是把东西往车里装的时候才发现地方不够啊。"

我白了她一眼,没再多说话。

"还有别人能捎你一段吗?"

"没有,我之前就指望你呢,这会儿就算让我妈赶过来,也得是十一个小时之后了。"我很气愤,瞥了一眼凯拉,她竟然一副不以为意的表情。我怪不得别人,谁让我轻易相信如此不靠谱的人呢?我主动提出帮凯拉把东西搬上车,结果却遭到了拒绝。她让我再等等看,"你先继续收拾吧,东西越少越好。"于是,我坐回地上,继续精简行李:笔记本、相机、备考材料、香体剂。我在水瓶上缠了一些胶带,留着备用,又把毛巾扯成两半,一半收好带着,另一半扔进了垃圾桶。

我隔着洗手间听到凯拉的母亲正在训斥女儿把房间搞成了猪圈。凯拉中途退学,我多少都有点替她难过(她可能会在家自学一年,希望她能尽快赶上来);不过,听到她母亲对她的谴责,我心里也多了一丝安慰:永远也不会有人说我懒惰,或是说我承受不了压力。我把暑假要带的衣服摊在一起卷成卷儿,睡觉时可以用作枕头。其他东西我只能丢掉,看着被我精简后的包裹,成就感在我心里油然而生,至于说开学回来拿什么钱把东西补齐,我现在不想考虑,到时候再想办法解决吧。

有人敲门。

"进!"

进门的是夏洛特,她穿着窄腿裤,手里提着暖水瓶,好一幅温馨的画面。自从樱桃奶昔事件后,我们便没再说过话。考完微积分后她更是彻底消失了。"你好。"她开口道。

夏洛特看着我旁边铺着的脏油布,上面摆着几袋微波炉麦片粥、几瓶洗发水,还有画画和做手工的工具,羞愧感从我心头闪过。夏洛特之前跟我说过,她会把所有书籍之类的东西寄回欧洲,虽然只在这儿待了一年,但她绝对不会把日子过成我这样。

我站起身,蹭了蹭手上的汗。再一次面对面,我好想走过去,托起她的下巴亲吻她。

死一般的安静。

我骂骂咧咧地跑去凯拉的房间。过去的就让它过去吧。

我背起背包,用法语跟夏洛特道了句再见。我口气轻松,仿佛一个小时后我便会回来似的。

她也说了句"再见",语气却很沉重,仿佛再次见面要等到下辈子。

我跑过长长的走廊,穿过电视房,看到装卸货区旁边停着一辆面包车,在旁边的垃圾桶里堆着各种废弃家具。我一边跑一边挥舞手臂,"嗨,凯拉!凯拉!"

坐在副驾驶的女士把车窗摇了下来,凯拉跟她的两个妹妹坐在后座上,根本不敢看我的眼睛。

"嗨,凯拉,"我直勾勾地盯着她,"你们车上一点地方也没有了吗?"我用尽浑身解数,想方设法做出礼貌的表情。

"妈?"凯拉弱弱地问前排的母亲,"要是还有地方的话,能不能让埃米跟咱们一起?她到华盛顿就下去。"我强忍心中的怒气:凯拉竟然还没跟她母亲提过此事!我真的很生气,看来她当时只是随口一说,根本没往心里去。要是没有她这段便车,我整个计划根本不可能实施。

我把目光转向凯拉的母亲,极尽可能地温柔。"您好,亚当斯夫人,凯拉跟我说您可以把我捎到华盛顿特区。"

"到华盛顿之后你怎么办?"她说话时手一直放在车窗按钮上,像是随时会把窗子关上。

"我已经跟弗吉尼亚的朋友说好了,到时住在她那儿。"凯拉的母亲面露难色。我都不敢告诉她伊莎贝尔邀请我去她家住的事,万一对方跟凯拉一样,也是随口一说,面前这位女士不知道会作何感想。"我要去弗吉尼亚理工学院看看,也想看看首都的几所重点大学,我听说凯拉也想去。"

我面带微笑，这次非常真诚，希望能成功扮演"别人家女儿"的角色，让她知道我的远大理想。我瞥了一眼凯拉，她正没心没肺地看着自己手指上的茧子。

亚当斯夫人回头看了一眼后座，"后面好像还有一点地方。"

《申请秘籍》上说了，这个暑假特别关键，能否申请到理想大学就取决于你能不能抓住这个重要时机。我挤进后座，系好安全带，拿出笔记本，开始构思申请材料。文章不能太长，最多两页，我必须在两页内向招生办介绍清楚自己，能否申请成功就取决于这两页材料。

"咱们看《水中女妖》吧！"凯拉的小妹妹扯着嗓子提出了诉求。她们姐妹仨一直在吵，DVD 开始播放后才终于消停下来。她们簇拥在一起，屏幕的蓝光映在她们脸上。"妈妈，爸爸，"凯拉朝着前排的父母提高了音量，"我们能停会儿吗？我饿了，行不行？"她知道自己的请求会遭到拒绝，不过还是毫无顾忌地提了出来，好像根本不畏惧后果如何。

凯拉虽然只比我小一点，但一看就是个孩子，不仅不自律，对自己的未来也毫无危机感，我甚至觉得她从未想过大学的事。跟她相比，我至少算是先下手为强。凯拉姐妹几个早晚都会长大，父母不可能陪她们一辈子，到时候，凯拉回首过往，她连学业能力测试都没考好，她能泰然处之吗？

当然，凯拉的父母并不一定赞同我的极端想法，但我能明显感觉到她母亲的不安。所有父母都说自己的小孩只要活得开心幸福就行，但如果找不到一份好工作，怎么可能过得幸福？不管身在何处，你都会看到经济衰退给人们造成的严重影响。因特洛肯校园周围的树林里停放了很多住人的拖车,还有好多被银行赎回的破房子。可以说,整个密歇根州一派凋敝景象。我时常想起七年前网络泡沫的破裂,父母就是那段时离的婚,如果市场不景气,人和人的关系也很难维持稳定。

终于到了华盛顿特区,晚餐亚当斯夫人做了拉面,看样子她家的经济状况也不太好。凯拉不想吃面汤里泡发的胡萝卜和青豆,一直在碗里挑来挑去,亚当斯夫人终于看不下去了,把她臭骂了一顿。到了晚上,我睡在她家的仿皮沙发上,头下枕着卷好的衣服。早上起来,我冲了个澡,用扯得只剩下一半的毛巾擦掉身上的水。

我知道此地不能久留,他们一眼就能看出我的家境一般,甚至可能把我当成离家出走的问题少年。(凯拉的父母非常谨慎,很少问我问题。)对于他们来说,我唯一的价值就是可以影响凯拉对未来早做打算。我猜凯拉的父母等我离开后肯定会质问自己的女儿,"你还有什么可说的?"这个问题听上去虽然挺让人心酸,凯拉本来就有点抑郁,但想到自己也能成为"别人家的女儿",我还有点骄傲。

凯拉的母亲在楼上大声催促凯拉收拾东西,我们要去各个大学看看。终于,凯拉晃晃悠悠地从楼上走下来,手捂着脸,像是宿醉还没缓过来似的。我知道她昨晚并没喝酒,只是熬夜看了电视剧《汉娜·蒙塔娜》。凯拉的母亲带着我、凯拉和凯拉的两个妹妹,一行几人乘坐地铁参观了乔治华盛顿大学和乔治敦大学。

我一边听着导游讲解奇闻逸事,一边认真地做着笔记,还提出了很多择校指南上列举的重要问题。"你们学校有创意写作专业吗?有辅修课程吗?"我再次举起手,"非异性恋群体在你们学校会受到排挤吗?"我注意到凯拉母亲用余光扫了我一眼。我觉得此刻的自己俨然成了大学的潜在客户,摆在我面前的选择很多,尽可以对它们挑挑拣拣,乔治华盛顿大学的宿舍清洁服务一般，乔治敦大学的草坪有点太绿了。

我知道自己不会来这里求学，但还是认真打听了相关信息。我的选择并不多，只有几十所，我贷不起款，也交不起学费，只能申请全额奖学金。我来特区的目的根本不是了解大学，只是要找个地方落脚，消磨一些时间。究其根本原因，就是母亲不愿意给郡政府打电话，导致我暑假没地方住，不得不四处漂泊。一想到这儿，我就心情压抑，所以我干脆不往那儿想了。我重新振作，再次审视了乔治敦的草坪，其实它绿得也没那么扎眼。

当天晚上，凯拉的母亲问我什么时候去弗吉尼亚。"再过两天吧？"我试探性地回答，希望亚当斯夫人可以让我再多住几天。我解释说自己还想去其他学校转转。

真实的情况是我还没给伊莎贝尔打电话，自从那晚在洗衣房她邀请我去她家住之后，我们俩还没有通过话。我一直惦记着给她打电话的事，又担心万一遭到拒绝就彻底没了希望，所以迟迟没有联系。亚当斯夫人抿抿嘴，听到我想带着凯拉去美利坚大学看看，她显然不太高兴，不过对真实情况似乎也不屑于过问。我真害怕她知道实情，她至少会斥责我母亲的做法，弄不好还会向儿童保护中心告发我们，两件事都做也不是没可能。

当天吃完晚饭，我鼓足勇气拨通了伊莎贝尔的电话，结果手机一下子就没电了。第二天，我给手机充好电，再次拨通伊莎贝尔的电话，结果电话响了半天没人接，到了晚上手机又自动关机了。我恨死自己了，当初为什么要选这款超市最便宜的翻盖手机？我不敢向亚当斯一家借手机用，害怕他们知道我根本没跟伊莎贝尔定好行程。最糟的是伊莎贝尔

193

的电话号码存在我手机的通讯录里了。我真后悔,当初稳妥起见,我该把号码记在别的什么地方做个备份。

第二天上午,凯拉的母亲开车把我送到长途汽车站,车里只有我们两个人。

"你妈妈同意你一个人在外面跑?"

"我在那儿有朋友。"

凯拉的母亲眯起眼睛看着我,好像在揣测我是不是在撒谎。我知道她不放心,觉得我独自一人会很危险。

"我绝不允许我女儿像你这样一个人到处乱跑。"我咬了一下腮帮子,最讨厌她这种阴阳怪气的说话方式。她爱说什么就说吧,反正我母亲和她不一样,我的人生也跟她无关,要是事事都瞻前顾后,那日子还怎么过下去?

我们在车里坐了一小会儿,没再说话。随后,凯拉的母亲拿出钱包,打开车门下了车。回来时,她手里拿着给我买的车票,告诉我说,"上了车你就找一个年纪最大的老太太坐一起。"

车上有很多空座,很多还是靠窗的位置,但我还是乖乖地坐在了一位身板挺拔的黑人老太太身边。凯拉的母亲一直等到我的大巴驶出她的视线才离开。大巴车转过街角,一路向南驶去。

…………

坐在车上的第一个小时我一直在鼓捣手机,不管我怎么按键,手机就是打不开。看来我得等到了布莱克斯堡找地方给它插上电源试试了。距离布莱克斯堡还有整整七个小时,希望到时会有奇迹发生。

我努力压制内心的焦虑，车上的乘客越来越多，弥漫着浓重的汗臭味，听凯拉母亲的建议真是对了。我身边一直坐着个老太太，让我感觉安心不少。我透过她的肩颈看向窗外，母亲说过，你要多看看咱们国家的大好河山，现在正是一个好时机。为了避免自己胡思乱想，我拿出纸笔给夏洛特写了一封信，我知道自己永远不会把它寄出去，但还是跟她说了很多话：我一路看到很多邦联旗，感觉特别可笑；还经过了一座小镇，名字叫林奇堡，听起来特别像凌迟处死的"凌迟"。最壮观的是层峦叠嶂的高山，郁郁葱葱，对于我这个在中西部长大的孩子来说，我心目中的南部还是硝烟弥漫的战场，内战的炮火仿佛还没有熄灭。临近傍晚，司机大声喊出下一站的站名，我终于要下车了。我心生犹豫，不知该如何是好，到底是该毫无准备地下车，还是该在车上一直坐下去？车门关闭的最后一刹那，我抓起背包跑了下去。

我背着背包，两手紧紧抓着背包带，想尽快在布莱克斯堡小得不能再小的商业区找到给手机充电的地方。面包的香气把我引到了赛百味，我坐下来，在桌子底下一通寻觅，终于找到了一个充电插座。我给手机充上电，买了一份烤薯条作为晚餐。我看了菜单，只有这个最便宜。

手机还在充电，我在心里掂量着各种可能性。我没办法入住酒店，没有人会帮一个十六岁的孩子办理入住。附近也没有机场什么的，否则我还可以去候机大厅凑合一夜。在这儿，我举目无亲，最近的熟人就是凯拉，离我也有七个小时的路程。伊莎贝尔的母亲在弗吉尼亚理工学院上班，实在不行我就去学校打听打听，没准能找到她的办公室。可我又犯了难，我只知道伊莎贝尔姓什么，她母亲姓甚名谁我完全不知道啊。我望向窗外，看到路中间有一条景观隔离带，我想实在不行今晚就睡那儿吧。可我对这儿人生地不熟，万一半夜窜出野兽把我吃了怎么办？估计当地人都随身携带枪支以保护自己。

我屏住呼吸,再次尝试打开手机。终于,手机亮了,屏幕上出现了弗吉尼亚的移动信号标志。我松了一口气,赶紧把伊莎贝尔的电话号码抄下来,以免手机不给力又自动关机。我紧张地咬着自己的下嘴唇,小心翼翼地拨出伊莎贝尔的电话号码。我知道,自己应该事先跟她联系,我已经违反了正常的社交礼仪,不管当时伊莎贝尔对我发出的邀请是否出于真心,我都不该到了人家门口才跟人家联系。我心里还在自责,这时电话通了。"喂?"电话那头的伊莎贝尔语气十分明快。

"嗨,伊莎贝尔,你怎么样啊?我是埃米。"我并没有直奔主题,希望她不要听出我的声音在发抖,"你之前说我暑假可以到你家住一段时间,还算数吗?"

"当然算数,你什么时候来?"

我一时语塞,对方没准以为我在查日历。"就现在可以吗?"

伊莎贝尔问我,"你现在人在哪儿?"

"我在布莱克斯堡汽车站对面的赛百味。"我紧咬嘴唇,心情无比紧张。

"知道了,我问一下我妈妈。"接下来的几分钟,我在心里把自己好一顿臭骂:我先是跟凯拉的母亲撒了谎,然后又在毫无准备的情况下来到一个人生地不熟的地方。这儿的人好像都随身携带枪支,想到这个我不由得紧张起来,鼻子上渗出了汗珠,还闻到自己身上的臭汗味,估计这是出于本能的自我保护,猎物或许会因为嫌弃我的味道而放弃吃我的计划。

电话那头突然有了沙沙的响动。"你等我十五分钟,我现在就过去接你!"

伊莎贝尔带我回到她家，刚进门，她的母亲就给了我一个大大的拥抱。夫人身材娇小，据说是一位研究材料科学的教授，即使穿着十五厘米的高跟鞋也才一米五多一点。"你打算在这儿待多久啊？"

我尴尬地揉搓着手指，解释说，我参加的夏令营6月22日才开始，不过要是她们不方便，我也可以提前离开。

"你就待到活动开始再走！"她一边打开冰箱一边问我，"你喜欢吃牛排吗？"

自从离开托管治疗中心我就没再吃过肉，"当然！"

伊莎贝尔的母亲并没有打听我家里的事，就连我为何到了汽车站才跟她女儿联系，她也没多问。要是她问我，我真不知道该如何解释。她人真好，只问了我想吃什么。

她们家并没有把我当成负担，这在我看来简直不可思议。从小到大，母亲从来不允许我带朋友回家吃饭，有的朋友家里很穷，人家父母哪怕是领取救济食品也会想办法招待我，但即使这样，我也没办法回请对方。记得有一次，我从家里偷拿了一盒金枪鱼罐头，结果被母亲大骂了一顿。倒不是因为家里食品匮乏，那时候父母根本衣食无忧，只是他们不懂得分享，觉得没有帮助他人的义务。见到伊莎贝尔的母亲让我很是意外，竟然有这样的父母，愿意花时间和金钱照顾孩子的朋友，而且好像还乐在其中。

更令我没想到的是伊莎贝尔竟然愿意让我跟她同住一个房间，没有一丝一毫的担心和顾虑，不会觉得我抢占了她的资源。原来朋友之间还可以有这种相处方式，我现在才知道。这段时间，我寸步不离地跟着伊莎贝尔，她去面试找工作，我就陪着她一起去；她推荐我看《搏击俱乐部》，我就看了《搏击俱乐部》；她想开车去山里转转，我们就开着车子出发了，一路播放着辛乐队的《情归新泽西》，音量让我们调到了最大。

即使当着她父母的面，我似乎也不必有任何拘谨，仿佛已经跟他们成了一家人。他们很少问我各种各样的问题，就算问了，我觉得伊莎贝尔的母亲也不会对我的答案大惊小怪。美好的夏日，我有体面的栖身之所，这已经很幸福了。我尽量不去想申请大学的事，关键我根本不知道该如何操作。

傍晚时分，我跟伊莎贝尔坐在圣酷石冰激凌店里吃冰激凌。外面走过一群男大学生，伊莎贝尔看了他们一眼，一边咬冰激凌一边问我说，"你到底喜欢夏洛特什么啊？"

"我也不知道，就是喜欢。"

"你快点把她忘了吧，天涯何处无芳草。"

伊莎贝尔看着我，"你把眼镜摘了。"我把眼镜摘了，"哇，"伊莎贝尔大发感慨，"你为什么不戴隐形眼镜？"

"我嫌麻烦，不愿意随身背着护理液。"伊莎贝尔听了我的话咯咯地笑，"还有，我希望有人喜欢我是因为我这个人，而不是因为我戴或不戴眼镜。"这是我的真实想法，对于这件事我的态度十分坚决。我之所以刻苦学习，某种程度上也是因为能否考上大学与相貌无关，凭借的只有实力。

"你说得不对。世界不是你想的那样。"伊莎贝尔长得很漂亮，皮肤细腻，绿色的大眼睛时刻散发着魅力，"你应该剪剪头发。"

伊莎贝尔的母亲帮我约了美发店。因为住在她家，我只好听从她们的安排。整个理发过程我都非常紧张，不知道得花多少钱，但最后是伊莎贝尔的母亲帮我付了账。

为了彰显我的时尚发型，伊莎贝尔非得让我穿上她的一条裙子，还特意让我站在她家门前拍照留念。"你看你现在多漂亮，埃米！我真后悔之前没帮你拍张照，那样你就能看到前后对比的效果了。"

我尴尬得要命，难道我之前的头发那么糟糕吗？通常情况下，我特别讨厌别人捯饬我，好像只要把我收拾干净，所有问题都迎刃而解了似的。但伊莎贝尔和她母亲的做法却没有让我产生反感。"您觉得埃米是不是应该戴隐形眼镜？"伊莎贝尔一边端详着我一边问她母亲，她母亲听后使劲点头，表示认同。伊莎贝尔摇晃着我的胳膊，劝我不要再为分手的事难过："你一定会找到更好的人。"

"嗯，一个非常特别的人。"伊莎贝尔的母亲在一旁表示认同。

终于到了斯坦福大学，我环顾四周，仿佛走进了别人的梦境。母亲一直念叨斯坦福，却从来没来过，而我却站在了一幢幢灰墁外墙和古老红木屋顶的建筑中间，实现了她的梦。母亲希望我能通过参加为期几周的夏令营最终走进斯坦福，但我知道事情没那么容易（虽然这次活动我申请到了奖学金，但对于学校来说，夏令营更像是一次捞钱的机会）。再说了，斯坦福是母亲破碎的梦，并非我的理想选择。

话虽如此，我对这次夏令营还是抱有一些目的：我计划着在此期间完成申请拓扑学专业的个人陈述，至于说拓扑学研究的是什么，老实讲我并不太清楚。暑假才刚刚开始，不管经历什么事，但凡可能用在申请材料中，我都一定会好好记录下来。我发现我想到的话题都太忧郁了：消除饥饿最便宜的方法就是喝健怡可乐；独自一人乘坐长途大巴唤起了我对母亲的思念；看到有人刷漆让我渴望拥有一个家。最终，我想明白了，之前十六年的岁月只是人生的初始阶段，是我认识困难、改变命运的开始,虽然我住进过精神病院、被送去过寄养家庭,甚至留宿过别人家的沙发,但这些都击不垮我,我依然是那个不忘初心、勇敢打拼的姑娘,这些我都要写进申请材料。

再过几天就要开营了,我趁这个工夫跑去了旧金山,那儿有我一位已经毕业的学姐,我希望她能帮我修改申请材料。奥利维亚撰写过很多短篇故事,并因此荣获过学术艺术与写作大奖,奖品是一把金钥匙,还有高达一万美元的奖金,就连颁奖典礼的地点都是大名鼎鼎的卡内基音乐厅。她即将就读哈佛大学,我想她一定有很多成功的诀窍,所以想去跟她取取经。可是,当我问她怎样才能考上哈佛大学时,她却一脸痛苦的表情,仿佛不愿回忆整个申请过程。她告诉我说,"做你自己就好。"可我非常清楚,在成年人眼中,我之所以麻烦不断,就是因为我太"做自己"了。这次,我绝对不能只是"做自己"。来到斯坦福后,我更加明确自己原来的想法根本行不通,拓扑夏令营无法帮我实现抱负,讲的内容都是如何利用各种彩色表格得出数学原理。学生白天要参加工作坊,到了晚上才能使用计算机中心的电脑,这意味着留给我准备申请材料的时间已经不多了。晚上,我再次走进计算机中心,准备开始撰写申请材料。开始前,我先打开了自己的邮箱。

刚刚读了标题栏,我就兴奋得喊出了声:"你已经成功入选常青藤智慧奖学金名单。"

我打开邮件,凯瑟琳·柯恩博士——知名大学申请顾问兼《申请秘籍》的作者凯特博士,已经将我选为"公益服务"的对象,要知道,同等服务的收费标准至少是一万六千七百七十五美元。

从我寄出那封承载了我伤心故事的信已经过去了五个月,我早已不抱任何希望,但谁能想到,还是有人从一堆垃圾信件中看到了我的信,读懂了我的请求，认为我是个值得帮助的孩子。如果常青藤智慧奖学金能接纳我，说不定常青藤大学也会把我列入考虑范围。就算我没被录取，至少也不是因为我无知，不是因为我亲手断送了自己的未来。

因为明天一早我要跟凯特博士通话，我紧张得一夜都没睡踏实。梦中惊醒，我借着窗帘四边透进来的黄色灯光拿起手机，看了一下时间，长舒一口气，时间还早，才刚过午夜。

我迷迷糊糊地又睡了过去，然后再次惊醒，再次错把街灯当成阳光，最终是我设置的手机闹铃把我唤醒了。我走出宿舍楼，不想惊扰到还在睡觉的其他室友。黎明柔和的日光打在红木屋顶的建筑上，洒落在绿色的草坪上，映得露水闪闪发亮。身上的灰色开衫毛衣是我从宿舍失物招领处顺来的，清晨天气很凉，我站在校园里瑟瑟发抖。不过，这些我都顾不上，我不错眼珠地盯着手机屏幕：六点二十九分，终于到了六点三十分。

电话响了，吓了我一跳。

"嗨，埃米，我是凯特。"她的声音有点沙哑，她所在的东部时区也才是上午九点半，但听她说话的感觉好像已经讲了一天的话，已经给很多人做了指导。凯特首先提到我寄给她的那封信，想到她位高权重，我不禁害怕起来。

"你这个夏天在做什么？"她问我。

"嗯，我现在正在参加拓扑学训练营，在斯坦福大学，"我说话的语气仿佛自己是个拓扑学专家，"这个夏令营结束后，我会去西北大学参加一个大学预科化学训练营。"为了节约博士的时间，我略掉了两个活动中间的打算。

"好,很好。"听到博士的肯定,我松了一口气,看来她对我的答案很满意。

博士问我首选哪所院校。

"纽约的哥伦比亚大学。"我回答,心想终于有人把我的想法当回事了。

"哥伦比亚大学?你真的想学那些大部头吗?"

"您说什么?什么是大部头?是普利策获奖作品吗?"

"不,是诸如《伊利亚特》之类的作品,那些西方文明的基石。"博士好像不太喜欢这些东西,"去那儿的前两年你都得学这些东西。"

"哦。"尴尬让我涨红了脸。我一直把哥大的那件T恤视作自己的幸运服,也一直把哥大视作我的梦想,结果却对其一无所知,好像我是为了保持神秘感而刻意与之保持距离似的。"我能不能还是申请一下,看看自己究竟能不能考上?"

"不要这么做。"博士告诉我一共要申请十所院校:三个冲一冲,四个明确定位,还有三个作为保底。她说我要准备很多材料,个人陈述和情况说明最为重要,要充分展示我的个人经历和个人优势。

"好的,我知道了,我还需要再考一次学业能力测试吗?"我希望自己能拿到满分作为自身素质的客观证明。

"你现在考了多少分?"

"二千一百九十。"我弱弱地说。

"你没时间再考了。"跟博士通话还不到半个小时,未来似乎已经清晰地呈现在了眼前。梦想跟我想象的有很大差距,我永远无法穿着哥伦比亚大学的T恤走进哥伦比亚的校园了。过去这么多年,虽然我一直沉浸在各种备考材料里,能力测试还是没能取得2400的满分。

博士的语气一下子温和起来,"你做的所有准备都没问题,只是稍微晚了一些。"我必须得在九月升入高三之前完成所有申请材料,她重复了一遍她在书中写过的话,"今年暑假是最为关键的时期。"

我越想越生气,所有大人都告诉我不要杞人忧天,不要操之过急,多亏我自己心里有数。刨去夏令营的时间,留给我准备申请材料的时间只有不到四个星期了。

"如果你想找我做咨询,就要百分之百地配合我,你能做到吗,埃米?"

"当然能。"这还需要问吗?除了申请学校,其他所有事都可以往后放。我心意已决,不管过去有多少人、多少事阻碍了我前进的步伐,追究起来已经没有意义,从现在开始,成败就在于我自己,我能否考入名牌大学,全看我能不能拿出漂亮的申请材料。

"另外,我们想把你的故事分享给大家,"博士说话的方式让人感觉如沐春风,"我很高兴能为你提供帮助,你要知道,申请大学可不是件容易的事。"

我合上翻盖手机,倚着一棵桉树站着,心里既温暖又紧张。我当然知道申请名牌大学不容易,这世上做什么事容易呢?当然,也怪我自己心气儿太高!

但是,或许我的理想并非好高骛远呢?一方面,我始终抱着能被名校录取的一线希望;另一方面,我又担心自己一番操作后结局还是以失败告终,两种情绪将我压得喘不过气来。想再多也没用,重要的是行动起来。凯特博士说了整个过程很难、很辛苦,但不是做考试题那种难,也不是四处找住处那种辛苦。申请过程费心劳神,属于精神上的考验,即便是有经验的顾问也会觉得是一种煎熬。

十四

两个夏令营中间的几个星期我一直待在安妮特家。我喜欢住在她这儿，很安静，黄色的墙壁上挂着从宜家买来的向日葵画作；我也喜欢她用色拉油和醋拌的蔬菜沙拉（她从来不用现成的沙拉酱）。她下班回来发现我还跟她出门时一样，坐在桌边，一整天都在按照凯特博士的嘱咐整理大学的信息。"咱们得出去做点什么，埃米。"安妮特对我说，"天气特别好，待在家里太可惜了，咱俩去骑行怎么样？"她微笑地看着我，她这提议不错。安妮特让我抹了两层防晒霜，然后低头研究起衣橱里的头盔。"你要不要戴头盔？"她拿出来一个，不过马上又放了回去，"我们就在附近骑，应该不用。"她递给我一顶棒球帽，自己戴了一顶软趴趴的宽檐帽，为了防止帽子被吹跑，她把带子系得很紧。我们朝着自然保护区的方向一路往南骑，突然，一阵风掀飞了我的帽子，我想回头伸手抓住，结果连人带车摔倒在地上。

醒来时我发现自己躺在安妮特家的门廊，她丈夫看着我的眼睛问我说，"埃米，你还记得现在的美国总统是谁吗？"

"奥巴马？"我眯着眼睛看着他，阳光很刺眼，周围一片绿意盎然。"我怎么了？"我强忍着泪水，心里泛着嘀咕，"我究竟怎么了？"

"你摔倒了。"

"什么时候？"

"你从自行车上摔下来碰到了头。"他看着我，眉头紧锁，脸上写满了担心。听了他的话，我松了一口气。有那么一瞬间，我感觉自己成了电影中的人物，沉睡许久，噩梦连连，终于醒来，看到了真实的世界，他们才是我的家人，这才是我真实的生活。

"埃米，咱们走。"安妮特背上挎包，说要带我去挂急诊。

"我没事。"我跟她保证，实在不想再给她添任何麻烦了。

"不行，万一脑出血你就没命了，你还记得那个滑雪运动员吧？"我反复告诉安妮特自己没事，以前我也经常磕脑袋，但内心因为她的关心而感到无比温暖。

车上没人说话，我闭上眼，躲避着傍晚时分依旧刺眼的阳光，空调的噪声吵得我头有点疼。

安妮特在卫理公会医院的急诊室给母亲打了电话，CT扫描后安妮特紧张地在我床前走来走去，她既担心母亲不让她再见我，也忧虑母亲怪她对我照顾不周。我跟她说不会的，可她还是放心不下。"她什么时候能到？我都快急疯了。"

"我想她肯定还在工作，没事的，这点事她根本不会介意。"

终于，母亲来了，一位护士领着她进了我的病房。"嗨，安妮特！嗨，宝贝！我给你带了点东西，现在放在车上。"

"道恩，真对不起，"安妮特一脸愧疚，"都怪我，竟然没让埃米戴头盔。"

"哦，没关系，埃米总是笨手笨脚的。"母亲一边摆手一边宽慰安妮特，还讲了我之前住在她那儿不小心踩到圣诞彩灯，结果不得不做手术，把扎进脚里的玻璃取出来的事。

医生走了进来，母亲还在那儿没完没了地唠叨。医生打量她一眼，转身朝向安妮特，告诉她我有点脑震荡，不过不严重，现在可以给我办理出院了。

"哦，对不起，我不是她妈妈。"安妮特一边说一边把病历夹子递给母亲。

母亲被逗笑了，举起手说道，"我是，我是。"

我们三人走出病房，一路朝着母亲的别克车走去。借着黄昏的天光，母亲从后备厢翻出几盒油画棒和几袋扭扭糖。我和安妮特一直在旁边等着，街灯下盘旋着好多蚊子，我们只得不断驱赶。安妮特人太好了，再加上对母亲有几分忌惮，所以一直耐心地等着，毫无怨言。

终于可以告别了，我给了母亲一个拥抱。"再见，道恩！"安妮特的声音很小，还透着一丝刻意的温柔。

坐回车上，安妮特这才松了一口气，一直端着的肩膀也终于放了下来。我想跟她道歉，又怕加重她的不安，于是便作罢了。

"你晚上想吃什么？"她一边问我一边转动了车钥匙。

"我也不知道，你想吃什么？"我很过意不去，我当然不想这样，但总觉得所有关心我的人最终都会被我搞得心力交瘁。

脑震荡之后的第六天，我来到西北大学参加大学预科化学训练营。整个活动为期三周，我们要在三周学完一年的课程。春天参加的物理训练营就是如此，我不仅学了物理知识，还完成了自己的计划（写了一本诗集）。

可这次不知是怎么了，来到伊利诺伊大学，我发现自己的脑子很不灵光，课本上的字我看不清楚，实验室里各种化学试剂的顺序也总被我搞混。到了下午，负责的在校大学生会把我们赶出教学楼，强行让我们劳逸结合，可我心里很着急，所以总是找各种借口躲避外面那招摇的阳光。

我不知道自己是怎么了，忘了自己不久前刚刚经历了脑震荡。在训练营期间，我们每天上午都有小考，我的成绩不是 C 就是 D。我一刻也不敢放松，时刻都在用功，就连答应凯特博士的文书都迟迟未能动笔。可即便如此，我还是无法集中精力，学习时动不动就会走神。

距离训练营结束还有一个星期，我在脸书上收到一条留言，竟然来自米歇尔。她说她很抱歉我住在安妮特家时没能来看我，还说："你不理我以后我的内心一直十分痛苦。"

我真是个差劲的女儿。很久了，我一直觉得米歇尔抛弃了我，现在我才知道，原来她觉得是我抛弃了她。不过，我也知道事情并非如此，毕竟那时我只有十岁，但是真相重要吗？我的两位家长内心的事实完全由她们自己的情绪决定，而哪怕她们说的不是事实，我也得学着理解并接受，谁让我是她们的小孩呢？

米歇尔说她前一阵子住院了，因为用药胖了不少，自从离婚，她就没有过过一天好日子。我一直担心自己才是她痛苦的根源，或许我本不该来到世上。她留言的最后一句是："真的很对不起"。

她没有问及我的生活，也不知道我身在何处，或是我之前都跟谁住在一起。她不知道我即将做手术消除腿上的伤疤，也不知道我之后要寄宿在精神病院认识的朋友家。她从未给过我任何帮助，连五美元都没有，五美元至少也能帮我洗几桶衣服啊！连两美元也没有，两美元也能让我买一瓶健怡可乐啊！

我讨厌自己习惯性地把什么都换算成钱，成年人一直教育我要学会无条件地爱和付出，可他们连我最基本的需求都无法保证。但凡我提出点诉求，他们就会觉得我在耍手段、做交易。我也不想这样啊，可如果我不想办法让人喜欢我，不想办法让人帮我，我怎么可能活到现在？

上午的课程结束了，同学一个接一个地走出礼堂。我看着这些天才，瞬间感到了自己和他们的差距。我跟他们不同，他们个个家庭美满，大部分人就读的是私立学校，有人竟然还参加过赛艇运动，说什么经常划船可以锻炼身体。

我讨厌他们，讨厌他们整天拉帮结派地凑在一起聊八卦。我痛恨他们活得如此轻松，父母永远是他们最坚强的后盾。他们的父母不会不辞而别，不会多年以后在脸书上发一条留言，找借口说自己无法胜任家长的角色。我也嫉妒他们，他们都比我做得好，他们是合格的子女，不会不理父母，父母生病的话，他们会帮忙送去医院。

我走到教学楼前面，经过一间教室，里面空无一人，但书包都还挂在椅背上，就连价值好几百美元的制图计算器都没收走，就摆在书桌上。

我什么也没想，径直走进教室，拿起计算器扔进自己的背包。桌面的东西已经被我扫荡一空，于是我打开椅背上的书包，凡是值钱的电子产品都被我搜罗了出来。我要把它们放到 eBay 上卖掉，一样东西至少够我支付一所大学的申请费，估计连请求递送考试成绩的钱都够了。我想象着他们回到教室后的状态：那些样貌甜美、条件优渥的孩子，一旦发现自己的新款计算器被偷肯定会痛哭流涕，我也要让他们尝尝崩溃痛苦的滋味。我肩上的背包沉甸甸的，内心似乎也随之丰盈起来。

我走出教室，关上教室门，一路去了餐厅。我跟其他同学坐在一起，可什么也吃不下。下午我回到实验室，把各种化学试剂倒入烧杯，手一直在发抖,老师的讲解和对我错误操作的纠正我根本听不进去。

我害怕偷东西的事马上就会露馅,学校估计会挨个房间搜查,很快就会查出我是罪魁祸首。我也将为自己的一时糊涂付出惨痛的代价,之前我就经常因为一时糊涂酿成大错。

大家都出去玩了,我拖拖拉拉地走在最后。"你们先走,我马上去找你们!"我把偷来的计算器藏在学生中心的各个角落,其中一个塞在沙发靠垫和扶手中间,特意露出了一点。我知道很快就会被人发现,然后大家就会把其他电子产品纷纷找出来。我跟自己说整件事情不过是个恶作剧,我只是为了吓吓大家,并无恶意,所以不会造成任何实质性的伤害。

我跑去电梯口,追上了还在等电梯的同学,心里依然七上八下。一天下来并没有人提及此事。半夜,我从睡梦中惊醒,很想找个人忏悔自己犯下的错误。我浑身是汗,告诫自己不要轻举妄动,这个错误可能会断送我的未来。我怎么会做出这样的事?我很想哭,很想找个人倾诉,我希望对方能理解我,懂得我的苦衷,我从不故意伤害他人。我不知道自己为什么要这么做,或许是想证明自己不是个好孩子,这样的话,如果有人对我不好,我也不必替自己感到委屈了。

…………

祛疤手术是个小手术,只需轻度麻醉即可。(母亲建议我手术后去见见伍兹医生。)只有安妮特对此表达了顾虑,"小手术也是手术啊,埃米!"她明显有点不高兴。可除了现在做手术,我还有其他机会吗?下次还能用医疗保险支付费用吗?安妮特没办法回答我的问题,反而向我提出了一个疑问:手术后我要去朋友那边住,她那儿的环境适合我术后康复吗?安妮特马上就要出远门了,我不去朋友那儿还能去哪儿?

手术前一天,母亲把我偷偷带进她的办公室,办公室有浴室,我可以在那儿好好洗个澡,又给自己的大腿抹了碘伏。(母亲已经很多年没在家里洗过澡了,浴缸被她堆得满满当当,根本没办法洗澡。)当天晚上,日暮时分,我站在自家的后院,用水管又冲了澡。我跟母亲说去朋友那儿住,但其实我哪儿也没去,就睡在自己的丰田花冠里,连巷子口都没出。

第二天,我穿上了纸质的手术服。等着手术的工夫,我琢磨着醒来后得开始写文书了。医生走了进来,白色制服里面穿着绿色的手术服,头上的帽子盖住了他金色的头发。"你好啊,玛格丽特,"我一下子涨红了脸,从来没人喊过我证件上的名字,"咱们可以开始了吗?"

他从口袋里掏出一支超粗的信号笔,掀起我手术服的底边。他透过眼镜仔细研究我腿上一道道绳子粗细的疤痕,圈出最明显的一道,分别在两端做上标记,然后又对另外五道疤痕做了同样的处理。

他拉起我的手,我的胳膊立马起了一层鸡皮疙瘩。他轻柔地握住我的手指,仿佛要向我求婚那般温柔。然后,他低下头,继续在我的身上做标记。

标记过程终于结束了,我感觉自己像是被划分了的土地。很快我就会焕然一新,重新拥有光滑的皮肤,我犯下的错误也将彻底消失,不复存在。

不过,我马上想到一个问题,"手术完会很疼吗?有什么办法可以缓解疼痛?"医生依然攥着我的手,空气中弥漫着记号笔的刺鼻味道。

"别担心,到时候我会给你开些止痛药。"医生看着我的眼睛,"你真是个勇敢的姑娘。"

我忍不住露出笑容，其实我内心也很害怕。勇敢跟愚蠢有时只是一线之隔，大人赞不绝口的勇敢之举很多时候不过是一些愚蠢行为，而他们之所以会夸赞只是为了让自己心里好过一点。我突然后悔了，眼下我似乎根本不该做一场需要勇气或麻醉的手术。

医生站起身，离开前祝福我术后能尽快康复。紧接着又走过来一位护士，她拔掉我正在输的生理盐水，换上了别的药物。

"倒数十个数，"护士对我说，语气很是轻松，"看你能不能数到最后。"

我置气地咬咬牙，一阵头晕目眩，刚数到六就失去了意识。

我刚睁开眼就开始跟护士小姐碎碎念，"你真好看，"我说，"我太爱你了。"她问我伤口疼不疼，如果疼痛程度是从一到十，我的疼痛是多少。"太神奇了！"我大声说，"一点也不疼。"她按住我的手臂，生怕我不自觉地撕扯伤口上的绷带。

我跟着母亲跌跌撞撞地来到停车场，大腿上还缠着好几层纱布。之后，她带我去了两美元一场的电影院，我俩在里面吹了几个小时的空调。电影结束，我再次坐进她的别克车，不到几秒钟的工夫又睡着了。

再次醒来已是第二天早上，我发现自己躺在母亲车子的副驾驶位置，旁边的母亲还在打呼噜。

因为使用了麻醉剂，我二十四小时内都不能开车。大腿火辣辣地疼，可我必须赶去朋友那里，只有到了那儿，才能服用止痛药。护士特意叮嘱母亲看着我按时服用止痛药，一旦忘了，等伤口疼起来再吃就没用了。护士的嘱托自然是没用的，朋友住在城外一小时以外的郊区。好不容易赶到她家，我已经忍不住想要抓挠伤口了。我在她家门廊痛苦地走过来，又走过去。

"埃米！"考特尼终于回来了。她一见到我就给了我一个拥抱，我也终于松了口气，毕竟我俩是精神病院的病友，我哪里知道她现在的情况是否稳定。她看上去日子过得很幸福，不知道怎么挣到了钱，还买了房子。"你能来真是太好了！"

她打开房门，空气中弥漫着浓重的烟味。两只吉娃娃在客厅里兴奋地打着转，汪汪汪地一直叫。健怡可乐的瓶子和啤酒罐摊了一地，我竟然看到两坨狗屎。她带我走进厨房，餐桌旁坐着一个男的，嘴里叼着烟，考特尼介绍说，"这是我男朋友。"

"嗨！"我礼貌地打了声招呼，努力克制着内心的惊讶，我还以为她是一个人住。

"你喝健怡可乐吗？"考特尼问我。

"好啊，给我拿一瓶吧。"我留意到她的冰箱里除了汽水什么也没有，不禁心生不悦。不过转念一想，人家已经收留我住在这里，凭什么还要款待我啊？

我从包中掏出止痛药。

"你吃的是什么？"那男的问我，考特尼也把目光投在我身上。

我心跳加速，那人一看就爱占便宜，貌似已经对我的药虎视眈眈了。可我离不开我的止痛药，腿上像有无数只蚂蚁啃噬着我的肉，没有药物的帮助我根本承受不了。"布洛芬。"我一边说一边放了两片在嘴里，仰头用汽水送了下去。

"哦，这样啊。"他好像知道我在说谎似的。

我的身体抽搐了一下，他直勾勾地看着我，感觉非常别扭。就连我和考特尼聊天时，他的眼睛都没从我身上移开。止痛药开始发挥作用，缓解疼痛的同时让我整个人眩晕起来，房子似乎也在跟着一起旋转，"我可以去睡一觉吗？"

"当然。"考特尼把我带去一个房间，百叶窗坏了，里面没有正经的床，只有一个床垫摆在地上。"我知道你妈妈不正常，所以你随时可以来我这儿，就把这儿当成自己的家。"

傍晚时分，微弱的阳光似乎还在竭力挣扎。我惊醒过来，听到两只吉娃娃在笼子里叫唤，撞得笼子哗啦啦地响。我抓了抓腿上贴胶布的地方，痛苦地哼唧了两声。我又吃了几片止痛药，然后把药瓶放在背包的最里面。

我站起身，轻轻推开门，"考特尼，你在吗？"没有人回应，房子里空荡荡的，只听得见我自己的回声。

我知道此地不宜久留，现在就是离开的最好时机。他们不在家，所以不会闹出什么不愉快。我不知道自己究竟为何不安，不过有一点十分确定，我在这儿根本写不了申请文书，这一点就够了。我抓起背包，从冰箱里拿出两瓶可乐，毅然决然地上了自己的车，房门也没锁。

我必须快点开，过不了多久止痛药就会开始发挥药效了。我不熟悉路况，好在知道自己要去哪儿：市中心的图书馆。为了缓解焦虑，我一一悉数自己接下来要做的事，我有十几件事要做，至于说有没有地方睡觉，似乎已不构成什么真正的困扰。

我走进图书馆，坐下来看着窗外。打开笔记本电脑，却始终无法全神贯注。大学需要了解我是谁，可我究竟是谁呢？此时的我很饿，从前天到现在，我根本没正经吃过东西，只是在手术后吃了一根能量棒。我究竟是谁？我好想哭，我不知道答案。其他材料准备起来也不容易，我得写一份情况说明，告诉学校我现在具备的各种条件。可我哪有什么条件啊，我什么也没有。

到了闭馆时间，我赶在保安关门前的最后一刻把初稿发给了凯特博士。我写得很糟糕，忍不住一直在心里咒骂自己不争气。我开着车子绕来绕去，想找一个安全的停车场，我打算在车里凑合一夜。停车场的来往车辆不能太多，我不想引起不必要的关注，但也不能什么人都没有，否则很难保证人身安全。广播里音乐排行榜的节目突然被龙卷风预警打断，我随即关掉仪表盘上的灯光。

我把车子开到丁吉镇，是明尼苏达大学所在区域，镇子里灯火通明，来往的行人似乎都很开心。我想象着自己之前的选择，如果我去了莫里斯，或许此刻也拥有了属于自己的公寓，也找到了可以养活自己的工作。眼泪没出息地流了下来，我别无选择，已经付出了那么多，必须考上一所好大学。

最终，我把车子开进一家连锁餐厅的停车场，停在靠里面的位置，头顶就是探照灯。我把银色的遮阳板贴在前挡风玻璃上，这样多少可以保护我的隐私。我爬进后座，把杰斯伯背包塞到脖子下面，又披盖上自己的灰色毛衣。我蜷缩在座位上，后悔离开了考特尼的家。不过，我马上想到她的男朋友坐在餐桌边盯着我和我的药的样子，一看就不像好人。但那也只是我的一种直觉，事实如何我并不知道，而我却因为所谓的直觉让自己沦落到如此境地，无处可逃，只能可怜巴巴地蜷缩在车子的后座上。

我闭上眼，盼着能快点入睡，只有睡好了，明天才有精力撰写文书。刚想到这个，眼泪又不由自主地流了下来。我为什么不能事先做好计划呢？我明知道这是最重要的夏天，事先却没有做好计划，我不失败谁失败？还有三个星期学校才开学，我能一直睡在车上吗？不过，还有三个星期学校就开学了，我能在此之前完成所有申请计划吗？

两条腿开始火烧火燎地疼。

我闭上眼，脑海里出现了夏洛特的身影。我把后座的布椅想象成她的身体，我和她贴在一起，她紧紧拥抱着我。

我警觉地醒过来，车外站着一个人，我简直要吓死了。我保持原来的姿势，一动不动地躺着，心里琢磨外面的人是警察吗？他是来告诉我触犯了法律并要把我带走吗？又或者情况比我想象的更糟，来人不是警察，而是要加害我的坏人？人影慢慢退去，我听到旁边车子打开了后备厢，而后又听见引擎启动，终于车轮碾过路面，越开越远了。

眼泪顺着脸颊流下，流进了耳朵里。我使劲抓了抓腿上固定绷带的胶布，好想把纱布扯下来直接抓挠伤口缝合的地方。不是在愈合吗？为什么缝合的地方比最初切开的刀口还要痛？我努力调整呼吸，上一次这样做已经是很久以前的事了。我向上帝祈祷：我主耶稣，我丢失了开启命运大门的钥匙，感谢你帮我找回来，感谢你帮我在预科考试中取得优异的成绩。我好孤单，好难过。我声泪俱下，身体也随着上下抽搐。求你救救我，让我有足够的信念继续走下去。我不能自我怀疑，否则就一点希望也没有了。即使身处绝境，我也要保持乐观，也要坚信万事皆有可能。

第二天一早，我给英格丽打了电话，"我知道你已经不是我的社工了。"我站在图书馆外面跟她解释了我现在的处境。我竟然无助到给她打电话了，我真替自己难过。"现在我还能去你之前提到的寄养家庭吗？"

我当然不愿意被人看着，也不愿意被关起来，但我首先得解决温饱和睡觉的问题，我还需要定期服用止痛药，我已经连续几天没洗澡，头发已经油得粘在了头皮上。

"我刚把一个姑娘安顿在那位寄养奶奶家，不过她那里好像还有一张空床。"

我松了一口气，晚上不用再饿肚子了。我还可以洗得清清爽爽地躺进干干净净的被窝，房间里说不定还有空调。

英格丽说她得先给主管打个电话然后再联系我。过了几个小时，我的电话终于响了，我赶紧跑出阅览室。"十分抱歉。"这是英格丽给我的反馈。因为我之前的申请已经受理完毕，现在他们没办法给我安排寄养家庭。当初安妮特就为此事提醒过母亲，可她还是没打那通电话。当然我也有问题，我为什么不催促她呢？"我觉得你应该去收容所。"英格丽最后对我说。

我不想去，我害怕。睡在车上虽然不舒适，至少一切我还能掌控。我可以锁上车门，车里的环境我也熟悉，只是没办法好好写文书。

我挂了电话，第一时间给伍兹医生写了邮件，想问问她我该怎么办。她很快给我打来电话，问我说，"你现在是什么情况？"

"特别糟，"我一把鼻涕一把泪地开了口，"我的文书还……我写得一点都不好。"

"你晚上睡在哪儿？"

"睡在我车里，这倒没什么，就是我的文书写得糟透了，可是这个夏天真的很关键。"

"你听着，埃米，我现在关心的就是你睡觉的问题，你得先找到个住的地方，然后再谈你的文书。"

她竟然说我的文书不重要，言外之意就是说我的梦想不重要了？我恨她，但我知道自己这样想毫无道理。她给了我好几个收容所的名字，虽然不情愿，但我还是乖乖地记了下来。"你会去的，对吧？"

"或许吧。"

事实上我并不打算去。待在那种地方我怎么写申请啊？要想走出困境，要想结束这一切，我唯一的出路就是上大学，只要能申请成功，眼下遭多少罪都值得。

我挂了伍兹医生的电话，马上有电话打了进来，号码的前三位是212。

"妈的。"我知道212是曼哈顿的区号，也就是说来电话的是凯特博士，我赶紧接通手机。

"嗨！"我惦记着发给她的文书初稿，一点底气也没有。

"嗨，埃米！"电话那头的她嗓音依旧沙哑，"你什么情况，文书还没写完吗？"本来亨内平大街车水马龙，人声嘈杂，但不知为何，这一切都在我身边慢慢消退了，整个世界只有我和电话那头令我惧怕的女人。她是我改变命运的唯一希望，可眼看着也要放弃我了。"你告诉我你为什么写不下去？"

"对不起，我一直在写，可是我刚刚做了手术，现在连住的地方也没有，每天都睡在车里。"我尽量克制自己，不想哭出来，可还是没忍住。我闭紧双眼，想把眼泪憋回去。

"什么？你说什么？"她的语气和缓了许多。

"我从十四岁起就不在家住了，您还记得吗？"我一边抽搭鼻涕一边继续道，"我一直居无定所，总是四处找地方住，可是这会儿实在找不到了。"

"那你今天怎么办？"

我知道正确答案是什么,"我会重新写一版。"

"我问的不是这个,你刚才说晚上睡在车里,你今晚睡在哪儿?"

"还是睡在车里啊。"

"你去找个收容所,你们那儿应该有吧?"我真想大喊,怎么谁都让我去收容所,"你给学校打电话了吗?"

"您说什么?"

"你给因特洛肯艺术学校打电话了吗?你有没有告诉学校你的困难?"

"没有,"我从来没想过这个问题,"我要打电话吗?"

"当然,你要打。"凯特博士的语气有点强硬,"快去找个收容所,到那儿后马上给学校教导处打电话,告诉他们你的情况,实话实说,别忘了把这段经历也记录下来。"

我闭上眼睛,咬紧嘴巴:凯特博士让我去找个容身之所,这我可以理解,可她竟然还让我做记录!要知道,我最不希望的就是别人知道我所处的窘境,这是我人生的最低谷,我却还要记录下来,日后要把这一切都翻出来吗?我之所以想上大学就是要摆脱窘迫,不过我明白博士的用意,我可以利用自己所处的困境,利用它们申请到更好的大学。我住过收容所的经历或许可以打动招生的人,甚至成为我考取大学、结束痛苦人生的敲门砖?我不知道自己想得对不对,越想越难过,难过得浑身发抖。

"需不需要我让助理帮你找一家收容所?"

"不用了,我知道哪儿有。"

"到了之后告诉我一声。"她好像能读懂我的心,知道我最关心的是什么,"先找到住处,安顿好了再改文书。"

我把车停在青年桥大楼前,坐在车里,磨磨蹭蹭地不想下去。我看了好几眼手机,希望能有其他办法。我不该无视凯特博士的话,她跟别人不同,她与我的诉求一模一样,就是想让我考上名牌大学,所以我应该按照她的话去做。

我走下车,背着背包站在大楼门口。伸手想按门铃,不过手马上缩了回来。我身上穿着哥伦比亚大学的T恤,腋窝处已经有了明显的汗渍,身上也是一股臭汗味。下身的短裤自从手术后就一直没换过,虽然已经褪了色,但穿着还很舒服。我低头看着如此不堪的自己,不知该如何向接待的人开口。

还没等我鼓足勇气按下门铃,一位梳着脏辫的白人女士主动开了门。她把我带去办公室,我给她讲了我的故事,她把纸巾递给我,我哭过后觉得心里畅快了不少。

"你想回家住吗?"她问我。

"我住不了,"我蒙住眼睛,"我试过很多次,每次都竭尽全力,但我真的没办法跟我母亲住在一起。"我一直逃避这一事实,但既然现在我连收容所都愿意来,也足够证明母亲那儿我真的没法住了。母亲对我其实还是挺好的,我需要她帮忙时她都愿意帮忙,可那些最基本的生活需求我却指望不上她。我突然有点为自己骄傲了,我竟然看清了现实,还会主动寻找帮助,这些都是成熟的表现。

"我很抱歉,"那位女士开口道,"但我不能让你住在这儿。"她说她们这个收容中心只接收那些愿意重归家庭的青少年。

"你这是什么意思?"我再也压抑不住自己的满腔怒火,"我已经三年没跟母亲住在一起了,她那儿根本就没有我住的地儿,你去看看就知道了,她那儿根本住不了人。能不能至少让我住一晚,我明天再想别的办法?"

"我可以听你倾诉,但确实不能收留你在这儿过夜。"每家收容中心都有自己的政策,这家之所以叫青年桥就是想在出走的青少年和他们的家人之间搭建起一座沟通的桥梁。她给了我另外几家收容中心的地址,让我再去那些地方试试。

我拖着疲惫的身体重新走回车边。天色已近黄昏,我呆呆地坐在驾驶位上,透过前挡风玻璃看着外面。我想用脑袋拼命地撞击方向盘,究竟怎样做才会有人愿意帮我?我知道要做到诚实,但有时哪怕诚实了,也还是会被拒之门外。如果我不反复求救,就会堕入深渊,可如果我反复求救,又会因为耍心眼而遭到惩罚。

此时此刻,对政策的不满并不能解决我的问题,可行的做法就是按照那位女士给我的收容所名单逐一打电话,看能否得到切实的帮助。路德会的社会服务中心已经没有床位,原住民收容中心也是,还有一家专门接收性侵受害者的地方以及"青年大道"也都是人满为患。

我觉得自己好丢脸,不知道该怎么办。我要给凯特博士打电话,告诉她没有收容中心能接收我吗?

可我转念一想,撒个谎不就解决了吗?我只要嘴上承诺回家住就行了,根本没人在意我的真实想法。他们在乎的只是我嘴上说什么,也就是母亲常说的"说一套,做一套"。我虽然不认同这种做法,但知道母亲说的没错。我收拾好东西,像一个战败了的士兵,蔫头耷脑地再次走到青年桥收容所的门口。我也想成为一个言行一致的人,希望自己能永远说实话,能永远善解人意。

"我想通了,"我告诉那位梳着脏辫的白人女士,"我想回归家庭。"

"你的运气真好，"她帮我打开门，"我们这儿刚好还有一张空床。"

之前，凯特博士并未告诉我，关于申请我究竟晚了多少，对此我倒是很感激，其实我自己心里都清楚。我遵照医嘱吃了整整三天的止痛药，腿上的伤口终于不痛了。可是，因为吃药，我的脑袋总是混浆浆的，什么也写不出来。收容所的其他孩子总是坐在公共休息区收听明尼苏达州广播电台播放的节目，每过一个小时就会响起那首夏日歌曲《我的最爱》，德雷克低吟浅唱，歌唱着那个素颜的穿着运动裤的漂亮姑娘——我心中的最爱也是这样一个姑娘。

之前，我总觉得自己跟收容所的其他孩子不同，不管处境多惨，我和母亲似乎总是抱有一分优越感，看着那些还不如我们的人道一句，"我们跟他们不一样。"可是，自从到了青年桥收容所，我发现自己跟别人并没什么区别，我们隶属于不同机构，但都住过寄养家庭，之后又回到了父母身边，根本住不长久，只得又住到亲戚家，或成为沙发客，有些甚至像我一样，无处可去，只能睡在车里。好在，我还没听说有人真的睡过大桥底下。

"我真的受不了我妈。"一个姑娘说这话时脸上露出一副痛苦的表情。没有人觉得她说得不对，也没有人劝她应该跟母亲好好相处。她这样说自然有她的原因，这里的辅导员除了为我们安排饮食起居，并不会过多说教，更不会说我们沦落到这步田地都是咎由自取。我虽然松了口气，但多少还是觉得自己有一定责任。如果我事先做好计划，就不会沦落到此境地。

五天后，收容所要求母亲过来与他们商量我的后续安排，我特别担心母亲跟我发火，质问我为什么不回家，这会让我感到愧疚。可是她并没有，她觉得收容所的条件不错。"它们竟然还有中央空调！"跟她家比起来，这里的条件堪称奢华，厨房里应有尽有，洗手间也配有试用装的洗发水，都是出自好心人的捐赠。在这里，你每天都有干净的内裤穿，不会因为没得换把内裤翻过来再穿一天。

我真想朝母亲大喊："我都住进收容所了，你竟然还是无动于衷？！"

负责我的社工让我列出一个单子，想想自己还有哪些可以投奔的地方。我在芝加哥有两个在摄影夏令营认识的朋友，因特洛肯学校也同意我跟着国际学生提前几天返校，我的法语老师说可以顺路载我去学校报到。至于说今天晚上，我给埃德娜祖母打了电话，问可不可以在她那儿住一晚。祖母病得很严重，是膀胱癌，甚至会小便失禁，可她还是同意让我过去。就这样，我离开了青年桥收容所。我心里明白，它们那儿只有十五个床位，还得留给比我情况更惨的人。

我收拾好已经洗得干干净净的衣物，它们还送了我一套酒店的洗漱包，算是临别纪念。我知道自己应该心存感激，毕竟我在这儿过了几天安宁日子，有东西吃，有地方睡，让我在术后得到了很好的休息。但我着实感激不起来，我的心情无比沉重，接下来的日子还将是居无定所的漂泊，情况没有任何好转，而留给我的时间已经不多了。

明天我就要乘大巴去芝加哥了。母亲从家得宝家居连锁店买了一张六米长的防水布，我们把防水布铺在后院，母亲又从她床上把铺盖搬了出来，灰绿色的被子铺在蓝色的塑料布上，我蜷缩着钻进羽绒被，被子散发着霉味和老鼠的尿臊味，这就是我印象中家的味道。

"说好了，你得把我的荞麦皮枕头留给我啊，"母亲在一旁念叨，"我这就进去了，还得做睡前治疗。"我知道母亲上床后且要折腾一阵，包括日常药物呼吸治疗的各个流程。

"好的,晚安。"我枕着她的荞麦皮枕头,枕头被我的脑袋压出了一个坑。我看着头顶一团乱糟糟的电线,再往上是灰蓝色的天空。院子外面,车子呼啸而过,苹果树的枝丫沉甸甸地坠着几百个被虫子蛀了的苹果。小棚子旁边是我儿时的游戏房,已经塌了,可怜巴巴地摊在地上。

我醒来时发现母亲坐在身旁,用手抚摸着我的头发。"你还是拿了我的荞麦皮枕头,不过没关系,你喜欢我就让给你。现在你得起床了。"

母亲的疼爱让我愈加痛苦,我知道她爱我,毫无保留地爱我,但是她的爱却无法满足我最基本的需求。我不知道她有一天能否认识到我们之间的问题,还是只要没人介入,她就会认为我们的关系一切正常?

她在她车子的后备厢给我的背包找了个地方,我坐上了驾驶座,她坐在我的旁边。我们开着车赶到长途汽车站,母亲从车载冰箱里拿出迷你冰激凌,我知道那都是她趁打折时囤的。我们一人吃了一个冰激凌,算是早餐,然后拥抱着道了再见。

我整整等了一天,大巴车终于来了,已是傍晚时分。我百感交集,心里估算着再叨扰一个朋友,再免费蹭一次车,我的暑假就要结束了,我又可以踏踏实实地住在学校宿舍了。不过,这同时意味着我这最关键的暑假也快过完了,而我还什么都没做,文书倒是写了几稿,可每一稿都惨不忍睹,都被我团成团扔进了垃圾桶。我看着自己的脸,大巴车窗反射出来的我的面孔有些扭曲,上面叠加着家乡的夜景。

车子在高速路上飞快行驶,我盼着暑假的记忆能尽快消散,但我知道不可能,因为我在撰写文书时必须反复提到这段经历。为了能有一线希望摆脱现状,获得真正的幸福,我必须一次次地售卖自己的痛苦,这才是我觉得最可悲的事。

十五

    终于到了芝加哥，我又一次住在别人家的沙发上。这一天，我收到母亲的邮件，她说，"我看到一份你扔掉的情况说明。"她说是在车里捡到的。我真恨我自己，怎么可以把一份写得那么糟糕的文书留给她当作证据？不过我当初无论如何也想不到她会清理车子。

    我之前从未跟母亲讲过申请的事，不想让她瞎掺和，反正她也帮不上什么忙，我不用再花钱考试了，住宿问题她也解决不了。她竟然主动说要帮忙，还说要帮我搞定文书，"我正在帮你拟写一份简要的情况说明，题目我都想好了，就叫'埃米重读高一的情况说明'。"

    "不用麻烦了，"我在回信中写道，"谢谢你，妈妈，不过你不用帮我写，这是我自己的事，大学想了解的是我对自己的认识，不是你的。"

    自从我把文书的初稿发给凯特博士后，她就一直告诉我要写得再清楚些，而我却迟迟未能写出更好的版本，对此我始终觉得无地自容。我在文书中说自己之所以住进托管治疗中心是因为曾经扬言要炸毁医院，托管中心和寄养家庭的经历让我充分意识到"自己错了，也因此付出了代价，现在的我已经改过自新"。凯特博士对我这部分的陈述非常恼火，说我写的内容毫无意义，她希望我能在文书中写真正重要的东西：母亲如何心理不正常，如何在家里囤了大量垃圾导致家里根本无法住人，而正是恶劣的生存环境导致了我的心理问题，导致我一直活得很痛苦。可我总觉得这样说母亲太过分了，一再跟博士解释说都是我自己的问题，我不明白自己为什么非要引过自责。可即使这样，母亲看了我的文书草稿依然觉得我写得不对，这倒让我明白也不必再保护她了。

母亲收到我的邮件后给我回了一封：

附件中是一封客观的情况说明，不掺杂任何情绪。
你必须得从受害者的情绪中走出来。

爱你的妈妈

我双手蒙住脸，用手掌使劲按压眼眶。走出来？难道我不想吗？难道我愿意一直陷在里面无法自拔吗？

母亲在附件中描述了她对我人生的理解。"刚刚搬出托管治疗中心，为了让她更好地适应外面的生活，我们把她送去了寄养家庭。"她还说我暑假参加了好几个夏令营，看望了好几个朋友，她竟然对我的痛苦和绝望视而不见。这让我想到他们刚离婚时，母亲跟每位心理医生都说我被宠坏了，根本不懂得感恩。在她看来，我整个夏天都在旅行，还有什么好抱怨的？

我删除了附件，但收件箱的邮件始终让我有种阴魂不散的感觉。我看透了，母亲不会为我做出任何牺牲。哪怕只有几个招生老师会看到这份情况说明,哪怕他们远在千里根本见不到母亲,哪怕她本可以帮我考上耶鲁大学,也有机会让自己穿上一件"我的女儿在耶鲁大学"的T恤,甚至买个耶鲁大学特有的装饰框贴在车牌照上,她也不会承认自己有一丝一毫的问题。难道不正是她害我整个暑假无家可归的吗?大家都在催她给有关部门打电话,可她就是不听。她只需打个电话而已,又不需要支付任何费用。

我突然想到母亲该不会主动联系艺术学校的教导处,或是我想申请的大学,告诉它们所谓的"真相"吧?想到这个,我不禁毛骨悚然。如果她真的这么做,还有谁会相信我呢?就连凯特博士都可能站在她那边,就算我有再多证据也没用,我小时候不就一直这样吗?根本没有人听我解释,现在怎么可能突然有人愿意相信我了呢?

凯莉一边关上办公室的门一边对我说:"听说你暑假过得很不容易。"

"嗯,确实如此。"我盯着她桌上一本印第安纳大学的宣传册,琢磨着或许对方会跟我道歉吧。

"我之前不了解情况。"她剪了头发。

"我去年一直想跟您说。"我抱起肩膀,"可是一直约不上您。"凯莉说现在我可以跟她说了,明年我就毕业了,该考虑申请的事了。她说她觉得凯特博士并不靠谱,还提醒我要当心。她帮我选了课,问了我心目中理想的大学。

"常青藤大学或是女子学院都行。"我本想跟她逐一说说我的想法——耶鲁大学、布朗、宾大、约翰霍普金斯、卫斯理、伯纳德、史密斯、哈维姆德、曼荷莲女子学院、威斯康星大学,但我其实已经锁定了被誉为"同性恋专属名校"的耶鲁大学。我现在已经不想去哥伦比亚大学了,凯特博士说得没错，我确实不想读那些大部头的东西。现在想想，我当初之所以对哥大心心念念，就是因为少年时的一种情结，饱含的是我对那件T恤的情感，是对大学一无所知时的一种执念。我喜欢耶鲁大学还有另一个原因：那里离纽约很近，还有一个特别好的艺术专业。耶鲁大学跟哈佛大学的名气不分伯仲，可我没有一个讨厌的老师整天拿着耶鲁大学的杯子、戴着耶鲁大学的挂饰招摇，大家不会觉得我单纯是出于名气考虑才选择了耶鲁大学。耶鲁大学已经开放了申请，如果我动作够快，到寒假就能收到答复。如果它们同意接收我，我就可以高枕无忧了。

凯莉伸手拿起一份宣传手册，"你有没有考虑过卡拉马祖学院？"

我心里咯噔一下，她竟然推荐我去这个地方的文科院校？显然是对我一点信心也没有。这个学院就算我愿意去，我也去不起，它们不提供奖学金。凯莉补充道，"除了这个，我觉得波尔州立大学也不错。"

我真想对凯莉破口大骂，但我没有。即使有凯特博士帮我参谋申请的事，我也还是需要凯莉帮我出具一封推荐信。

"谢谢您。"我眯着眼睛站起身，她桌上的那些宣传手册我碰都不想碰。

我回到宿舍，走进洗手间，从里面把门锁好，打开淋浴，站在花洒下冲了很久。我低头看着自己突出的髋骨，用手指跳过自己一节一节的肋骨，经过一个夏天的折腾，我又瘦了好多。

固定绷带的胶条已经松了，应该可以揭下来了。洗手间里雾气腾腾，我掀开纱布，惨白干瘪的皮肤上有一层黏糊糊的灰色东西。最上面的五处伤口已经挣开了，比我当初自己划的伤口还明显，看来这些疤痕是要陪我一辈子了。

这世上不可能有什么重新来过，曾经的过往也不可能被抹去。这种手术一点意义也没有，不管未来如何，我都将带着曾经的伤疤一个人面对。

我把水流开到最大，不想让室友听见我的哭声。

今年我迎来了一位新室友，是法语班一个叫珍妮的姑娘。我没跟她提起我的暑假，事实上，我没跟任何人提起过。她跟我不一样，我整个假期都在漂泊，而她则一直踏踏实实住在帕洛阿尔托的家里，但我们有一点是一样的，我知道她也还未提交大学申请。

"你知道帕洛阿尔托吗？"她一边鼓捣手腕上的手链一边问我。

"嗯，知道，就在斯坦福那边，我去那儿参加过训练营。"

珍妮摇摇头，"没错，不过你肯定不知道那是个什么地方。我以前的高中简直就是个高压锅，跟咱们学校完全不一样，我们那儿总有小孩卧轨自杀。"

"那些孩子肯定早就有自杀倾向。"我倒是这方面的行家，"他们想自杀肯定还有其他原因。"

"你根本就不明白。"珍妮继续道。我是不明白，难道我要对那些富家子弟面对的压力表示同情吗？他们的困扰与我的恰恰相反，他们拥有的选择太多，别人对他们的期许太高。生活在这样一个胜者王侯败者寇的社会，谁会没有压力？有什么解决的良方吗？难道都得考上常青藤大学才能缓解他们的压力吗？那像我这样的人还有活路吗？

我对珍妮的不解还远远不止这些，我们根本不熟，她为何会跟我掏心掏肺，还说等到祖父母死了，她可以继承很大一笔遗产。我不明白她最初为什么愿意与我为伍，为什么愿意跟我同住一间宿舍。后来我才想明白,因为我很瘦。

过去,我觉得自己还算有几分姿色,现在我却认为自己惨不忍睹。恋爱时我身上散发出来的柔美气质现在已经荡然无存。暑假期间,我经常断粮,时常一盒酸奶就是一顿饭,或是在快餐店买杯健怡可乐,然后无限次地续杯。

吃完饭回来,珍妮一直在自责,说自己本来一直坚持吃用豆腐、生菜、鹰嘴豆和免烤曲奇做的减肥餐,今天却破了戒。我对她说,"你也不胖啊!"她说她最大的愿望除了凭借长笛的优势考入音乐学院外就是找个男朋友,为他献出自己的初吻。"你没有男朋友不是因为你胖,是因为咱们全校只有十多个直男,他们都觉得自己可牛了。"我嘴上虽然安慰她,心里多少还会因为她对我的崇拜而窃喜。我小小年纪已经经历了这么多,而她竟然连衣服都没自己洗过。

我俩共用的书桌简直成了我们的圣坛,我摆上了自己拍的照片,是暮色中的宿舍楼,还有我用旧报纸做的剪贴画,写着奥斯卡·王尔德的名言,"每个人都生活在阴沟里,却仍有人不忘仰望星空"。除了这些,我俩还在桌面贴了好多便利贴,写的都是些自我鼓励的话,比如说,"胜利终将属于我们"!

我铁了心要发愤图强,一定要考上好大学。珍妮突然开口对我说,"嗨,埃米,你过来看看这个?"她点开一个红白配色的YouTube网站,下载了一首特雷斯·阿德金斯的歌曲《翘臀蜂腰》,一连播放了三遍,歌词我都背下来了。后来有一次,珍妮焦虑地抽打自己手腕上的手链,我看到后不自觉地冒出了特雷斯的一句歌词,我们俩都忍不住笑了起来。

到了晚上,我俩全都搬到了下铺,两张床之间只有三十厘米的距离,两边窄得连柜门都打不开。我们马上就毕业了,凭什么还非得睡在上铺啊，想想也太丢脸了吧。

"你觉不觉得奇怪？"珍妮问我。

"什么奇怪？"

"咱俩啊，竟然能成为这么好的朋友。"

我完全没想到她会这样说。我之前愿意跟珍妮同屋，主要是想跟她一起练习法语。（不过见到她不久我就打消了这个念头。）我从来没想过会跟她一起去跳舞，一起去冰激凌店打发时间，甚至还和她爱拍马屁的朋友一起吃过饭。"为什么奇怪？"

"因为咱俩没有一点相同的地方啊！"

我知道珍妮没有恶意，但心里还是有种被排挤的感觉。她说得没错，我们俩确实不一样。珍妮说的都是些表面的区别，比方说我会自慰，我会开车，而我心里清楚，我跟她的差别远不止这些。

开学后的第二个星期，我收到一封邮件，通知我学费还没交。母亲让我给姑姑打电话，一直是姑姑负责管理祖母留给我的大学资金，母亲给学校的答复是："关于此事，请联系埃米本人，她比我更了解情况。"

我就是这个命，怎么可能一帆风顺？怎么可能没有突发状况？凯特博士的助理给我发来一份六页的电子表格，列出了我在十一月前需要完成的所有任务。我拨通姑姑的电话，心想着要是我被因特洛肯赶出去，申请名牌大学是不是又多了一个加分项？其实不用等到电话接通，我已经知道了答案。要是我连家里这点事都搞不定，还怎么摆平耶鲁大学？姑姑没接电话，我给她留了一条消息。

两天后，我收到米歇尔发来的邮件。一个月前我曾跟她联系过，那时我还住在收容所，信中我说对于自己给她造成的痛苦深表歉意。打开邮件之前我曾有过一丝幻想，或许她来信是想说我学费的事，或许姑姑已经离开人世，所以才没回我的消息。

我打开邮件，她对我只有一句话，"你还在用刀片划伤自己吗？"

她算老几呀，比陌生人根本好不了多少，凭什么问我这么隐私的问题？我火冒三丈，不过马上又觉得不该这么想问题，米歇尔只是希望我好，这有错吗？但她关心的似乎只有我的身心健康，对我的生活却完全漠视，难道二者不是相互关联的吗？她不明白吗？如果我联系不上姑姑，我就会焦虑，我一焦虑就会胃痛。

她之所以问我这个问题，只是想寻求自己的心理安慰：如果我说"没有，我现在很好"，她就可以告诉自己她并未给我造成伤害，我现在的状态不是她造成的，毕竟我以前是个特别坚强的孩子。我给她的答复是，"你为什么问我这个问题，而不是问我'最近在读什么书？'或'学校生活怎么样？'"

两个星期过去了，时间来到了九月末。我还没有联系上姑姑，不知道去哪儿筹措几千美元的学费，也不知道如果弄不到这笔钱我该怎么办。回到戴夫和简那儿吗？或是其他寄养家庭？还是又得住进收容中心？

我认识的人中，米歇尔是姑姑最近的亲人，可我没办法跟她开口让她联系姑姑。我担心一旦开口，她就会觉得我在利用她，而因此不再跟我联系。她的邮件虽然让我很生气，我的回信也没有好气儿，但我始终怀抱希望，想着有一天，如果我能证明自己是个称职的女儿，不只是为了钱而跟她联络，我们的邮件或许可以往来得更频繁，也更友好。

月末，我再次收到学校发来的邮件：学费尚未支付。

终于，姑姑来信了，信里夹着一张支票。再过几天我就十七岁了，我再一次收到米歇尔的邮件，"快到你生日了，我一直在为读你的邮件做心理建设。我想好了,我要想个办法应付你对我的苛刻、怨气和拒绝。"她在信中提到自己找了哪些心理咨询的资源,还说了医生对她的诊断。我觉得自己不该再因为她对我不够关心而跟她生气:米歇尔确实患上了心理疾病。她的问题跟我的不同,我虽然也病过,但还是能够控制自己的行为,而她病得真的很严重。埃德娜祖母在经济上给了米歇尔很多支持,一直帮她付房租,请人帮她买菜、收拾屋子。对此我也尽量去理解:米歇尔要活着,自然有各种需求。可是,我也要活着啊。

我很难跟她生气,她在信中一直道歉:"要是我能好好把你养大就好了,之前我犯了太多愚蠢的错误,我真的很抱歉。"

我没有给她回信。饭餐我只吃了一碗麦片,然后又都吐了。珍妮问我怎么了,我说自己写不好个人陈述,着急的我确实还没写出一版像样的文书。虽然我这辈子过得很惨,但写不出文书这件事绝对是最惨的一件事。

生日当天,我收到米歇尔发来的短信,都是一些俗套的生日祝福。她说我是她认识的人中最聪明的一个,落款处的署名是"米歇尔(但愿能成为给予你生命的母亲)"。我心里琢磨,如果她真的是我妈,我们两个的关系会比现在好吗?我转念又一想,现实中的亲生母亲也没有给我最起码的照顾啊!

…………

"稍等,你跟我好好说清楚。"打电话的是凯特博士,我快步走出房间,不想让珍妮听到我们的对话,"你从头跟我说。"

我深吸一口气,决定跟她实话实说。"我小学四年级父母就分开了。"

我把五、六年级以及七年级上学期的学业情况也都一五一十地做了汇报。

"七年级下学期怎么了？"她问我。

"我没有读下学期。"

我知道自己的成绩单有很多问题，要不是博士提起，我看都不想看一眼。关键是即使看了，我也搞不懂南莱克维尔中学用学校抬头纸打印的成绩单究竟是怎么回事。住进卫理公会医院之前，我先是就读于一所委办学校，又参加了一段居家线上课程，然后去做了治疗，之后又去了明尼阿波利斯公立中学。除了这些复杂的经历，我在住院期间也上过很多课，后来在托管治疗中心也修了一些学分。

凯特博士终于开了口，"你看啊，如果我都看不懂你的成绩单，那大学的人肯定也搞不清楚。"我知道她的意思是，如果大学看不懂我的成绩单，就不可能录取我。我能否实现人生跨越完全取决于我对自己的营销。我的成绩不错，但算不上出类拔萃，所以我必须让大学了解我的艰难处境。每个能被名牌大学录取的人都有自己的优势：家族传承、体育特长、区域分配、风琴演奏等。而我的特色就是我的过去，是我克服艰难险阻走到今天的经历。当然，我并没有走出来，艰苦窘迫的人生还在继续。

身处其中的当事人很难把自己的情况说清楚，但我身边了解情况的只有母亲，但我人生的至暗时刻在她看来都不值一提，她只会轻描淡写地告诉我"要走出受害者心理"。一想到她这么说我，我简直难过得要死。

"你必须做到事无巨细，把这些东西写清楚，"凯特博士非常严谨，"否则，别人不会理解你的境遇有多惨。"

究竟要写得多惨呢？暑假参加夏令营跟朋友住在一起很惨吗？我长这么大，并没有遭受过任何暴力，也不至于睡到大马路上。长这么大，大人对我说得最多的话就是让我对自己的行为负责，仿佛所有的问题都是我咎由自取。此时此刻，凯特博士却让我把自己所有的窘境都归咎于他人，她让我把自己的过往写清楚，包括医生对我的诊断，包括我的住院经历，在她看来，所有这些悲惨的经历只会证明我的人生不易，并不会说明我做人有多失败。

凯特博士强调一定要以事实为依据，可究竟以哪些事实呢？那些影响我发挥实力的事实吗？那些能把我勾勒成父母不尽心、福利机构不负责的无助孩子的事实吗？我怎么感觉自己是在撒谎呢？很多人比我的境遇更糟，我走到今天这步只是因为自己做得不够好。

"还有你那可怕的寄养父母，你也可以把他们写在文书里。"

"我不知道他们算不算可怕，大家都说他们是明尼苏达人，只是性格保守，喜欢直来直去罢了。"

"这么写可不行，文书都有字数限制，"凯特博士听了我的话叹了一口气继续道，"你要真是想替他们说话，回头等你写个人回忆录时再写吧。"

时间来到了十月末，再过几天，耶鲁大学即将开放申请。我又接到凯特博士的电话，"你就把你之前写的文章《炒蛋》作为个人陈述吧！"我之前给她发过我的创意写作，想着可以作为申请的支撑材料，可博士太喜欢这部作品了，特意拿给几位英语教授看过。

"什么？可那不是我的故事啊！"我表示不解。个人陈述不是应该向大学介绍自己，告诉它们我是谁吗？过去几个月，我一直纠结于如何用两页纸把我的一生讲述清楚，而《炒蛋》里的我还很年轻，那时的我正处于被世界抛弃的状态。自从参加了摄影夏令营，我的世界已经变了，虽然距离写那篇文章只有六个月,但我再看当初的内容,总觉得幼稚且怪异。长这么大,"我是谁"的答案似乎永远离不开父母对我的影响,现在我想改变这一固有的思维模式。

"这也是你人生的一部分啊,是非常精彩的故事。"凯特博士的语气格外温柔。

我叹了口气,没再跟她争辩,她想怎样就怎样吧。

"不过现在还有一个问题,就是那篇文章太长了。"她带着我把原文删掉了一半,去除了我对自己性别的思考,保留了很多打动人心的细节,比如我为米歇尔选口红;米歇尔在后院把家具烧掉;我在父亲节当天来了第一次月经。

我问博士写米歇尔时应该用单人旁的"他",还是女字旁的"她",我当初写文章时并未多想,现在倒是有了些意识,觉得写到手术后的米歇尔时,应该用女字旁的"她"。

"不用换成女字旁的'她',否则会把读者搞糊涂。"好吧,还是她说什么就是什么吧。米歇尔毕竟是我父亲,用单人旁的"他"也没错。再说了,在我的圈子里,除了夏洛特,根本没有人能够理解他的变性行为。我之前也写过关于父亲的作文,很多老师都看过,从来没人提出说我该用女字旁的"她"。现实生活中,如果有人不理解,我还可以跟对方解释清楚,但作为申请材料,如果读者不理解,结果就意味着我会被拒绝,怎么可能有机会跟人解释呢?

如果换作小时候的我,或许我会秉持原则,拒绝凯特博士的提议。当初在卫理公会医院时,我不就那么幼稚吗?不过现在我变了,我知道捍卫所谓的自尊和原则都要付出代价,而且是惨痛的代价。折磨、蹂躏我的不是别人,是我自找的痛苦,我在写给夏洛特的信中用法语写了这句话，我们虽然一直都有书信往来，但每次我写给她的信都要比她的回信长很多。

终于，我把材料都投给了耶鲁大学，然后便开始疯狂地参加各种写作比赛，又在相关网站申请了奖学金。母亲还是一如既往地云淡风轻，仿佛钱根本不是问题，只要我申请就一定能拿到。情况并不乐观，我只晋级了两项活动：一个是艾茵·兰德写作大赛（活动要求参赛者先阅读一本长达七百五十三页的书），另一个是霍雷肖·阿尔杰美国名人协会的活动。霍雷肖·阿尔杰是美国十九世纪一位著作等身的文豪，他笔下的主人公都有着宝贵的美德，正是这样的美德帮助他们实现了人生的成功。或许正是基于这个原因，该协会才举办了这样的活动，拨款两万美元，资助一百零四位在生活中"排除万难"的年轻学者。

"你能想象吗？"我一边把这个好消息告诉给珍妮，一边打开网站让她看。

"你确定他们不是骗子吗？"她问我。

"我查了维基百科，上面说这是一个真实存在的非营利组织。"

我写了一篇文章，把自己比作美国著名宇航员巴兹·奥尔德林，他是全球登月第二人。我勾选了组办方发来的人生困难量化表，简直可以把它叫作"不幸对对碰"。我把不同类别的不幸读给珍妮听，一直忍不住笑，她一边听一边紧张地弹拉着自己的手链。或许是因为占尽了不幸的天时地利与人和，我的量化得分非常高，这游戏简直荒唐，而我却乐在其中。

我甚至留意到组办方的表格遗漏了很多不幸，比如说，表格中虽然有一个凌辱的选项，但针对性侵竟然没有加分，感觉很不合理。看来即使这样一个鼓励战胜不幸的组织，对很多常见的苦难却依然做不到直言不讳，受热捧的还是那些战胜了贫穷的孩子，而有些苦难还是让人讳莫如深。

我每次"卖惨"都尽量慎之又慎，既要避免引起别人的不适，又要激发别人对我的赞叹。我不想自己再失去了什么，反而开始惦记我可以得到的东西。我把自己的创伤和痛苦统统塞进棕色信封，邮寄给评委审阅。我忽然发现，不幸本身已经不再让我痛苦，相反，我却一门心思地想要从中捞取实惠。

"你觉得我申请音乐学院是不是一个错误的选择？"一天夜里宿舍熄灯后珍妮问我，"即使我以后成了专业的长笛演奏家，也挣不到很多钱，不过我应该过得还不错。"她话语中流露出一丝痛苦，"我总是有一种负罪感，觉得自己不配拥有现在的生活。"

我盯着天花板，不知道她是不是因为我的缘故才心生愧疚。看到我，或许她会觉得"比我更糟的人还有很多"，尽管我已经尽量不在她面前表现出悲惨，但看来我这个活生生的例子还是让她很有触动。

"你出生在富裕家庭这件事你说了也不算，就好像有人生来就很穷，这种事都由不得我们，所以你根本没必要愧疚。"体会着珍妮的痛苦，我竟然因为自己不必为这种事纠结而感到庆幸。我不像她，我的生存目的很简单，就是要过上好日子，更不会为此感到些许不安。"你只要好好把握自己拥有的一切就好。"

"我之所以难过，就是因为这个。"

"这就是人生，你抓到了一副好牌，你就把它打好，我的牌不好，我也会好好地打。"

"假期你有什么打算？"珍妮问我。

"不知道,我还没空想这些。"

"来我家玩吧,我爸爸攒了好多里程,可以帮你买机票。"

"谢谢你。"假期有了着落,我心里多少舒服了一些,不过马上又有了新的担忧。如果我到时候已经申请到一个保底的大学,假期我还能到处跑吗?如果学校没有给我全额奖学金,我得含辛茹苦多少载才能还完助学贷款?我想到自己住在一间脏兮兮的公寓,地上铺着褪了色的地毯,每天不分昼夜地在超市打工,最后实在没办法了只能傍个有钱的大叔。我不知道这样的岁月将持续多久,我何年何月才能过上真正舒心的日子?

我告诉自己先不要胡思乱想,旁边的珍妮已经睡了,呼吸浅而悠长。我已经向耶鲁大学投递了申请,也已经在为其他学校准备材料,万一被耶鲁大学拒绝,我也不至于一点回旋的余地都没有。反正我能做的都做了,剩下的只能等待。

十六

"车马上就到。"珍妮站在门口,两只手各拖着一个行李箱,塞得满满的,都是脏衣服。我趴在电脑前,再次刷新了邮箱,放寒假了,我想临走前再看看耶鲁大学有没有回复。

我紧张得要命,伸长脖子凑近屏幕。或许几秒钟后我的人生就会被改写。如果我被耶鲁大学录取,接下来整个学期我都可以穿着耶鲁大学的运动衫在学校里招摇(想想心里都美)。我终于可以证明自己,其他准备好的九份申请材料也用不上了,我再也不必忍受等待的煎熬了。

我再次点击刷新键,终于有了新邮件。光标一直在抖,好不容易才把邮件点开。我快速扫了一眼,"很遗憾地通知你。"

我的心一下子凉了,完了,我被拒了。

"埃米。"珍妮一脸难以置信的表情,像是被吓到了。她朝我伸出手,想要搂住我。

"给我一分钟。"我推开她,冲进洗手间,关上了门。老天为什么要这么对我?我竟然愚蠢地以为自己可以被耶鲁大学录取?我打开药箱，从里面找出刀片。我在左手腕上划了两刀，划出了个字母"Y"，鲜血慢慢渗出，我按住自己的胳膊，看着代表耶鲁大学的"Y"一点一点地呈现出来。

我叹了口气，整个世界都慢了下来。我闭上眼睛，倚在门上，紧张渐渐消散，周遭空气凝结。

我真是个废物，为什么又要划伤自己？简直愚蠢至极！不用别人说，我自己都无法理解。我之前把事情想得太简单，一直对耶鲁大学心心念念，现在仿佛成了被嫌弃的爱人，小丑竟是我自己。我告诉自己不必太在意，接下来的日子或许还有更多拒信等着我，接下来的三个半月，我可能都要在煎熬中等待。

"埃米？"珍妮在洗手间外召唤我，"车子已经在外面了，我们得走了。"

我从药箱里翻出几条"坚强活下去"基金会的盗版手环，把它们套在手腕上，想着可以暂时掩盖伤口。我推开门，"好的，"我故作坚强，"我没事了，咱们走吧。"

凯特博士给我写了邮件，信中她说我是她的"明星学员"，对于这样的结果她也感到震惊和无语。可是，即使震惊又能怎么样呢？我只能寄希望于下一轮申请，盼着最终能有一个好的结果。可凯特博士不这么看，她告诉我不要放弃，让我去找凯莉，让她给耶鲁大学打电话申诉。我坐在珍妮家的后院，听着电话那头凯特博士给我分析耶鲁大学拒绝我的各种可能性。近年来，耶鲁大学连续出了几起学生自杀事件，引起了强烈的社会反响，所以她猜测学校可能会考虑申请人的精神状况，而这正是我的短板。

"即便如此，我还是不明白它们为什么要拒绝你，现在心理问题多普遍啊！"凯特博士说她的好多学员多多少少都有进食障碍、情绪抑郁、内心焦虑等问题，"我不明白，它们怎么可以因为这个拒绝你。"

"咱们接下来要做的是弱化自己的心理问题。"她说这话时语气非常自然，仿佛我的痛苦跟立体音响一样，音量可以根据需求随时调节似的。

"那不就相当于在撒谎吗？"

"你听我说，如果你得的是癌症，你一定要告诉学校吗？"凯特博士问我。

"不一定，不过……"我心里依然觉得二者好像不是一回事。如果我不幸罹患白血病，不会有人说得这种病是我咎由自取，治疗手段也不会是让我一直反省自己的错误，医生不会让我对自己的病情负责，不会总是要求我做出改变。如果我得的是癌症，大家都会同情我，甚至赞赏我勇气可嘉，不会有人觉得我误入歧途。"言多必失。"凯特博士继续道，那语气好像因为自己用了这个成语而显得格外骄傲。

其实，我不太相信凯特博士的说法。从小到大，我已经习惯了别人数落我的不是，既然我一直在犯错，自然就要承担后果。这么多年来，似乎只有母亲对我的痛苦视而不见，而周围的成年人都说我这病是咎由自取，是自己折磨自己。托管治疗中心一再强调我要对自己负责，戴夫和简也认为我之所以抑郁就是因为好高骛远。每次凯特博士提出跟他们截然相反的说法都会令我困惑。凯特博士说让我放过自己，可我不知道自己是不是真想这样做。只有继续责怪自己我才会有足够的行动力，只有继续把责任揽在自己身上，我才会努力做一个正直的人。

后来，凯莉给我发来邮件，说她已经跟耶鲁大学了解过，"它们认为你的综合实力还不够。"大部分申请人的成绩都差不多,但我提交的材料"并不能证明我出类拔萃"。我真后悔当初没再考一次学业能力测试,如果我考到满分,它们至少无法用这个理由拒绝我了。不过,即使我考了满分,结果可能还是被拒,因为满分也不能说明我"出类拔萃"。我选了所有不好学的课,求爷爷告奶奶地听了预科课程,为了考出一个好成绩拼命地自学,为了上寄宿学校、参加夏令营,假期我宁愿居无定所、四处漂泊。可事实证明,我的努力还不够,或许只有那些赢得国际科技大奖,并创办了全球非营利机构的流浪儿才能入得了他们的法眼。

我不过是个平庸之辈,凯莉的邮件令我痛心疾首,"你在文书中写了很多过往的痛苦,确实让人触目惊心,但招生的人并没有从中看到你的反思,或是你'克服困难'的实际案例,他们真正想看到的是你的进步、你的成功。"

仅仅只是活下来并不能给我加分,我必须奋力反击,让他们看到我的实力。如果过去的经历不能让我变得更加强大、更加丰富,它们就只会成为我一生的负累。按照耶鲁大学给凯莉的反馈,我欠缺的就是对厄运的反击。

凯莉的邮件结束得非常突然,没有一句客套话。没有安慰我说"拒绝我是它们的损失",也没有祝福我"一切都会好起来",只是留了自己的名字,我想她可能觉得我被拒是情理之中的事吧。

我讨厌凯莉,恨透她了。我知道她没有义务考虑我的实际情况、顾及我的痛苦心情,我知道她的工作压力很大,有很多事情需要处理,但我很难不把她与之前劝我面对现实的人联想到一起。他们都把我视作负担,巴不得赶紧把我这个麻烦甩掉。至于说我的未来,他们并不关心,他们觉得早已看到了我的未来。

我本来可以证明她是错的，本来可以证明是她小看了我。

我满腔怒火，虽然知道决定不是她做的，她只是带话给我的教导老师，可想到她我还是气不打一处来，我第一次意识到我的生活注定比别人艰难。我不明白中西部的人为什么对我如此苛刻，而凯特博士却能如此宽容（我猜是她条件优越，而且生活在曼哈顿的缘故吧）。我想通了，我愿意听从凯特博士的建议。还有两个星期新一轮的申请就要开始了，我要竭尽全力，把自己打造成一个成功的形象，我要讲述自己克服艰难险阻的故事。之前在申请霍雷肖·阿尔杰奖学金时我就这么做过，别人有什么权利阻止我继续发力？

霍雷肖·阿尔杰奖学金给了我一个可以效仿的模板：哪些艰难困苦会引发别人钦佩，哪些又是触碰禁区，这些我都已经心中有数。我仔细检查之前准备好的文书，有谁让我写之前住院的事吗？没有，医院也没有出具任何诊断结果。凯特博士说得对，我要弱化自己的心理疾病，不，不仅仅是弱化，我要把病灶彻底切除。

现在唯一的问题是，我在托管治疗中心和卫理公会医院那一年的学分是这两家机构提供的，但我仔细看了因特洛肯给各大高校发出去的成绩单，里面只记录了莱克维尔这一所学校，之前的成绩只是标记为学分转换，成绩单更是对心理治疗只字未提，所以我也没必要实话实说。

我把之前长达两页的情况说明缩短成只剩半页纸，重点突出了以下几个博眼球的词：寄养家庭、无家可归、母亲囤货、父亲缺席。有关教育背景的部分，我省去了托管治疗中心的阶段。为了把经历补齐，我在信中解释说，"我最初是在明尼阿波利斯公立中学就读，读到九年级后去了寄养家庭。"其实，这么说也不算撒谎。我仔细检查了另外九份申请材料，所有关于治疗的部分都被我删掉了。

凯特博士已经把话说得很清楚,我一共可以申请十所学校,不过我还是想试着申请一下哈佛大学,它们的申请流程非常简单,不需要另写一堆文书,也不会问我一些"为什么想来哈佛大学"这类烂透了的问题。哈佛大学比耶鲁大学还要有名,于是,我把所有希望都寄托在了这个新的目标上。至少在内心深处,我不会再因为自己的野心而感到羞愧。

提交申请材料之前,我又跟凯特博士通了电话,告诉她,"我还想申请哈佛大学试试。"

"你必须申请啊,"她回答,"我觉得你被录取的概率还是相当高的。"

终于向所有学校递交了申请,我本以为自己可以松一口气:过去三年半,我几乎把全部精力都放在了大学申请上,一切终于告一段落,我以为自己会感觉到久违的轻松,可事实上并没有。我坐在珍妮家的后院,看着头顶的橙子树,恐惧压得我喘不过气来。我努力调整呼吸,还是无济于事,我看着电脑上显示的时间,刚刚只过了五分钟。

过去几年,我从不让自己闲下来,只要有时间,我就认真地思考未来。因为心中有梦想,我从未感觉到孤单,总觉得有做不完的事。此刻我才发现,原来有事可做是如此难得,哪怕只是默诵一首法语诗也行啊。现在,我不知道自己还能做什么。我生活在一个扁平的世界,考取大学就是我的天际线,越过那道天际线后我不知道还会有怎样的世界。

一天下来,因为无事可做,我陷入容貌焦虑。住在珍妮家,看着镜子里的自己,我发现自己总是一副苦大仇深的模样。我的衣服并不多,除了校服,就是我从失物招领处顺来的衣服,还有托管中心辅导员用政府的钱帮我买的T恤和牛仔裤。以前,我从未在意过自己的形象,因为我有太多需要花费精力的事情。不过,现在突然闲下来了,我开始琢磨,如果我不改变形象，如何开始全新的生活呢？

明天是新年，今天闲来无事，于是，我背着背包去了帕洛阿尔托的市中心，发现了一家"AA美国服饰"品牌店。我一头扎进年轻时尚却毫不实用的衣服堆里，挑了一件碎花蕾丝文胸、一件吊带背心，还有一条黑色闪亮的"热舞裤"，两条裤腿各有一道拉链，可以一直拉到底。我把它们统统拿进试衣间，衣服上没有塑料价签，也没有能触发警报的磁条，我仔细确认后把几件衣服一股脑地塞进粉紫色的扎染背包。走出试衣间时，我的心都快跳到嗓子眼了，着实担心店员把我叫住。不过我想多了，我顺顺利利地走出了商店，走上了大街，走回了珍妮的家。我的内心没有一丝一毫的羞愧，这倒让我不安起来，这世界似乎根本没人在乎我，只要大学的招生办听不到风声，我做什么都没人在意。

接下来我的任务是为大学面试置办一身行头，我不知道自己要参加多少场面试，也可能一场也没有，但无论怎样我都得弄双像样的鞋子。凯特博士跟我说外表并不重要，只要得体就行，可我不太相信她。人靠衣裳马靠鞍，我的亲身经历已经足以说明问题。在托管中心时，洗不洗头可能会决定我的用药。伊莎贝尔的母亲带我去做了头发后，别人看我的眼神都不一样了。大家都说外表不重要，但我深切感受到了改变外表带给我的好处。我一直怀疑，之所以一直有人愿意帮我，就是因为我外表看上去跟他们属于一类人——白皮金发、骨骼姣好，就是脸稍微有点宽，乍看上去，我还挺有成功人士的面相。还有一点我也很确定，不管精英人士嘴上怎样说自己从不故步自封，但他们的审美大都固定不变。我的穿着必须传达同样的理念——"精致实用、无须矫饰"，我要用我的穿着告诉他们，我就是他们的最佳人选。要想呈现这种效果，我当然不能穿一双从超市买来的人造革休闲鞋，这一点毋庸置疑。

我每天上午都央求珍妮跟我一起去旧金山逛街。除了在她家附近遛遛弯儿，我俩从未单独出过门。珍妮非常直白地拒绝了我。（她后来跟我解释，她妈不让她跟我单独出门，怕我带着她去文身。）最后，我一个人出了门，珍妮的母亲开车把我送到距离她家一千六百米的加州火车站，一路都在叮嘱我孤身在外要多加小心。我不知道怎样做才能让她放心，于是答应她一定会赶上晚上七点的回程火车。

我走进旧金山的布卢明代尔百货公司，注意到一双黑色漆皮平跟鞋。我看了一眼鞋底，刚好是我的尺码。天哪，竟然是迪奥的，价格是二百美元。虽然打两折已经非常划算了，但当我想到账户里总共只有四百美元时，还是把鞋子放了回去。

这时，我身后走过来一位店员，"你可以穿上试试。"

我很快就动了心，鞋子非常合脚，一点也不挤。脚下特别踏实，以前穿别的鞋时从来没有过这种感觉。"足弓部位做了特别处理，支撑效果很好。"服务员解释道。我试穿时，脚下发出嗒嗒的声响，像是在向人宣告我的到来。我低下头，想象着如果商场的地毯变成了雄伟图书馆的大理石地砖，效果又会怎样。

我把鞋子脱下来。我知道，花掉自己一半积蓄买一双迪奥平跟鞋的做法很蠢，但我真的不死心。

万一我因为穿这双鞋面试而被录取了呢？有那么一刹那，我竟然冒出一个想法，有朝一日，我只穿价钱在二百美元以上的鞋子。这双只是一个开始，穿上它一定能给人留下好印象，它就是我迈向美好人生、拥有更多昂贵鞋子的敲门砖。

"鞋子如果有问题，你可以随时拿回来退掉。"店员好意提醒我，我乖乖交出了手中的借记卡。

一整天我都拎着我的战利品,之后又试了很多贴牌的假货。到了晚上,我登上火车,心里非常笃定自己找到了一双通往美好未来的鞋子。虽然现在看起来价格贵得让人肉疼,但这是我迈向未来的重要一步。有了这双鞋子,我就可以坚定信心,就可以挺过所有困难,有了这双鞋子,我就可以成为配得起穿迪奥平跟鞋的精英人士。

任务完成,我整个人也放松了下来。我把鞋子塞到座位底下,拿出画本观察周围的乘客。火车开到了红杉城,我拨通珍妮父亲的电话,请他十分钟后到车站来接我。到了帕洛阿尔托,我走下火车,走进了清冷的夜。我感觉自己再次焕发了活力,骄傲的心情莫名地油然而生。

火车慢慢驶离站台,我突然意识到鞋子被我落在了车上。我想快步追上去,想高声呐喊,让火车停下来,可我竟然一动也动不了,自始至终只能叉着腰站在原地。

珍妮的父亲还没到,又一趟小型列车停靠在站台。车门口站着一位乘务员,我大声问他,"我把东西落在了上一趟火车上,怎样才能把东西找回来?"

"你赶紧上这趟车,两趟车在圣何塞会有交会时间。"

我转身看了一眼停车场,珍妮的父亲已经开着车等在那里。我住在珍妮家,享受着他们一家人的款待,无论如何也不该迟到让人家等。"算了。"我痛苦地做了决定,朝着珍妮父亲的车子跑了过去。

上车后,我告诉珍妮的父亲我把东西落在火车上了,但我实在不好意思说出那双鞋的价钱。我多希望他能主动提出开车带我去圣何塞,帮我把东西找回来啊,可是他没有,只是建议我给失物招领处打电话问问情况。

第二天,我电话打了一遍又一遍,留言也留了一条又一条。我心里明白,那双鞋我再也找不回来了。我真后悔当初偷了"AA美国服饰"的衣服,丢失的鞋子或许就是我活该承受的报应。我更担心自己从此失去所有好运。因为那双鞋子我做了好多噩梦,每次都梦见自己眼睁睁地看着火车驶出站台。火车带走的不仅是我的鞋,还有它所象征的美好未来。

那年冬天我只参加了一次面试,面试的是哈佛大学。我很早就选好了要申请的大学,选定后便告诉自己,不管去哪儿都是最好的选择。内心深处,我当然想去最好的大学——那就是哈佛大学。我希望自己能借助它的名声最终获得久违的安全感、财富和美誉,我不傻,知道面试时不能这样回答招生老师的提问。参加面试前,我特意去查了哈佛大学的留言板,想看看别人都怎么回答"为什么要选哈佛大学"这类问题,发现"可行"的理由基本如下:学校给高年级学生也安排住宿,学校会针对新生开设研讨班,还会为学生提供留学资助。面试的那天下午,一位辅导老师开车把我带进特拉弗斯城的法学院。我坐在走廊的椅子上,两腿交叉,脚上穿着借来的平跟皮鞋,比我平时的鞋子整整大了一码。

一位穿着毛衣和休闲裤的男士把我带进一间铺着木地板的办公室,书架上摆满了大部头的作品,墙上挂着好几个学位证书。他让我坐下,绕过桌子坐到我的对面,然后让我介绍一下自己。

"嗯,我出生在明尼阿波利斯,家里是福音派教徒,四年级时我获得过《圣经》背诵大赛的州冠军。"我像是一个旁观者,冷静地听着自己的讲述,好多敏感的事,好多我甚至不愿意跟凯特博士承认的事,现在经过我的精心雕琢,说出来还挺骄傲。一切尽在掌控,我甚至知道说到哪儿,譬如无家可归的部分。必要的话,我可以掉几滴引人同情的眼泪。

我经历了那么多艰难困苦，都被我一一克服了；我亲历过那么多人生惨剧，却依旧能够浴火重生，我的故事甚至让我自己都很感动。我是个好姑娘，热爱学习、积极主动、热情洋溢，当然还有一点儿凡尔赛。在这位面试老师眼中，我从未得过任何精神疾病，也没有任何见不得人的秘密，没有不堪的过往，紧身裤下面没有数不清的伤疤。对方甚至跟我开起了玩笑，这不正是我一直渴望的吗？终于有位受过良好教育的人看到了我的优点。

我站起身，与对方握手道别，这时我才意识到原本只有一个小时的面试竟然持续了两个半小时。我心里琢磨这应该是件好事，除了脚上的鞋子，一切都在往好的方向发展。从办公室往外走时，不合脚的鞋子踩得地板啪啪地响。

"跟你聊天很开心。"面试我的法学院老师对我说。我看着他，露出灿烂的笑容。他告诉我去年我们密歇根北部地区共有一百多人申请了哈佛大学法学院，最后只录取了两个人。他说这种情况还算好的，很多时候密歇根北部地区一个人也考不上，与哈佛大学普遍9%的录取率相比，中部地区的录取率严重偏低。"出现这样的情况我们也很遗憾，"他一边摇头一边继续道，"不过我会推荐你的。"

我松了一口气，内心对他感激不尽。

"不过我的话可能也没什么分量，"他笑呵呵地说，"我觉得他们安排我们面试考生，就是不想让我们闲着。"

他把我送出门。门关上后，我站在门厅，看着自己脚上的鞋，一下子竟然喘不过气来。

那年冬天，我陷入了无尽痛苦的回忆中。关于童年，我竟然洋洋洒洒地写了好几百页内容：包括米歇尔经常因为一点小事惩罚我，母亲在离婚期间对我完全漠视，六年级遭遇性侵及其后续带给我的影响。本来只是为大学申请挖掘素材，没想到竟然触发了我很多埋在心底的记忆。

二月中旬，我每天都要处理各大学发来的邮件。因为我是作为未成年学生自己申请的联邦资助项目，学校纷纷发邮件来问我为什么没让父母提交表格，是因为父母去世了吗？或是在服刑？每所学校都会打电话跟我核实情况，光是想想都让我口干舌燥。

这天下午，我又接到一通招生办的电话。终于说完了，我赶紧打开书桌最下面的抽屉，从里面翻出当初我从母亲公寓顺来的抗抑郁的药。透明胶囊里的米白色药末仿佛是在舞蹈，我将其放进口中，直接吞咽下去。我终于可以正常做事了，终于可以踏踏实实地看书，终于可以停止对未来的胡思乱想。

没过几个星期我的药就吃完了。于是，我给伍兹医生发去邮件，希望她能再帮我开点。她肯定会痛批我一顿，告诉我不要乱吃药，但是她并没有，只是建议我找当地的医生看看。我去了镇上一个家庭诊所，穿着当初去哈佛大学面试时的那身行头。"我十一岁时就被诊断为注意缺陷障碍。"我告诉医生那个抗抑郁的药对我特别管用，于是他便给我开了九十片，让我拿着处方去药房取药。

我夜里常做噩梦，总是梦见招生老师对我轮番发起攻击。他们把我带进亮着荧光灯的会议室，里面一整面墙都是镜子，我知道那镜子从外面看就是一面透明玻璃，房间的布置跟我以前做心理治疗时的诊室一模一样。审问我的人坐了一圈，轮番向我轰炸。

"你为什么扬言要炸毁卫理公会医院？你为什么不把这部分内容写

在申请材料里？"

"你究竟读过多少所学校？高二你是在哪儿上的？"

"你不是有车吗？你明明可以睡在车里，为什么还说自己无家可归？你妈妈是不是给了你一辆1992年的丰田花冠？"

"你住在莱克维尔时为什么要对戴夫和简撒谎？我们为什么要录取一个撒谎的人？你不仅撒谎，还偷东西？"

"你被耶鲁大学拒绝时为什么要用刀片划伤自己？你为什么要吃药？你为什么又开始催吐了？"

现实中我刻意回避的问题，在梦里被审问我的人问了个遍。他们逼迫我把问题交代清楚，说我撒谎对其他人很不公平，我凭什么把自己见不得光的过去都掩盖起来？其他考生可都对自己的错误和磨难据实以告了啊。如若不然，他们的父母一定会告发他们。我总觉得父母不会帮着孩子隐瞒错误，天下的父母似乎都在跟自己的孩子较劲。还是说只有我犯下的错误属于罪大恶极？

"你不爱自己的父母吗？"他们开始质疑我作为女儿的表现，"你为什么要陷他们于不义？"招生老师似乎跟托管治疗中心的辅导员达成了一致的口径，纷纷表示我要对自己的行为全权负责。

"写到米歇尔时你为什么要用单人旁的'他'？难道只是为了不让读者误解就可以无视她的情感吗？你的良心不会痛吗？"

梦里的每一句谴责都深深刺痛了我，我希望自己能够拿出在哈佛大学面试时的沉着冷静，可对面的人似乎总能在我的话语间找到漏洞。最终，他们给出了判词，认定我根本不是什么优秀的孩子，相反倒是个谎话连篇的骗子。

其实，我做的噩梦还不止这些，我还曾梦见自己站在整面墙的大镜子前，揣测着大人都想探知什么，都希望我承认哪些错误。如果我的检讨不够深刻，很可能再次沦落到睡在车里的境地。

醒来时我浑身是汗，心怦怦地跳。微弱的街灯透过窗子洒落在房间里，珍妮躺在距离我三米远的地方，睡得很香、很沉。我不知道除了爬起来吃一片抗抑郁的药物之外我还能做什么，所有的批判都来自我的内心，我不知该如何替自己辩解。梦中那些招生老师说得没错，我并不像文书中描述的那么完美，可我也不是十恶不赦的坏人啊。他们提到的每件事都令我感觉自己是个彻头彻尾的骗子，根本不配拥有自己所渴望的安稳人生。

距离出结果还有六个星期。母亲按照要求给史密斯大学写了一封父母确认函，凯特博士仔细检查了母亲的草稿，认真做了标注，明确提醒她要增加什么内容。可母亲完全无视凯特博士的建议，拒绝对我陈述的情况予以确认，于是凯特博士决定找别人提供支撑材料。安妮特同意帮我写推荐信，按照她个人的理解对我的青春岁月做个阐述：戴夫和简出于"经济原因"不再为我提供寄养床位，导致我寒暑假期间四处漂泊。这是我第一次看到有人丝毫不加掩饰地描述我的生活，我也吓了一跳。

"我去过她母亲家里，完全不适合居住，埃米连个睡觉的地方都没有，到处堆放着垃圾，老鼠屎和狗屎也随处可见。家里没有可以正常使用的洗手间，没有能洗澡的热水，也没有取暖设备"。

虽然我对自己的处境十分了解，但无论如何也做不到像她这样直截了当。类似的话若是从我嘴里说出来的，可能会给人留下不好的印象，大家可能会觉得我在危言耸听，这样才能让人知道我如何"冲破艰难险阻"走到了今天。安妮特根本没必要为我写推荐信，她只是客观的旁观者，她在信的落款处写明了自己的职业身份，她不仅是我的导师，还是一位拥有博士学位的医生。

身份如此体面的安妮特在最后一段对我的评价更是让我大放异彩："埃米是我认识的最了不起的姑娘，不仅天赋异禀、才华横溢，而且刻苦好学、性格和善"。

我无论如何也想不到会有人认为我"性格和善"，难道我不是性格暴戾的代表吗？我没想到在安妮特眼中，我的生活竟然如此悲惨。英格丽之前跟我说过，在她接触到的所有问题少年的父母中，我的母亲算是最爱孩子的一个，所以我一直觉得自己不该揭露母亲的失职。可安妮特似乎不这样认为，她在信中说我虽然"没有父母的支持"，却从未自暴自弃。安妮特的信终于寄了出去，这封来自知名人士的推荐信或许比我之前递交的所有材料都更有分量，更能说明问题。

到了晚上，我躺在床上，珍妮的床铺就在我旁边，她已经睡着了，而我却心乱如麻。因为服用了抗抑郁的药，我兴奋得无法入眠。

安妮特的信让我安心了不少，它会让我的求学之路走得更顺遂。最让我感动的是，她竟然未经提醒就在信中列举了很多对我有利的细节。不过，她的证言似乎也坐实了我的境遇，一切都真实存在，并非我想遗忘就能遗忘、调整了心态就能无视的存在。原来我的人生真的很惨，虽然我一直期盼能有一个高等学府拯救我于水火，但真要承认自己需要拯救这件事本身也需要极大的勇气。

痛苦折磨着我，因为长期服药，我日渐消瘦。我知道自己不能再继续这样下去，但我就是做不到。

我闭上双眼，想象着自己找到一位老师倾诉衷肠。我盼着能告诉对方自己一直是假装优秀，告诉对方我已经身心俱疲，我真希望自己能活得更加通透。我想去找米卡老师，就是我们写作系的主任，想坐在她的办公室听她给我的安慰。

可是我不能，最终的结果还没有出来，我的心理健康是决定成败的关键，我不能在这个关键时期留下对我不利的证据。我很害怕，一旦我把自己的痛苦告诉别人，消息就会传到手眼通天的招生办公室。话虽如此，每晚能让我入睡的唯一办法就是想着第二天可以找人吐露心声，就这样想着想着，我就慢慢睡着了。

我在黑暗中哭醒了。

"埃米，你没事吧？"珍妮问我。

我忍住眼泪，"没事，就是压力有点大。"

第二天一早，我睁开眼看到珍妮坐在自己的书桌旁，"对不起，我昨晚睡着了，竟然不知道你一直在哭，你真的……真的太难了。"

"谢谢你。"我想起大学预科英文课本上教的一个单词"sangfroid"，这个词来自法语，意思是"漠然"，我希望自己凡事也能做到漠然。但我也明白，太坚强了对自己没什么好处，我只是不知道怎样才能变得温和。

当天，我照例去上课，一天下来没跟人说一句话。

春假临近。有一天，我到写作系参加活动，米卡老师走到我跟前跟我说，"等活动结束我能不能找你谈谈？"

我紧张得直冒汗，腋下都湿了。"当然。"我应道，言语间透着不安。我已经想到了，等会儿米卡肯定会对我说，"我注意到你最近状态不对，我很担心。"她一定会问我究竟怎么了。

我忧心忡忡，开始胡乱琢磨。活动中通知了好几件事，包括为公共区域的咖啡和热巧力筹款，以及校园文学杂志的投稿期限，我却根本听不进去。我不断地看时间，默数着活动结束的倒计时。我不知道自己该何去何从，一方面，我渴望找人倾诉，从而卸下心里的包袱；但另一方面，我又不得不大声警告自己，还不到崩溃的时候，所以一定要咬牙挺住。

活动结束，大家各自离去。米卡再次走到我面前，"你现在有时间吗？"

"一直都有时间。"

我跟她上楼去了她的办公室，门啪嗒一声关上了。我坐在她办公桌对面的大椅子上，心跳加速。我尽量不动声色地调整呼吸，在心里告诉自己不必担心。这不正是我渴望的吗？她拍着我的后背安抚我，我流着眼泪向她倾诉，终于不必再压抑内心的痛苦。

"有人想跟你通话。"

我在脑子里快速过了一遍，会是谁呢？学校的护士？母亲？还是伍兹医生？

米卡把座机的听筒递给我，我真想扔下电话飞奔而出，但我知道不能这么做。"埃米，你好，你现在方便吗？"电话那头的声音我并不认识，难道是因特洛肯购进了一款新的服务内容，通过电话对问题学生进行心理干预？

"嗯，方便。"我嘴上虽然这么说，心里却紧张到随时可能晕过去。我真希望自己能晕过去，米卡肯定会因为担心吓得大喊大叫，然后到处找人来帮忙。

"我们这里是学术艺术与写作大奖组委会。"对方说本届比赛一共评出了十五个金钥匙作品，是大赛的最高荣誉，而我的作品就是其中的一部。"恭喜你啊！"

我感到呼吸困难，无助地看着米卡老师，希望她能给我一些暗示，告诉我该作何反应。她微笑地看着我，而我却怎么也挤不出笑容。

学术大赛的老师继续解释说，我获的奖项属于青年作家艺术家门类，是赛会的最高荣誉，之前西尔维娅·普拉特和安迪·沃霍尔都曾是该奖项的获得者。颁奖典礼将在卡耐基中心举办，他们邀请我出席，奖金是一万美元。对于奖项的细节我早就做过调研，自从选用摄影课J老师帮我挑的几张照片参加了相关比赛后，我就一直盼着自己能获个什么奖。

"你是没想到吗？"电话那头的女士问我。

"是啊，完全没想到。"我把电话还给米卡，双手抖个不停，我也不知道是因为心情激动还是抗抑郁的药的副作用。米卡挂了电话，依然笑容满面。我用手蒙住脸，周围的世界变得漆黑一片。我开始号啕大哭，哭声淹没了所有其他响动。

我感觉米卡老师走了过来，倚在椅子的扶手上，用她纤细的手臂抚摸我的后背。

我终于平静了下来，赶紧开口解释说，"我等这一天等了太久，还以为这一天永远也不会来呢。"说着又忍不住地哭了起来。

米卡老师终于开了口，她问我究竟怎么了。

"我也不知道。"我想起几个星期前学校老师抓到十几个抽大麻的学生，其中一位学写作的姑娘红肿着眼睛从老师办公室走了出来。后来，那位老师出面帮她说了很多好话，因此学校没有开除她，那学生对此感激涕零。再后来，我看到那姑娘也会跟别的老师聊天，大人似乎都格外地关照她，或许就是因为看过她最脆弱的一面。我坐在米卡的办公室，虽然我如愿以偿得了大奖，但仍然希望得到她的特别挂念。

我抬头看着米卡，"为什么我还是开心不起来呢？"

她扭头看向窗外，树上结满了花苞。我看着她的脸，想象着她年轻时的模样，或许她也是在这儿读的书，或许她高三时也得过金钥匙大奖，或许她能体会我的心情。

"所有的成功都来之不易，"米卡继续道，"所以成功后你并不一定会感到开心。"

我觉得她的话很有道理，接过她递给我的纸巾，开始跟她讨论得奖事宜。她告诉我在消息公布前不要跟任何人透露此事，哪怕是同屋的珍妮也不能说。不过，我可以告诉哈佛大学，或是其他心仪的大学，但其实也有一定的风险，最好还是不要操之过急。

我站起身，准备离开。

"埃米，"米卡老师把我叫住，"你最近是不是瘦了？"

我不假思索地道了句"没有"，仿佛这答案并不受我的控制。其实我盼着她能问我这个问题，也想跟她实话实说。"事实上"几个字几乎都要说出口了，我甚至要坐回椅子上了。可现在的情况跟我来之前预想的不同了，我得了奖，也因此错过了得到老师关爱的机会。想着想着，我已经走到了米卡老师办公室的门口。

十七

母亲让我春假跟她一起去西雅图，她要去参加基督教咨询专业的研究生面试。虽然我对她的想法很不理解，但也不想一个人待着，尤其录取的事马上就要出结果了，大概就在假期结束前后。

我用母亲之前给我的零花钱提前给自己订了机票，然后便开始认真计划行程。母亲说想去温哥华看看，于是我也做了功课，不仅弄清楚了跨境路线，甚至买了大巴车票。想到当初不让母亲管我申请大学的事，我内心多少有些愧疚。我希望当下的努力可以给她一定的补偿，希望旅行时我俩可以做回最好的自己。虽然两个星期都得住在廉价旅馆，但旅行总是会带给我们希望。

我一再提醒母亲别忘了提前买机票，可她一直磨磨蹭蹭，直到离出行不到一个星期她才上网查看，结果发现机票的价格已经贵得离谱。她倒是有办法，说她可以坐火车往返。坐火车单程就要花掉整整四天的时间，可她依然觉得划算，不仅可以省钱，还能"好好看看美国"！她一共才有两个星期的假，我也买好了机票，这就意味着我俩真正待在一起的时间其实没几天。我要比她提前到，而她走后五天我才会离开。到时候，她将直接返回明尼阿波利斯，而我则要独自前往温哥华。最可悲的是等到录取结果出来时，我还是要一个人面对。

我也想过更改路线，但是太晚了，已经无法申请退款。再说了，我也只是想见见她，至于说去哪儿我都无所谓。就这样，我先到了西雅图，拿着打印好的导览在城市里漫无目的地游荡。走在街上，我看见一帮跟我一样的人：脏兮兮的年轻背包客，过马路遇到他们时把我吓了一跳。

我终于找到一家青年旅社，前台仔细研究了我的驾照，然后跟我说我不能入住。"你还未成年。"他说这话的语气仿佛在说，"你连这个都不知道吗？"我真想踢自己一脚，事先怎么没有想到这个问题。当然母亲也忘了，可她又不用担心，可以安心地坐她的火车，欣赏美国的大好河山。而我只能求爷爷告奶奶地让人帮我通融一下，我可不想露宿街头。

我的脑袋飞速运转，拖得越久越麻烦。我问对方可不可以给我母亲打个电话。我告诉他我本来是和母亲一起入住的，可母亲的火车晚点了，今天来不了。

那人无奈地叹了口气，不过还是拿起了电话。我隔着电话听到母亲欢快的嗓音，母亲跟前台说她同意我先一个人开房入住。这种电话她接太多了，最在行的就是向别人授权她的许可。

拿到房间钥匙的那一刻，我悬着的心才终于放了下来，对母亲也没了一丝一毫的怨恨。最后，她终于来了，我感觉整座城市都变了模样。我自己逛时，在大街小巷看到的都是流浪儿，还有一些不三不四的男人跟我搭讪。可自从母亲来到这儿，走出旅社后眼前应接不暇的是各种艺术博物馆和开放的制作室。母亲总结了西雅图所有重要景点，我们去参观了西奥巧克力工厂，品尝了各式样品，连晚餐都省了。父母离异后，母亲经常跟我玩一个游戏，我俩假装自己是真人秀里的明星，这次旅程刚好又让我们找回了真人秀的感觉：上午，薄饼店老板让母亲嫁给他，母亲听后假装认真思考，还问了好多具体问题；晚上，（为了节省一张铺位的费用）我俩索性挤在一张床上，共用一张床虽然有点挤，但我觉得跟她睡在一起特别放松，一点儿也不别扭，反倒是一想到还要跟她分开，我才感到心痛。

我俩在西雅图转了两天。第三天，母亲去参加了研究生院的推介活动，我只好一个人在街上瞎逛。等录取结果的日子真的好漫长。

推介活动的最后环节是一场聚会，母亲说好让我去那儿找她。所有人都围坐在一起，桌上摆着一杯又一杯的啤酒和一盘又一盘的吃食，大部分人看上去也就三十多岁。其中一位女士浑身都散发着领导的气质，主动走过来跟我热情地打招呼。我没好气地看了她一眼，然后在母亲旁边坐了下来。

"你吃不？"母亲从她面前盛着烤翅的盘子里挑出胡萝卜条递给我，这肯定是菜单上最便宜的一道菜，也将是我和母亲今天的晚餐。我真替母亲难过，待在这里，她明显很不自在，这里不是她熟悉的麦当劳，也不是家附近商场里的小酒馆，没有半价的开胃菜，也没有赠送给寿星的免费比萨。

我厌恶那些比母亲年轻的申请者，更瞧不起向母亲这个年纪的人兜售梦想的学校，我想母亲他们只是想在小孩子长大后重新找回自己年轻时失去的机会吧。我从母亲手中接过胡萝卜条，想着还是别给她添堵了，于是便跟她周围的人热络起来，发现他们都对未来充满了希望。活动结束,我跟母亲坐上回旅社的公交车。我跟她讲,"这个研究生项目简直荒唐,而且学费也太高了。"

母亲皱了皱眉,反驳我道,"我可从来没说过你的梦想荒唐这种话。"

"我是你女儿,我能骗你吗?再说了,你打算怎么支付这笔钱呢?"

我知道这样跟母亲说话有点没大没小,但万一她为了深造选择提前退休,到了五十七岁的高龄还要背上高达十万美元的助学贷款,毕业后也不一定能找到一份相关的工作,那到时候我俩的日子岂不是更无指望了?

接下来的几天,我一直想办法说服她不要去读研究生,每次开口,都能感受到她的痛苦,不过我还是告诉自己不能心软。后来她得返程了,我把她送到火车站,分开时,我并没有感觉她有多难过。

距离录取结果出来还有五天的时间,我一个人坐上了开往温哥华的大巴。在通关口岸,移民警察对我提出了质疑。我没有护照,能证明身份的只有驾照,还有一封母亲写的证明信,已经公证过,主要内容就是她同意我一个人出国。为了蒙混过关,我跟移民官吹牛说除了身上的三十美元,我的支票账户里还有几千美元,完全可以负担我在加拿大的开销。

他听后又提出了更加苛刻的问题,问我怎么保证自己不会非法滞留加拿大,然后靠卖身为生?

我想了一下,他的疑问似乎不无道理。

"因为几天后我的录取结果就出来了,到时候我就知道自己能不能上哈佛大学了。"面对陌生人,承认自己的野心似乎没什么不妥。可我不想自己乌鸦嘴,赶紧补充道,"当然,也可能是别的大学。"

听了我的话，对方没有再为难我。

可是，不幸还是发生了。刚到温哥华，我就发现自己的借记卡不见了，应该是掉在了大巴上，我痛恨如此不负责任的自己。我手里拿着打印好的地图，走在街头寻找事先预订好的青年旅社，发现这里精神恍惚的瘾君子比西雅图的还要多。晚上十点，我拨通母亲的电话，希望她能快点接起来。她应该快到怀俄明了，肯定正跟其他乘客聊得火热。终于，电话接通，我跟她说自己丢了借记卡，问她可不可以用手机帮我在线支付住宿费。她同意了，却没主动提出给我再打点钱，她没提，我也没开口。

我要在温哥华待五天，这也就是说我每天的预算只有六美元，连支付公交车费都不够。于是，我每天早上就在青年旅社蹭点面包、麦片，然后再步行两千多米去当地的图书馆，凭借意念告诉自己"我不饿"。

我在图书馆一待就待一整天，往回走的路显得格外漫长，太平洋的海风很硬，我只穿了一件薄薄的毛衣开衫，一下子就被吹透了。有一天下午，我跑去百货商场，那里正在销售冬奥会积压的特许商品。我试了一顶能护住耳朵、里面带绒的帽子，额头的位置印着"加拿大"几个字。我看了一眼价钱，虽然打折了，也还要二十美元。买了它就意味着我剩下的钱只够买一瓶酸奶了。我得回到美国才能去银行办理挂失，到时候才能有钱花。

我把帽子塞进背包，准备直接离开商店。过安检的瞬间我突然意识到问题的严重性，我的偷窃行为一旦被发现，当场就会被抓起来，然后遣返美国。到时候还等什么录取通知啊！我用自己的行为验证了移民官的猜疑，这顶帽子很可能毁了我的一生。

我硬着头皮走出商店，报警器并没有响。我快步走了两个街区，找了个没人的地方躲了起来。我的心怦怦地跳，忘记了空气的寒冷。

我还是戴上了帽子,把耳朵护好,心里虽然愧疚,但不必受冻的感觉真好。被冻僵的脸终于有了些许保护,表情也随之柔和了起来。

终于坐上了回西雅图的大巴,我再次坐在一位年长的妇人身边,她们几个人是一起的,应该是空巢妇人相约着一起出去玩。邻座的人很好,愿意把电脑借给我查询录取结果。大巴车上的无线信号很慢,打开一封邮件花了整整一分钟。邮件来自约翰霍普金斯大学,本来大巴就晃来晃去,再加上焦急的心情,我感觉自己马上就要吐了。

我点开邮件,等着最终的宣判,紧张得直咬指甲。文本终于出现在了屏幕上,再次被拒!

我把笔记本电脑合上,交还给邻座。

"怎么样?"她问我,前后四位女乘客一起扭过头来看着我。

"我被拒了。"我不想跟她们有任何目光接触。

一位母亲柔声细语地问我道,"哦,那是你的第一志愿吗?"

"不是。"我答道。本来我也不怎么想去霍普金斯,被拒绝了还这么难过,简直丢死人了。但是,如果霍普金斯不要我,其他学校录取我的希望又有多大呢?

"不用担心!"另外一位女士安慰我道,"我的几个孩子读的都是英属哥伦比亚大学,现在日子过得也很好啊!"

我心里琢磨,你的孩子也孤身一人去国外,头上也顶着个偷来的帽子吗?

4月1日下午两点五十分,我坐在西雅图公立图书馆的电脑前,再过十分钟录取结果就要出来了。

我紧张得直冒汗，腋下都湿了。虽然当天早上出门前涂了两次香体剂，但这会儿我还是能闻到身上透着焦虑的汗味，就连周围人身上的汗味也被我的焦虑味道掩盖了。

两点五十三分。

我看了看周围的人，凡是男的，都头发凌乱；凡是女的，都背着塑料购物袋。我抬头看着这座超现代化的建筑，除了钢架就是晶莹剔透的玻璃幕墙。附近有没有垃圾桶啊？等一下我可能用得着。

两点五十五分。

如果我考不上名牌大学，那我不如坐大巴去旧金山，然后从金门大桥纵身跃下，就此结束自己的生命。西雅图和旧金山都在西海岸，坐大巴应该很快就能到吧。我打开谷歌，查看了两座城市的距离，竟然比我预想的远那么多。

两点五十八分。

我再次敲打刷新键，突然弹出两封新邮件，分别来自宾夕法尼亚大学和卫斯理大学。

宾大录取我了。

我松了一口气。

卫斯理大学我也进了。卫斯理大学很好！美国国务卿希拉里·克林顿就曾在那里就读。如果她都愿意去那儿，我还有什么可挑剔的？看来我不用一死了之了。

或许还有其他学校。

焦虑像一条巨蟒，紧紧缠绕着我。

下午三点整，我又收到一封邮件，标题栏写着："哈佛大学申请结果"。

我哆哆嗦嗦地点开邮件。

尼特菲尔德同学：

祝贺你被哈佛大学录取，招生和资助委员经过一致商讨，现接收你成为我校2014级新生。

我看到"祝贺"两个字开心地喊出了声，整个图书馆都回荡着我的叫喊，感觉图书馆的玻璃幕墙都快被我震碎了。我心里一下子亮堂起来，整个人仿佛变成了热气球。我拔腿就跑，跑过坐在电脑前蓬头垢面的流浪汉，跑下扶梯，跑进外面的毛毛细雨中。我再次大声尖叫，"我终于做到了！做到了！"

我的梦想终于实现了，过去漫长的岁月，我听过太多次"很遗憾告知你"，所以我的身体一直处于紧绷状态。现在，它终于松弛了。它们没再拒绝我，它们同意我成为它们的一员。

从此以后，我的人生将彻底扭转。我再也不用担心自己没地方睡觉，再也不用偷帽子、偷计算器，再也不用从失物招领处顺走别人的毛衣。此刻，那件毛衣就穿在我身上，已经被雨水淋湿。我仿佛看到了自己的未来：我会拥有属于自己的家，地上铺着地毯，摆着绿植，墙上挂着镶着镜框的画作，还有成堆成堆的书，都是我没读过的新书。对了，还要有两个沙发，一个是我的，另一个属于我的另一半。我可以骑着自行车去纽约的街头，头顶是银杏树的巨大树冠，两侧是棕黄色的石头建筑，还有摩天大楼、高级酒店，人行道上走过来的都是友善的陌生人，他们都跟我一样热爱艺术、相信梦想，或许也跟我一样通过努力摆脱了痛苦的人生，来到这里庆祝人生新的开始。

我的两臂不自觉地打着哆嗦，我张开嘴大口大口地吸气，好像要把曾经的绝望都吐出去，好用新鲜的氧气滋养身体。从此，一切都将改变，我每天都要喝一杯法布奇诺，我将住进有空调的房子，我将拥有暖和的外套，从此不再畏惧寒冷，我要穿不漏洞的鞋子，我要穿屁股上绣着图案的品牌牛仔裤，我要给自己的头发做个正经的挑染。

用不了多久，别人看我的眼光就会改变，我是"哈佛大学学子"，不再是那个头发油腻、身上散发着汗味的姑娘。过去的耻辱将被彻底洗刷，我不再一无是处，好几个学校都选择了我。我过去的所有努力，无论是在托管中心的静默时刻，还是在莱克维尔厨房写作业的时光，所有我看不到希望的坚持，如今都有了回报，我终于得到了救赎。

我的人生将变得幸福而美好，我要买美味的三明治，我要去巴黎度假。世间有那么多我从未体验过，甚至无法理解的美好，我将彻底结束危机四伏的日子，不必再担惊受怕，不必再精打细算。我不知道还有哪些词汇可以表达我此刻的幸福，我终于知道什么叫"无以言表"了。

等到我的好消息传开，凯莉肯定会觉得不可思议，凯特博士、珍妮和安妮特也会激动不已，戴夫和简应该会很羞愧吧？谁让他们当初质疑我呢？所有人都会把我当宝贝一样看待，学校的同学也会琢磨，"当初怎么没看出她的本事？"

我高兴地一边大喊一边蹦跳，周围的人都盯着我看，不过我不在乎，管他们呢！我靠在图书馆门口的外墙上，浑身湿透，精疲力尽，内心却无比丰盈。

十八

我拨通了母亲的电话,可她没有接,打了好几次都没有动静,于是我便给她留了言。凯特博士几乎第一时间给我打了电话,我听得出她也特别激动。我跟她聊了几分钟,眼泪一直流,那是幸福的眼泪,我终于没有浪费她的心血。放下她的电话,我赶紧联系了安妮特。

"我考上哈佛大学了。"我兴奋地告诉她。这句话我究竟要说多少次才能确定这一切不是做梦呢?

"埃米,"安妮特说,"真是太好了。"我一边咧嘴笑,一边泪如泉涌,我真担心未来的日子这个表情会永远伴随着我。安妮特问我想去哪儿,我当然要去哈佛大学了,这还用问吗?安妮特继续道,"我得承认,当初我和我老公都觉得你考上哈佛大学的希望并不大。"

我脸上的笑容一下子消失了。我坐在图书馆门口,旋转门啪嗒啪嗒地响,我捂住手机,想尽量减小噪声的影响。

她说她一直认为我是个聪明的孩子,"但是无论对谁来说,考进哈佛大学都太难了。"

"我还以为你一直都对我有信心呢",我好想这样对她讲。对我来说,真正的信心就是相信我,无论机会多么渺茫,都相信我能反败为胜。此时此刻,任何赞美以外的话在我听来都无异于批评。

安妮特问了我资助的事,她的语气像是在给我泼冷水:虽然我能考上哈佛大学,最终也可能因为钱的原因放弃。

"我得挂了,"我说,"再去看看别的学校是什么结果。"

我走进图书馆,回到刚才使用的机器前,却发现已经用不了了。我赶紧去找图书管理员,请她再给我一个访客密码。"一人一天只能申请一个密码。"她对我说。

"可我刚才必须出去打个电话,"我凑到她跟前低声对她说,"我被哈佛大学录取了。"

每次说出这几个字,我都难掩心中的激动,十分钟前我还前途渺茫,现在竟然梦想成真了。

可那位图书管理员似乎并没把我的话当回事,说刚才就看到我在那儿坐着,访客密码只能提供给本州公民,之前给我已经是违规操作。她警告说这是最后一次给我密码,并告诉我明天不要再来了,来了也用不了电脑。

她说话的腔调仿佛这话她已经说了无数次,我马上明白了她看我的眼神:皱巴巴的T恤和乱七八糟的头发,我的样子和其他在这儿打发时间的流浪儿有什么区别?考没考上哈佛大学又有什么关系?我从未想过在这样一个幸福时刻,别人还是会用如此残忍的方式对我做阶级划分。

她把新的密码递给我,我接过来,道了句"谢谢"。嘴上虽然说的是谢谢,心里却在骂脏话,希望对方能听得出来。

几个小时后，母亲终于打来了电话，我接起手机，她先开了口，"你被哈佛大学录取了！"

"你怎么知道？"我迫不及待地问她，"谁告诉你的？"难道是安妮特给她打电话了？还是凯特博士？哈佛大学也会给家长发邮件吗？

"你的语音留言听起来一点难过情绪也没有！你妈我又不傻，对吧？"

"你怎么不等我亲口告诉你呢？"我本来想亲口告诉她的，结果她却自己猜出来了。

"你还记得你小学四年级的事吗？那时候你就开始读大学水平的东西了。莱克维尔的金老师感慨得不行，说好多大学生都看不懂《溪畔天问》，你却看得很开心！"

母亲的夸赞跟我期待的截然不同，对她来说就没有不完美的事，我当然能考进哈佛大学了，她的语气仿佛早就预见了这一切似的。我独自站在雨中，穿着毛衣开衫，手里没有伞，心里还在因为图书管理员的冷漠而难过。"你怎么就不明白呢？"我想向母亲嚷嚷，"你知道我这一路走来有多么艰难吗？你知道因为你的缘故，我活得多么辛苦吗？"

不过，我并没有这么做。在过去的几个小时里，一切都变了，我不再是那个被母亲嫌弃、冤枉的女儿，也不再是穿着渗着汗渍T恤的弱势群体，现在的我，前途无量。我听着母亲自顾自地在电话那头嘀咕，突然明白了一件事：从今以后，别人对我会有更高的期许，我要更加注意自己的言行。他们虽然不会再因为我的不拘小节而指手画脚，但内心肯定希望我能呈现出优雅和自信，毕竟我已经占据了优势地位。

可我恐怕还做不到。

我挂断母亲的电话，该到哪儿继续刷存在感呢？我在脸书上发了一条内容为"哈佛大学红"的帖子，又给夏洛特发了一封邮件。除了珍妮，还有谁关心我的录取结果呢？我告诉了星巴克的咖啡师，对方随口对我说了句"真好！"语气像是在祝我生日快乐。回到旅社后我又告诉了那位戏谑着说要娶我母亲的人，结果他不仅不替我高兴，反而好像很生气的样子。

再次回到学校，我感到了久违的释然，第二拨夸赞即将到来。开学第一天，每节课下课后我都拖拉着离开教室的脚步，就盼着老师能把我拽到一边恭喜我考上了哈佛大学。如何回答我都想好了："我也很激动！现在都不敢相信是真的！谢谢您，要是没有您的教导，我不可能考上哈佛大学。"我不慌不忙地收拾文具，法语老师还在擦黑板，下节课的同学已经陆陆续续走了进来，我叹了口气，拖拉着脚步朝下一间教室走去。

同学中也没人恭喜我，只有七个人给我的脸书点了赞，还包括珍妮。（"你写得太隐晦了，大家肯定都没看懂。"她开导我说。）到了学校餐厅，周围人八卦的是一个学风琴的优秀毕业生，说他收到了来自哈佛大学和耶鲁大学两所大学的录取通知书。每次听到他的名字，我都气不打一处来，只要有机会，我就会恶毒地跟人讲他能考上好大学是因为会弹风琴：名牌大学都有风琴，必须录取几个会演奏的人，总不能让那么高大上的乐器被冷落吧。大家听了我的话都一副不以为意的样子。回到房间，我找珍妮确认，"大家都知道我考上哈佛大学了吗？"

"当然知道了，"她一边啪啪地拉拽自己的手链，一边继续道，"他们就是嫉妒你。"今年的高考形势非常严峻，学校的小提琴首席都没考上茱莉亚音乐学院，珍妮也只收到了一所音乐学院的录取通知。

但凡找到机会，我就拿奖学金说事，"我本来是想去卫斯理的！"

社会课上，老师让我们分享彼此的学业规划，"可是我家没有那么多钱。"大家都能看出我在傲娇，但钱真是我做决定的关键因素。哈佛大学已经答应给我全额奖学金，包括学费、书本费和机票钱。其他几所录取我的学校包括卫斯理、史密斯、曼荷莲女子学院和宾大则都要求我每年支付一万美元的费用，威斯康星大学答应我可以按照本州公民交学费，即便如此，算下来费用也相当高，而哈维姆德学院则承诺给我二十万美元的助学贷款。

同班同学都不知道我的家庭环境和经济状况，我不管跟谁聊到大学，字里行间透露的都是别人录取是因为幸运，只有我凭借的是自身的努力。老实讲，我也很嫉妒我的同学，他们考虑就读哪所大学时完全不用考虑费用或未来的工作好不好找。当然，我肯定不愿意拿哈佛大学跟他们交换，但如果可以打包处理，我愿意跟他们交换人生。走在校园里，每个人都穿上了自己考取的大学的T恤，有密歇根大学、伊士曼音乐学院，还有卡拉马祖学院，我却不好意思穿上哈佛大学的运动衫，感觉太过招摇了。再说了，我也还没有。

我回到房间，看到珍妮的床上放着一个爱心包裹，里面是她考取的音乐学院的新T恤。

我坐在书桌边，"为什么没人替我开心呢？"

"我替你开心。"珍妮说。我看着她的眼睛，知道那是她的肺腑之言，虽然她自己考得并不理想，但却真心为我高兴。

我笑了，至少在这个小房间里我得到了真挚的认可。我问珍妮，"你愿意跟我在脸书上结婚吗？"

"我以为你这辈子都不会跟我开口呢！"

那年春天，我还收到了一个意外之喜：我获得了霍雷肖·阿尔杰奖学金，并受邀出席组织方举办的活动。我将从那里直接赶去哈佛大学，参加准新生的周末（校园游）活动。我必须得向学校请假，虽然想着这次他们终于有机会祝贺我考上哈佛大学了，但并不抱什么希望。

最后一个签字的是教我们微积分的 Z 老师，在学校她算对我了解比较多的人了。之前为了申请资助困难学生奖学金，我曾请她帮我写过推荐信。

Z 老师摘下眼镜，眯着眼睛看着我的请假单，然后抬起头对我说，"你不应该请假。"

"您讲多元变量的时候我就回来了。"其实我只耽误她一节课。

"你都知道自己选了这门课，为什么还要去参加那些活动？"她说这话时明显带着一股恶意，这我完全没想到。我为什么要受她这份气？我不是已经被哈佛大学录取了吗？Z 老师的问题让我再次感到挫败，她为什么不能痛痛快快地给我签字呢？她仿佛看穿了我，仿佛知道我是在因为没人给我买哈佛大学的运动衫而难过。

"资助委员会已经帮我买了往返的机票。"我解释说。

Z 老师盯着我，说她自己毕业于一所州立学校，也是一所很好的学校。

"我没说过您的学校不好啊！"

"那你为什么连申请都不申请？"

"我只能申请十所学校！"我回答，心里感到有点莫名其妙。

"嗯，我当时只申请了一所。"Z 老师一边说一边帮我签了字，我二话不说从她手里把表格拿了过来。

我特别想恳请 Z 老师告诉我究竟做错了什么，她之前对我一直不错，帮我辅导，鼓励我参加数学小组，还带我去她家吃过饭。后来，我听说她对上一届考上哈佛大学的学姐态度也很不好。看来哈佛大学真的很厉害，能把本来关心我的人都变成"柠檬精"。

我要因为这件事纠结吗？我费了好大劲才假装自己摆脱了窘境，似乎成功骗过了每一个人，毕竟哈佛大学给了我希望，但眼下似乎不会有人愿意给我哪怕一点点同情。

我终于可以离开学校去参加霍雷肖·阿尔杰的颁奖大会了，我内心充满了感恩，终于有人认可了我的努力。高达两万美元的奖金可以帮我负担就读哈佛大学后的额外花销，还有此次免费的华盛顿特区之旅。大会一共邀请了一百零四位学者，安排我们入住在豪华的费尔蒙特酒店。第一天，我们学习了餐桌礼仪，之后拜见了最高法院法官克拉伦斯·托马斯，每个人都与法官热情拥抱，最后站成一排与法官拍了张合影。每个人都穿着租来的长裙和晚礼服，站在最中间的是康多莉扎·赖斯。

活动中，我整个人都是蒙的，特别不自在，胳膊上的汗毛一直立着，紧张得不行。拍完合影，我们被带去了礼堂的大露台，下面的餐厅里，出资人正在用餐，这场活动其实是新的美国杰出人士的就职典礼，包括十一位男士和一位女士，女士就是康多莉扎·赖斯，主办方已经事先将他们的传记发给了我们，希望我们能认真研读。

灯光慢慢暗了下来，随后场上奏响了美国国歌，到了慷慨激昂之处一只秃鹰飞过礼堂，引起了一阵雷鸣般的掌声。这场活动有好几位主持人，其中一位介绍了出席的特别来宾：纽特·金里奇和拉什·林博。

我突然意识到这两位是保守党人士，他们上台后宣布了"大有可为"学生名单，其中就包括我。共有五万五千名学生申请了该奖学金，而获批的只有一百零四人，我们就是他们口中最好的证明：只要肯努力，任何人都能成功。

主办方是想奖励我们克服了艰难险阻，但似乎没人想过我们并不该遭遇这些困难。他们似乎想给大众传递一个信息，告诉大家，我们这些坐在露台上的青年就是最好的证明，没有人需要社会保障，任何人都可以凭借自身努力改变命运。

我环顾四周，想看看有没有人跟我有同感，似乎并没有。大家都规规矩矩地坐在自己的座位上，双手合十放在腿上，之前已经有人教过我们相关的礼仪。我想说点什么，或做点什么，但我能说什么？又能做什么呢？我需要这笔奖学金。我并不认同他们所谓的"振作起来、自食其力"的说法，至少不应该用在其他获奖者身上，我们都是未成年人，这次旅程恐怕是很多人第一次离开家，第一次坐飞机。用这句话来说我，我倒是没什么意见，我必须"大有可为"，只有这样才能过上更好的生活。但我真能"大有可为"吗？我真的比两边没考上哈佛大学的孩子更有出息吗？

我们穿着租来的华美礼服坐得笔直。我有什么立场气愤呢？除了懒散、怠惰，还有什么事值得我生气？我和在座的各位只有一个共同点，那就是坚强的意志，与他们为伍，我依旧倍感孤独。

…………

第二天的早餐安排在奢华的丽嘉酒店，桌上坐着来自中西部的捐资人，他们对待我的态度仿佛我是个了不起的名人。一位保养得很好的女士问大家："你们都遇到了什么难处？"

孩子们依次把六个月前填写的表格重复了一遍。轮到我了，我尴尬地说:"我当初被送去了寄养家庭。"

午宴的地点安排在美国国务院餐厅。席间,一个男孩发表了演讲,讲述了自己与单亲父亲生活在收容所的经历。他感谢这两万美元的奖金,否则他根本上不起大学。听了他的故事,我感动得流下了眼泪,为了不让别人看见,我第一时间用餐巾擦掉了。他一心一意渴望拥有更好的生活,他心思单纯,值得帮助。我觉得自己不配,因为我不仅撒谎,还偷窃。会议还没结束我就跑去了洗手间,刚刚吃下去的美食全被我吐了出来。我看着镜子里的自己,留意到洗脸盆旁边整整齐齐摆放着卷好的小毛巾。

那个男孩子讲完话又回到我们桌,捐资者纷纷夸赞,还问他将去哪里读大学。他说先去一所社区大学,然后再转去更好的学校。"其他人呢?"一位捐资者问大家。听到这个问题我的心当即提到了嗓子眼。

我稍作停顿,感觉嗓子里像是堵了什么东西,最后开口道,"哈佛大学。"

一位女士听后非常激动,看着我问道,"你学什么专业?"一位商务人士听到我们的对话后,特意记下了我的地址,说会寄给我一个旅行五件套,还说我来回出行肯定用得到。一位灰白头发的明尼苏达捐资者也问我,"你有过导师吗?"听到我说有,对方表示她的家族基金会愿意额外给我一笔奖学金。大家七嘴八舌,承诺送我各种东西,包括我一直羡慕的爱心包裹,里面会有各种零食,还有一些能让我开心的鸡汤故事。他们还答应送我哈佛大学的运动衫,让我在红砖建筑前拍张照,他们说要拿来作为他们机构的宣传材料。

前天晚上我还对这场活动嗤之以鼻,没想到现在却得到这么多关心和爱护,我不知道自己该作何感想。这些都是好人,真心想要帮我。我为了追求自私的梦想连家人都愿意出卖,可在他们眼中我却是一个英雄。

学校老师和母亲对我成功的无视让我迫切渴望得到更多的认可，我知道自己这么想很没人性。我们之所以被邀请参加这场活动是因为我们都遭遇了不幸，活动的目的就是庆祝我们走出了泥潭。每次与人握手，我都更加清晰地回忆起曾经的心酸，正是曾经的悲惨让我得到了这一奖项。从此以后，我再也没有立场对不幸耿耿于怀，因为我们已经成了战无不胜的英雄。

活动结束，我去见了凯特博士。她把我引荐给一位朋友，据说是一位金融家，在西村拥有一栋超大的房子，甚至申请了两个门牌号。返回因特洛肯之前，我去她家拜访，给我开门的是管家。管家带我进了通往露台的电梯，我终于见到了金融家本尊。她从专门存放瓶装水的冰箱里拿出一瓶水递给我，我坐下来，给她讲述了事先精心准备的人生故事。听了我的故事，她拿出支票本，给我开具了一张超出我想象金额的支票。她说大学期间她愿意资助我，每个月都会给我打零花钱。"你不用不好意思，有一天你能帮助他人的时候，我希望你也能这么做。"她说。

我拿着那张支票走去停车场，整个人都是蒙的，眼泪一直在流，内心充满了感激。我此刻的心情不仅仅是感激，终于有人愿意送我礼物，我终于证明了自己，这才是我一直渴望的东西，才是我望眼欲穿的一切。所有苦难都结束了，我告诉自己，现在我成了哈佛大学学子。可是，为什么我内心的沉重感还是挥之不去？

我终于来到位于剑桥市的哈佛大学，这次是来参加准新生的开放日活动。我惊喜地发现哈佛大学的招生办公室是一个设备齐全的套间，墙上贴着壁纸，地上铺着地毯，跟我噩梦中看到的审讯室完全不同。办理登记时，学校给每个人都发了T恤，招生办的老师还跟我握了手，我万万没想到她竟然记得我是谁。

我跟着一大群准新生跑了好几个地方,参加了好几项活动。一个男生问大家,"你们都想好去哪儿了吗?"我看了他一眼,他的短裤已经褪色,看来他的社工已经很久没带他买衣服了。

"耶鲁大学。"一位金色头发的男生回答道。那两个家伙都穿着棕色一脚蹬皮鞋,样式非常丑。

"普林斯顿大学或是耶鲁大学。"棕色皮肤的女生开了口,她很瘦,锁骨沟的地方挂着一颗珍珠。

"我肯定是来哈佛大学。"穿着背心裙的姑娘说,听到她的话,另一位穿着质地粗糙的运动衫的姑娘点了点头,我也跟着点了点头。

最开始提问的那个家伙也给出了自己的答案,"嗯,我想去麻省理工。"

其他几位被名牌大学录取的学子和这位麻省理工男就未来的想法展开了更为深入的讨论,我和另外两个姑娘被冷落在了一边。

我努力压抑内心的不快。

"你是哪里人?"穿背心裙的姑娘问我。我低下头,看到她脚上也穿着一脚蹬,又看了看自己的鞋——破烂不堪的黑色帆布鞋,要不是缠着黑色胶带,估计早就散了架。

"明尼苏达。"

"老天,是吗?"另一位姑娘一脸惊讶,"我也是明尼苏达人!我在布雷克上学,你在哪儿?"

我不知道该怎么回答这个问题,我不知道自己究竟算是读过三所中学还是六所,具体要看什么标准?不过我马上想起自己即将毕业的这所,于是坦然地答道,"我读的是寄宿学校。"

穿着背心裙的姑娘一下子来了精神,"我读的也是寄宿学校!在麻省。"

"真是不可思议，我们竟然有这么多共同点。"明尼苏达姑娘总结道。

我已经做好准备，想着她们会问我学业能力测试的成绩，我们现在俨然已经成了朋友。我其实有点不好意思，毕竟总分2400，而我只考了2190，也就是哈佛大学录取的平均分，而且这个平均分的分母还包括很多体育特长生。

明尼苏达的姑娘走到我跟前，"那你是怎么被哈佛大学录取的？"她问我，"是因为你的特殊经历吗？"

我整个人僵在那里。

我是怎么被录取的？出卖了自己的人生故事，然后又刻意掩盖了曾经犯过的错误？此刻的尴尬或许就是我未来要付出的代价。我竟然从没想过会有同学对此好奇。

我想好怎么回答了。"我写了一篇东西。"

"你写了什么？"穿着背心裙的姑娘问我。

"我父亲做了变性手术。"我脱口而出，可马上就后悔了，担心她们太过好奇，揪着这个话题不放。

"天啊，简直太疯狂了！"她的语气虽惊讶却不失礼貌。她又转向另一边问另一位姑娘，"你呢？"

"我在非洲创办了一家非营利机构。"

"老天，我也是！"

她俩加快了脚步，越说越兴奋，把我甩在了身后。

我手里攥着一瓶水，瓶口的设计非常奇特。我真想把瓶子扔进街心花园，我的心在咆哮，为什么我就没在非洲创办一家非营利机构呢？高中阶段我都在忙什么？我是不是有什么毛病啊？

明尼苏达和寄宿学校的两个姑娘越走越近，似乎已经成了好朋友。我被甩开了一段距离，从我的角度看，她俩很像我在卫理公会医院遇到的那些病得不太严重的姑娘。我明白了，我未来的同学都不会只在乎书本知识，他们还都掌握了必备的社交礼仪，讲究穿"船鞋"，戴四叶草形状的项链，还会用"楠塔基特岛红"这样的表达，而我却对此一无所知。大学还没开始，我却已经感受到了等级差异，内心的压力丝毫不亚于申请时的焦虑。

我走进四方院，这里正在举行社团招募活动，首先映入眼帘的是茵茵绿地，跟明信片上的一模一样。这里摆了好多展示台，正在为几百个俱乐部和学生社团做宣传。我可以加入学生报社，每星期花四十个小时为报纸撰稿，也可以参加赛艇队，还有医学预科协会、全球卫生论坛、法语俱乐部、法语人学会。我在所有展台都留下了自己的联系邮箱。

每一次留下邮箱，我都会燃起新的希望。之前我的空虚一直被复杂的申请流程填补，待到尘埃落定，再现的空虚也一定会有办法驱散。再过几个月我就要开始充实的大学生活了，每天都要转战于课堂、会议和宿舍之间，我一定不会辜负哈佛大学的期望，它们选择了我，给了我重生的机会，我一定会成为它们心目中合格的人才。

我很快长了记性，再有人问我是怎么考上哈佛大学的，我就回答说，"我获得了一个全国写作大奖，你是怎么进来的？"

我在脸书上与珍妮"结婚"的消息一出，竟然得到了一百多个赞，对我来说属于前所未有的关注度。我俩曾在冻结旋律咖啡店外面伴着麦莉·赛勒斯的《美国派对》翩翩起舞，听到网络歌曲《让我看看你的全部》时，我俩能不约而同地唱出全部歌词，还有比我们更登对的人吗？我俩虽然都是怪咖,但也算怪到了一起。

没过多久,我在脸书上收到一条消息。我记得当初忙着大学申请时米歇尔曾经请求过加我好友,当时我没有多想就通过了。她发的每条消息,我那三百七十八名好友都能看到:"我看你个人信息的部分填写的是已婚,我希望你是不小心写错了。"

我和米歇尔上一次联系还是在一月份,我邀请她参加网络直播的《红色手推车》的阅读活动。给她发消息时,我在落款处写的是"爱你的女儿",却依然没有收到她的回应。

我越想越气。之前,我一直因为没人在乎我考上哈佛大学而失望,但还真没想过米歇尔。直到看到她在脸书上给我的留言,我才意识到她似乎也没觉得考上哈佛大学有什么了不起。

我怒气冲冲地敲打着键盘,"我考上哈佛大学你无动于衷,倒是对这件事挺感兴趣。"

我真希望她永远不要跟我联系,因为我想过平静的日子。这么多年过去了,我一直以为只要能取得成就,就一定能赢得大人的关爱。而现在,即使我放大招考上了哈佛大学,他们依然无动于衷。我已经不抱任何幻想,我所渴望的关爱他们都不会给。想到这个,我再次陷入痛苦。

又过了一个星期,我收到米歇尔发来的一则很长的留言。"亲爱的,从你降生到这个世界起我就从未停止过对你的爱。"这是她留下的第一句话,随后又解释说当初他以为自己不孕不育,这件事母亲也跟我说过,米歇尔并没想过生儿育女,但也没有坚持避孕。现在,听到当事人亲口表达出这个意思,那感觉依旧很伤人。米歇尔一直没想要我这个女儿,竟然还用这个理由为自己的缺席开脱。

她说她要为自己犯下的"很多过错"跟我道歉,虽然她没有说具体是什么错，但她的道歉已经超出了我的预期。我想或许接下来她会认可我的努力和成功了，然而并没有。她说失去我的监护权让她无比痛苦，再加上我后来不愿意跟她说话，更是让她心如刀绞。她列举了我给她造成的各种伤害：她说自己不顾法院禁令在我不知情的情况下来学校看我，结果我却身在他方；她还说帮我申请了邮箱账号，嘱咐老师转达给我，可我却从来没用过。"对我来说，你是我的全部，可你却一再拒我于千里之外。"她说我伤了她的心，伤痛至今未能愈合。她还说理性来讲，她知道我还是个孩子，不应该怪我，"但是情感上，就是觉得你抛弃和背叛了我，令我苦不堪言。"

"我也只有十七岁，确实还是个孩子。"我非常愤怒，跟她说我会把她移出好友列表。虽然有点内疚，但我还是告诉自己必须这样做。

我苦笑着把米歇尔发给我的消息读给珍妮听，"简直要笑死了，竟然对我考上哈佛大学的事只字不提？"

现在我关心的就只有这一件事。

珍妮停下拉扯手链的动作，"埃米，你没事吧？"

"嗯，我当然没事，我能有什么事？"米歇尔的这条留言已经充分说明父亲对我而言毫无意义，申请大学时我已经发挥了"她"的功能，申请霍雷肖·阿尔杰奖学金时更是将其发挥到了极致。"我觉得有一个不正常的家长已经够了，如果两个家长都这样，我真的承受不来。"

"我真替你难过。"

"无所谓了，"我说，"反正我要去哈佛大学了。"我知道即使去了哈佛大学也解决不了内心的痛苦，但现在，除了哈佛大学，我的确一无所有。

第二天上午我再次接到写作大赛组委会的电话，电话那头的女士似乎有点紧张，她说要跟我确认一下，可不可以把我的文章和其他得奖文章一起放到网上。

我觉得她的语气很不寻常，便问她说，"为什么问我这个？"

"嗯，因为你的文章涉及很多个人隐私。"

怪不得，我心里琢磨。除了《炒蛋》，我还提交了另一篇文章，题目是《雷鸟》，讲述的是我和抗抑郁药物的关系。之后又提交了一篇，写的是母亲犯罪现场摄影师的工作，还有她听到我中学遭遇性侵时做出的反应。生活中我不愿讨论这些话题，却很喜欢将其融入我的艺术创作。我只会为自己的创作技艺感到骄傲，却不会因为里面的内容感到羞耻。最终，虽然得到了我的确认，也获得了母亲的许可，组办方还是决定撤下了那篇关于性侵的文章，他们给我的解释是内容"过于敏感"。想到这个，我也颇为后悔，虽然这些文章让我赢得了一万美元的奖金，但我也希望当初那些事情没有留下任何痕迹。现在我已经学乖了，再也不会无所顾忌地开口。几个星期以后，有关媒体因我得奖一事要对我进行采访，因特洛肯的宣传部门千叮咛万嘱咐，告诉我不要提及我的家庭以及文章的内容。"你只说跟比赛和得奖有关的内容，其他的都不要讲。"我点头表示同意，在心里默默明确了哪些可以透露，哪些要保持缄默。

"接电话时如果你保持微笑，对方也能感受到你的友善。"学校负责宣传营销的人一边把电话递给我，一边对我说。电话那头是《特拉韦尔斯城市鹰眼报》的记者，像煞有介事地想把我的故事写成一篇抓人眼球的报道。我先是表达了感激之情，之后又扯了一些无关痛痒的内容，介绍了自己最近赢得的三千美元，用以资助我参加英格兰北部罗马遗迹的挖掘项目。有了这笔资助，再加上组委会的其他奖金，整个夏天我都可以在欧洲背包旅行了。到了那儿，应该不会再有人因为我未成年而拒绝帮我办理入住。第一站我要去德国，看望夏洛特。

采访进行了十五分钟，我成功绕过了关于家人和过往的所有话题。我在心里琢磨，未来的人生，我也能成功绕过这些话题吗？

报道出来了，我看到寡淡无味的文字旁边配了一张我穿着幸运灰色毛衣开衫的照片，悬着的心这才放下。再后来，我又接受了几家当地报社的采访，似乎一切都很顺利。可是，有一天，我突然收到母亲的邮件，她说同事都在传阅《圣保罗先锋报》上的一篇文章。我不知道她是什么意思，采访时我并没有说错话，都是按照想好的脚本回答的问题啊！

我看到报道中提到了"我对处方药物产生了依赖，戒药的过程无比痛苦"。很明显，那位记者读了我的参赛文章，竟然说"我对处方药物产生了依赖"，这真让我无地自容，当天早上我确实刚刚吃了药。

我疲惫地走回宿舍，浑身汗毛竖立。我从书桌上抓起剪刀，径直进了洗手间。我靠在洗脸盆前，贴着发根把头发剪短。我已经厌倦做个乖乖女，我本来就是个两面派，既然已经暴露，还装什么装？我又拽起一绺头发，费了好大力气将其剪断。

如果我想过上幸福的生活，如果我想大有可为，单凭对着电话微笑根本无济于事，我要做出真正的改变，我要变成另外一个人，配得上自己的天赋。第一次跟凯特博士写信时，我不是就已经想通了吗？每发出一份申请材料，我的想法就更坚定一分。那时候我还不知道自己在做什么，那时候我还太年轻，还不到十七岁。但现在我已经十七岁半了，即将成人。既然大家想知道真相，那我也不打算再隐瞒。

我想好了，高中毕业我就戒掉抗抑郁的药。我一直假装自己成功，承诺会战胜所有困难，我至少要为之付出实质性的努力啊！

十九

自从官方发布了我的获奖消息,我在学校的人气可以说是一路飙升。我把头发剪短,还做了脱色处理,再加上我骨感的身材,大家都觉得我与饶舌歌手埃米纳姆有几分神似。在毕业纪念册上,我被誉为"最红潮人"。我说服了珍妮跟我骑着双人自行车去马基纳克岛毕业旅行。我在前面把握方向,虽然我一直告诉她不必担心,可我们还是撞上了一辆搞笑的老爷车。最后,在因特洛肯的毕业舞会上,我俩先是在水上公园的舞厅跳了一会儿舞,然后又去打了保龄球。我穿着"AA 美国服饰"的紧身裤,梳着杀马特的发型,肥大的 T 恤下面连胸衣也没穿。

安妮特特意飞过来参加我的毕业典礼,母亲本想在安妮特的房间蹭一晚,结果安妮特又给她单开了一间房。该去领毕业长袍了,一开始我跟珍妮并不着急,结果等我俩去的时候,就只剩下 XXL 码了,袍子穿在身上简直滑稽。我和珍妮在房间拍了很多照片,然后又伴着《让我看看你的全部》这首歌跳了最后一支舞。

毕业典礼结束后我一头扎进珍妮的怀抱,我不知道自己之后会多想她，但我真的很想。我们都是正常人，她是我最好的朋友，也是我脸书上认证的"老婆"，她伴我走过了大学申请的起起落落，见证了我的自我伤害。现在，我们将永远地分开了，她再也不会睡在我旁边了。

"反正你知道去哪能找到我。"她说。我当然知道，不论我什么时候需要她，她都会坐在厨房的餐桌上，一边拉扯自己的手链，一边疯狂地在脸书上给我回消息。

写作大赛颁奖典礼前的两个星期，我一直待在安妮特家。自从戒掉药后，我感觉自己像是没了电的电动牙刷，完全失去了活力，每天晚上都会睡上十二个小时。安妮特似乎完全没有留意到我精神的落魄，每天坚持带我出去遛弯，还特意帮我准备了健康餐食。时间一天天地过去，我越发觉得自己像个骗子。

安妮特说我领奖时一定要精精神神的，所以带我去理发店把我的头发好好修剪了一番，然后又带我转遍了西南区的商场，想给我买一件漂亮裙子。安妮特并不在意所谓的时尚，但她对衣服的要求很高，既不能太老气，又不能太幼稚；既不能太短，又不能太拘谨，还不能是黑色。总之，我穿上它必须尽显青春活力。最终，我们在清仓处理的货架上找到一条CK的裙子，绿色的，很修身，只剩下最后一件了。

"你试一下。"安妮特一边说一边把衣架递给我。

我穿上裙子，她和我一起站在镜子前，仔细打量着镜子里的我。深V的领口凸显了我脖子的线条和突出的锁骨，整体非常修身，从腰部非常贴合地延伸到膝盖。我踮起脚尖，这裙子显得我又瘦又高，我揉搓了几下头发，尽量让它们蓬松起来，不要趴在头皮上。

"完美，就是它了。"安妮特非常满意，我也很满意，这就是我幻想中优秀学子该有的模样。"现在就差一双鞋了。"我们在美国商场找到了一双十五厘米高的坡跟鞋。安妮特开始有点不以为然,不过还是耸耸肩说道,"反正你年轻,这鞋子挺好玩的,咱们就买吧,关键是我实在逛不动了。"

我把鞋子翻过来,看了一眼鞋底贴着的价签。

"看这个干吗?不用你付钱。"她一边说一边抢过鞋盒,帮我做了决定。

当天晚上,我坐在安妮特家的地板上,东西被我摆了一地,我得好好想想,哪些要放进背包带走,哪些可以先留在她家。

"要是你不用走就好了。"安妮特站在门口对我说。

"我一直想去欧洲看看,"我一边说一边把一件T恤卷成卷儿,"再说了,我在这儿也没地方待。"她确实说不出我还有什么其他选择。我不能待在她这儿,七月份她的亲家要来拜访,她得忙着招待他们一家。我现在只有十七岁,所以还不能自己租房子。到了欧洲就没关系了,他们根本不会在意我的年龄,我可以随便找个青年旅社住下。我已经攒了一些钱,也想看看外面的世界。

"出门在外,遇到危险了怎么办?你一个姑娘,连个伴儿都没有。"

"欧洲国家不允许私人持枪,不像咱们这儿。再说了,我那儿也有一个朋友,见过她后我就去参加挖掘罗马遗迹的项目,就在古罗马帝王哈德良城墙的附近。"

安妮特抱着肩膀看着我,看我已经收拾好一箱杂志和一箱毛衣,她便把箱子搬走,放在了她衣柜靠里面的地方。"你妈真是疯了,竟然同意你一个人出远门。"

按照事先说好的,母亲也要前往纽约,可安妮特还是坚持开车送我去机场,她说怕我晚了错过航班。办理登机手续时,她塞到我手里五百美元,都是二十美元面值的纸钞。

"这钱不多,"她说,"你给自己买点好东西。那条裙子特别漂亮,好好享受颁奖典礼。还有,一个人出门一定要注意安全。"

我与她拥抱着道别,看着她离去的背影,我的眼泪抑制不住地往下流。忽然,她转回头对我说,"你别忘了给我打电话,告诉我你妈妈有没有赶上飞机!"

我和母亲终于在奢华的酒店房间重聚了。我俩一路游玩,她帮我拍了很多照片,作为回报,我陪她参观了《纽约客》报社,并在布莱恩公园给她朗读了我创作的诗歌。我们去了先锋广场的梅西百货,母亲前后七次发表感慨,称其为"全世界最大的百货商场"。她在那儿买了一件衬衣,准备参加完颁奖典礼后再回来退掉。凯特博士也来参加了我的颁奖典礼。

颁奖活动在卡耐基中心举行。我走上台,低下头,一位评委把金质奖牌挂在我的脖子上,沉甸甸的,让我心里格外满足。一位演员朗读了我写的《炒蛋》中关于米歇尔的一段文字,观众一会儿发出感慨,一会儿发出笑声,最后竟然集体为我鼓掌。我想,感动他们的不是文字,而是我本人。

颁奖典礼后,主办方又为捐资人举办了一场晚会,我微笑着与每个人畅谈。一位《纽约观察报》的记者采访我时,我滔滔不绝地讲了自己的暑假计划,告诉他我要去欧洲旅行,还想再创作几部新的作品。一位西装革履的男士朝我走了过来,"我读过你的作品,"他说,"你写得很大胆。"

"除了这些秘密我一无所有。"我这样回答。我的这些秘密很快就被收录进了《2010年青少年优秀作品集》。我与他谈笑风生,对方给了我一张名片,表示有任何需要,我可以直接联系他帮忙。他离开后,我看了一眼他的职务:学术书籍出版社的首席执行官。我环顾四周,看到母亲正手势夸张地跟人夸奖自己的女儿"多么聪明",她的确很会扮演这种为女儿骄傲的母亲角色。我穿着之前买的绿色裙子,胸前挂着奖牌,现在的我称得上是个合格的女儿了吧。

五天后我登上了飞往欧洲的飞机。飞机飞过大西洋,我裹紧身上的灰色毛衣开衫,激动得浑身发抖。我兴奋得睡不着:终于出国了。我所有家当都在背包里,但这次的感觉与以往截然不同。以前,我是无家可归的流浪儿;现在,我是勇敢的背包客。我身上带着母亲签了字的情况说明,内容就是她同意我去自己想去的地方。如果有人需要确认,也可以给她单位打电话,或是上她单位网站搜索"道恩的女儿荣获重要奖项"的新闻,到时候就什么都明白了。

再过九个小时我就能见到夏洛特了,我曾无数次想象她的样子,光滑的皮肤,蓬松的头发,还有她目视远方的神态,仿佛在心里默念着诗歌。我只能在她那儿待四天,但应该足够我们和好如初了。现在我可以把我的一切都告诉她:关于我的母亲和她攒破烂的毛病,当然还有我对她的思念。坐着长途大巴赶路时,从别人的沙发上醒来时,委屈地在自己车上入睡时,我无时无刻不在想念她。

我赶到了弗莱堡火车站,一位头发及肩的姑娘站在了我的面前,我认出了那件熟悉的毛衣,"夏洛特!"

"你的头发怎么了?"她用法语问我,我不好意思地摸了摸脑袋。

我希望夏洛特喜欢我的新形象,这算是我的出柜方式,但我并不知道她会怎么想。我也看着她的头发——传统的长发,我不知道自己该不该从中解读出其他意思。我俩拥抱的感觉似乎有点别扭。

我竟然想过跟她在古老的教堂前卿卿我我。

第二天一早,我们出发去了柏林。我俩之前一直用法语沟通,可这次不知为何,不到一个小时竟不知不觉地换成了英语,那感觉很奇怪,也很别扭。现在,她无论说什么我都可以毫不费力地理解,我俩之间的神秘感一下子荡然无存了。

"不要让人听到你在说英语,"夏洛特低声对我说,"否则他们该知道咱们是美国人了。"

"你为什么不想让人知道你是美国人?"我问。

"因为那样的话,他们会觉得我们很无知。"她抱着肩膀回答我。她竟然在乎陌生人对她的想法,这一点我表示无法苟同,不过欧洲人真的很酷,其实我内心也在打鼓。

终于到了柏林,我感慨万千。"我们仿佛走进了宜家,只不过所有标识用的都是德语,每个单词都巨长无比。"

夏洛特摇摇头,表示无法认同我的说法,"这么大一个国家,你竟然说像宜家。"

"我超爱宜家的。"自从美国商场对面开了一家宜家后,周末下午我和母亲经常去那儿蹭空调。看到宜家设计的每个房间都小巧而精致,大大超出了我俩的认知,生活在里面何异于生活在设计精美的盒子里?当然,母亲最爱的还是宜家的瑞典肉丸。

"你真够无知的。"夏洛特揶揄我道。

我当然无知了,在夏洛特眼中,我不会和戴夫与简给我的感觉一样吧？有那么一瞬间，我有点恨她，就像当初痛恨卫理公会医院的那些姑娘。我憎恶她能就读文科大学，憎恶她拥有的人生，她能跟父母住在一起，有一个完美的家，还有一箱箱的书，她特意从学校寄回了欧洲。

"你没过过苦日子，所以不懂。"我有点气急败坏。

"我又不用跟那些资本主义的蠢猪做同学。"她也毫不示弱。她的话让我无法接受，难道只是因为我考上了哈佛大学，就成了压迫阶级吗？我虽然心里这么想，但嘴上并没反驳，担心她说的是事实。毕竟，我已经开始盘算有朝一日要住进玻璃幕墙的摩天大楼，要拥有一间自己的公寓，像宜家的样板间一样，打理得一尘不染。我无法做到跟她一样纯粹，她一心一意只想献身艺术，哪怕每天靠面包和奶酪度日也无所谓。我已经想清楚了，她有崇高的追求，而我没有，这也正是我欣赏爱慕她的原因。

我俩步行着回到青年旅社，其间什么话也没说。

在柏林的那几天，我收到了一封邮件，哈佛大学说可以给我提供一年空档年，其间可以安排我在迪士尼实习。我之前一直想出国，还申请了美国国务院的一个项目，希望能出国一个暑假或一年学习一门语言，只可惜没能申请下来。没想到，哈佛大学的招生处知道我的想法，所以看到有这个机会就想到了我。如果我还想延期一年入校，这倒是个不错的机会。

"你猜怎么了？"我兴致勃勃地告诉夏洛特邮件的内容，招生老师竟然记得我，还知道我想出国看看。当然，对方肯定相信我能在迪士尼这样的地方大有作为。

夏洛特哼了一声，"迪士尼？我想不到你竟然愿意去这么邪恶的地方干活，你到底还是不是我认识的埃米？"

"我也觉得你很陌生！"

"我回去睡觉了。"

我看着她转身离去的背影，心里暗自琢磨，之前我们一直说法语，是不是就是因为这个，我俩之间才始终有种神秘感？而事实上，我们对彼此并不了解。两年前，躺在我的床上，她曾经跟我说过她不知道自己究竟是谁，我当时的回答是无论你是谁，我都不介意。我的回答或许没错，只是那时还没有意识到回答的深意：我不仅不介意，甚至不在意。只有一无所知，我才可以把她想象成理想的模样。

四天的相处很快步入尾声，我没想到与她告别时，我并没有丝毫的难过，反倒感到一种轻松。见到她，我会想起自己所有的不堪，想起自己贸然闯进凯莉的办公室，想起自己给各科老师疯狂地发邮件，想起自己近乎强买强卖地住进别人家。

夏洛特乘坐的火车启动了，看着渐渐远去的火车，我长舒了一口气：终于又剩下我一个人了，我已经习惯了一个人的日子。

我一个人在欧洲游荡，所见所闻都令我叹为观止。为了省钱，我大多时候都是靠面包为生，有时吃点奶酪。我也喝了好多当地的啤酒，因为价格比瓶装水还便宜。游历期间，我只吐过两三次。

每隔几天我就会给母亲写封邮件，不过她似乎并不在乎我走到哪儿了，仿佛知道我可以周全应对。我身上只有几千美元，要是整个暑假都待在法国，钱肯定不够，于是，我搭乘时尚的红皮火车去了慕尼黑，然后又坐了一趟苏联时期的老式火车去了布拉格。与夏洛特仅分开了一个星期，我却已经坐上了开往布达佩斯的大巴，车窗外是波光粼粼的多瑙河。我相信从此以后，我的人生将见证无数奇迹，每一个都会令我唏嘘不已。

我入住的十一美元一晚的旅社是一栋古老建筑,空荡荡的,要穿过一个院落和一条黑咕隆咚的走廊,而我却觉得它别有一番沧桑韵味。两位工作人员正坐在厨房抽烟,办完入住手续后我走进房间,把东西放在自己的铺位上,房间里并没有其他房客。我出门去看了由考麦克·麦卡锡的小说改编的电影《路》。

我怀里抱着一瓶啤酒,电影里一位男子带着十岁的儿子在世界末日般的荒野中艰难跋涉。那位父亲开始不断咳嗽,我再也忍不住自己的眼泪,他的咳嗽声让我想起自己中学时也咳嗽了一年之久。父子俩唯一的希望就是走去海边,只有这样才能有一线生机。父亲腰间别着一把枪,里面还有两颗子弹,这也让我想起当初想要自杀的自己,所以越发泣不成声,进而又联想到自己的悲惨过往,以及我想尽办法也要改变的痛苦人生。

电影的最后,父子俩终于找到了大海,可不到十分钟,父亲还是不幸地离开了人世。

我用手捂着脸,不敢直视屏幕,镜头里那孩子的感觉对我来说并不陌生,我也曾一次又一次地失去爱我的人。我的身体随着每次抽泣前后晃动,我把两条腿拿上来蜷缩在胸前。故事结局已定,必定悲惨,毫无希望可言。

最后五分钟,画面中突然出现了一个满身尘土的男人,那孩子肯定吓坏了,拔出父亲腰间的手枪。来人好像并无恶意,还邀请孩子跟他一起往前走。

"我怎么知道你是好人还是坏人?"孩子问他。

"你没办法知道,"他回答,"只能冒险一试。"这句台词让我重新燃起了希望，或许结局还能逆转。距离影片结束还有两分钟，男孩见到了自己新的家人：妈妈、哥哥、姐姐，还有一条狗。新妈妈抚摸着他的脸颊，说他们之前一直跟在他身后，守护着他，希望他能加入这个大家庭。那孩子既恐惧又心痛，但生活还有希望，他还可以重新来过，重新寻找爱他的人。

电影结束，屏幕上开始出现了演职人员的名单。周围的观众纷纷站起身离开了影厅，只有我还沉浸在悲伤中不停哭泣，旁边的工作人员似乎并不在乎我的情感，已经开始清扫地面。回旅社的路上，我的内心再次被人性的力量所感动。眼里一直闪着泪光，模糊了街灯。不管身处怎样的绝境，只要心怀希望，人生就会有转机。这故事不是跟我的人生一模一样吗？我已经戒掉了阿得拉，已经连续九个月没有用刀片伤害自己，最后一次划伤自己还是被耶鲁大学拒绝时，在手腕上划出的字母Y。既然我在申请材料中把自己表现得那么坚强，我就不能言而无信。未来的日子一定会很美好，我将成为哈佛大学学子，不会再有人揪着我的过去不放。我的人生其实也还算幸运。

旅社里没有其他房客，厨房里只有我之前见到的那两个人。我找个角落里的椅子坐下，刚好把自己夹在书架和餐桌中间。

"你想喝点什么吗？"金头发的男士问我。

"不用了，我看电影时已经喝了一瓶啤酒。"这话一出，我和他俩都笑了：我听上去真是个好孩子。

"你确定吗？"深色头发的人再次跟我确认。我摇摇头。我们三人放松地聊了会儿天，然后金色头发的那位站起身，道了句，"我要出去买包烟。"

我对面的人跟我说他今年三十岁,来自塞尔维亚,这让我想起了安妮·莱波维兹关于战争的几幅摄影作品,我跟母亲看摄影展时见过。

"那你小时候是不是一直都在打仗?"我问。

"是啊,"他说着从桌上拿起香烟,抽出一根问我说,"你来一根吗?"我再次摇头。"那喝点什么?啤酒?大麻你吸吗?"那人跟我说到他的小时候,全家人费尽周折成功逃离了冲突。灯光绕过棚顶的吊扇洒落在他的眼睛上,让他看上去多了几分帅气,再加上他浓重的口音,竟然让他增加了几分神秘感。"你呢?"他问我,"你有什么故事吗?"

我有种受宠若惊的感觉,"我秋天就要去哈佛大学上大学了。"说这话时,我感到无尽的喜悦,未来似乎充满了希望。

那人微笑地看着我,把烟捻灭,"接吻吗?"他像是在征求我的意见。

我紧张得要命。当初伍兹医生问我喜不喜欢男生,我当时还不明就里,但现在知道她为什么这么问我了。虽然我留着一头短发,穿着男士牛仔裤和勃肯凉鞋,刻意搭配了一身奇装异服,但我也不能确定自己的性取向。我摘下眼镜,隔着桌子身体前倾,和他嘴唇相碰。我闻到他身上一股烟巴味,还能感觉到他的胡茬儿。

我后悔了,将身体退了回来。

他站起身,开始解自己的腰带。"我先去洗洗,我太脏了。"他笑着对我说。

我开始惶恐不安,"我只是想接吻,不想做别的。"

他站在我对面,比我高出一头,裤子已经解开。"为什么?"他有点不解,露出了参差不齐的牙齿。

我用颤抖的声音回答道,"我还是处女。"我端详着他的脸,想从中找到一丝怜悯的表情,或是任何能让我感到安慰的神情。

他朝我伸出手。

我想要挣脱出来，可身后的椅子撞到了墙上，前面的桌子挡住了我的去路。我心想，就算我闯过去，也很难跑过黑漆漆的走廊和楼梯，反而还会激起他更大的欲望。于是我想算了，他让我做什么我就做什么吧，只有那样我才更安全。

他太难闻了，我几乎要吐出来。是我自己选择这么做的，我告诉自己要保持冷静，是我自己选择这么做的。

但我无法继续假装这是自己的选择。"你就是个傻子，这一切都是你自找的。"我在心里骂自己。我开始眼冒金星，视线渐渐模糊。

我很想哭，想求他别对我这么粗暴，想告诉他让我做什么我都愿意，可是，我说不出话来，连呼吸都困难。他使劲按着我的脑袋，我一动也不动不了，口水糊在我的鼻子上，我感觉自己马上就要窒息了。

我努力扭动身体，想要挣脱这一切，可他却更加用力，并开始呻吟，于是我停止挣扎，担心他一怒之下把我杀了。我对自己的身体完全失去了控制，房间里充斥着他的淫词秽语。

他说他经历过战争，我就告诉他我马上要去读哈佛，我无法停止对自己的斥责，我就是活该，这一切都是我应得的报应。还有什么可挣扎的？这不本该是我的命运吗？我一动不动，任由对方摆布。

对方好像感觉到我放弃了挣扎，又让我喘了口气。

我不知道自己是怎么想的，一会儿斥责自己，一会儿又觉得一切都无所谓，但身体的疼痛无论如何也无法视而不见。我呼吸困难，已经严重缺氧，或许很快我就会昏厥，眼前越来越黑。上帝呀，都拿走吧（霍雷肖·阿尔杰奖学金、写作大奖、哈佛），我什么也不要了，我只想让眼前的一切尽快停止。

我看着他的脸,只能看见他的脸,希望看到他脸上的表情。他睁着眼睛,眉头紧锁,好像非常生气。我并没有满足他,我看着他,我们四目相对。

他摇摇头,轻蔑地笑了一声,整个人似乎也松弛了下来。他从我身后的架子上拿下一包纸巾,把自己擦干净,提上裤子,系好腰带。然后,又把一包纸巾扔到我脸上,说了句"对不起啦"。他特意装出幼稚的语气,仿佛是在嘲笑我。

我不明白他为什么要说对不起,我要接受他的道歉吗?我抽出几张纸巾,手指划过脸颊时才意识到自己流了许多眼泪。我哭了多久?我告诉自己要坚强,告诉自己忍住眼泪,可是我做不到,眼泪止不住地流下来。我觉得自己很羞耻,无论取得了多大成绩,我始终无法摆脱大人的支配。

强奸犯站在一旁,点燃一根香烟,狠狠地抽了一口,吞吐出大量烟雾。"你叫什么来着?"

这问题让我难过得要死,我真希望自己之前的自杀计划都实施了,这样我就不用忍受现在的欺辱了。

那人笑着掸掉烟灰,"开玩笑呢,我当然记得你的名字,埃米。"

我握紧拳头,我想跟他决一死战,或许他气急败坏之下会把我杀掉。之前我也打过架,在卫理公会医院时做过尝试。

那个男人说:"亲一个。"然后他俯下身,我亲了他。

另外一个人好像知道一切已经结束,应时地走了进来。我拼命擦掉裤子上的污秽,强奸犯闪到一旁,让他的朋友看了我一眼。二人相视一笑,心领神会地点了点头。

我站起身,冲过他们俩,跑回自己的房间。我用枕头蒙住头,心里默默祷告，希望他们不要再来纠缠我。

我躺在床上，用脸书给珍妮发了消息。"我现在真想一枪把自己打死……我都跟他说了，'我不想做别的'，但他还是解开了裤子拉链……我把头扭向一边，但是根本没用。上帝，真的太痛苦了。"我跟她说自己的喉咙差点儿就要炸裂了。

两个男人还在门外谈笑风生，我不敢离开，怕被他们看见。

手机显示珍妮在输入信息，我想象着她正坐在厨房的餐桌边，她妈妈坐在角落里，我冬天去她家时总是看到这幅画面。我真希望时间能回到一个月前，那时候我还在宿舍与珍妮无忧无虑地唱着《翘臀蜂腰》。

"埃米，埃米，可怜的埃米……我爱你，抱抱。我不是想说三道四，只想问你一个问题，如果你觉得自己是同性恋，为什么要亲那个男的？"

我蜷缩在床上，身体忍不住发抖。我把被子往上拽了拽，蒙住头。门外的两人竟然仿佛无事发生，又开始推杯换盏了。

"我也不知道自己究竟是谁。"我继续发着消息。我痛恨自己，恨自己以为自己是同性恋，恨自己剪短头发，恨自己奇装异服，恨自己穿着男式牛仔裤、运动内衣和难看的凉鞋，恨自己倾慕夏洛特。难道我是双性恋吗？想到这个，我更瞧不起自己，那何异于滥交？我的所作所为不恰好证明我是一个随便的人吗？

"听了你的遭遇我也很难过，但我觉得这件事或许可以告诉我们一个道理——不能见到貌似有趣的人就轻易动心，因为我们不了解对方的底细！"

然后，她又开始劝我，"别难过了，就把它当成你人生中又一个不幸……相信我，一切都会好的。"

我跟她说等下次有机会跟她视频，可她没再回我。她写给我的最后一句话是"我希望自己能有一个男朋友"。

第二天醒来，喉咙还是疼痛难忍，我担心自己再也说不了话了。我从枕头下面抽出笔记本电脑，轻手轻脚地离开旅社去了麦当劳。我给伍兹医生写了一封邮件，想咨询她的看法，我怕自己受到了伤害还不自知。

寄存柜的钥匙我怎么也找不到，很多东西都放在里面，有我的扎染背包、护照、衣服什么的。我随身带着的只有相机、电脑还有一点零钱。我在城市里瞎转，脑子完全是蒙的，一有机会我就打开电脑查看邮箱。霍雷肖·阿尔杰奖学金需要我提交资助表格；一家高中文学杂志称我的诗歌"充满了力量"，希望能够得到我的许可编辑发表；一位商业人士的助理问我地址，说是要给我寄送五件套的行李箱。不知道为什么，伍兹医生依然没有给我回信。

我想好了，我这就回旅社，找到钥匙，收拾好东西尽快离开。只要我不跟人说话，不轻易去厨房，我就不会有事。我走进阴森森的大楼，爬上楼梯，脚步的回声都令我不寒而栗。虽然刚刚临近傍晚，但走廊已经漆黑一片，我轻轻推开旅社大门，蹑手蹑脚地走向自己的房间。

我感觉他就在我身后跟着，甚至闻到了他的味道，我的心再次提到了嗓子眼。我打开房门，没想到他已经在里面等着我了。

…………

第二天，当我在另一家旅社醒来时，发现自己已经跑到了两千五百米以外，我完全想不起自己是怎么找到这儿的。我查阅邮箱，看到一封邮件，是强奸犯发来的，他让我给旅社写条评价，还发来一张照片，显示的时间是前一天夜里十一点三十分，照片中的他正笑着撬开我的寄存柜。

我走遍了布达佩斯，想找一台付费电话联系母亲，可是电话都用不了。我需要钱，需要很多硬币。于是，我从自动取款机取出现金，买了几罐健怡可乐把钱破开。我坐在地上，捧着可乐，一直流眼泪。我一直没跟人说话，嗓子疼得要命。我没有给母亲发邮件，也不能在麦当劳跟她视频说这件事，毕竟周围都是人。终于，我找到了一台好用的电话，联系上了心心念念的母亲。

"我就是一个人有点难过，"我哭了，但并没有跟她道出实情。我想跟她说，"我想你，想回家。"但电话里传来不苟言笑的女士语音，像是在用匈牙利语告诉我没时间了。我已经没有硬币可用，于是母亲给我发来邮件，让我拨打免费电话，还建议我去机场举个牌子，在上面写上"谁会说英语"。

接下来的一天，我依旧痛苦而绝望地在城里找电话，终于电话接通，我没忍住，把自己的遭遇一股脑地告诉了她。母亲说了很多安慰我的话，可电话亭对面的马路上断断续续传来汽车喇叭的刺耳动静。我塞了好多硬币，不舍得放下电话，只剩下最后几分钟了，我跟母亲说自己要离开布达佩斯去威尼斯看看。

"我听说威尼斯特别漂亮，"母亲说，语气还是一如既往地积极向上，"别忘了买点威尼斯特有的玻璃制品。"

又过了几个小时，我收到母亲发来的邮件，标题栏写的是"妈妈爱你！"邮件中，她说感谢我把自己的"不幸遭遇"告诉了她，还说"这不是你的错",是那个坏人"侵犯"了我,看到这里,我感到一丝释然,却依然难免心中的自责。"你就是一个孩子,不知道应该怎么应对。"她告诉我以后若再遇到这种事,就要"果断拒绝,马上离开"。她告诉我一定要拒绝,前前后后说了四遍,还提了好几次我看电影时不该喝酒,但我并未因此而怪她。

我觉得她说得有道理:我并没有拒绝,并没有直截了当地说"不",我甚至没有转身离开。当然,我的座位在墙角,而且事发突然,我还来不及反应。但就算我有所反应,真的有用吗?我之前听人说过,别人对你做什么不重要,重要的是你的反应。我觉得自己没能通过人生这一考验,我已经成功考入哈佛大学,却还是把自己搞得这么惨。当初那个在卫理公会医院跟护士打架的姑娘哪儿去了?为了不让自己看起来像个废物,她不是曾经拼尽全力地挣扎过吗?

我为什么要屈服?为什么不反抗?是我让他看到了可能性吗?没错,他是抓住了我的手,是对我使用了武力,是把我按住了让我动弹不得,是害得我差点窒息失去意识。他知道自己在做什么,他的英语很标准,甚至可能台词都彩排过,估计还跟朋友商量好了,否则对方怎么会一结束就回来了。没错,第二天他也瞄准好了时机等着我,我整个人完全失去了意识。但是,这些都不是理由,我就是应该反抗啊!

还有,哪怕担心自己被杀掉,哪怕是两个男的对付一个女的,我一点胜算也没有,但我还是应该勇敢、坚强啊!报纸上不都是这样评价我的吗?我宁可死也不应该让他羞辱我,不是吗?

母亲似乎已经原谅我了:"以后要长记性。"她告诉我以后再遇到这种事该如何应对,首先不要喝酒,哪怕是看电影的时候也不行,我必须时刻警惕,振作起来。"不要再自我放纵了,你要记得自己是谁!"

我知道她在模仿《超人总动员》里面的台词。之后，她又列举出我一大堆成就，说我很了不起，不要再为这件事难过了。

"无论什么困难你都能勇敢克服。"看到这句话，我心头一紧，想到那个人站在我旁边自慰的画面。"这次也不例外，找到方向，找回勇气，你依旧是个了不起的姑娘。"她引用了著名心理学家马莎·莱恩罕的话，我曾经接受过她发明的自我接纳疗法，"不要因为纠结而继续伤害自己！"

我离开那家旅社已经将近四十八个小时，可我每次吞咽，嗓子还是会有撕裂般的疼痛。不过，我确实应该走出阴霾，母亲说了，有朝一日，我的故事会帮助到其他人，或许这一切都是最好的安排。

到了晚上，我出门转了转，用脚丈量着这座城市。我站在著名的提拉桥上，看着下面湍流的多瑙河。之前有人跟我说过，只要坠落的速度足够快，所有的骨骼都会当场断裂。不过，我马上想到那些捐资人、安妮特和在我的录取通知书上签字的招生老师，"我衷心希望你能来我们这里就读。"

我有太多事要做，所以还不能死。我这样想着，一步步走下了提拉桥。

第二天，我站在广场，用拇指摩挲着护照封皮上的秃鹰图案。

这两天，母亲一直跟我保持邮件联系，来来回回写了好几封。她建议我去警察局，不过又马上改了主意，说担心那边的警察欺负我。她还建议我用生理盐水坚持漱口，提醒我如果三天后嗓子还疼，就要去看医生。她说我最好住到修道院，甚至让我联系夏洛特，让她收留我。在我看来，她唯一靠谱的建议就是让我去大使馆，于是，我朝着荷枪实弹的门卫走了过去。

"我只有十七岁,父母不在身边。"我一边哭一边说,总算过了门卫这关。接待我的是一位女士,她用手搂着我,害我差点喘不过来,"一个男的强迫我给他口交。"我弱弱地开了口。

我坐下来,啜泣不止,感觉自己好像一下子变小了,像个小孩子,我不喜欢这样的自己。我脸都哭肿了,眼皮也沉得抬不起来,所有家当都在我脚边的背包里。

一位身穿西服的男士走了过来,伸手想要扶住我,我下意识地躲了一下。他把我带到办公室,我看到墙上挂着两幅照片,分别是奥巴马总统和希拉里国务卿。我给了他母亲的电话,又从洗漱包里拿出伍兹医生的名片。

那人介绍说自己是丹,然后告诉我"报警没什么好处"。后来我才知道,美国国务院其实不太会帮助犯罪的受害者,要是我强奸了别人,它们或许会协助处理我的服罪事宜。即使匈牙利的法律对我有利,使馆也不可能帮我给当地警察做翻译。按照我的理解,他们认为那人对我犯下的罪行并不算严重,似乎也同意母亲的看法,认为这只是个错误:要是我果断拒绝,一切或许根本不会发生。

使馆唯一能帮我做的就是送我去看医生,然后第二天再把我送去机场,让我尽早回家。我没想到事情的结果是这样,甚至忘了即使回去美国,我也根本没有家。

那位参赞说送我回酒店,路上先带我去吃了晚餐。

"您不用带我吃饭!"我跟他说,"您回家吧。"

"我也得吃饭啊!"我们坐在街边的咖啡馆,他点了两份烤肉,我流露出战战兢兢的神情。

"你没事吧?"

"那个旅社就在这条街上。"

丹咬了咬牙,"幸好我不知道那旅社的名字,否则我真保不齐会……"我倒真希望他能问我旅社的名字,然后去找那个坏蛋算账。母亲在邮件中曾经说过,"要是有个哥哥或是爸爸在身边,直接收拾那人一顿就好了。"我想这或许是对我最好的交代了,一位陌生人为我挺身而出,说明我还值得同情和怜悯。

不过我马上意识到,使馆的人根本没有问我旅社名字的意思。

参赞让我答应他,在他来接我之前不要擅自离开房间。可是,我并不想回国,我对着手机发了半天呆,不知道能给谁打电话,只想到了因特洛肯。我给学生处处长留了个语音,不过马上就觉得自己这么做很蠢,她能帮我什么呢?我不是已经从因特洛肯毕业了吗?

我把相机拿到洗手间,把镜子里的自己记录了下来:我面部紧绷,肋骨突出,胸部特别小,与我的整体身材完全不符。我把相机放在地上,心里明白,未来很长一段时间我都会停止摄影,停止任何艺术创作,因为无论我想创作什么,都会想起那个可怕的夜晚。

我俯下身,把手指伸进喉咙,但手指刚刚接触到食管,疼痛就穿透了我的全身。我只呕了一下,便弯下腰不住地啜泣,可竟然一滴眼泪也没有。抠吐本来是我解压的途径,现在却丧失了功能,只会让我想起强奸的遭遇。

我突然意识到,长久以来,我的自我伤害与暴力有何区别呢?我再也不会抠吐了,真的,再也不会了。

我双手抓着洗脸盆的边缘,身体重心慢慢下沉,坐到了地上。我把额头顶在墙上,内心痛苦万分。抠吐是我唯一自我缓解的手段,虽然我知道它对我身体有害,但它的确无数次帮助过我,可是,从今以后它也无法陪伴我了。

表面上看,我似乎又战胜了自己的心魔,或许有一天,当我跟人讲述这段经历时,对方会对我说,你看,强奸也不是一点好处没有,对吧?毕竟,是那次的不幸让我摒弃了不好的习惯。在成年人眼中,自我伤害和遭遇他人伤害之间似乎没有明显的区别。从今以后,我必须照顾好自己,不能再自寻痛苦,否则,支离破碎的我不可能拥有美好的未来。

第二天,参赞开车把我送到机场。我坐在黑色车子的副驾驶位置,看着窗外宽广的道路。当天是星期六,又赶上国庆日的周末,我知道他本不必上班的,也不必穿着西服。

全程他一直在讲话,说他之前被派遣时,不幸遭遇了车祸,车祸中只有他和家人活了下来,其他人无一幸免。他说,"整整一年,我整个人都很颓废,内心充满了愧疚,因为只有我和家人活了下来。"他能跟我分享这个故事,我内心非常感激,不过始终还是觉得我跟他之间隔着一层玻璃,那玻璃隔开的不仅是我和他,还有我和所有人。

"我明白,我的车祸跟你的遭遇不可同日而语。"他说。他的眼神告诉我,他知道事情有多严重。虽然我想收回我说的话,想把整件事彻底忘掉,或是将其描述为一场事故,一个我犯下的错误,一个教训,但那一刻,一切都无比真实,已经无法被改写。

"过一段时间,"丹安慰我道,"你一觉醒来会感觉曾经的自己又回来了。"他说我的生活一定会回归正常。

可他不知道,我的人生从来就没有正常过,经过此事后更是难以回到从前,就连未来也将背离我的预期。一直以来,我从未停止过努力,以为只要我坚持，就一定能改写过去，就一定能找寻到幸福和安全。可如今，一切都变了。

丹把我送到达美航空的柜台，我花一千二百美元买了一张单程机票，价格高得让我不寒而栗，母亲之前说要帮我买机票，但我知道她不会。凯特博士的朋友给我的资助和写作大赛的奖金，竟然被我如此挥霍着。

丹临走前用匈牙利语跟一位安检人员说了一句话，"我让他不要对你太苛刻。"他跟我解释说。原来，我最后一秒购票的行为引起了机场方的警觉，所以他们一直拿着扫描仪在我身上扫来扫去，背包里的内裤也被他们检查了个遍，我买的所有纪念品也都被没收了。

"接下来你只需要做三件事，"丹提醒我拿好机票，"过安检、上飞机、占住座位，一切就搞定了。"

我点点头，想尽量表现得勇敢。我一直在默默哭泣，泪水在往心里流。我不想上飞机，想请求参赞不要让我回国。他那么和善，我不想跟他道别。

"记住了，占住座位哟！"

我和安妮特站在她家洗衣房门口，她问我，"你是怎么想的？"

母亲提前给她打了电话，一如既往地轻描淡写，问她我可不可以去她家住一段。虽然安妮特家里正在招待八位亲家，却还是答应收留我几天。

"埃米，你怎么想的？孤身一人去东欧？"

我握紧拳头，看着地毯，我知道她从一开始就不同意我自己出行，但当时我也没有别的办法啊！继续待在美国到处流浪吗？她说得没错，这种事早晚会发生，谁的男友或父亲，任何人都有可能伤害我，可能是在机场，也可能是在客房。

难道就因为我成功过，我就要永远成为楷模吗？如果有人伤害我，责任不在他人，就是因为我长久以来的脆弱吗？我看着自己的衣服在安妮特的洗衣机里翻滚，等到洗好烘干后，我把它们统统拿出来，毛衣、T恤和胸罩，都是遭受性侵时我穿在身上的衣服，我一件一件叠好，之后也曾反复拿出来穿过。我不知道自己这么做是抗压的表现，还是绝望的表现。

我抬头看着安妮特的脸，她一脸的不悦。多年后，她告诉我她当时不是在跟我生气，而是感到愧疚，她说自己对此负有责任，当初不该让我一个人出门。但我内心只觉得是我让她失望了。我没有为自己做任何辩解，我害怕失去这唯一的安身之所。

我去看了伍兹医生，她把身体凑近我，我下意识地躲闪到一边，心想她肯定又要说我一顿。

"我很抱歉，"她并没有数落我，"看到你这样，我真的很难过。"

她问我是否想过自杀。

"我不会自杀，"我回答说，虽然说这话时我心如刀绞，"我欠太多人太多东西，不能一死了之。"

"你能这么说我很欣慰。"她又问了我接下来会去哪儿。最后半个小时她对我说，"是这样的，我不知道对你有没有帮助，不过你如果需要的话，我可以帮你增加欣百达的剂量。"

自从回到美国，母亲对我的不幸遭遇只字未提。安妮特家的人实在太多了，于是住了一个星期后我又开始了漂泊。我坐上通往芝加哥的大巴，去那儿跟摄影夏令营的朋友住了一段时间，然后又去了密尔沃基，从那儿坐飞机投奔了拓扑学训练营的一位姑娘，再后来又飞回到英格兰，母亲坚持让我按计划参加罗马遗迹的挖掘项目。我觉得自己真的很难忍受同龄人，于是留言给哈佛大学，说我将晚一年报到，利用空档年在洛杉矶的迪士尼实习，具体的工作内容是归档开题报告。当然了，我也想趁这一年调整一下自己的状态。实习期间，我先是在长期住宿酒店住了一段时间，然后又搬去与十三个人同住，再后来又换了两个地方，直到最后与我在约会网站上遇到的一位二十七岁的男生住到了一起。里奥成了我的男朋友，他绝对是母亲心目中理想的女婿：个子高，有钱，最重要的是他是个男的。他什么事都管，从我吃什么（素食）到我头发的颜色（染成了明亮的颜色），他凡事都要过问。他总是义正词严地告诉我吃饭由他花钱，但我也得心怀感激。我终于有了成人的恋爱关系，这对我来说貌似是一个巨大的进步，每次对他有任何不满，我都会劝解自己是我反应过度了，让我生气的不是他的行为，而是我自己的过去。

虽然我迫切想要得到他的安慰，但我知道自己不能任性，我要面带微笑，要保持振作，不能心生怨恨，更不能内心崩溃。母亲一年来一直在给我发邮件，每次都夸我勇敢坚强、聪明能干。

二十

我终于来到了哈佛大学，拖着两个行李箱，背着从寄养家庭开始就一直陪着我的扎染背包，顶着一头蓝色头发。校园警察马不停蹄地指挥着斯巴鲁、保时捷等豪车停在临时停车场，身材苗条的妈妈们和活力十足的爸爸们来来回回地穿梭于宿舍楼门口，推出来很多塑料垃圾桶。目光所及之处看不到一个胖子，空气中散发着"康涅狄格州"的富有气息，我以前从来没把康州当回事，到了哈佛大学才见识了这个最富有的州的能量。

我的宿舍位于校园的最里边，长长的楼道灯火通明。同学的家长离开后，我和隔壁几个邻居聚在走廊地毯上聊天。我们这届新生有1600人，大都被安排住在历史悠久的庭院楼的套间里，都得和室友同住。整栋楼只有三十多个单间，还有几间作为预留没安排人住，万一有人读到一半精神出现问题，可以搬去单间以免干扰室友。基于上述原因，这种单间宿舍就获得了"神经病单间"的名号，大家都觉得很搞笑。（只有我担心自己是被预先隔离了。）

大家七嘴八舌，讨论为什么我们这些人能得此殊荣入住单间。"我觉得是因为我们独立。"一位阿卡贝拉歌手抢着回答，她说我们这栋楼里住了很多空档年的学生，还有参加以色列国防军的学生。其他人都点头称是，只有我抿着嘴在心里琢磨，用"独立"一词来形容十八岁的人能算是恭维吗？我一直渴望自由，并坚信大学就是通往自由的重要途径。可如今到了这儿，我才反应过来，我失去了很多：包括我本可以不独立的青春岁月。

我很幸运，住在这边的姑娘人都很好，大家来自不同地方，充分体现了哈佛大学招生的多样性：一个希腊姑娘、一个黑人姑娘、两个亚裔姑娘、一个中国香港姑娘（她的父母竟然远渡重洋送她来学校办理入住）、一个最开始说自己来自纽约，经过追问后又改口说自己来自新泽西的姑娘，最后还有我——一个蓝头发的姑娘。我们一共九个人，另外两位来自曼哈顿。

"你俩都是曼哈顿的吗？"我问。她们并排坐着，盘着腿。

"嗯，是的。我俩之前就认识。"金发的纽约姑娘说。

我差点儿惊掉下巴。大家从五湖四海聚到哈佛大学，九个人中竟然有两个之前就认识。

不过好像只有我感到惊讶，对面两个纽约人则非常自在地靠墙坐着，像从一生下来就知道自己能来哈佛大学似的。我环顾四周，心里琢磨这里会不会有人拥有跟我差不多的家庭背景。不过我马上缓过神来，即使有，人家也不可能表现出来。那些远比我富有的同学——全国百分之一最富有的人在我们年级的比例高达百分之四十，另外百分之六十是财富上稍显逊色的普通家庭，已经定下了社交的基调。即使身边有些家境一般的同学，我也不知道该如何分辨。我男朋友不让我参加新生周之前的宿管清洁活动,也不让我做勤工俭学,在他看来,读哈佛大学最大的意义就是认识重要的人物。想到这个,我赶紧抹去一脸惊讶,一定要给大家留下最好的第一印象。

一个姑娘说自己来自爱达荷州,我只知道该州盛产土豆,不过还是来了兴致,"你具体是爱达荷州哪里人?"问完我就后悔了,难道就因为她也来自偏远地区,我俩就成了一路人吗?

她回答说:"嗯,我高中读的是寄宿学校。"后来,当别人问我来自哪里时,我如法炮制,也说自己读的是寄宿学校,我对自己的反应非常满意。

…………

第二天,深色头发的曼哈顿姑娘维多利亚邀请我去了她的房间,我对自己的表现还算满意。我先是称赞她塑料收纳盒摆放得合理,然后小心翼翼地坐在她床上,生怕把她的被子弄乱了。

"我最喜欢咱们这个宿舍楼了,"她说,我点头表示赞同,"既有个人隐私,隔壁又有同学。"维多利亚说"隐私"一词的状态让我感觉她是个知名人士,必须时刻小心,否则随时可能被狗仔偷拍。

我一边把一缕深蓝色头发掖到耳后一边对她说:"我喜欢你房间的布置。"我的房间根本谈不上什么布置,地中间摆着一个塞得满满当当的行李箱,床垫上连床单都没有,只铺了一条大浴巾。

"谢谢亲爱的。"她微笑着露出洁白的牙齿,然后继续打开衣橱在里面翻找。

"你的衣服都搭配好了啊?"

"嗯，我基本上每季都买 J Crew 的衣服。"

"J Crew 是什么？"

"就是一家服装店。"维多利亚在我身边坐下，一直摆弄着项链上的珍珠，我注意到她耳朵上也戴着珍珠耳钉。后来她又开始摆弄右手上的婚戒，主动向我透露自己的家长是一位形象不太好的公众人物，读高中时就有报纸对她做过报道，还引起了一番热议。我点点头，倒是理解被曝光的困扰，之前就有文章说过我有"滥用处方药物"的毛病。我觉得我俩一定能成为朋友，毕竟都被媒体中伤过，应该会惺惺相惜。

维多利亚继续跟我诉苦，说自己每次用借记卡，别人都会看她姓什么，令她非常困扰。然而，我的注意力却全在她的指甲上，光滑闪亮，像精美的贝壳。我身后靠着维多利亚的枕头，枕套有精美的蕾丝花边，突然一股热浪涌了上来，我恶心得想吐，不知为何，那蕾丝花边竟然让我想起当初遗留在自己衣服上的精液。我无论如何也不会跟维多利亚提起我在布达佩斯的遭遇。如果我从来没有走进过那家旅社，或许我会跟她大概讲述我的简要经历，基本就是我申请哈佛大学时情况说明里的内容："我最开始住在寄养家庭，后来一段时间只能四处漂泊。嗯，对，没错，我很了不起！"我或许可以说服自己，我的故事很高尚，至少会很吸睛，大家似乎也都这么认为。但是，被强奸的遭遇似乎取代了之前发生的一切不幸，想到它，我唯一的感觉就是恶心：恶俗的人生、脏旧的衣服、偷来的帽子、大腿上的一道道疤痕，还有骨子里散发出来的贫穷。我真担心有人哪怕只是知道关于我的一件事，我所有的秘密都会被抖搂出来。到时候，我在他们眼中就会变成一条奇葩可怜虫。虽然我在申请材料中透露了很多不幸，但哈佛大学毕竟是一个信得过的地方，我不用担心自己的故事泄露。我要做的就是忘掉过去，一往无前地往前看。

"我回去了,我还没选课呢,"我解释说,不过心里清楚,回去之后我肯定会先跟男朋友视频通话,"再见了。"

"稍等一下,"她看见我站起身,赶紧对我说,"你能给我你的电话号码吗?方便的时候咱们一起去吃饭。"她笑起来牙齿洁白整齐,我没想到她竟然愿意跟我交朋友。

我松了一口气,离开了她的房间:整整二十分钟,我并没有暴露自己任何可耻的过去。我只要再坚持七十年,所有秘密就可以被我带进坟墓了。

2015级的全部新生在桑德斯剧院齐聚一堂,桑德斯剧院是哈佛大学最大的礼堂,头顶是奢华的吊灯和精美的穹顶,剧院历史悠久、意义非凡:温斯顿·丘吉尔、西奥多·罗斯福、马丁·路德·金和米哈伊尔·戈尔巴乔夫都曾在此发表过讲话。(学校介绍这些鼎鼎大名的人物时,我庆幸自己还听说过其中两位。)

一位校领导走上台,开口讲道:"初来大学很多人可能会感到不适应。"他说我们这届学生,即使是中等生也能做到身兼数职,担任三个协会的会长或体育队的队长都不成问题,几乎每个人都是高中的优秀毕业生。我越听越害怕,紧张地将手垫到了屁股底下,以免自己不自觉地啃指甲。他又继续道,数据显示,一半人成绩达不到平均分。大家开始打量彼此,我始终直视前方,知道自己肯定属于这拖后腿的后一半,还有什么必要东张西望。

"辛苦很正常。"领导总结道。活动结束,我一边排着队往外走,一边思忖着他的话:他最后这短短几个字虽然承认了辛苦的艰难,却又过于轻描淡写。我听说新英格兰地区的人都很信奉这句话,所以他们才会选择手拎挎包而不是双肩背包，才会选择粗呢行李袋而不是带轮的行李箱；下雨了，他们不会穿塑料雨衣，而是套上绿棕色的防雨棉外套。（"打野鸡时，这样的棉外套很方便。"一个同学这样跟我解释，我只觉得他们连兴趣爱好都很奇葩，打野鸡哪有爬山或是露营来得轻松。）他们锻炼的方式是在查尔斯河上划贵得离谱的赛艇。每次看到男生穿无袖背心，我心里都会琢磨：你的胳膊不冷吗？

在这个全新的世界，胜利笑容的背后掩藏了很多不幸，包括家人的毒瘾、高调的自杀以及金融诈骗。那些身材纤瘦的姑娘永远不会告诉你她们会如何保持身材（无论吃了多少苦，也都属于正常现象）。在哈佛大学，再也不会有人把我的雄心壮志视作病态，大家都认为在追求理想的路上忍受痛苦不过是家常便饭。

当天晚上，那位住在我们宿舍楼地下室的教授（号称我们的"学监"）也对我们讲了同样的话。其实不只是他，后来我们学生辅导小组的三位高年级同学也重复了同样的内容。经过一遍又一遍的重复，新生周提出的这一不成文的口号让我产生了不祥的预感。每当我觉得自己需要鼓励时，大家就会告诉我不要心存侥幸，接下来的四年会非常辛苦。

他们本可以给我们讲些其他道理，比如说"最难的还是考进哈佛大学"。类似的道理还有很多：平均分都是 A，哪怕是苛刻一点的老师也会给 A−；课上学的东西远不如偶尔遇见某个人对你的影响大；在哈佛大学读书，不太会不及格；对哈佛大学来说，最差的毕业生也能当个辅导学业能力测试的教师，收入也相当可观。这些话从来没人对我说过，大家似乎都心知肚明，只有我毫不知情。

终于考上了理想大学，终于找到了归属，但现实还是现实，我盼着能尽早见到自己的导师,他负责教我们新生写作课,本身还是位诗人,我想或许院长还记得我得了写作大奖,所以才给我分配了这样一位从事艺术创作的导师。我来到写作系办公室,见到了这位帅气的诗人。自从来到剑桥市,我见到了好多相貌姣好的人,和城市人数很不成比例,我对面的导师也同样英俊潇洒。他坐在一张敦实的木头桌子后面,递给我一篇文章:我一眼就认出那是我暑假期间完成的分级测试试卷。

"你发现什么问题了吗?"他问我。

我看了看,疑惑地摇摇头。

"我再给你点儿时间,你再看一遍。"

我想起自己在做这份限时试卷时,接了一通电话,打电话的是当地一所牙医学校,对方告诉我临时有位置,让我即刻过去把智齿拔了。所以,作答试卷后半部分时,我吃了止痛药,嘴里流着血,趴在迪士尼的办公桌上,一边答题还得一边填报开销报表。答题时间结束,我即刻给写作系办公室发了一封邮件,解释了自己的情况,申请参加补考,可却遭到了拒绝。

"看出来了吗?"导师问我,他的语气仍不失和善,迷人的绿色眼睛放着光。

我耸耸肩膀:当然有很多地方有问题了。导师开了口:"你这个句子写得不完整啊。"

"我发的是电子邮件。"我为自己辩解,但知道其实说什么都没用了。这里是哈佛大学,学校不会强迫任何人重修课程,导师补充说,重不重修我自己决定,但他表示,"这是我们见过的写得最差的作文。"

我心头一紧,他竟然用了"我们"一词,那也就是说系里的老师曾凑在一起讨论过我。哈佛大学的理念是告诉学生世界属于我们,但听到他的话我当即觉得自己的门被关上了。看来，我已经名声在外，这里的老师并未把我看成全国优秀的高中作家，甚至不是"那个蓝头发的姑娘"，而是哈佛大学有史以来写作最差劲的新生。

导师马上解释说，有很多学生会重修写作，"特别是那些背景特殊的学生"。按照我的理解，"背景特殊"指的是除了毕业于世界知名中学（拥有哈佛大学校友家长）的其他人，我知道这个定义很荒谬，但依然觉得自己很失败。

我看着导师的神情，默默告诉自己他没有恶意，他只是想帮助我。我甚至开始谴责自己的玻璃心，怎么总觉得别人在中伤自己，是不是过去的经历让我的心肠变硬了，总是抵触别人的好意。导师列出一大堆理由，解释说我为什么应该重修写作，说到最后，我觉得自己之前竟然能把单词攒成句子，简直就是奇迹！

"我不能再考一次吗？"我问他。

"现在已经来不及重考了，而且按照你这份试卷的表现，"他拿起试卷继续道，"重考也不一定能过。"

我闭上眼睛，血压直冲到头顶。智齿出现问题也不能怪我啊，父母从不关心我的口腔问题，从来没人定期带我去看牙科医生。我挣的是最低工资，收入微薄，很难支付手术费用。学校里都是富人，根本无法理解勉强度日的艰难，我怎么还敢指望他们为我提供真正的帮助？

我屈服了，答应重修写作。

新生周期间，同学们穿梭于各个教室，琢磨着该参加哪些课外活动，为未来的人生计划做好铺垫。我参加了一次医学预科协会的活动，教室里挤满了人，我看看周围，发现自己根本做不了医生：就算哈佛大学给学生的分数普遍偏高，但我跟那些国际科学竞赛的获奖者相比，根本一点竞争优势也没有。（再说了，准备医学院入学考试的五千美元课程费我都拿不出。）我渴望稳定的生活，渴望有一天能买得起牙科保险，于是，我决定考虑那些能为更现实的职业打基础的社团。我对智慧女性证券社团做了一些了解，社团可以安排团员免费前往奥马哈市与沃伦·巴菲特共进午餐。此外，我还打听了黑钻资本社团，据说团员要拿出一千美元作为投资基金。金融分析俱乐部的推介活动被安排在一间会议室，一位穿着漂亮毛衣的学姐用幻灯片介绍了俱乐部的组织架构。

当然，金融分析俱乐部也不是谁想进就能进的。跟大多数课外社团一样，这个俱乐部的申请流程长达一个学期，莫名其妙地说要"深入考察"。冗长烦琐的审查过程也是同学间彼此了解的过程，只有经过多轮筛选和长达四十小时的培训，再加上酒精和困倦的作用，这个有些类似邪教组织的成员才会围在一起，彼此掏心掏肺地讲述各自的身世，然后还要保证事后对此只字不提。经过如此一番操作，到了第二学期，你才能正式参加各种小组的活动，从而最终赢得选取股票、组织集会、主持考查的特权。屏幕上有一个三角形图表，顶点象征着最高级别，要想走到那儿，最起码也要进入俱乐部的董事会。届时，你才可以买上一件奢华的刺绣半拉链T恤，向别人展示你的身份和地位。

俱乐部所有福利中，衣服这件事最让我兴奋。只有外来的游客才会穿哈佛大学运动衫，我们这些真正的学子穿的都是印有专属社团名字的衣服：马球队有自己的露露柠檬外套，壁球队有统一的耐克背包，蜜蜂俱乐部成员脖子上的细链子上挂着昆虫形状的金吊坠。俱乐部专属的"休闲帽"前面点缀着神秘的徽章（不了解情况的话，很容易将其错当成普通的棒球帽）。

看到我头发的颜色，大家都认为我一定反对主流文化：我们这种人，只要可以搬离校园，一定会第一时间住进弥漫大麻味道的达德利社区；而事实证明他们的判断根本不对，我渴望帽子上的徽章，想要找到归属。如果不能被选中，那何异于遭到了排挤？我立即报名了金融分析俱乐部，整个秋季学期，我每个星期日早上都赶去亚当斯大楼旁边的温室房报到，早午餐的工夫，大三学姐艾米会考查大家对当周商业新闻的了解，每个人都表现得非常踊跃，希望自己配得上手中华夫饼上印着的"哈佛"两个字。

新生周终于结束了，我和好几个邻居挤在公共卫生间里精心打扮，盼着能出门亮个相。新生宿舍楼严禁饮酒，高年级宿舍管得也很严，因此社交活动都选在了只有男生能参加的俱乐部。他们拥有广场周围价值几百万美元的地产，据说俱乐部成员如果到了四十岁还没赚到一百万美元，俱乐部愿意主动出资将差额给他补齐。根据规定，女生只准进入自行车停放处，再往里就不能进了。可没想到，维多利亚竟然认识俱乐部的人，说可以带我们长长见识。我穿上了自己最漂亮的衣服，上身是一件吊带背心，下身是绿白条的牛仔裤。其他姑娘都穿上了裹身裙和细高跟鞋，长发蓬松而飘逸，保镖见到我们二话没说立刻放行，就这样，我们进入了一场秘密派对。

能进来的都是俱乐部高年级成员，而女生则都是大一新生。在我看来，这个派对跟传统意义上的派对也没什么区别，脚下的实木地板黏黏的，天花板四边镶着装饰线。我的朋友们都混迹到了男生中间，我看到一直有男生在她们身边耳鬓厮磨，舞曲结束，男生会去酒水区帮她们拿饮料。我独自一人跳了几曲，也想找点喝的东西却没人帮我拿。终于，一个家伙朝我走了过来,我对自己难看的彩色头发感到一丝尴尬,不知道他有没有胆量与我共舞。他扶着我的屁股,让我跟着他的节奏晃动,我并没第一时间给予回应,没想到他竟然跳到一半转身走了。

我并没有觉得这种派对愚蠢,只要能够靠近特权,哪怕只是一时之举,那感觉也让人如痴如醉。另外,因为这里面女性很少,反倒让我提高了对这种俱乐部的期许。

几天后,维多利亚又邀请我去夜猫俱乐部参加"运动衫派对"。我问她穿什么合适,之前听说斯努齐主持过一档《运动衫海滩》的电视节目。维多利亚告诉我穿运动衫就行,我翻箱倒柜,终于找出一件学校的运动T恤。维多利亚和她高中的朋友在我之前出了门,我穿着运动鞋一路追赶。终于到了门口,结果一个身穿燕尾服手持名单的小个子男生就是不让我进。"我可以让我朋友出来接我吗?"我问,"她刚进去,也就三分钟吧。"

不行!对方解释说我的朋友也不是会员,也是某人邀请来的朋友。我要想进去,得那个人出来接我才行。

"下次吧!"维多利亚给我发来短信。我知道,不会再有下次了。我坐在对面体育馆的台阶上,听着隔壁院子里传来的音乐声,琢磨着接下来星期六的晚上我能做些什么。

…………

哈佛大学总喜欢别出心裁:换作其他学校,新生周结束后就会让学生开始选课,但我们这儿的选课周却被称为"选购周"。一周的时间,大家赶场似的听取各门课程的兜售,校领导说我们要利用这段时间多加尝试,至于该如何选购,却没人提供任何指导,我觉得他们都是些摆设。

第二天就要上课了,我看见三个同学正坐在宿舍走廊的垫子上研究选课人数超额的课程。她们好像不仅知道作为新生应该选哪些课,而且已经做好计划去尝试高阶课程,这样一来,不用等到大二,她们就能知道适合自己的专业方向了。

我看了那位阿卡贝拉姑娘的课表,不禁赞叹不已,"你是怎么做到的?"

"是我爸妈帮我选的。"她很不以为意,其他几位姑娘也都频频点头,大家的选课计划都咨询了父母的意见。

我的母亲呢?她老人家每隔一天就会发来一封邮件,讲述她的个人冒险经历。我实习那年,她从犯罪现场摄影师的岗位上退了下来,现在每天都有大把的时间,不是忙着用软陶制作小猫,就是到处搜罗打折的小狗衣服。我觉得那些宠物衣服做得着实精细,连瘦弱一点的孤儿也穿得下。她甚至还把为人父母的建议发给了我,包括如何对待青春期的子女。每隔几个月,她还会发来一篇长篇大论,告诉我千万不要(再)让自己陷入性侵的危险。

老实讲,教我长大的不是母亲,而是男朋友里奥:是他带我去看牙医,也是他在我拔掉智齿后照顾我的饮食起居。当我知道根管牙冠治疗需要五千五百美元时(我的存款已经不多),是他口授我写信求助凯特博士的银行家朋友以及学校的资助办公室。里奥的房子是我心目中最像家的地方,就连安妮特都说他对我挺好,有点像父母照顾年幼的孩子。

里奥毕业于名牌大学,我想只有他能帮我破解选课的奥秘了。他先问了我其他同学的选课思路,然后决定让我选经济学,他大学时选的就是经济学。我很感激他给的建议,但我还是想遵从自己的想法。

如果我是那种渴望"自我探索和自我寻找"的人,哈佛大学这种放手的管理方式会非常理想，但我已经历了太多未知，现在最想做的就是"探索"赚钱的职业，"寻找"实现财富自由的未来。我没有来自父母的指导，缺乏对精英社交规范的认知，哈佛大学给予学子的自由对我来说根本不是自由，而是一种折磨，其他人都游刃有余，只有我两眼一抹黑。

正式上课的第一天，我走进了经济学教室。单调乏味的一节课很快结束了，喇叭里传来提示下课的电子音乐。我站起身，把东西塞进背包，准备离开。音乐的节奏感很强，仿佛头顶的吊灯都在跟着晃动。幻灯片换上了全新的内容，我看到下节课是计算机入门。我不知该去哪儿，于是又坐了下来。开始上课，老师大卫·莫伦试了试夹在黑色毛衣上的麦克风，走上讲台，开始教我们如何编程。

他首先演示了什么是算法，即二进位检索，让我们在电话簿上查找麦克·史密斯的名字。老师拿起电话簿，随便翻到其中一页：按照字母顺序应该还没到史密斯的姓氏。"现在我们该怎么办？"他问我们。坐在一排的助教走上讲台，把当前页之前的部分全部撕了下来，扔到地上，下面坐着的学生都惊着了。莫伦的助教又翻到新的一页，接着把没用的部分又扯下来扔掉。重复操作几次后，助教手中就只剩下麦克·史密斯那一页了。他把它举在手中，一脸骄傲。同学们也都开始热烈鼓掌，甚至有人发出了惊呼。

整个过程用了不到一分钟，当然，要不是莫伦老师为了呈现夸张的效果，用时还会更短。电话簿如果一共1000页，平均下来撕十次就能找到目标页码：500页、250页、125页、66页、33页、16页、8页、4页、2页、1页。老师告诉我们这就是对数，"1024以2为底的对数是10"。然而，这番操作给我的感觉根本不是什么数学，而是高深的魔法，我看着剩下的一页，下巴简直要惊到地上。

我从来没写过代码，想都没想过，我对代码的认知就是电影《社交网络》的一个片段：黑客盯着黑色的屏幕，屏幕上滚动着固定宽度的文本，具体什么意思根本看不懂。我对学习计算机没有任何准备，母亲之前一直鼓动我学艺术，中学时我曾让她给我报名数学尖子班，直接就被拒绝了，她说"语言才是你的优势"。

可是结果呢？我分级的作文被一致认为是最差的文章，哈佛大学应该不会有人认为"语言是我的优势"。上完第一天的课，我觉得自己像是被扒光了，身上没有任何有用的装备。既然没有任何优势，既然选什么课都会令我紧张，那不如就选计算机得了，我感觉这是上帝给我开的一扇门。莫伦说了，大部分新生都没有编程经验，但既然我们能考进哈佛大学，就一定能学好他的课。他把计算机课说得一点也不难，不过，当天晚上新生食堂就开始疯传，说他的课每周光是做练习就得花四十个小时，更有甚者说，很多原本能读博士的材料，就因为选了他的课，眼看着自己的学积分往下滑，最终不得不求助心理咨询的帮助。大家围坐在木头长桌边，把这门课说成了可怕的邪教。看到这么多人唱衰这门课，我反倒燃起了兴趣。我喜欢有人给我领路，告诉我该去哪、该怎么去。虽然我也痛恨福利中心制度化的生活，但毕竟身在其中多年，已经习惯凡事都要有清晰的架构。难就难呗？有什么关系？人活着不就是要经历一个又一个磨难吗？

唯一的问题是计算机与我之前申请的"女性成长回忆录"专题在时间上发生了冲突。鉴于成年人都建议我们听听这类特殊课程，于是我请求院长批准我同时选这两门课，结果却遭到了拒绝。既然这样，我也不必犹豫了。我老早就不想学英语了，如果计算机入门让大家如此绝望，对我来说或许不是什么坏事,至少到时候我的挣扎也有了借口。学校发给我的笔记本电脑上会贴着"计算机入门课程专用"的标签,其他人看到后也就能对我的痛苦心领神会了。

…………

正式开学两周了,我又收到母亲的邮件,她说会来参加哈佛大学的新生家长见面会。她之前发来的五封邮件我都没有回,因为我在之前给她留言让她把羽绒被寄给我,她对我的需求选择视而不见,回信却跟我谈起了"性爱问题"。她在邮件中是这样写的:"你不要总让别人占便宜。"这话让我听了很不舒服。她还说:"你不要认为'我只是帮他……而已(之后他就会放过我),'男人都欺软怕硬,只要你严词拒绝,他们就会有所顾忌。"

她对我现在的处境只字不提,甚至忘记我已经有了男朋友,我觉得她是在对我布达佩斯的遭遇含沙射影。我不知道该如何为自己辩解,只能默默地流泪。母亲之后发来的邮件我甚至没再打开,收件箱里除了她的邮件,还有很多跟我无关的学术竞赛通知和几十封群发邮件。母亲的邮件越积越多,我的内心也越来越强大,仿佛终于自己掌控了人生。

可是问题来了,她十月份要来学校,我又没有理由阻止。她在信中写道:"我想你不愿意我去参加见面会,或是盼着活动结束我能赶紧离开。"她的语气让我想起那些被冷落的爱人,心中不免多了一丝愧疚。最后,母亲说她到时候要住在我的房间。

我不能再沉默了,不行!绝对不行!哈佛大学是我的地盘,不是她的。想到她要来,我怒火中烧,仿佛她一进来就会吸走校园的灵气,抢走本来属于我的力量。

可我没理由阻止她来学校参加活动，于是劝自己至少可以不见她。我拖着疲惫的脚步从计算机教室走回宿舍楼，竟然看到母亲站在走廊。我不知该作何反应，不明白她怎么知道我宿舍的位置。

"你怎么进来的？"我问。

"一个姑娘人特别好，她让我进来的！"我不知道她说的是哪个姑娘，哈佛大学的姑娘人都特别好。我想知道她都跟谁见过面，我得采取相应的补救措施。我不知道自己在担心什么，但母亲的到来让我非常不安。当晚刷牙时，我碰到一位宿舍邻居，她说之前在走廊遇见了我的母亲。"她跟我说她去做过激光。"

"她什么？"我紧张地问，担心是什么奇奇怪怪的成人玩意儿。好在她说的是脱毛，不过也好不到哪儿去。我不由得紧张起来：我之前一直没理她，她会不会把我的事透露给周围的人，我也不能跟同学直说别理她。她们都来自和睦的家庭，看到我对母亲的态度会作何感想？

第二天，我带着愧疚的心情给母亲打了电话，告诉她我做完作业就跟她联系，然后再带她在校园转转。结果，她并没有等我给她打电话，我刚回到宿舍就看到她站在门口。"嗨，亲爱的！你饿了没？"她从口袋里拿出一张红色纸巾，里面包着碎饼干，还有芝士条，应该是她从活动中顺出来的。

"我都跟你说了我得先学习。"

母亲跟着我进了门，我本来是回来拿笔记本电脑的。"你们宿舍不错啊！很宽敞！"她嘀嘀咕咕地感慨了半天。"你真的不让我住这儿吗？你这儿地方这么大。"她说虽然有位好客的贵格会信徒答应收留她，可那人住得太远了，坐车得很长时间。

"你能不住这儿吗？"我也讨厌自己的冷酷，但的确无法忍受她待在这儿，那只会增加我的愧疚。我甚至想叫保安把母亲请走，但他们会听我的吗？我有权把母亲撵出去吗？"你就走吧，求你了。"

她依然不为所动。于是，我抓起背包出了门，把母亲自己留在了房间。我坐在图书馆学习，一直学到大脑都缺氧了，然后才起身离开。我回到房间，生怕看见母亲躺在我的床上或是在走廊的坐垫上打盹儿。她该不会被某个好心的同学请进了自己的房间吧？（谢天谢地，她不在。）

母亲回到了明尼苏达（还基于自己无趣的剑桥之旅作了一首诗）。我找到新生主管办公室，想请他们把母亲从群发邮件名单里删掉。我希望哈佛大学再办类似活动时，母亲来不来参加能由我做主。主管办公室在一栋老楼的顶层，她说所有哈佛大学学子的家长都会收到学校的相关资讯，所以反复问我真想把母亲从邮寄名单中删掉吗？母亲是我唯一的亲人，我真的要拒她于千里之外吗？我真的要彻底切断与她的联系吗？

"还是别了。"我颤颤巍巍地回答。其实，我只是想拥有属于自己的生活。那位主管或许知道我高中的状态，没准在她眼中母亲是那种含辛茹苦的家长。我希望自己也能这样想。现在，我的生活条件改善了，可与母亲的关系并没有随之改善。

我不便与主管说太多，更不能提及母亲含沙射影的邮件，否则就得对我的所有遭遇和盘托出。再说了，我也不愿意重复母亲的嘱托，那何异于承认自己被占了便宜。谁让我当初不拼死反抗呢？我本来只是想帮他……而已。这些话虽然很过分，但我没办法含糊地告诉老师母亲的话令我很难过，于是我索性只字不提好了，就让她继续留在群发邮件的名单里吧。

学校老师对我的态度让我感觉所有人都看过我的申请材料，了解了我的不幸。但他们肯定认为，既然我已经来到哈佛大学，过去对我的影响就应该翻篇儿了，而母亲给我造成的痛苦似乎都是我一手造成的：我能考上哈佛大学，却无法善待自己的母亲。

昨晚，我参加了一家知名俱乐部的入会仪式，今天上午，突然收到对门邻居的短信，她问我有没有紧急避孕药。她说自己刚知道昨天一个新入会的男生跟她发生了关系，而且还没戴避孕套。她没跟我说得特别细，但我感觉她当时好像失去了意识。

我十分诧异，倒不是因为这种事有多新鲜，我男朋友就非常喜欢对"喝得不省人事的姑娘"下手。（他自己从不喝多，总是保持清醒。）他甚至标榜自己不会趁虚而入，不会占人家便宜，他下手的醉酒姑娘之前都跟他发生过性行为。可我还是不能认同，之前有过关系也不意味着这次人家就同意啊。他第一次鼓动我喝下一整瓶红酒时，我还不知道他的用意。我之前从来没喝醉过，那次是我第一次喝到断片，觉得自己浑身无力，然后就失去了意识，等我再醒来时，根本不记得发生了什么。当然，我并没有对他表示不满，接下来的每一次我也选择了忍气吞声。从小到大，我一直被人误解，当里奥跟我说他有这个"怪癖"时，我对他的态度全都是同情。他说自己的癖好其实和性取向、性认知没什么区别，都是无法改变的本性，跟做爱时说脏话、咬脖子一样，只是为了寻求新鲜的刺激，并不会对人造成伤害。再说了，母亲也跟我说过，我当初之所以遭遇不幸，就是因为我喝了一瓶啤酒，社会对于酒后强奸的看法很不明朗，我为什么还要跟男朋友斤斤计较？然而，发生在我朋友身上的事似乎非同寻常，不能轻描淡写地不了了之。

我想帮她，想鼓足勇气陪她去警察局报警，或是去防性侵办公室求助。我从未想过讲述自己的遭遇，不管是男朋友对我的所作所为，还是布达佩斯的不幸记忆。我们现在要说的是朋友的事，我不想考虑自己的问题，也不想用自己的经历去安慰她的情绪。除了珍妮，我只跟另外一个女性朋友说起过这件事，她当时的回答我记得很清楚，"这有什么大不了的，我也遭遇过啊"。

朋友跟我说她没事，学校药房有免费的紧急避孕药，如果我这儿没有，她就去药房问问。于是，我把一盒药放在了她的门口。

几天后，我再见到她时问她都还好吧，她似乎完全不知道我在说什么，"入会仪式啊？"我解释说。

"哦，那件事啊，没事啦。我跟他谈过了。"她说对方是个好人，只是一时冲动做了错事。

我仔细打量着她，她看上去确实很好，跟以前一样，活力四射，姿态优雅，我就算学一辈子，也学不来她的气质。我没想过她的平静是否只是表面现象，是否出于跟我一样的原因而被迫选择的沉默。如果她认定自己的遭遇属于不幸，那她不仅要承担受害者的污名，还要忍受跟那个男生同属一个俱乐部的痛苦。未来，他们还可能需要参加共同朋友的婚礼、行业会议，他们各自的小孩甚至可能成为同一所私立学校的同学。她要想一辈子都不见他，就得切断自己的生活圈。我不知道是不是自己想得太多了，朋友表面看来依然仪态万方，相较之下，我真是太不成熟了。

朋友走了，我咬着后槽牙恨自己太不争气。布达佩斯的事已经过去一年半了，我竟然还无法走出来，是不是有毛病啊？高中那几年，我竭尽全力做到坚强，心里一直坚信不管发生什么，我始终是那个四年级就赢得了《圣经》背诵大赛的闪亮女孩。我坚信自己能变得更好：我经历了那么多磨难,当然应该成为更好的自己,否则过去之于未来还有什么意义?

十一月份,示威者占领了哈佛大学校园,他们在网红打卡地约翰·哈佛的雕像前搭起帐篷,高举着牌子,写着"我们才是99%的大多数"的标语。校方为了阻止更多人加入示威队伍,命令暂时关闭校门,我们就连进出自己的宿舍,都得排队出示证件。保安上下端详着我,经过里奥的批准,我已经把头发染成了酒红色,虽然比蓝色正常些,但跟我的扎染背包和从"永远21岁"买来的化纤紧腿裤搭在一起仍显得格格不入。自卑灼烧着我的心,我知道,就算我打扮得跟我的曼哈顿舍友一样,就算我把头发染成正常的颜色,别人还是觉得我不像哈佛大学学子。

哈佛大学已经尽可能融入更多靠奖学金就读的学生,但即便如此,我在这里还是方枘圆凿般的存在。冬衣基金会发了一张150美元的支票,我给自己买了一件很薄的优衣库外套。我走过科学中心,对面走过来十几个姑娘,身上穿的都是加拿大鹅的羽绒服,衣服的手臂处绣着明显的南极洲标识,每件衣服的价格都高达上千美元。(我第一次听到这个价格时简直不敢相信自己的耳朵。)真正的富人穿的都是大鹅,衣服上有十七个笨拙的口袋,其中有一个是透明的,可以放证件,那衣服是她们与家人去南极度假的留念。

我讨厌示威的人,让我想起自己未尽的责任,我也应该回馈社会。我上一届的一个学姐早在十二岁就创建了美国第二大针对进食障碍患者的慈善机构。她跟我不一样,是个勇敢的姑娘,来自一个体面的家庭,不仅自己走出了阴霾,还向更多人伸出了援手。现在,人家已经成了优秀公民,而我呢?我始终一事无成。

没错，我的确是没钱创办慈善机构，很多示威者提出的诉求也不合理，甚至提出诉求的人并非真正受压迫的群体，但这些都不该成为我不作为的理由。我一位学经济的同学参与组织了这场示威，他的父母都是大学教授。在我看来，这帮意识形态简单的小青年只会鼓吹自己对乌托邦的憧憬，总是信心满满，因为毫无后顾之忧才敢肆无忌惮地发声。他们跟我不同，他们不必担心自己的行为可能导致被开除的后果。过往的人生对我来说的确很不公平，但我必须承认，我对世界的认识远不如其他同学：我第一次听到"霸权"一词时还以为说的是一种什么拳法。

哈佛大学学子自以为是的行动令我很是反感，而内心的矛盾也令我十分痛苦。我也算是特权阶层了，自从听到有人把这个词用在我的身上，我就开始不断反思：我是白人，基本上是异性恋、身体健康、智力超群，家长也都上过大学，我拥有属于自己的宿舍，不用担心吃饭问题，关键我还就读于全世界最著名的大学。

可是，我从未真正感受过安全感。新生家长见面会后，母亲给我发了一封邮件，说她以后不会再给我提供生活费了。哈佛大学对于外部机构的奖学金有着非常严格的管理制度，所以我高中期间申请到的奖学金用起来有很多限制，比如说不能在学期中做学校的兼职等。另外，我还得自己支付医疗保险的费用，价值两万美元的餐饮住宿资助所产生的税费也得我自己担负。我从不买教材，到了假期，只能投奔男朋友。哪里有什么免费的住宿？我得购买飞往洛杉矶的机票，我得默许他的特殊需求，还得退出秋季的社团活动。我问姑姑可不可以动用部分祖母留给我上大学的钱，但遭到了拒绝，她说那笔钱得等我到了二十一岁才能用，就是说我得等到大三。自从我选择空档年去迪士尼打工后，凯特博士的朋友也不愿再继续资助我了。

说心里话，我并不想搞什么变革，只想踏踏实实地找份工作。虽然我将毕业于常青藤大学拿到文学学士学位，但我没什么能帮上忙的社会关系，最理想的状态就是自己养活自己。在一批颇有影响力的教师眼中，"过早就业"是移民子女和资助生给这个国家造成的祸害。据说，之前的一位院长甚至针对我们这类学生专门写了一本书，每次哪怕只是听到书名我都会不寒而栗——《无脑的卓越》。

二十一

寒假期间，里奥带我见了家长。他的父母非常慈祥，家里也布置得很温馨，摆了好多老物件。哪怕是在跟他人提及自己的父母时，里奥都会直接称呼他们为"老妈"和"老爸"，仿佛他们具有普遍代表性，就是柏拉图式的理想父母似的，听得我都想直呼他们"老爸""老妈"了。寒假期间，我收到了秋季学期的成绩单，看一眼我就哭了。整个学期，我几乎天天熬夜，结果计算机入门只考了个B+，微积分更惨，只有B，重修的写作也只有A-。里奥之前就跟我说过，大学成绩中每多一个A，就意味着余生会多赚一万美元。我已经很努力了，却一个A也没得到，那种感觉仿佛自己亲手把无数百元大钞扔进了火堆。里奥看到我情绪低落，知道是因为考试成绩不理想，但似乎又觉得没那么简单，于是刨根问底地逼我说出了答案。我解释说自己对我俩的关系没有很大把握，圣诞节的上午，我俩闹到差点分手的程度，但是我不敢，因为一旦分手就意味着我得流落街头。他送了我一双黑色长靴，貌似每个哈佛大学女生都有这样一副装备。寒假的后半程他带我去了墨西哥，扬言要半夜三更把我一个人扔在坎昆。

终于回到了学校,大家已经开始讨论如何分配大二的宿舍。所有新生将被分成"组块"(哈佛大学最小的社交单位),分好后,学生就将以"组块"为单位搬进高年级公寓楼。我很害怕没有人愿意与我同住,近来我与里奥冲突不断,每天都被迫与他视频通话,我还总是跟人抱怨他对我不够好,所以我想肯定没人愿意与我为伍。我也不知道该如何给人家发短信说这件事,可万万没想到,竟然有三个人向我发出了邀请,表示愿意跟我同住。

我思前想后,虽然左右为难,但又沉浸在有选择的幸福中难以自拔。我幻想着大二自己可以重新开始。我跟所有人一样,也希望能住进查尔斯河边的公寓,最好是艾略特楼,那栋宿舍楼拥有一项特殊捐赠,住在里面的人可以免费享用能多益的产品。我希望自己可以搬出校园的边角,住进校园的中心。我盼着可以跟好朋友住进套房,我们的友谊可以延续一生。我甚至想到以后我和朋友们在一年一度的春季义卖会上重逢,大家一起站在法拉利前面,摆好姿势后拍个合影。

我决定了,还是跟眼下的几个邻居住在一起。当晚是提交表格的最后期限,我遇到之前跟我说要一起住的舍友,她正好要去浴室。

"嗨!"我走上前问她表格交了没。

"交了,"她托着洗澡篮,"不过我没写你。"

"什么?"

"我给你发短信说了这件事啊。"

"你没有啊。"如果我看到怎么可能不记得?

"我们先是问了约翰,他把我们回绝了,于是我们就问了你。可后来约翰又想跟我们住了,我们也想跟你住一起,但毕竟我们是先问的他,所以公平起见就只能放弃你了。"

先来后到不是这个逻辑啊,我心里念叨,不过也觉得自己没什么理由生气,我的生活怎么可能一帆风顺呢?

"雨琦和阿纳斯塔西娅肯定愿意跟你一起住。"她给了我一个大大的微笑,"别生我们的气啊,你知道我们都爱你。"

听到"我们都爱你"几个字我的心就软了,我恨自己没出息。那几个舍友当然愿意跟肯尼迪之流住在一起了,但为什么不能跟我说实话呢?同学们都很善于社交,称得上是八面玲珑,所以我并不知道她们是否真的喜欢我,更不知道自己做错了什么。在过去那些年,我一直在揣度别人的心思,因为只有这样才能得到自己想要的东西。一旦遇到暧昧的态度,我就会极度不安。那位同学终于从浴室里出来了,抖了抖手里的毛巾。我上前给了她一个拥抱,闻到她颈上的香水味。她在我脸上亲了一口,发出了夸张的声响。我不能再让自己动心,我这个人一直这样,人家说几句好话我就会信以为真,我要警惕,我要告诉自己对方夸张的举动并没有任何实质的意义。

我赶紧回到房间给认识的人发短信,却依然眷恋着刚才拥抱的温暖。貌似所有人都已找好了室友,无奈之下我只能随便找了一位富家女搭伙,否则就只能一个人"飘着"了,那太可怕,我无论如何也接受不了。我跟她见面后只聊了十五分钟,就已经知道我们不可能成为朋友。

我渐渐明白,任何淘汰系统都会涉及无数淘汰过程,我恨自己为什么没能早点明白其中的道理。我一直有很多奢望——跟社会名流的孩子同上一所学校,跟他们一样戴上绣着俱乐部徽章的滑稽帽子,或许因为想这些想了太久,我竟从未思考过万一被人嫌弃我该怎么办。

昨天我刚遭遇了找室友的打击，今天一早又被里奥一连串带着火药味的短信吵醒了。尽管我一直努力做个称职的女朋友，但每隔十天还是会惹他生一次气，像是预先写好了脚本似的。我的错误也从不重样：因为学习没看见他的短信，总想勤工俭学却忽略了他的感受，没按照事先商量好的完成马拉松训练计划，在食堂放弃素食吃了汉堡，因而背叛了他对我的爱。

这次吵架是因为一篇文章。"哈佛大学红"社团为了春季招新让我撰写一篇博客，列出一些被学生过分吹捧的活动。文中我提到在图书馆书架中间做爱这件事，很多人都将其列进了自己的哈佛大学遗愿清单。有一次里奥来学校看我，我俩本想在乌克兰文学区域完成这一壮举，可没想到水泥地面太凉了，我中途喊了暂停。结果，他看到我的文章后，觉得我是在恶意讽刺他的性能力。

这还不算完，我紧接着又收到他的一封超长邮件，上面悉数了我的各种罪状：他感觉我不够爱他，我跟他视频通话时画质很差，我没及时给电脑操作系统升级。没帮他另外找个姑娘跟他双飞燕，而这就成了我不想满足他的证据，否则找个舍友把她灌醉有那么难吗？（他甚至连人选都想好了，那个跟我要紧急避孕药的姑娘就行。）"我希望你答应我的事都能做到，"他写道，"如果你答应了，心里却根本没打算做，那就无异于撒谎。"

他的反应有点过度，但我不知该如何为自己辩解，从小到大，我只学会了承担责任以及为自己的行为道歉。"对不起。"我脱口而出。我把闹钟定在半夜两点半，这样可以就合他那边的时区，方便他跟我视频通话。他跟我说他暂时不想跟我说话，于是我便耐心等着，等着他随时的召唤，为了不再错过他的邀请，我无时无刻不在刷新邮件。

每次跟里奥争吵，我能诉苦的人只有母亲。我和里奥在一起后不到两个月，就起了一次争执，母亲当时就跟我说，"只要能和好，他让你做什么你就做什么。"（我并没有告诉母亲"他让我做什么我就做什么"意味着他会大上午的给我倒一大杯伏特加，看着我一饮而尽，毕竟母亲既反对喝酒也不接受婚前性行为。）临近我新生报到的那段时间，我俩甚至闹到了分手的程度，母亲再次劝我不要分手。"我知道你俩即将异地，但只要彼此相爱，三千多米又算得了什么？"她说我之所以感到难受，之所以不想继续伤害里奥，正是因为关心他；而他之所以跟我发火，也是因为爱我。母亲动不动就催我尽快跟里奥结婚。

从小到大，周围的人一直在潜移默化地向我灌输一件事：但凡有人满足了我的需求，对方无论对我做什么都情有可原。但凡我想保持距离、设立边界，再次流落街头时就不要怨怼他人，要怪只能怪我自己。

老实讲，我真的爱里奥，在他怀中，我感到特别踏实。自从小时候跟母亲分开后，我已经很久没有这种感觉了。除了安妮特，他是唯一会送我生日礼物和圣诞礼物的人。考试前，他还会给我邮寄爱心包裹，里面不仅有好吃的，还有洗发水之类的日用品。有一次，他给我灌了太多酒，害我难受了好几天，后来等我好了，他立马带我去了超市，给我买了一个毛茸茸的毯子，说可以铺在宿舍的床上。我很珍惜他买给我的礼物。我从小到大都生活在各种福利机构，他的礼物是我心里唯一的安慰。记得有一次，我们俩又闹不愉快，我千里迢迢跑去加州想要证明我对他的心意，他带我去坐了圣塔莫尼卡码头边的摩天轮，还给我买了素食冰激凌。他长得很帅，可以说是一表人才，据说读书时还是学生会的主席。他竟然能喜欢上我，我当时真觉得自己是世界上最幸福的人了。他告诉我选课时不能只在系统里申请，还要给老师发邮件说明自己的想法。多亏了他的建议，很多我原本选不上的课最后都如愿以偿了。有一次，我的驾照被暂时吊销，我实在不知道该怎么办，也是里奥代表他的"妻子"给有关部门打了电话，很快问题就得到了解决。他了解我的过去，还告诉我该如何避开母亲的干涉。我俩总是相互发消息：对于我这样一个缺失父爱和母爱的人来说，里奥是唯一在意我日常生活的人。

里奥说当初要是我没考上哈佛大学，他不会跟我在一起，因为考上哈佛大学意味着我是个心智成熟的姑娘。可以这样说，他对我的爱满足了我最大的心愿：只要努力做到最好的自己，终究会得到别人的关爱。之前有太多人，包括戴夫和简都说过人生最重要的不是成功，而是亲情和爱情，我当时不信，可如今，在哈佛大学苦苦挣扎的时间越长，我越是对他们的观点表示认同。

那一年，我破天荒做了一件从未想过自己会主动做的事：我去了学校的医疗中心，想预约一次心理咨询。前台问我："你有什么问题吗？"

我支支吾吾半天也没说明白。我有太多问题了，一时不知从何说起，这或许就是我最大的问题。

听了我含混不清的回答，前台拿出一张表格，上面记录着各种自我伤害行为。她问我当下有什么问题，有没有酗酒、灌肠、割伤自己、滥用药物、想过自杀或是已经有了结束生命的具体计划。"都没有。"我一边回答一边为自己感到骄傲，我竟然戒除了所有这些毛病。（里奥一直威胁我，说只要我掉五斤体重或是再伤害自己，他就再也不理我了。）

我没有主动告诉前台自己之前有这些问题。当初申请时，凯特博士就不让我提这些事，担心我被哈佛大学拒之门外。如果真是那样，现在说出来也难保不被赶出哈佛大学。在哈佛大学，很少有人因为成绩不及格退学,但常有学生因为心理问题被迫休学。如果我被撵出去,能去哪儿?我屏住呼吸,内心涌起了无限恐惧,我真不应该来这儿预约什么心理治疗,我是不是已经暴露了?

没想到,前台竟然说我不符合申请心理咨询的条件,然后给了我一个电话号码,说我可以找他们聊聊如何管理好时间。究竟是怎么回事?之前,耶鲁大学正是因为心理问题才拒绝了我,而现在,我却因为"心理状况太好"无法获得哈佛大学的咨询服务。我的内心可以说是五味杂陈,但多少还是为自己开心,这种拒绝是否意味着我已经成了一个心理健康的正常人。

事实证明,我过于乐观了:我听说所有向医疗中心求助希望得到心理咨询的人都没有得逞,最多是拿到处方药阿普唑仑。这样过了一段时间,我开始怀疑学校医院根本不提供心理咨询服务。终于,我遇到了一位接受过帮助的姑娘,她母亲在学期中突然离世,于是她向医疗中心申请了心理咨询。起初也是被拒绝的,但这姑娘非常强硬,扬言说如果不提供咨询,就拒绝休学,之后一整天都守在候诊室门口。第二天,中心的主管终于露面了,答应亲自为这姑娘做心理辅导。这的确是一个极端的例子,不过至少说明一点:在哈佛大学,所有机会都要靠个人争取,你要行使权利、抓住时机,做到不达目的、誓不罢休。我当初在申请大学时掩盖了太多真实信息,所以总觉得学校没有义务为了我的康复提供帮助。没有人欠我任何东西,母亲、里奥、朋友、哈佛大学,谁都不欠我的。

冬去春来,雨水融化了道路两边脏兮兮的积雪,我与里奥的关系再次亮起了红灯,我也再次感到了恐慌。过不了多久就是暑假了,到时学校的宿舍又会封闭，里奥的跃层公寓是唯一能收留我的地方，但我对我俩的关系已经越来越不看好。唯一能够维系我俩关系的似乎就是我把自己喝到不省人事，让他对我为所欲为。完事之后，他甚至不会照顾我，我经常几个小时醒来后发现自己还躺在原地。我真害怕自己不小心被呕吐物卡住喉咙窒息而死。每次我跟他说这件事，他都说我大惊小怪。最终，他答应我会考虑我的担心，但依旧认为我是在杞人忧天，要不是他气急败坏的语气，我还真觉得他把这个成语用得不错。一次春假，我住在他那儿，他问我做爱时可不可以打我，说我哭了他就停手，结果我眼泪都流干了，他也没停止扇我耳光。事后，我指着自己青肿的眼睛控诉他，他无比温柔地回答我，"我已经下手很轻了。"

　　如果我想跟里奥分手，就必须当机立断，但我不知道自己该不该这么做：里奥无论对我做了什么，总能找到正当的理由。每次他答应我不再跟我动手却又屡教不改时，他也能给自己找到借口，说都怪我没及时跟他说明白。每次我提出我喝多后他没权利跟我做爱时，他也会强词夺理，说作为我的男朋友他从来都有这个权利。每次我说挨打后我的头很痛或每次他勒住我的脖子我都担心自己一口气上不来时，他都告诉我这就是性虐待的快感，还说我之所以体会不到是因为我还不够成熟。或许吧。儿时的我备受冷落，青春期遭遇性侵，再长大些又遇到比我年长好几岁的家暴男，坏事怎么都让我赶上了？

　　我的朋友似乎都没有能力处理我的危机。一天夜里，我敲开维多利亚的门，她让我进了她的被窝。"异地恋就是很难。"她一边低声安慰我一边吻了我的头发。我的同学大都只有十八九岁，给我的反馈也都大同小异。我真希望能问问珍妮，可是我俩已经不像以前那么亲近了，而且她明显妒忌我比她找到了更好的爱情。我本来还想找学监聊聊，可我俩的时间总是碰不上。于是我拨通了之前医疗中心前台给我的号码，见了几次学习咨询中心的教育学博士，但他们给我的反馈根本不是我想要的答案。再后来，我在创意写作课上写了一篇关于男友的文章，并为此去找了授课老师，想看看他能给我什么建议。他坐在宽大的实木书桌后面，抱着肩膀，表示不便插手我的私事。这么多年过去了，我的问题似乎总是很棘手，学校层面似乎没人能够帮助我。我当初从一家机构转到另一家机构，它们作为专业部门都没办法帮到我，哈佛大学虽然有三百二十亿美元的捐赠，也不可能用在我这种人身上啊。

走投无路之下，我甚至联系了米歇尔，给她发了脸书的好友申请，然后又发去了消息。我没有跟她提里奥，只是跟她道了歉。"对不起，过去十年我给你造成了巨大的伤害，"我写道，"我爱你，永远爱你。"她接受了我的好友邀请，但并没有留下任何回复。

小草从土里钻了出来，我坐在拉蒙特图书馆的珍本书阅览室，看着窗外的庭院，根本没心思学习。于是，我起身离开，准备去锻炼锻炼，甩掉附着在身体上的焦虑。我很感激里奥让我每天坚持跑步的建议，这是一项有利于身心健康的运动，可以让我沉静下来挖掘内心。

一天下午，我收到一封征集跑友的群发邮件，邀请人是艾米，我退出金融分析俱乐部之前，一直都是她主持我们的小组活动。于是我回邮件说我愿意跟她一起跑步。我们跑过船坞，艾米突然问我，"你也是双性恋吗？"

"什么？"我没想到她竟然如此大方地承认自己是双性恋。在因特洛肯时，我接受了自己是同性恋，但双性恋这件事我始终无法接受，甚至想想都觉得不好意思。我努力假装夏洛特根本不曾存在过，假装自己从来没喜欢过女孩子,但事实并非如此。"你怎么知道?"我问。

"你的头发,"艾米继续道,"我一看你的头发就知道了。"从她的神情看,她似乎完全不在乎。看来,除了喜欢运动、来自中西部,我俩又多了一个共同点。

"你夏天有什么计划?"我跟在她身后气喘吁吁地问,"打算去投行实习吗?"我其实根本不知道投行是干什么的,但这并不妨碍我用"投行"这个简称。

"不,我要去脸书实习。"

"脸书?"我简直对她崇拜得五体投地。

"嗯,我去那边做计算机编程的相关工作。"

我求她慢点跑,等等我,我想问她几个具体的问题。"你之前知道如何编程吗?"

"不知道,"她耸耸肩继续道,"我就是大一时选了计算机入门,你选这门课了吗?"我点点头,继续跟在她身后,沿着查尔斯河一路奔跑。"哦,那你也能去那儿实习!"艾米跟我解释具体该怎么操作:每个秋季都会有一个面对技术女性的大型会议,其间很多公司会组织面试,如果对面试结果满意,脸书当场就会给你抛出橄榄枝。

"可我那门课的分数并不理想。"我主动透露了自己的情况。

艾米耸耸肩膀,"根本没人在乎你的分数。"咱们是哈佛大学的,所有大公司都愿意雇用咱们。艾米补充说,如果到时候我说自己想做计算机方面的工作,它们就会安排跟我面谈,我只需要买一本《破解编程面试》,好好准备一下即可。艾米为人慷慨豁达,给我提供了很多有用的信息。"咱们课上学的东西都没什么用。"她告诉我不必担心。

接下来的几天，我一直都跟着艾米跑步，对她的话也做了深入思考。虽然她说我一定能找到大型互联网公司实习的机会，但我心里还是有些打鼓：跟我比，她有太多优势，她是高中优秀毕业生，是田径队队长。据说她体脂率特别特别低，甚至月经都停了。我决定选修计算机入门的后续课程，就算我选那些"水课"成绩也好不到哪儿去。艾米给我描绘的未来蓝图清楚地说明了一点，那就是里奥会成为我的累赘。即使我还无法判断他对待我的方式是否属于虐待，也不觉得是他的残暴构成了我离开他的理由，但是为了取悦他，我确实浪费了在哈佛大学学习的宝贵时间，哈佛大学可是全世界最宝贵的资源宝库啊！

之后，我去了学校职业规划办公室，申请了当年暑期去韩国实习的机会，虽然不是很理想，但当时还开放且能提供资助的项目就只剩这一个了。我收到邮件，被告知进入了候选名单。于是，我按照里奥之前教我的办法，给有关部门发了一封晓之以理动之以情的邮件。

我跟时间管理的辅导老师说了跟里奥分手的想法：我知道有很多具体问题需要处理，但当下我还不想考虑。辅导老师也很善解人意，并没有对那些问题刨根问底。"你有信任的人可以向其敞开心扉吗？"她问我。

"有的。"回答时我脑海里出现的是那些最终放弃跟我住在一起的同学。最后，辅导老师说希望我能处理好此事。

我拨通了跟里奥视频通话的软件，心里已经做好了准备。可是，刚看到他的脸，我就犯起了嘀咕。即使我能入选韩国实习项目，项目前后的那段时间我能住在哪儿啊？我信用卡的额度只有四百美元，之前买很多大件时用的都是里奥的白金卡，他有时也会给我派些工作，好挣点钱还上他的信用卡。我心里清楚，我不可能指望同楼的舍友，或是一起选修计算机的摩门教信徒,没有人是我的后盾。能够考入哈佛大学的学子,家庭都该很幸福。对我来说,最称得上家人的人就是里奥了。如果我现在离开他,之后万般无奈之下再与他复合,那我肯定没有好果子吃。

他看着我,我已经开始犹豫,吞吞吐吐半天也没说出话来。他愤怒地皱紧眉头,瞪着他口中我"呆滞的脸",每次我害怕时都是这副神情,而这正是他最讨厌的我的表情。

"怎么了?"他问我,"你有话直说。"

"没……没……没什么,什么事也没有。"我唯唯诺诺地回答,但他根本不相信。挂断视频通话后,我被他判定进入爱情考察期,考察期限是这学期结束。

夏天,我来到韩国,运动成了我唯一的发泄方式。7月4日晚,我一个人躺在运动场中间的人工草皮上。

我仰望着被首尔巨大广告牌映照的明亮夜空,想起当初一心要离开明尼苏达的自己。事到如今,我才发现,无论走到哪里,我都找不到一丝一毫的归属感。

布达佩斯的事已经过去两年了,那个强奸我的人在哪儿呢?不知为什么,我竟然有点想他,或者说想念那时的自己。他是我走进哈佛大学前见到的最后一个人,那时的我还天真地以为,只要能考上大学就可以摆脱一切烦恼;那时的我还不知道,未来的男朋友是什么样子。

里奥跑来首尔看我,整座城市因为他的到来变得熠熠生辉。我们买了情侣T恤,室友同意他跟我们同住,于是到了晚上我就和里奥挤在一张单人床上。我俩经常和其他同学一起出去玩。一天晚上,我们连逛了三家夜店,喝了三轮酒,喝得我已神志不清。

醒来时，我发现里奥正在进入我的身体，我扭头看了一眼室友，她的床距离我的只有一米五远。

"不行。"我低声阻止他，他本来不死心，但看到我的坚持还是作罢了。

我俩出了门，一边逛街一边聊天。曾经，我用洗衣剂使劲搓洗自己的头发，想要洗掉之前的颜色，后来，我把它漂成了金色，金光闪闪的金色，处理掉了之前的紫色挑染，可当我看着车窗里的自己，脸周围的头发还明显泛着粉红。

"你那样会把我室友吵醒的。"我说。我知道，里奥肯定会一如既往地慷慨陈词，说什么既然我清醒时同意跟他做爱，意识模糊的状态下也没有理由反对。但是这次不一样，我的室友还在。

"她不会醒的。"

"你怎么知道？"天光破晓，照亮了我俩驻足的巷子，海鸥飞到阴沟里啄食着食物的包装袋，不断发出声响。

"反正她不会醒。"他继续道。

"你怎么能确定呢？"我摇摇头，表示无法苟同。

最后，我俩又回到房间。他背对着我，脸冲着墙，我也尽量跟他保持距离，委屈地侧躺在床边。

第二天一早，他就说要回加州，说我俩结束了。

我马上想到开学前一个月自己又没了着落。我没有什么亲密的朋友可以投奔，安妮特应该又去度假了。难道我又要流落街头吗？要不要给学校打电话，求它们让我提前回宿舍？里奥和我已经买好了去北京的机票，返程买的是洛杉矶。就算不分手，等暑假结束我估计自己也身无分文了。

"别走，"我求他回心转意，"别离开我。"

我知道自己沦落到这步田地并非我一个人的责任，里奥、布达佩斯、高中的不幸都难辞其咎，但我反而觉得引过自责才能让我更轻松。即使明知道人家欺负我，我又有什么办法呢？我依旧无可奈何，据理力争反倒会让自己无依无靠。如果承认都是我的错，承认是我把一切搞砸了，至少我下一次可以做得更好。

我跟里奥发誓，一定会努力做个称职的女朋友。

二十二

大二了，我不再想着要跟里奥分手，虽然我知道他一直在伤害我，但被伤得越深，我越是觉得离不开他。我别无选择，至少在我的生存环境得到改善之前，我只能依靠他。我经常请他帮忙，请他帮我参谋选课的事，除了里奥，艾米的意见对我来说也很重要。不知是否因为感受到了我的乖巧，里奥对我的控制欲好像没有之前那么强了，不会再动不动就要与我视频通话，我每个星期用于学习的时间竟然涨到了八十个小时。

我选修了计算机系统这门课，第一次上课老师就告诉我们要找一个学习搭档，合作解决遇到的问题。我心头一紧，琢磨着谁会愿意跟我搭档呢？下课了，我拖着沉重的脚步走出礼堂，突然听到有人喊我的名字，抬头一看，艾瑞卡正在朝我招手。据我所知，艾瑞卡刚刚也被安排住进了四方院，距离查尔斯河有一千多米的距离。或许因为我俩某种程度上都遭到了排挤，所以艾瑞卡才会问我，"你愿意跟我做学习搭档吗？"

我俩很快熟络起来，经常相约凌晨四点起来学习，编程时争抢着操作键盘。她跟我很像，之前也出现过进食障碍的毛病，也在寄宿学校约会过一个姑娘，现在的男朋友也比她大十多岁。但她又跟我不同，她的学习成绩非常好，课上超爱提问，哪怕只有一点没听明白也不会放过，当即就会举手，老师想不理她都不行。老师无奈之下只得回顾刚讲过的部分，而其他一百来位同学也只能再听一遍针对艾瑞卡一个人的讲解。

我每天都在学习，不是跟艾瑞卡操作虚拟记忆，就是在经济学和统计学的课堂间奔走。每晚，四方院的餐厅都会出现同一拨人，喝着同样的冰咖啡，熬着同样的夜。我们这种学技术的班级，女生只占少数，但排队请教问题的群体，女生却是大多数。我和那些女生很像，虽然学业令我们痛苦，但我们都需要找到一份赚钱的工作，所以只能咬牙坚持。

有一次，已经是后半夜两点了，熬夜小组的学习依然进行得如火如荼。我提议说，"咱们做几组开合跳吧，清醒清醒。"

一位立志成为罗德岛大学老师的女同学看了我一眼，问我道，"什么是开合跳？"

"就是双脚离地跳起来，跳到最高处把手脚伸展开，身体看上去像一只海星。"我站起身，演示了一遍。"来吧，可有意思了。"

一起学习的几个姑娘虽然也站了起来，但似乎还是有点勉强。没过几分钟，大家就围着餐厅跳了起来，在我的怂恿下，每个人都开心地放飞了自我。

我最喜欢的课是统计相关的概率入门，即使我知道自己将来不会研究统计，但还是非常喜欢这一领域的核心要义：事实总是存在的，即使暂时找不到，但只要足够努力，我们总能离真相越来越近。乔·布利茨斯坦教授看上去笨手笨脚，人却十分可爱，有点像高大版的泰迪熊。他特别爱说"倒数第二"这个词，却很少将其用作贬义。

这门课上，平时成绩也十分重要，我的情况不太乐观，期中考试只考了个C，最后很有可能会挂掉。不过，教授在期中考试之后的那次课上又抛给了我们"一根救命稻草"：只要期末成绩好，之前的成绩就一笔勾销。

我立即燃起了斗志，必须马上行动起来。我跑去科学中心图书馆，打印了全套的练习题，包括这门课之前所有的期中、期末试题，我要认真对待所有复习资料。打印机里吹出暖暖的风，散发出淡淡的墨香。所有材料都印好了，我把它们装订在一起，手指不小心划了好几道口子。我是这么想的，只要我把每道题都弄明白，每个难点都搞清楚，期末就一定能打个翻身仗。我想弥补的不仅是期中考试的失败，还有之前一年的糟糕表现。大一整整一年的时间，我除了偶尔为自己的编程表现感到惊喜外，大多数时候我都很颓废，有些不感兴趣的课程成绩更是差得离谱。概率学老师的操作竟然让我潜移默化地做出了改变，大学教育的目的不正该如此吗？我想做出改变，甚至看到了自己接下来三年的生活，我要奋发图强，要熬夜写作业，无论如何都要提高成绩。

感恩节放假，我又去投奔了里奥。距离期末考试还有四个星期，我跟他说，"我必须保证每天六个小时的复习时间。"

他拍拍我的肩膀说，"六个小时不够，你得复习十个小时。"他每天都会监督我，学不到十个小时就不让我上床。那段时间是我最爱他的日子。

我几乎每天都会给概率学老师发邮件，老师人很好，虽然有几百个学生（算上网课的话，他的学生得有好几千人），他每次都能第一时间给我答复，而且还记得我问他的每一个问题。每到这时，我就感觉自己不再是孤身一人，这世上真的有人愿意帮我。后来，我回到学校。每天天不亮我就起床，一边学习一边戴着耳机循环播放《胡桃夹子》。外面下雪了，我攒了好多餐厅的杯托，每一杯茶的味道都不同，茶包的颜色也都不一样。

日子一天一天地过去，我感觉到了自己的蜕变，但是，不知为何，我动不动就打嗝儿。当然，每天也都带着大大的黑眼圈。我已经竭尽全力，莫名其妙地想到戴夫和简，如果他们看到我如此破釜沉舟，不知道又会作何感想，肯定会问我为什么非要考个好成绩呢？还会说我这么做就是在逃避现实。又或者，他们一开始就会阻止我选修概率学，会劝我看看《普林斯顿教育咨询》，学点代数知识就够了。成年人总想教育孩子认清自己，劝我们做决定时不要好高骛远。可是，我究竟是谁？谁又有权利决定我是谁？

期末考试终于来了，我走进礼堂，做了一百一十个跪式俯卧撑，希望能给自己带来好运。每隔几分钟我就会焦虑地打嗝儿，自己也控制不住，其他考生肯定被我烦死了。

考试结束几个小时后我收到老师的邮件："我想提醒你考试答案已经公布，我看了你的试卷，成绩应该不错，至少远超平均分！"我兴奋得喊出了声，引来了餐厅里很多人侧目。果不其然，我拿到了进入哈佛大学以来的第一个 A。

终于到了决定专业方向的时候，我又犯了难。里奥建议我选经济学，以后可以在洛杉矶的银行找份工作。我知道经济学是靠谱的选择，学了经济学，我就可以拥有之前承诺给里奥的未来了：我俩不必再两地分居，终于可以在南加州团聚了（他说他从来没离开过那里）。

可是，放眼周围，我见到更多的是工程科学的胜利果实。助教老师都背着绣着脸书标识的背包,我仰慕的莱克斯·罗斯是一个帅酷无敌的家伙,也就是总穿着谷歌的毛衫,袖子上印着技术实习几个字。我想象着要是自己也能穿上这样一件衣服,大家会如何看我:肯定是连羡慕带嫉妒,我当初考上哈佛大学时就希望别人能这样看我。我问里奥,"要是我能进谷歌工作呢?"在我心里,谷歌绝对是最好的单位了(主要我喜欢他们的运动衫)。

他回答我说,"根本不可能。"他这话我倒是认同。我好几门成绩都是B+,若是换成分数偏低的其他学校,我的那些B+就相当于人家的C-。如果不是在哈佛大学,我可能得永远待在差生班,但哈佛大学这些与技术相关的专业都很包容,女生计算机科学俱乐部甚至不用例行考察程序就能加入。我这辈子不可能收到七星女神社团的邀请,但只要我刻苦,一定能赶上科技的浪潮,获得我想都不敢想的财富。我有一种直觉,未来,我一定可以拥有无数件免费的T恤,一学期哪怕只去两次洗衣房也够穿。再过几年,我会越来越富有,什么海鲜大餐根本不在话下。虽然这只是我的梦想,但有梦想有什么不好?梦想是我的希望所在,是我坚持不懈的动力。

我最终还是选择计算机科学作为专业方向。

母亲听后十分不解,"你才华横溢,有那么多选择,为什么要选计算机?"我感觉自己又被她嫌弃了。母亲已经焕发了第二春,正在参加培训,希望成为有资质的人生导师。那年夏天,她还参加了哈佛大学暑期夏令营考古学的课程,秋天乘坐游轮游历了长江三角洲。母亲跟我借了四百五十美元,我刚拿到哈佛大学奖学金,手头刚好有些钱。我二话没说就把钱借给了她,仿佛给她钱是天经地义的事。我老早就知道,自己不可能过上无忧无虑的生活,始终都要有所担当。我的同学可以自暴自弃（选择学习文学），但我不能。

大三之前的那个暑假，经由里奥的朋友引荐，我成了一名雅虎实习生，实习地点就在南加州。面试时我故作镇定，一副熟悉业务的架势，结果真的入选了。我刚刚读完大二，相关的课程也只学了四门，入职后却得到了超乎想象的礼遇。那会儿，玛丽莎·梅耶尔刚刚执掌雅虎，决定为员工提供免费午餐，可以说是深得人心。我的直属领导打量了我一眼——我的头发终于长到了及肩的长度，也不再是扎眼的粉色，而是一头迷人的金发，大发感慨道，"你跟她简直一模一样！"她甚至安排我去了总部，希望我能跟老大自拍一张合影。她无比真诚地对我说，"有朝一日，你一定会成为下一个玛丽莎。"

领导总是夸我，说我做得很好，即使我觉得自己表现欠佳，她也从不吝啬对我的赞美。老实讲，我有时真是一头雾水，不过后来才知道作为软件工程师，这种感觉十分正常。老板之所以会认可我的表现，或许很大程度上是因为我是哈佛大学学子，哈佛大学学子自然都是成功人士。我也学会了在大公司为人处世的方式，加上我长了一排小白牙（至少上面一排很整齐），微笑帮我积攒了很多人气。我甚至开始胡思乱想，之前那么多人向我伸出援手，是不是因为看出我未来会功成名就呢？

实习期间我一直住在里奥家。我经常在睡梦中被他弄醒，他总是强行进入我的身体，让我感到撕裂般的疼。恋爱初期，如果不把我灌醉，他可能会不举，为了安慰他，我告诉他别紧张，我随时都愿意配合他。他真是把我的话听进去了。我们已经在一起两年多了，他动不动就提醒我当初的承诺，好像这话一出，我就再也不能反悔似的。不管我如何反抗，都无法阻止他的肆意妄为。在外人看来，这有什么难的？离开他不就得了？但对我来说真的不容易：宿舍封了，母亲家比之前还要惨不忍睹。因为跟里奥的关系，我没时间跟同学深入接触，所以也没有同学能帮我。最后一个选择是自己租间公寓，可我哪儿有那么多钱啊？我别无选择，只能寄人篱下。每天上班之前我都会出门跑步，下了班再去健身房健身，我希望自己能越来越强大。每天公交通勤的时间足有九十分钟，我也不想浪费，总是一边学习《破解编程面试》，一边认真地做笔记。

有时，我脑海里会冒出一个声音，质问我为什么要放弃对艺术和写作的热爱，为什么要选择功利的专业，为什么不做一个心怀伟大理想的文科生？虽然心中有这种疑问，我却从未停止过努力地学习，不管多么疲惫，我都会打开《破解编程面试》那本书，找到上次看到的地方，把重要内容记下来。我知道自己需要什么，一直都知道。只有在刻苦学习时，我才是在为自己而活。

....

实习经理给了我很大信心，她甚至说我随时可以回雅虎实习。同年十月，我参加了格蕾丝·霍珀计算机界女性庆典。与会成员接近五千人，有大学生也有工程师，大家济济一堂，听取各大企业高管的主旨演讲。讲座之后是连续三天的聚会，各种免费赠品，还有很多面试机会。我跟朋友嘀咕，"这简直就是爱的召唤，谁能拒绝啊？"

这次活动向我传达了一个信息，那就是"我们这行需要你"。会展中心的宴会厅有几个足球场那么大，招聘企业准备了好多女式T恤、水杯、电脑贴之类的赠品。有些摊位竟然还提供免费美甲、座椅按摩的服务，领英甚至免费帮大家拍摄求职大头照。整体而言，女性在工程师群体中只占16%，专业人士认为，造成这种局面的是"源头问题"：女生不愿意学习理工科，抑或是她们吃不了苦，害怕数学只能考到B，毕竟，如果学英语的话，可以轻轻松松地拿到A。我喜欢这种说法，这就意味着我是勇敢的少数者。我并未积极打听各大公司的雇用条件，参加活动享受到的各种福利已经让我开心得上了天：活动费用由主办方负担，漂亮的酒店房间我一个人住，餐卡也被提前存了钱，我想吃什么刷卡就行。我参加了脸书的面试，还参加了招聘会上的编程比赛，公布获奖者时，招聘方竟然念到了我的名字：

"获奖者是埃米·尼特菲尔德！"

"什么？"我不敢相信自己的耳朵，整个人都是蒙的。"太好了！"我挥舞着拳头，喊出了声。我知道这个比赛根本算不了什么，我的对手只有两个人，但我毕竟再次赢得了比赛，找回了那个永不放弃的自己。

招聘方把奖品颁给我，奖品是一个背包：灰色的，上面印着移动支付公司Square的标识。我坐在地上，把自己的东西从粉紫色扎染背包中一样一样掏出来，再小心翼翼地放进新背包。扎染背包从寄养家庭开始就一直陪着我，见证了我漂泊的人生，现在它也该寿终正寝了。于是，我毅然决然地把它塞进了垃圾箱。

脸书的实习面试被安排在宴会厅另一侧的节日帐篷里，我背着新背包步伐坚定地走了进去。面试官给了我一支白板笔，我用它详细解释了如何平衡二进制图谱。第二天，我参加了第二轮面试，回答了新的问题。当天晚上，我和其他面试者受邀参加了一场派对，品尝了我有生以来吃到的第一份培根扇贝卷，一连吃了十四个，里奥要是知道肯定气死了。

又过了一天，脸书的招聘方给了我一个蓝色信封，跟我道了句："恭喜你！"

我感觉周围的一切都消失了，会展中心里只剩下我一个人。我手里拿着聘书，上面写着每个月六千二百美元的实习工资，这对我来说简直是天文数字。公司还会免费安排住宿和往返机票，甚至给了我一笔补助，让我买一辆自行车和车锁。

我手里拿着的是宝贵的证明：是我可以摆脱过去成为更好的自己的证明。我长舒了一口气，摆脱了过去七年的漂泊不定，从今以后，我吸入的每一口空气都将是清新的，我的全新人生一直在那里等着我，只要我足够努力就能找到它。

里奥听到我被脸书聘用的消息后很不开心，再之后我收到谷歌聘书时，他也是如此。我飞去旧金山，参加了一个新公司的面试，里奥飞过去看我，我俩住在他朋友家的客卧。我面试的表现非常糟糕，第二天一早跟里奥大吵了一架。我已经二十一岁了，我俩已经在一起两年半，吵到最后我俩都哭了，紧紧地抱着彼此。里奥跟我说他永远也不会忘记我，还说我需要帮忙时可以随时跟他开口。

吃完早餐，他问我，"你要叫车吗？"

"我的航班是晚上九点半。"我回答。

他抚着我的肩膀对我说，"你现在就走吧。"我屏住呼吸，把自己的衣服和作业统统塞进背包，这是我非常熟悉的操作。里奥把我送出门，我的心情无比沉重。在一个完全陌生的城市，我要独自消磨十二个小时的时间，这让我再次意识到自己是个无家可归的人。我坐上车，不知该去向何处。我给这附近认识的人都发了短信，终于有个人回了我的消息。她让我去她家待着，等航班时间到了再去机场。下午，我穿上运动鞋跑出门，跑过高速公路，跑过空旷的停车场，一路跑到了海湾。地图上这里标注的是蓝色海洋，我还以为会像明尼苏达的湖泊一样清澈，可到了跟前才发现，这里的海湾竟是土黄色的，还散发着海草的腥臭味。我跑得气喘吁吁，俯下身扶着膝盖，大口喘着粗气。

空虚寂寞笼罩着我，本来有人爱我，我却不知好歹提出了分手，为什么啊？只是为了硅谷的工作吗？我看着眼前的荒芜海湾，一点也不美。我又变成了孤身一人，这结果怪不得别人，是我咎由自取，谁让我总是不知满足呢？当天晚上，我在机场给母亲打了电话，告诉了她我分手的消息。

"他不是在罗德岛大学工作吗？"母亲问我。

"差不多吧。"我说。

"赶紧给他打电话复合。"母亲并不了解我和里奥相处的细节，提醒我不要没事找事，还说哪怕是求也要把里奥求回来。

"不，"我言辞坚定，"我不会这么做。"不知为何，我甚至觉得自己不仅是在跟里奥分手，也是在跟母亲作别。我挂了电话，关掉手机，把它放在背包的最里面。我再也不想给她打电话听什么乱七八糟的建议了。

二十三

分手后的每一天我都槁木死灰一般地活着,不知能跟谁发消息倾诉一下。再也没人问我睡得好不好、作业写没写完或是什么时候期末考试了。对我来说,内心唯一的安慰就是穿上跑鞋,沿着学校池塘一圈一圈地奔跑,跑到浑身酸痛,跑到为了缓解疼痛只能再次穿上跑鞋出门。

大三开学的第一天,我朝维尔德船坞方向走去,带着几分慌乱和不安。过去两年,我一直看着纤细的赛艇从查尔斯湖面划过,上面的人戴着遮阳帽,身材健美。我听说谁都可以尝试赛艇运动,但总觉得自己没有资格。划船的都是那些接近完美的家伙,我跟他们一比真的相形见绌:人家都身世显赫、家境殷实、上肢力量超级强大。但现在我的想法变了,我想试着参加轻量级的队伍,这样我就可以强迫自己减重十四斤,重新回到莱克维尔时的体重了。我想破釜沉舟,我想重新来过,我想彻底改变,那就先从改变身形开始。我渴望有人能督促我,靠我自己恐怕做不到。

第一天,新手教练让我和二十名新生,还有一名大二学生先去跑上一千多米。接下来的几个星期,我们先后学习了左舷、右舷等术语,而后又练习了如何在水面操控价值四万美元的赛艇,保证其顺利躲避障碍。(竟然可以免费使用如此昂贵的设备,用母亲的话说简直是"占了世纪大便宜!")教练给我们讲了很多关于赛艇队的故事,哈佛大学还没招收女学生时,第一支赛艇队就成立了,所以男队教练总想阻止女性参与赛艇运动,担心女生会败坏哈佛大学的名声。我很愿意听这些老故事,但还是希望教练不要总是说教,看着校队飞速划过水面,我内心真是羡慕极了。

教练说要派临时队员参加校内的跑步比赛,我压抑已久的胜负欲及我想要自我证明的愿望顿时膨胀到了顶点,我觉得自己很有胜算:按照规定,学校田径队和越野队的人都不能参加,一个最有竞争力的业余选手最近也受伤了。裁判一声令下,我不管不顾地一路狂奔。我前面一个女生也没有,我一路领先。只剩下八百米的距离了,我奋力跑过小桥,仿佛已经胜利在望。

忽然,后面好像有人跟了上来,我并没回头,但知道应该是个女生。我不能回头,一旦回头就会被对手超越。我紧盯着前方,终点离我越来越近,但我的步伐越来越慢。裁判已经准备好把名次牌交给我们,我暗自思忖,如果后面的人超过我,我就用胳膊把她挤出跑道,如果必须动粗才能赢,我甚至可以把她推到路边。

终点临近,后面的人越跑越快,我也不甘示弱,奋力冲向裁判,希望能拿到第一名。我一个猛子扎到前面,拿到名次牌,整个人瞬时趴在了地上。我把名次牌紧紧揾在胸口,谁也别想夺走。

我赢了,至少赢了身后的人。

我抬起头,迎面站着玛丽·卡马克,她可是校队的明星队员。"嗨,埃米！"她笑盈盈地看着我，气息平缓，根本不像刚比完赛，"你最后跑得真快啊！"玛丽伸手把我拉起来，问我晚上有没有安排，仿佛完全不介意刚才我恨不得把她弄死的架势。

感恩节临近，我不知道放假能去哪儿，整个人又到了崩溃的边缘。我给里奥留了言，重复了当初戴夫和简的话，说自己好高骛远、分不清主次，受哈佛大学文化影响太深，只知道一心往上爬，总以为成功就是一切，因此忽略了最宝贵的爱，现在想起来真是追悔莫及。里奥再次被我感动，说愿意再给我一次机会，具体如何，还要看我后面的表现。不过，他也提出了一个条件，就是以后我不准再跟艾米接触，因为在信中我为了减轻自己的罪过，把责任都推到了艾米身上，说是她把我领上了歧途，让我一心只想去大公司实习，才变成了无情无义之人。

放假了，我再次来到加州投奔里奥。一天，我躺在里奥的懒人沙发上，他走过来跟我说了一个可怕的提议：他让我申请从哈佛大学退学，转到加州的某所学校。

听了这话，我整个人都傻了，心口一阵一阵地疼。没错，我对哈佛大学有时也很失望，觉得它太过功利，培养出来的学生只会追求所谓的地位。可是现在，我终于在校园找到了一席之地，我绝不可能放弃。"我不能这么做。"我回答里奥。我们没再讨论这一话题，等到假期结束，我又回到了校园。几个星期后又迎来了寒假，我的手段再次得逞，再次投奔里奥，任由他肆意对我施暴，反正只要给我一个住处就行。我泪如雨下，流进了耳朵，我越发清楚自己不会再想念他，只有跟他彻底分开，我的日子才会好过。

谢天谢地，我入选了学校赛艇队冬日集训项目，终于可以提前离开里奥和洛杉矶了。我没想到自己竟然是个素质不错的运动员，不仅可以跟重量级选手较量，还可以代表学校参加比赛。（培训新手的教练建议我的体重再涨九斤，说我一定会成为一个"强大的姑娘"。）佛罗里达的太阳刚刚升起，我们训练的海湾附近能看见很多美洲海牛。训练开始，我们的赛艇从立交桥下的水面划过，船尾的水波映照出天上的彩霞。我们奋力推出船桨，搅动水面，再将船桨收回，有规律地喘着粗气。我不知道自己在做什么，但每次训练我都竭尽所能，像是在玩饥饿游戏，生怕有一点松懈都会死得很惨。这项运动真的很辛苦，而我吃苦的本事应该远远超过其他预选对手。手磨出了水疱，而后又撕裂开来，我不仅不觉得疼，反而还收获了一丝快感，仿佛每一个老茧都能让我更加坚强，都能帮我抵御曾经遭受的伤痛。

我之前虽遭受过无数次惩罚，却从未有人教我如何改进。我一直活在自生自灭的状态，一直以为要想出类拔萃，就要将曾经的自己彻底摧毁。刚开始训练时，我总是"抓瞎"，不知该如何操纵船桨，每次看到教练拿起扩音器，我都害怕得要命。他们已经跟我说过很多遍，让我保持手腕平直同时坐直身体（"埃米，保持正确姿势，让其他姑娘看看！"），可我还是频频出错，教练却一句难听的话也没说。一天，我再次出现状况，正琢磨着恐怕要被淘汰了，突然一位队友示意大家起风了。赛艇开始上下摇晃，海水拍打着船舷，我平生第一次意识到这世上有太多强大的力量，就算人类做得再完美，也无法做到尽在掌控。

生活在队里的日子很幸福，大家都很关照我。如果训练将耽误用餐，主教练就会叮嘱我们从食堂打包好午餐带着。每个人都发了长款的耐克冲风衣，这是我平生第一件真正暖和的衣裳。教练人都很好，对我们也很关心。记得有一次，我们在查尔斯河上训练，船上共有四位队员，教练是一位女士，名字叫柯莉。"很好，你们做得很好！"她从不吝啬对我们的鼓励，我们操控着黑白相间的船桨划过河面，心里倍感温暖。她说过很多鼓舞人的话，记得一次大雨滂沱，柯莉拿起扩音器让我们在心里默默重复"我战无不胜，我爱赛艇"。天空突然裂开一道闪电，她也丝毫不畏惧，竟然拿出手机帮我们拍起了照片。

我第一次开了窍，原来惩罚不是激发改变的最好办法，而是最简单、最省事的做法。从一开始就把人拒之门外，或是简单粗暴地将其淘汰出局，这些做法只会让人产生自我怀疑、丧失斗志。正确但又困难的做法是鼓励他们，帮助他们走向成功。

赛艇训练提高了我对身体的意识。之前，从来没有人告诉我该如何对待自己的身体。家里没有人锻炼，当初我患上进食障碍时，确实去过托管治疗中心的健身房，而且还去了一年，但每次到那儿我都戳在原地什么也不做，看着周围的人一通折腾，有的在练习举重，有的在跑椭圆机。我对自己的身体没有任何概念，托管治疗中心有时会严格控制我的行为，但哪些行为具体会带给我怎样的感受，我却从来没有认真思考过。

到了大学，我也只是碰巧发现了一些必备技能——尝试流行的健康饮食法让我发现之前每天喝六罐健怡可乐的做法是我头痛的始作俑者；被我长期作为主食的豆子是我多年胃病的罪魁祸首。多年来，我与食物的万千纠葛并不在于我的思想，而是源于我的身体。整个青春期，我不得不忍受逆来顺受的生活，后来才逐渐意识到自己的身体其实非常敏感。于是，我决定不再熬大夜，要保证充足的睡眠。我发现自己每天要睡九个小时，这样第二天身体才会舒服，五个小时或是八个小时根本不够。

有了正常的作息，如果偶尔连续两晚熬夜，我就会听到一个声音不停提醒我，我不想活了，不想活了，这是过去十年我脑子里一直重复的声音，现在我才意识到，我的绝望多少与睡眠不足有关。

现在我成了一名运动员，有了冲击冠军的实力，为了比赛表现得更好，我必须善待自己。我的队友都又高又壮，这让我颇感安慰：我腹部的脂肪根本不是罪恶，队里每个人都有。我穿上紧身裤，套上队服，划行时总是竭尽全力，每次训练结束我都要吃六个鸡蛋和两个松饼。这么多年过去了，我一直都在自我否定，现在才终于学会自我接纳，没想到竟然带给我这么多快乐。

明天就要去耶鲁大学比赛了，全队都集中在舵手的房间，柯莉教练也来了，认真讲解了比赛计划，然后又给我们讲了一个睡前故事。"好好睡觉。"她一边说一边拍了拍床尾。

第二天，按照指令，我早上四点四十五分就起了床，紧张得一直浑身发抖。我不理解自己怎么会这样没出息：我可是校队队员啊，身上穿着统一的服装，还戴着遮阳帽和借来的墨镜。我们的赛艇终于来到出发线上，裁判大声喊出我们的队名，示意我们做好准备。我的心一下子揪到了一起。

裁判哨声响起，主舵手麦肯娜大声喊出起始动作的口号，我们全力加速，一路飞驰。最开始的五百米转瞬即逝，我们来到了中间点，也是最痛苦的阶段，我感到胸腔、胳膊和嗓子都火辣辣地痛，不得不大口大口地呼气，仿佛自己随时可能心脏病发作。我心里盘算着还有四分钟，我无论如何也坚持不下来了，绝对不可能。

麦肯娜再次喊出我们的队名，我不再胡思乱想，跟随着口号一次又一次完成了既定的动作。此刻,我的心里只有我们的队伍,没有哈佛大学,没有之前所谓的梦想,没有命运对我的不公,只有我们的队伍,还有像我一样一直被排挤的女性,她们通过自身努力终于在赛艇队找到了自己的一席之地,也帮我开启了全新人生。

还剩下七百米,周围的世界仿佛消失了,我眼中只看到隧道尽头的一丝光亮,随时都有虚脱的可能。我紧紧跟随着主舵手的号令,"为了阿巴再划五下。"她说。我爱阿巴,要是为了我自己,我肯定已经放弃了,可是为了阿巴,我愿意再咬牙坚持。"埃米。"她又喊出我的名字,我不能让队友失望。然后她又喊了"珍"的名字,珍总是一上车就帮我占好位置,然后还有"莫拉",莫拉坐在船头,我技术不过硬总是来晃去,她却能一直稳稳地把持住赛艇的方向。每个人的名字都让我湿了眼眶。长久以来,我一直信奉人只能靠自己,对于自己的情怀和忠诚,我总是极力地压抑,但教练说,"有时候让我们赢得比赛的就是情感。"

"为了柯莉再划五下。"麦肯娜再次发出指令,我们的赛艇一路冲向前方。

终于迎来了最后五百米,也就是说再过九十秒,我就可以完成任务而后安心地死去了。麦肯娜继续发出指令,我们一路大喊,船桨击打着水面,发出哗哗的声响。"这次耶鲁大学站的比赛只取前两名,"她继续道,"我们必须提前冲刺,现在就要开足马力。"她开始倒数,还剩最后四十下动作,"我们来了!"她高声呼喊,"给我们留个位置!"

整个世界都消失了,就连前面阿巴的背影也慢慢变得模糊不清。"八、九,用力划!"

终于划过了终点线,我的脑袋无力地耷拉在膝盖上,虽然好不容易抬起了头,浑身却不住地发抖。几分钟过去了,我再次睁开眼睛,半天才看清眼前的世界。我看着自己结满茧子的手掌，还有袖子边缘手腕处黝黑的皮肤和白色的伤疤，我终于有了自己的四人组。"我们赢了！"麦肯娜大声说。我一边低头看着自己的手，一边激动得哭出了声。我现在才明白，忍受痛苦和在痛苦中崛起完全是两码事，我终于做到了，未来的我还能做得更好。阿巴回头拍拍我，给了我一个拥抱，我转过身，想把拥抱传递给珍，费了好大劲才够到她的胳膊。柯莉站在岸边，一直朝我们挥手。

二十四

大三结束的那个暑假，我终于如愿以偿成了谷歌的实习生。上班第一天，我站在写满算式的白板前绽放出我最灿烂的笑容。拍完证件照，我戴上帽子，上面印着谷歌新员工的标识。他们又发给我一个背包，深蓝色，有无数个小口袋，在最显眼的地方用白色绣着公司的名字。我们这批2014级实习生都发了同样的装备。我坐下来，把背包捧在怀中，闻着它散发出来的防水胶的味道，感受到一股强烈的归属感——多年的努力终于梦想成真了。

实习经理朝我走了过来，他穿着一条上过蜡的牛仔裤，上身是一件V领T恤，领口处可以看见浓密的胸毛。他把我领到一排红黄蓝三色的自行车前，带我骑着自行车领略了旷阔的办公区，大楼与大楼之间还可以看到野生的草丛。我感觉自己是在拍摄去年热映的电影《实习生》的预告片，心里美滋滋的。终于到了我的办公楼，经理刷了他的卡带我走进去。"你渴不渴？"他一边指了指正在咖啡馆里忙碌的咖啡师一边问我道。我看到除了吧台，后面还有比萨烤炉、海鲜吧、沙拉吧。我感觉自己进的根本不是什么办公楼,而是宇宙的中心。

"你们天天在这儿吃饭吗?"

"唉,这不是最好的餐厅。"他说自己更喜欢烧烤屋,那里周末会腌制最美味的牛肉,只有星期一向员工开放。另外,同步厨房也不错,提供的是寿司和手工意面,就连上菜的盘子都是手工制成的。整个办公区有二十多家餐厅,全面提供早、中、晚三餐。除了这些,零食区更是随处可见,什么零食都有,杏仁、海苔、各种气泡水,全部向员工免费开放,属于员工福利。对了,办公区还有医务室和针对员工打折的按摩中心,甚至还有自行车修理点和美发店。公司好像想到了生活中的所有细节,把员工照顾到了无微不至的程度。我以往从来没有过这样的感受,这才是所谓的关爱吧。

接下来的几个星期,我深深地爱上了编程,我自己都没想到。我担心自己的出身,怕会遭到嫌弃,但大部分同事都来自国外,他们在本国也是一路考学上来的,可以说正是考试决定了他们的未来。当然,不会有多少人真的热爱编程。但不可否认,软件工程师是一份非常体面的工作。之前我还觉得自己学习计算机是否会太功利,现在我不再为此纠结了,就让那些总想告诉我"做喜欢的事"的人见鬼去吧。编程工作需要注意力高度集中,与准备标准化测试一样,要做到全神贯注。有时,编程编累了,我真想跑到停车场大喊几声,不过大多数时候,我还是觉得自己是世上最幸运的人,竟然能找到这样一份工作,每天都可以调动并开发大脑的潜力。

整个假期,跟我打交道的同事都是男性,不过我并不觉得别扭。接触到的同事中,白人很少,好多都是东亚人或印度人。我看到的只有绽放的全新世界和未来的无限可能,我知道自己一定能够大展宏图。谷歌带给我一种熟悉的感觉,我从小到大辗转过多个福利机构,已经熟悉了制度化的生活:每天早上乘坐七点十五分的班车上班,黄昏时分回到家。我想清楚了,等我以后有了全职工作,生活肯定会被划分成两个部分,工作时也会有人像在学校时一样给我的表现打分。我会努力改变生活,努力飞黄腾达,像打游戏一般一关一关地往前走,最后甚至可能拥有股票分红,这就是我心中最大的愿望。

那个夏天我忙得不可开交,除了实习,我还加入了哈佛大学女性计算机科学理事会,主要负责联系赞助企业。我给很多公司打去电话,千方百计地说服对方资助我们召开一场五百人参与的大会。我发现有钱人真是乐此不疲:就喜欢加入各种理事会,组织各种活动。在哈佛大学时,我在这方面的能力已经得到了很大提升。

我很少出去玩,除非室友邀请我。六月的一个星期五,我放弃本来的健身计划,答应跟小任出去吃晚餐。小任是我哈佛大学的校友,一直跟艾米住在一起。

吃完饭,我俩离开餐厅,她又邀请我去朋友的住处喝一杯。"我不喝酒。"我告诉她。

"水你总喝吧?"

"我明天还得早起参加赛艇训练。"

小任看了一眼电话,"现在才八点,朋友家就在咱们回去的路上,顺路看一眼呗。"

我不再坚持。

我端着一杯水坐在陌生的客厅,看到一位男士从厨房走了出来,手里端着一盘白米饭。

"拜伦！"房子的主人大喊一声，把从厨房出来的家伙吓了一跳。那人很瘦，乱蓬蓬的金色头发。主人开玩笑地挤对金发家伙，"你能不能做个称职的主人啊，还不赶紧跟我们的客人打声招呼？"

拜伦没吭声，不过表情好像已经默许了。他在我旁边坐下，"对不起我必须得吃点东西，"他解释道，"我刚刚骑车骑了二百多千米。"

"真的假的？那得骑多长时间啊？"

"我是早上六点出发的。"

我俩不再理会小任和她的朋友，那些口若悬河讨论各种体育运动的客人仿佛也都在我们面前消失了，我俩投入在与彼此的交谈中，乐在其中、无法自拔。拜伦是去年从哈佛大学毕业的，专业是计算机科学。他说自己喜欢独处，一有时间就一个人出去骑行。

他问我是哪里人，我不假思索地回答说"我高中读的是寄宿学校，不过我小时候住在明尼苏达"。

"我家住在弗吉尼亚，但不在那片僵化保守的区域。"

我眯起眼，"你去的是那所中学吧？全美最好的公立高中，对吧？"

"对，托马斯·杰斐逊中学，"他一下子红了脸，继续问我，"你怎么知道？"

"谁不知道啊！"我对自己的表现很是满意，看来面对全新的世界，我还不算一个土老帽儿。"所谓'弗吉尼亚非僵化保守的区域'其实就是在委婉低调地形容美国最富裕的郡。"

将近十点了，他突然站起身，很抱歉地对我说，"对不起，我得去睡觉了，已经过了我平时睡觉的时间。"

我和小任一路往回走，她逗我说，"他好像特别喜欢你。"

我朝她翻了个白眼，"我太忙了，没时间想这个。"不过当天夜里，我躺在垫子上，感觉后背很痛，非常渴望能有人搂着我入睡。我在心里骂了自己一句：你必须好好生活下去，必须适应一个人的生活。渴望与人为伴对我来说无异于招致一辈子的虐待和羞辱，到时候，唯一能保护自己的办法就是不断怀孕生子。

整个夏天，我与拜伦多次邂逅。一个晚上，我竟在我们的公寓看到了他，正戴着围裙站在厨房，耐心地跟他的室友解释切洋葱的正确方法。是小任把他们请来的，说是要给我们做顿饭。几个星期后，我又跟小任去了几个创业者合租的公寓，那里正在举办派对。我在那儿再次遇见拜伦，在场所有男士都穿着黑色T恤，拜伦的一头金色头发让他格外地显眼。

"嗨！"我热情地跟他打招呼。我自己也没想到，见到他我竟然这么开心。小任正在一边与几个创业者聊天，可我感觉与这些人没什么共同话题，于是问拜伦想不想来杯啤酒。

"你知道吗？喝酒会严重影响健身效果。"他虽然不是在指责我，但很明显也不是在开玩笑。

就这样，我给我俩各自拿了一杯白水。时间来到九点钟，他说他得回去睡觉了，于是便给自己叫了一辆专车。

"我可以跟你一起走吗？"我问他。

我俩先让车子送了他，到地方后他对我说，"我把你的地址直接输进去吧，让司机直接送你回去？"

"不用了，我就在这儿下车，走几步就回去了。"

我俩都下了车，他站在门口对我说，"能遇见你真好。"

"我也是。"说完，我转身准备离开，心里多少有些失落，具体为什么，我也说不清楚。

"稍等,你能告诉我你的电话吗?"

"当然。"我难掩笑意。我一路往自己家的方向走,心情愉快,脚步也轻松了不少,很快就到了家门口。突然,手机震动了一下,一股暖流涌上心头:我一定会越来越好,不管过去经历了什么,未来我一定可以和正常人一样,拥有自己的朋友和爱人。

我解锁了手机,发现是打车软件提醒我支付乘坐专车的一半费用。

暑假过半,实习经理对我说,"万一之后你没能转正,千万不要难过。"

听了这话,我顿时眼前一片漆黑。我知道找一份正式工作不容易,需要经过好几轮面试,需要通过雇用委员会的审核,但经理的话依然让我感到无比挫败,连他对我的表现都不满意吗?这可是我转正的最基本条件啊。

谈话结束,我一个人漫无目地穿过停车场,大脑一片空白。我一路游荡,走过户外健身中心、咖啡实验室和沙滩排球场,最后走进了另一栋大楼,那里可以吃到刚出炉的饼干。冰柜玻璃门上映着我的身影,里面摆放着各种饮料,我打开柜门,拂过一排气泡水、一盒盒切成丁的火鸡肉,还有放在最底下的一罐罐健怡可乐。公司像是故意把可乐放在最下面,估计是想减少我们对碳酸饮料的摄入。

我感觉自己被赶出了伊甸园。要是我能转正,谷歌对我来说就会是一个大家庭,每个同事都是我的家人,之前所有的缺失都可以在这里的格子间找到补救,就算缺乏父母的关爱,我也可以在这里找到弥补和替代。这里就像哈佛大学,能让我拥有归属感,但这里比哈佛大学还要好,毕竟一旦转正,我可以在这里工作几十年。

我一路走来这么辛苦,难道最终还是竹篮打水一场空吗?我越想越生气，肾上腺素飙升，咬着牙暗自发誓，我一定要得到转正的机会，不管要付出怎样的代价。

我一生经历了那么多痛苦，不了解情况的外人都觉得我该保持理智，这世上又不是只有谷歌一家公司。但我不这么看，谷歌对我来说丝毫不亚于我当初对考大学的执着。入职以来，再小的事我都会认真对待：组织女性计算机科学大会时，我甚至因为盒饭的安排紧张得半夜两点从睡梦中惊醒，吓出一身冷汗，生怕因为自己的失误导致与会者吃不上准备好的火鸡三明治。

我的神经系统再次陷入过往模式，每件事都非黑即白，非生即死。我知道有人会说，我现在的情况跟以前不同了。但是，就在不久以前，也就是六个月前，我不是还得为了寒假的住处忍受前男友对我的蹂躏吗？现在，即使情况真的变了，我的身体和大脑也做不到与时俱进。

我一个人在洗手间里来回踱步，告诉自己要尽量保持平稳呼吸。我要做的是把安全感找回来，然后好继续努力。

一个月过去了，我提交了实习报告，也终于收到拜伦发来的第一条短信，他邀请我一起跑步。"没问题。"我回复说。尽管每个星期日上午我都得参加三个小时的赛艇训练，但还是欣然接受了下午与他一起跑步的邀约。

我等在他公寓门口，他走出来，头上戴着发带，身上穿着高中越野队的白色T恤。

"我今天本来打算跑十四千米的，但小腿有点疼，可能跑不了那么远。"他跟我说。我一路气喘吁吁地跟在他身后，跑上山坡，俯瞰着下面的卡斯特罗剧院。

我们跑上了主街，因为红灯暂时停了下来，他看了看我。我上午刚参加了赛艇队的训练，所以身上还穿着短裤，而不是紧身裤。"你的腿怎么了？"

"是伤疤。"

"怎么弄的？"

"我自己用刀划的。"

"哦，抱歉，我不该问。"拜伦认为自己很失礼，不好意思地朝我眨眨眼，然后又跑了起来。

"没关系。"我们半天没说话，我一路跟着他跑上了双子峰。这里一直雾气很大，我之前竟然不知道这座山的存在。

等到我们最终跑回他家，他发现我们已经跑了十四英里。我的室友都在他这儿了，一边吃着牛排，一边喝着红酒。拜伦和我也各自喝了一杯，喝完后我有点头晕，却并没有觉得对运动恢复有什么影响。

我们开始了更为频繁的见面，星期二、星期四下班后，我们都会约出来跑步。有一次，他把我送到家，跟我简单拥抱道了别。他的身体很轻盈，但也很僵直，像是一辆自行车，只要我轻轻一推，他就可能倒下。

我泡了一个冷水澡，把冰箱里所有冰块都倒进了浴缸。

"你说拜伦究竟是怎么想的？"我问小任，无法理解他竟然大老远地带我往山上跑，"我觉得他就是想找个没人的地方杀了我。"

"他是想追你，他喜欢你，多明显啊！"

"我可看不出来。"我回答。我对自己的人生已经有了想法，我要么读研，要么在硅谷找份工作，就算还能遇到爱情，肯定也得等我人生过得差不多了，怎么说也得三十多岁吧。

我爬进漂着冰块的浴缸，想要一边泡澡一边看看关于赛艇的书。可是我一直分神，脑海中总是出现拜伦的蓝眼睛和瓜子脸，还有他的认真和执着,就连他身上那件旧T恤我都觉得好看。要是他能用那双紧实的手臂搂着我,那感觉得多么美妙啊?冰块碰撞着浴缸壁,发出叮叮当当的声响,我感觉自己的心也在随着冰块慢慢融化。

第二天早上刚一醒来,我脑海里再次出现了拜伦的身影。我们已经说好周末一起骑行,可我怎么感觉周末那么遥远啊。二十四小时后究竟会发生什么?他是否会跟我告白?我不能守株待兔,我的人生,不论我想要什么都得自己争取。再说了,再过两个星期我的实习就结束了,到时候我就得回学校读大四了。

我给拜伦发了短信,跟他说让他当晚过来一趟。

他按响了我的门铃,我打开门看到他浑身大汗,身前推着自行车。他伸出双手,捧起我的脸,吻了我。

我们来到我的房间,我已经想好了,这次我要主动,以后万一走不下去,我也不会觉得是拜伦伤害了我。

"等一下。"他说自己不想急于一时。

我们俩并排躺在床上,他抚摩着我腿上的伤疤。

拜伦抚摩着我的脸,我没出息地泣不成声,赶紧把头转向一边。他的抚摩让我感觉他是真的在乎我,虽然我俩来自完全不同的家庭,他仿佛能体会我的过往。我真后悔,即使我们本来有机会走在一起,但我这么主动,肯定已断送了这段姻缘。

"我能问你一个问题吗?"他问我。

我擦掉眼泪,重新打起精神,转向他这一侧。

"你此生获得的最大的称赞是什么?"

我想了半天,告诉他我在雅虎实习时,大家都说我是"下一个玛丽莎·梅耶尔"。"可能只是因为我跟玛丽莎一样,都长了一头金色头发。"

拜伦轻抚着我的脸颊，"我觉得你就是下一个玛丽莎。"

我爱这个家伙，我心里嘀咕，不过马上告诉自己不能这么想，这才哪儿到哪儿，怎么就谈得上爱了呢？还未经过仔细观察和漫长考验，怎么可以对一个人死心塌地呢？

天快亮了，天光透过阁楼的窗户照了进来。我拿来一个眼罩递给拜伦，希望他能好好睡一觉。我们睡了一个大懒觉，如果只有我一个人，我肯定睡不了这么踏实。"现在有美食节，咱们出去尝尝？"我俩出了门，拜伦一路牵着我的手。我紧张起来：难道他不担心有人看到他跟我在一起吗？如果大家以为我俩在一起怎么办？不过，我没有拒绝，我俩一直十指相扣地走在街上。

到了美食节广场，他觉得每样东西都贵得离谱，于是我俩就买了一份可丽饼。

接下来的一个星期是我实习的最后一个星期。我们每天都睡在一起，耐心地了解彼此的过去。我想跟拜伦走得更近，却总还是觉得彼此间隔着什么东西。当然，不仅是拜伦，生命中遇到的每个人都让我有这种感觉，仿佛过去给我造成了巨大的伤害，让我无力与人实现心灵的沟通，也不配拥有正常人的快乐。"你给我讲一个你的秘密行吗？"我捧着他的下巴问他。

他跟我说了一件他觉得很丢脸的事，说如果不是因为母亲和外祖父都是哈佛大学校友，他很可能根本考不上哈佛大学。他说自己的空档年是他一生中最苦闷的日子。他从儿时起就一直觉得很孤单，自己也不知道为什么会这样。他说，每次他需要安慰，就会跟自己的毛绒玩具倾诉。"我向来都觉得自己格格不入，"他继续道，"甚至觉得自己跟所有人都不在一个频道上，说的不是同一种语言。"

"我这个人很奇怪。"他最后补了一句。我没忍住,笑了,因为在我看来,他这个人就是正常的典范,是地位优越的白人精英。但我也知道,在我们的圈子里,只要不随波逐流,就会被认为是怪咖,就会被拒之千里。拜伦的身材比我还要瘦,胸部光滑平坦,还剃了腿毛,说是可以提高骑行速度至少百分之二。空闲的时候,他会在线上玩象棋,或是看一些关于"二战"的书,还有一些关于女巫的电视节目。

"我就喜欢你的与众不同。"我说。他听了我的话,凑到我的身边。我咬咬嘴唇,等着他问我有什么秘密。果然,他开了口,于是我一发不可收地跟他讲了我的母亲、之前的男友还有十年未见的父亲。我的前男友一直虐待我,还有我十几岁时在青年旅馆遭遇了性侵。

说完这些,我转身背对着拜伦,他把下巴凑过来,贴着我的肩膀,我的心里暖暖的。我担心自己讲得太多,担心给他造成了心理负担,担心这是我们最后一次分享彼此的秘密。

"你现在怎么看我?"我问他。如果他接受不了,想要跟我分手,我希望就是现在,不想拖到我与他到了难舍难分的程度,他才以此为由离开我。

"我以前就觉得你了不起,现在更是如此。"

我转回身,吻了他。我告诉自己,拜伦一定会对我好,我生命中一定会遇到一个不会伤害我的人。虽然我并没把握,但总觉得只要足够努力,或许还有一线希望。

暑假接近尾声,小任邀请我跟她一起去约塞米蒂国家公园,同行的还有她的前男友和一个少年创业计划奖金的获得者。据说那人已经从布朗大学退学了,并因此获得了十万美金的资助(没过两年就成了亿万富翁)。我们一路跋涉,我时不时低头看看手机,生怕错过拜伦发来的消息。他终于发来一张自拍照,戴着我的赛艇队帽子。结果,我不慎把手机掉到地上,屏幕摔裂了。"你们俩终于在一起了!"小任对自己的撮合非常满意。

回程我们选择了内华达山脉这条线。已是傍晚时分,小任坐在副驾驶的位置,跟我们讲了一个关于苏丹娃娃兵的故事。"你们说,有过如此经历的人,还能与普通人共度一生吗?"

"这是个好问题。"小任的前男友开了口,一副要侃侃而谈的架势。

我一下子不安起来,这个问题对我来说当然不是不切实际的假设,他们竟然能对此大加讨论,越发让我意识到自己内心的孤寂。我的朋友大都对我的过去一无所知,只有一个赛艇队的朋友知道我曾经住过寄养家庭和治疗中心。车里的人以为我跟他们一样,都只是悲剧的见证者,没有人是受害者。

"我觉得他们肯定能吧。"我给出了自己的看法。我必须相信这一点,否则我的人生该如何继续?

我不能说自己对痛苦有绝对的发言权,毕竟与娃娃兵的遭遇相比,我的磨难根本算不了什么。小任和那个获得创业奖金的家伙似乎很认同我的说法,于是我继续道,"每个人都有自己的过去。"我跟他们讲到赛艇队的一个队友,她刚考上大学父亲就去世了,本来以为自己是运动员的材料,结果又被诊断出恶性疾病,病情还会越来越重,到了三十岁恐怕只能在轮椅上生活了。我还想到卫理公会医院的那些姑娘,她们的痛苦我始终无法理解,所以也从来没有当回事。

我始终相信人是击不垮的,我必须这样想,不论什么伤口,或早或晚都会愈合。只要我足够努力,终有一天会像小任一样,活得积极而健康。

她的生活虽不能称之完美，但我相信她一定未曾流着泪遭受过羞辱。

"我不同意，"小任继续道，"我觉得不可能。你又没有经历过类似的痛苦，怎么可能感同身受？"

"爱上一个人不一定非要了解对方的过去。"我反驳道。车里似乎没人站在我这边，但大家貌似也不想再争辩下去，于是开始讨论拉里·埃里森的游艇，只有我还在心里琢磨小任的问题，毕竟，我的想法将决定我的人生走向。经历了那么多磨难，我还能像正常人一样生活吗？还能真正爱上一个人吗？会有像拜伦这样的正常人爱上我吗？别人得了解我多少过往才能真正理解我这个人？依照本心，我巴不得自己忘记过去，可万一别人接受不了我的沉默，我该说些什么才不至于伤害自己？

二十五

再次回到校园，我每天都盼着能收到谷歌的回音。我一共向四十家企业发出了求职信，还参加了几十场面试，结果都不是很理想，整整六个星期，每天对我来说都是一种煎熬。

脸书面试官的反馈非常直白："我不知道你用的是什么编程语言，反正不是Java。"看到这条消息时，我难过得顿时流下了眼泪。忽然，手机响了，打电话的是谷歌的人力部门，对方通知我正式被谷歌录用。"谢天谢地！"我激动得喘不上气来，"真的谢天谢地！"这不仅意味着公司每年将给我开出六位数的薪水，还会给我上医疗保险、牙医保险和养老保险，成年人需要的安全感都能从中得到满足。

我放下电话，第一时间与拜伦打了视频通话。我离开旧金山时，我俩虽然未对彼此做出承诺，但之后每天都会通话，他甚至来学校看过我。每晚睡觉时，我都会把他送我的企鹅毛绒玩具搂在胸前。听到我被谷歌录用的消息，拜伦简直比我本人还开心，如果不必分居两地，我俩在一起的可能性又增加了不少。

"嗯，我也可能继续读个研究生。"我说这话是想考验他对我的感情，看他会不会阻止我。我的好多同学都一窝蜂地报考了牛津或剑桥，我有时也会幻想自己可以做出如此奢侈的选择，也可以不被金钱所累，一边去英国深造一边继续玩赛艇。

可事实上，我不想再四处漂泊了。我渴望有个家，想在墙上挂上艺术品，想把行李箱塞到衣橱的最里面，想置办一些可以长久使用的家具。我知道这么想很奢侈，也很危险，所以从不敢认真思考，担心早晚会与拜伦分手。我总是提醒自己我俩的关系很难维持长久，可即便如此，每次收到拜伦寄来的手写的书信，我都会开心到"飞起"。所以，我当然不会因为担心未来就不与他分享被谷歌录用的好消息，我把象征着我们爱情的小企鹅拿在镜头前，呼扇着它的小翅膀，仿佛小企鹅也在为我找到了工作而雀跃。

整个十月，我每天都抱着一颗感恩的心。马上就要与谷歌签约了，我庆幸自己通过了公司招聘的门槛，想到当初可能会被刷掉，我越发感激老天对我的厚待。谷歌给我的年薪是十三万美元，我没想到会有这么高，毕竟我才二十二岁。当然，同期入职的同事的薪水可能会是我的两倍，但我并不太在意。我问谷歌的人力部门纽约有没有合适我的职位，我太想去纽约生活了，对方回答说纽约办事处只录用实力最强的新人，而我等到十月底也没有得到答复。

明天就是与谷歌签约的最后期限了，我突然收到一封雅虎的邮件：它们说不小心把我的简历搞丢了，如果我愿意去加州参加面试，一定会收到满意的答复。于是，我第二天就飞去了加州。一个星期过后，谷歌再次与我取得联系，表示愿意跟雅虎一样把我的年薪提到二十万美元。

我是个刚刚走出校门的毕业生，这个工资我已经很满意了，刚入职就能挣到母亲六倍的工资，我都有点傻了，与其说是乐傻了，倒不如说是吓傻了。丰厚的收入再次证明了我当初的想法：人生哪怕只是走错一步，也会断送整个未来。我并非小题大做，我们生活在一个胜者为王败者寇的时代，几十万美元预示的就是阶层差异。谷歌给我涨了薪水，即使扣除各种税费，我估摸着第一年也能到手十万美元，我从来没有过如此踏实的感觉。

我忍不住去想人生的其他可能：如果没有考上哈佛大学，我会在怎样窘迫的境遇下靠借钱艰苦度日呢？我越长大越发现世界真的很现实，也很残忍。母亲为了贴补可怜的养老金，不得不在商场的一家小店面做起了前台，薪水只是最低工资。商场关门后，她会借着日光灯，窝在一排排可折叠的桌椅和衣服架子边给标准化试题算分，这是她的第二份工作。她甚至还有第三份兼职，负责给一个她极其厌恶的女人当私人看护。我小时候，若不是那份政府工作，她恐怕也得像现在这样艰难度日，如果我没有获得大学资助，如果我没在毕业后找到一份待遇优厚的工作，恐怕也要跟她一样勉强糊口。摄影夏令营的安东尼是我之前认识的人中最成功的一位：他也申请到了全额奖学金，现在在北京一家报社工作。至于说我在托管治疗中心认识的人，我翻看了他们的脸书，每个人都过得十分艰难，有的是单亲母亲，有的靠美容美发为生，有的在薪水少得可怜的卫生行业工作。当然，跟治疗中心的日子相比，他们对现在的生活应该也不会有太多抱怨，但在我看来，他们现在的日子依然很艰难，稍有不慎就会重蹈覆辙，走回自我伤害的老路。我听到小道消息，几个跟我同时住在托管中心的人已经身陷囹圄，还有一个，睡着后再也没能醒过来（死因应该是药物的副作用）。

的确，是哈佛大学改变了我的人生，但我千方百计想要摆脱的不幸却始终如阴霾笼罩着我。

终于和谷歌签约了。虽然我还是有很多生存焦虑，但接下来的大学生活轻松了许多。因为不用再担心工作问题，我选了很多不太功利的课，包括人生的意义、妈咪的战争、巧克力的制作等。我经常和一些研究生混在一起，跟他们讨论哲学问题，比方说自由意志是否只是一种幻想，有时，一讨论就会讨论好几个小时。

餐厅吃饭时，我常和赛艇队的队友凑在一起，有人进来时头发还是湿的，有人吃完了就走，不过又会有人加入进来，可谓是络绎不绝，一顿早饭常常持续好几个小时。有一次，我还当众上演了模仿秀，模仿了柯莉教练一段动人的讲话，讲话内容是赛艇比赛中没有平局。我模仿得特别好，大家赞不绝口，我也越发自信，整个人都随之开朗起来。

春天的一个上午，我和队员在衣帽间换衣服，同艇的一个姑娘突然开口道，"我从小就知道自己能上常青藤。"

"怎么可能！"我表示不解。

她耸耸肩解释说，"真的，最差也能考上达特茅斯学院。"

身边几个换衣服的姑娘都点头表示认同，只有我瞠目结舌，感觉难以置信。当然，我也不是完全没有这方面的认识：我的很多队友一早就是重点学校培养的重点苗子。想当初，我最大的梦想就是拥有跟她们一样的人生。

此时此刻，我竟对她们心生怜悯：她们永远不会明白实现梦想带给我的幸福和快乐。庭院里高大的乔木花团锦簇，肆意怒放着生命，我醉心地体会着眼前的美好，欣赏着灯火通明的教学楼。我的朋友们估计永远也意识不到自己有多幸运。那个上午，我顿悟了：是曾经的苦难历练了我，让我懂得珍惜一切美好，我感激曾经的悲惨遭遇。

好运再次毫无征兆地降临在我头上，让我重新燃起了自信。我可能永远也改不了这种思维方式：总是会不分青红皂白地感激命运赋予我的一切。我之前也听说过有人死里逃生的故事，他们从那以后仿佛变了一个人，像是终于开窍了，学会了活在当下。我也应该抓住命运超出预期的转机，借助这样的心理走向更好的人生。我知道这个过程并不简单，所以内心总是很复杂，若想获得这样的快乐，我就必须忘记过去的不幸，相信未来会更好，认同我的努力已经得到了回报。

我感谢自己学会了变通。自从成为哈佛大学学子，我就连打电话的腔调都跟以前不一样了。这样的改变对我来说并不难，但对很多人来说，就算想要变通，他们恐怕也做不到：校园里也会有种族歧视，也会把人分成三六九等（表面上虽然崇尚自由和觉醒，但所谓的多样性只是为了面子上好看罢了）。我刚来哈佛大学时还是一个相对弱势的姑娘，没想到毕业时已经一跃成为前途无量的白人精英。当然，那些家境殷实的同学依旧一眼就能看出我的伪装，但在其他人面前，我绝对可以蒙混过关。我希望自己能充分利用哈佛大学给予我的一切，做到趋利避害，取其精华，去其糟粕，但或许我想得太幼稚了，哈佛大学对我的影响已经远远超出了我的认知。

我错过了哈佛大学的毕业典礼。我们赛艇队一路突出重围，闯进了全国锦标赛，所以我们要代表哈佛大学前去参赛。母亲劝我不要去比赛，甚至鼓动一个亲戚给我发来邮件，告诉我如果不参加毕业典礼会后悔一辈子，但我心意已决。她上一次想来看我是我在印第安纳大学比赛的时候,她说要开车十个小时赶过来,我求她别折腾了。为此,我还在教练房间哭了一鼻子,我也不知道自己为什么就是不想见她,感觉自己始终无法摆脱她对我的影响。最终母亲没有来,但我比赛的表现依然很糟糕。

老实讲,错过毕业典礼我一点也不遗憾,我可不想穿着长袍、戴着学士帽跟母亲没完没了地拍合影,更不想听她反复唠叨我的哈佛大学学位是她毕生最大的成就。当然,我更不想看到我的同学穿着精致的白裙子招摇,仿佛自己是洁白无瑕的处女,戴着父母作为毕业礼物送给她们的卡地亚手表,开心地亲吻父母,表达内心的感谢。因为比赛的缘故,我只能参加典礼的一小部分活动。我已经把行李都收拾好了,塞进了两个箱子,我会带着它们搬去加州。

比赛结束,我紧紧抱住队友,搂着教练,久久不愿放手。我们把索具拆下来,把赛艇装上拖车。拜伦拿着租车的钥匙等着我,他将带我一路驶去旧金山,在那儿开启我们的新生活。

三个星期前是母亲节,我给埃德娜祖母打了电话,之前每个节假日我都会给她打电话问候。她不愿意长时间通话,每次讲到五分钟左右就会挂掉,可这次她却破天荒讲了很久。先是问了几个例行的问题:"你什么时候毕业啊?""找到工作了吗?""一个月能挣多少钱啊?""交没交男朋友?""他多大年纪了?"反正就是这几个问题,来回地问,我怎么回答的她根本记不住,毕竟她已经九十七岁高龄,生命已快走到尽头。虽然我每次给她打电话都会感到些许伤感,但每次跟她说些她想听的话也会让我感到幸福和欣慰。我知道,她不论问我什么,心里只想知道一件事:你过得好不好?

现在,她应该对我的答案很满意:我终于过好了。

后记

婚后三个月,我坐在没有窗户的房间,摆弄着手上的戒指。曼哈顿心理医生的办公室比我儿时做咨询的房间小很多,光线也很昏暗,但我注意到对面的心理医生身下的椅子好像价格不菲。

"你睡觉困难吗?"她问我。布吉医生穿着一件袖子宽松的紧身裙,脚上是一双菲拉格慕的平底鞋,鞋面上有一个漂亮的蝴蝶结。

我两手紧紧抓着身下的沙发,痛苦地点点头。

"睡眠问题出现的频率如何?"

"我每晚都睡不好。"我声音有些沙哑。

她低头看了一眼创伤性压力失调的相关症状,问我是否总是感觉到内疚、遗憾、恐惧?答案都是肯定的。我是否认为如果坏事发生在我身上,别人就可以幸免?我忍住眼泪点点头。

"你会感到愤怒吗?"我摇摇头。我从来不会愤怒,我认为自己本来命该如此。什么样的人会愤怒呢?应该是那些相信命运不公的人才会愤怒,我的人生不是已经好到超乎想象了吗?我以为忍气吞声就是我接受现实的表现。

然而，在我内心深处始终处于不安的状态。拜伦已经通过了各种情感考验，甚至愿意在我被派到纽约办事处后搬来跟我同住。可每次他只要不是第一时间回我短信，我就会感到焦虑，生怕他出事。结婚后，我的焦虑也丝毫没有缓解，整日担心他会跟我离婚。我常常做噩梦，总梦见有人追我，不是把我绑架了，就是把我送去了精神病院。我还梦见自己为了糊口，不得不跟一群男人做爱。我和拜伦都是软件工程师，收入很稳定，可我还是不敢花钱，坚持要住在一个位于四层没有电梯的工作室，浴室小得连胳膊都抬不起来，我每次洗头都得用公司办公室的淋浴。我一刻都放松不下来，总觉得只要以下三件事同时发生，我就可能再次流落街头：不幸受伤、被他人起诉、拜伦离我而去。我的朋友都觉得我疯了，可他们都有家人，根本理解不了我的恐惧。

我告诉自己要放松，告诉自己任何人都会焦虑。可自从2018年春天无意中看到母亲从布达佩斯发给我的邮件，我之前努力压抑的痛苦记忆就再一次涌了回来。同一时期，"我也是受害者"的运动也在美国进行得如火如荼，我也在不久前刚向谷歌的人力部门提交了一份报告，列举了我的上司性骚扰我的恶行。每次看到有关性侵的报道，我都会面红耳赤，胸口憋闷得喘不过气来，唯一释放的方法就是锻炼，而且越练越多，最后我每天运动的时间竟然涨到了三个小时。收到母亲邮件后的几个星期，一位婚前心理咨询师问了我和拜伦一个问题，"有什么话题是你们不愿意跟彼此讨论的吗？""没有。"拜伦不假思索地回答，一边说一边碰了两下我的脚；我当下没忍住，竟一把鼻涕一把泪地哭了起来。

纽约有很多优秀的心理辅导咨询师，但我依旧很难迈出第一步。终于，我在纽约找到了我的第一位心理医生，于是迫不及待地跟她道出了自己的故事，最先说到的是我在布达佩斯青年旅社的遭遇，仿佛那件事可以代表我之前的所有不幸和屈辱。心理医生打断了我，"你这样只能让自己更痛苦。"她建议我再等五年或十年，等我不再痛苦了再跟人讨论这件事。

"你不明白，"我解释说，"我可能根本没有五年或十年的时间了。"每次我想要跟她讲述一些细节时，她都会唏嘘不已，我感觉她也很害怕。

拜伦也不知道该给我怎样的反馈。每次我把脑海里不断重复的画面讲给他听，他都一脸茫然，面无表情。有时，为了让我心里好过些，他会朝我微笑，但那笑容非常勉强，一看就是挤出来的。"你听了会有什么感觉？"我问他，希望他说他很难过，或是气愤、恐惧，哪怕他说恶心也行啊，可是他每次都机械地回答说，"我没什么特别的情绪。"

能做的我都做了。我也想走出来，但本已遗忘的过去却再次卷土重来，令我招架不住。如果再找不到专业的帮助，我担心自己可能会自杀。我痛恨自己跟拜伦结了婚，按照婚姻誓词的承诺，自杀就等于对婚姻不忠。我之前做得那么好，那么多磨难我一个人都挺过来了，可现在一旦出现状况，仿佛变成了是我不讲道德。万般无奈，我决定把自己交付给心理治疗，哪怕再痛苦、再漫长的治疗也比一个人苦撑着要强。到时候，我可以跟心理医生一遍一遍地揭开曾经的伤疤，找到痛苦之间的关联逻辑，把它们一个一个地解决掉，不让它们再来破坏我的生活。

"你每天想这些事会花多少时间？"布吉医生拿着铅笔问我，脸上流露出那种有钱女人专属的同情表情。

我盯着墙角，一台机器一直低声嗡嗡地响。我回答说，"百分之七十五的时间？"

我的精神再度出现问题，这让我十分痛苦。按照我以往的经验，每次生病都预示着坏事即将发生。不仅是我，我毕业前与很多年少时认识的人取得了联系，他们的情况都充分证明了我的揣测。卫理公会医院收录的我的病例长达二百四十六页，根据上面的描述，十四岁的我就是一个有杀人倾向的精神病，平时不讲话，偶尔开口，不是为了"索取"，就是为了"反驳"。我找到伍兹医生，问她是否还记得我之前的情况，她说，"你当时就是一个爱耍心眼的小骗子。"（"不过，没关系，"看到我表情痛苦，她笑着补充道，"像你那么大的孩子都那样。"）

再次坐到伍兹医生的对面，我心里竟然有一丝骄傲，毕竟现在的我已经成了"好人"。不过我也知道，大家之所以认为我是好人，是因为我变了，不再是原来的自己。我在自己的病历中看到很多过往医生对我外表的描述。我问伍兹医生为什么写了那么多关于我头发的内容，"所有心理医生都关注这个吗？"

"这就是一种常识，如果他们看到当初蓝头发的你，再看到现在的你，就会知道你发生了多大的改变。"

可我还是我啊，我心里念叨。我突然意识到伍兹医生根本记错了我蓝头发的时间：整个高中，我的头发一直都是金色的，是到了马上去哈佛大学读书时，我才把头发染成蓝色。

伍兹医生让我给她讲述我的全新生活，我欣然同意。医生应该都愿意看到自己的患者走出阴霾，过上了安稳的生活吧？毕竟，很多过去跟我情况相似的人依然生活在痛苦之中。不过我总是怀疑，她之所以格外开心，是因为我找到了一份谷歌的工作，还找到了合适的异性伴侣。我爱我的公司，也爱拜伦，但社会对我做出的必须从众的要求始终压得我喘不过气来,这让我不敢尝试写作,羞于表达女性对我的吸引。几个星期前,我给简打了一通电话,她饶有兴致地提到我的性取向。"你当初就是特别倔,"她笑着说,"非要说自己喜欢女生!"我虽然不认同简的观点,但也明白我行我素会带来可怕的后果。随着年龄的增长,我不想再穿什么奇装异服了——男士牛仔裤、运动内衣、宽底皮凉鞋。要不是这样的装束,或许我也不至于遭遇布达佩斯的不幸。我终日生活在恐惧中,害怕被人诟病,害怕一点小事就被人批评,害怕自己陷入麻烦。我总觉得只要别人不喜欢我,就一定会对我造成伤害,好在,我现在年轻、富有、白人的身份可以成为我的护身符。

伍兹医生的期许虽然给了我很多心理压力,但我必须承认她是为数不多真正支持我的人。我问她治疗我最困难的阶段是什么时候,她痛快地给出了答案,"是你刚从欧洲回来那段时间。"我没想到她会这么说:我以为她会说些我以前做过的傻事,或是某些需要弥补的性格缺陷。那件事过去六年了,我没再跟她提起过,以为所有人都忘了,但伍兹医生还记得,她是真的关心我。

万万没想到,二十分钟后她竟然跟我说,"那时候,你有点不检点。"

"我怎么不检点了?"我追问。

伍兹医生说她记不清具体细节了,"但很明显,出事时你说了什么话。"

后来,我鼓起勇气把伍兹医生的话讲给拜伦,他摇摇头对我说:"天啊,她太令我失望了。"

"不是的。"我的语气有点失控,一心想要维护伍兹医生。我马上问自己为什么要这么做:每次,我为年少的自己感到懊恼时,内心想到的都是当时大人对我的看法。然而,真正需要保护的人并不是他们,而是我自己。

我做了很多调研，发现我对自己的青春期竟然一点也不了解。那时的我还是个孩子，大人说什么我就信什么，很多真相我并不清楚。正是因为不了解真相，缺乏全面的视野，我才总以为但凡有坏事发生，自己就是罪魁祸首。

米歇尔离家出走后，我一直在想自己究竟做错了什么才让她离我而去。高中期间，她说我不想跟她说话，不想见她，虽然我知道她在歪曲事实，毕竟那时我还是个孩子，可还是觉得我们的疏远我有一定的责任。我长到二十四五岁，第一次有机会见到家庭法院的报告，才终于知道六年级时，我有一次见米歇尔的机会，可就在我准备长途跋涉去见她前，她的律师提出让我多陪米歇尔一段时间，因为她当时正处于精神疾病的发作期。法官应该是不想让一个年仅十一岁的小姑娘担负起看管成年病患的责任，所以直接取消了我去看她的安排，还责令米歇尔好好养病，病好之前不要跟我联系。母亲并未告诉我大人的安排是为了保护我，相反，她给我的反馈是米歇尔不想见我，因为她根本不爱我。

我找到了父母离婚后我第一次见心理医生的记录，医生在过程中多次提到母亲的病情及可行的治疗方案。专业人士都知道母亲有问题，可他们却想都不想就给我开了药方。关于居住环境的部分，我也十分不解，为什么就没有人去家里做调查呢？英格丽曾经出现在我家门口，十年后再见她时，她竟然跟我说幸好我当初没让她进门，否则儿童保护中心就会把我带走，"那样的话情况会更糟。"因为儿童福利制度不健全，所以没人敢把孩子送进去。当然，有些家庭的孩子还是会被带走，通常都是黑人家庭，另外一些就是像我们这样需要介入的家庭。多年后，安妮特告诉我她当时提交了不止一份报告，讲述了我母亲不负责任的表现，但相关部门的反馈是它们也没有办法，因为我并未面临任何生命威胁。据她所知，没人针对我的问题采取过任何行动。

在年少的我眼中，政府给我家派来一个社工，不是因为父母有问题，而是因为我情绪不稳定。后来，之所以把我送去托管治疗中心，也都是因为我的所作所为。我通过调查还发现，当初英格丽的初衷是把我送去寄养家庭，所有人也都同意了，可不知为何最终记录显示"我不符合送养条件"，或许是因为英格丽没能找到一个合适的家庭。我事后才知道，被送去托管治疗中心的都是些没人要的孩子，那大人为何还一再强调，让我们要对自己负责呢？完全没有道理啊：十几岁的孩子不就是爱挑战权威吗？我们不想从众，我们勇于尝试，所以才会犯错。这样的孩子根本不需要治疗，成长就是治疗的良方。然而，一旦进入治疗中心，问题反而出现了，即使不受虐待，也让我们难以适应外面的世界。治疗中心的一个人通过instagram找到了我，我从她那儿得知，不久前，治疗中心一个十四岁的姑娘竟然在教室被工作人员强奸了。中心不是都有监控摄像头吗？我终于明白了，那些摄像头只会对准我们，待到有成年人性侵小孩子，摄像头就会神奇般地坏掉。好在警察找到了一个饮料瓶，里面装着沾有强奸犯精液的纸巾。我高度怀疑，如果不是那姑娘聪明，知道保留证据，单凭她的一面之词，警察根本不会相信会发生这样的事情。

对于强奸那件事，我总是把它理解成一次意外，或是老天对我的惩罚，又或是我犯病的脑子想象出来的幻象。如若不然，我该如何看待它呢？把它看成我无法改变的命运吗？如果我孤身一人，被伤害就是早晚的事；如果我一直跟戴夫和简住在一起，就不可能考上哈佛大学，哈佛大学是我唯一的坚持，我绝对不可能放弃。英格丽说没有其他家庭能收留我，那我只能四处漂泊，我命该如此，只能一个人流浪到东欧，在那个夜晚被人把生殖器塞进嘴里。我应该感到庆幸，至少另一个人没有加入，至少他们还给我留了一条小命。

后来，我听说安妮特曾提出收留我，但因不符合规定只能作罢。真的挺讽刺，亲生母亲根本不在意我跑去了哪个国家，寄养父母却把我看得牢牢的，一刻也不想我离开他们的视线。安妮特若想收养我，就得辞去工作，这当然也不现实。我刚开始听到这些时，内心无比难过，不过马上又释然了，毕竟活在这世上，谁都不容易。

再后来，哥哥跟我说他也想过收留我，他和妻子就住在我就读的第一所高中的对面，他们虽然已经有了两个小孩，但家里还有一个空余房间。当他们听说我要被送去寄养家庭时，当即给母亲打了电话，说我不该跟陌生人住在一起，可母亲根本没予理会。待到母亲再次联系他们，我已经被送去了莱克维尔。

听到哥哥的话，我的第一反应是生气，母亲怎么可以如此对待我？一手断送了我跟家人住在一起的机会，我本来可以有一个家，还可以认识哥哥的小孩。当然，我也清楚，这一切不是母亲一个人的错，了解情况的人都知道我有一个哥哥，住得离我们不远，他一直叫我"小妹"，而且对我也很好。可自始至终根本没人联系过他，尽管联邦法律和州法律都强调尽量让小孩与家人生活在一起，可执行起来似乎没人在乎什么法律。

除了母亲，相关制度不允许我跟其他家人联系。我住在托管中心期间甚至不能给哥哥打电话。后来，我从中心出来了，但仍不敢主动跟他联系，偶尔几次联系都只是流于表面的客套，都是他带着小孩跟我在公共场所碰个面而已。我总觉得他和嫂子好像一直把我当成了疯子,但我从未开口问过他们的想法。直到后来,有一次嫂子跟我说,我从布达佩斯回来后,母亲告诉他们我"在那里因为有恐怖分子倾向而遭到了扣留,最终国务院出面将我遣送回了美国"。母亲的话简直荒唐,哥哥嫂子却信以为真,而且一信就信了八年。

2019年,亨内平郡政府代表2011年以后生活在寄养家庭的孩子以及被虐待的受害者打了一场集体官司,我不知道自己属不属于上述情况,于是便做了相关调查:二十六岁的我提出要了解情况,直到那时,我才得知我在托管治疗中心的所有卷宗都已被销毁。再后来,即使我请了专业律师团队,还是接触不到我在寄养家庭的相关材料。对我来说,政府的每条讼词都很熟悉:针对遭受虐待或疏于照顾的情况缺乏调查,未能对相关儿童提供相应服务支持,很多小孩被送到过于严苛的福利机构,针对需要保护的孩子或需要帮扶的家庭未能及时介入等。我最初听说那场官司时,心里既羡慕又困惑,控方如何知道那些孩子得到了不公的对待?是谁提醒他们相关系统存在漏洞?我真的很嫉妒那些孩子,我多希望当年也有人为我出头啊。我希望当时有人能站出来实话实说,"你母亲有问题,她照顾不了你",希望他们告诉我他们也无能为力。但无论如何都不该让我为大人的无能承担后果,无论是托管治疗中心还是布达佩斯的遭遇,甚至包括前男友对我的暴虐,这些都不是我该承担的后果。

只可惜,我并没那么幸运。我只能想办法取悦母亲,待到我忍无可忍,把她的情况告诉给心理医生,她的态度简单而粗暴:"我知道你就是想抹黑我。"

我一直在想办法修复自己与母亲的关系,要想做个真正成功的人,我必须与母亲达成和解。大学期间我就想过这件事，还认真思考过要不要参加一个为期一周针对"亲人交流"的"脑力训练"研讨会（一想到要与亲人交流，我忍不住瑟瑟发抖）。不过，我越想越觉得那场活动像是一个邪教组织，尤其会议地点还安排在了伊利诺伊州的乡下，到时候想逃都逃不出来。即便如此，我还是想去试试，如果能和母亲"重新拥有彼此陪伴的幸福"，或许我俩都可以找回丢失的亲情。可惜那场活动与我去罗马尼亚见拜伦祖父母的时间发生了冲突，我只能遗憾地答复母亲我去不了，她听后非常气愤，说她在告诉我之前已经为我俩都交了报名费。

大学毕业一年后，我带拜伦见了母亲。临别之际，母亲从车的后备厢掏出一个长绒毛的企鹅布偶，绒毛都打结了，上面还沾着老鼠屎。她把企鹅递到我面前，眼里散发着慈祥的光。这个礼物让我很感动：她竟然还记得拜伦送给过我一个企鹅毛绒玩具，逛超市看到类似的东西便想起了我。那布偶她已经在家放了好几个月，等到我们来了才终于拿了出来。除了感动，我也很难过，那可怜的小企鹅浑身污秽，没有得到好好照顾，任何正常人都不可能把这样一个脏东西放在家里。

我坐在租来的车里啜泣不止，第二天邀请母亲去了她最喜欢的宜家餐厅，我俩一边吃早中饭一边聊天。我问她还记不记得我高三之前那个暑假做了什么，她回答说，"你去参加了摄影夏令营。"

我想起那时的自己，头发油油的，腿上缠着绷带，伤口还在流脓。"还有呢？"

母亲喝了一小口越橘味的苏打水，"没别的了吧，你不是整个假期都在夏令营吗？"

我盯着母亲，看着她把瑞典牛肉丸切成小块。她脸上毫无表情，不像在撒谎。我觉得她简直不可理喻,自己的女儿住在收容所,她开着车去那儿接的我,然后又把我安置在了后院,地上铺了一块防雨布,这些她怎么可能都忘了呢?

接下来的两年,我俩对过去的事情都只字未提,直到后来我主动求助心理咨询才旧事重提。我做了很久心理建设,终于鼓起勇气给她打了电话,问她还记不记得我欧洲的不幸遭遇。我早已经猜到,她一定会说我的背包客之旅非常开心。没想到她竟然说,"那件事想想就让人毛骨悚然。"

"毛骨悚然?"

"就是啊,毛骨悚然。"我穷追不舍,她不得不道出了自己的想法。她说我当时喝了酒,"那人逼迫我,占了我的便宜。"

我没想到她记得这么清楚:她知道发生了什么。看来不是我脑子出了问题,八年过去了,我竟然需要母亲帮我确认当初的记忆。仿佛无论是什么事,只要她不承认,就未必真的发生过似的。

这次的对话让我重拾了一点信心,或许在我们各执一词的看法之间还能找到某些事实,找到双方都能接受的版本,并就此达成一致。又过了几个星期,我再次拨打了她的电话,问了她很多卫理公会医院的事。我清楚记得的很多事,竟然被她逐一否定了。她坚持说我在公会医院时根本没接受过心理治疗,她也没说过关于我胸部变小的话,就算我能找到相关记录,那也是记录有误,她的记忆肯定不会错。于是我再次提到布达佩斯,她说我跟两个男人喝了酒,然后发生了关系,整件事属于你情我愿,根本算不上暴力。我问她还记不记得当初她说那个强奸犯对我动用了武力,把我按在了地上,她回答说,"我从来没说过这种话。"她说这话时很生气,"根本没有什么暴力,是你愿意的,只是后来他有点粗暴，所以你不太高兴。"

母亲的话证明了我心里最坏的猜想。这么多年来，我一直都怕别人以为那次性侵是我自作自受，是我同意那人把肮脏的生殖器捅进我的喉咙，然后给他暗示让他先射在我嘴里，然后再射在我身上。我不知道自己在恐惧什么：是担心所有人都这么想？还是只在乎母亲一个人的想法？

我究竟该怎么做？我不明白，若换作是你，你的母亲认为是你主动同意被人强奸，只是事后感觉不爽，你该怎么办？

我在纽约的第一位心理医生劝我理解母亲，"听到不幸发生在女儿身上，她肯定深受创伤。"她这话说的，好像母亲的沉默和遗憾不仅不该被质疑，反而应该被尊重似的。就连那位帮我挖掘过往的治疗师都表达了对母亲一定程度上的理解，还替她解释说，"有时，别人说某些话的目的是安慰你，只是说话的方式出了问题，但那并不代表他们的本意和初衷。"

"我觉得你是在混淆概念。"我无法认同。

我知道大家为何会出现这样的想法：我在谷歌上班，体魄健康，又刚在《纽约时报》上公布了自己婚礼的消息。而母亲呢？她穷困潦倒、体弱多病，家里连淋浴都没有，到了冬天，她交不起取暖费，只能穿上四双袜子保暖。她还莫名其妙地患上了胃病，连蔬菜也吃不了。开车时她总是犯困，曾经开着车子睡着过，因为事故频发，保险公司已经不再接受她投保。再后来，她终于找到了自己理想的工作，结果却因为总是睡过头，没过几个月就被开除了。没人会相信这样一个人会蓄意耍手段，大多数时候，她恐怕都不知道自己说了什么。

母亲是我唯一的家长。大学期间，我曾想去看望米歇尔，可她说不行。埃德娜祖母去世后，我也安慰过她，母亲节还给她寄去了卡片，但并没有得到回音。后来，我们虽然没再有联系，但我订婚前还是想办法联系上了她，并邀请她来参加我的婚礼。她却只是简单回复一句"恭喜你"。这么多年过去了，我俩始终未能重聚，她留言中的句号让我感觉我们的关系也已就此画上了句号。

我跟安妮特说要去找母亲对峙，说她攒破烂的习惯给我造成了巨大伤害，还有，她说的每句话都让我无比难过。我承诺自己会注意说话的语气，但安妮特听后问我说，你真的希望她的日子过得更难吗？"过去的事情就让它过去吧。"

可是，对我来说，那些事都过不去。我的精神状态每况愈下，母亲的话更无异于是雪上加霜。真的，不是我揪着她说过的话不放，我也不想多年以后又拿出来说事，但她怎么可以坚持认为是我同意别人对我施加性暴力呢？每次她问我需不需要一千支祈祷蜡烛时，我都痛苦万分，我知道她就是想用这种廉价的方式增加对我的伤害。

大家都劝我不要找母亲理论，但我还是忍不住想告诉她自己的真实感受。婚后六个月，我飞到明尼阿波利斯，提前在心里演练了好几遍，最后终于跟她开了口："你攒东西的习惯给我们的关系造成了巨大伤害。"怕她难受，我又补了一句，"我知道你那是病，你也不想那样。"

"我觉得他们之所以把攒东西归类为心理疾病，就是想要收费，想挣我的钱。"母亲的语气一下子刻薄起来。我想到她不会承认自己有病，这正是这种心理障碍的症状之一。她说医生就是没事找事，在鸡蛋里挑骨头；而我，之所以去寄养家庭，就是为了"把怒气撒到陌生人身上"。她会这么说，我事先也想到了。

我又提到她发给我的邮件，说她的话非常伤人。

"你本来就喝酒了啊！"她回答说，还坚持说我在青年旅社喝了那两个男人给我的酒。她一直揪着这个问题不放——"我到底有没有喝酒?"为了搞清楚,我特意翻看了以前的邮件和日志。但我知道,无论我做什么,都于事无补。

"再说了,我喝不喝酒有那么重要吗?"

"你说了啊,你说你喝了酒,就是为了避免难堪。"她说她从来没有觉得我有责任,但一再重申我"是自愿的"。她说她没想苛责我,还说我事先或许以为在厨房口交是个"开心的乐子"。

整个对话过程我都在恳求她:她为什么不能放我一马?把罪过归咎到强奸犯身上有那么难吗?那个人她根本就不认识,那个人远在天边,那个人侵犯了她的女儿,是个不折不扣的恶魔,她为什么就不能说是那个人的责任呢?为什么要一遍一遍地攻击我?为什么非要纠结于我有没有喝酒、有没有极力反抗呢?不管那个成年人对我做了什么,不管那次罪行的细节给我造成了怎样的伤害,母亲在乎的就只有一件事,那就是我做了什么:我是不是喝了酒,我是不是主动就范了,我是不是自己张开了嘴?

我感觉自己又回到了小时候,不管外界状况如何,大人在意的只有我的行为。怪不得这么多年过去后,我依然执着地告诉心理医生,"任何有道德的好人都不可能目睹这一切发生。"我知道,我不可能得到母亲的体谅:不过,既然这件事不是我的错,那其他不幸或许也不是我的问题。母亲当然不会认同我的想法,就连我自己也不能完全认同。不过有一点我越来越坚信:我才是自己命运的主宰,我的人生要由我自己做主。

大学毕业后,我发现社会上关于"勇气"的鸡汤变得越来越主流,这让我很不舒服。网上有一个很火的 TED 演讲，演讲者是心理学家安吉拉·达克沃斯，她大力宣扬年轻人遇到危机时要坚定意志。按照她的逻辑，勇气比食物、住所、安全都要重要。更让我没想到的是，她的观点竟获得了大量支持：2015 年，密歇根州的弗林特发生了水污染事件，行为科学家蜂拥而至。我个人认为，要想消除铅中毒的副作用，需要相关人士做出极大努力，要像资助产后医护、儿科营养、幼儿教育一样，投入大量资金。但是没想到，在尚未解决很多家庭的饮水问题之前，《纽约客》竟然报道行为科学家已经到达现场，正在想办法传授受害儿童如何培养出"成熟的心态"。

他们认为这么做是为了年轻人好：社会总会出现这样或那样的问题——经济贫困、种族歧视、暴力犯罪，解决起来困难重重。问题当然远不止这些，而且还有愈演愈烈之势，不平等就是其中一个例子。即使在已经如此富裕的美国，也无法保证每个年轻人都能获得平等的机会。在我看来，社会之所以过度强调所谓勇气，就是一种对现状束手无策的表现。孩子们年幼无知，无法替自己争辩，于是这些问题就成了他们要自己解决的麻烦。他们或许会被冤枉，问题或许可以避免，但这些都没人在意，大人们只会一味地让孩子学会消解灾难，这样，社会就会呈现出太平盛世的模样。

待到问题严重到引起公愤的程度，比方说移民的后代被强行从父母身边带走，并被扣留在棚户区、油田或是沃尔玛改建的房子里，我却麻木得没了反应。这或许也不是什么坏事，我想，或许逆境能让孩子变得更加坚强。"只要努力，坏事也能变成好事"这一逻辑在我心里根深蒂固，我竟然接受了这种极端的处置，还帮其寻找到了有力借口。当我意识到自己的逻辑时，我对自己感到极度无语。

看来，社会对抗压力的宣传和歌颂也消磨掉了我的人性，难道我已丧失感同身受的能力了吗？无论你有多痛苦，有了抗压力似乎就能解决问题，就可以有所成就。当然，我还做不到无坚不摧。有时连续几个月，到了晚上我就会痛苦流泪；竞争的压力会令我声嘶力竭；我时常会感到不安，哪怕是跟爱人待在家里也会莫名地焦虑。每当这时候，我就觉得自己是个没用的废物。我曾跟拜伦说过，说我希望自己从未到过人世；如果没有我，这世界或许会更好："我这辈子简直一事无成？"拜伦总是调侃说，我之所以会这么想，是因为我没有创办慈善机构；而在我看来，他的话并非调侃，就是对我严厉的斥责。

大家都觉得我该在哈佛大学的庭院里微笑，而不应该躲在厕所隔间里哭，我该对得到的一切心存感激，而不该继续伤春悲秋，我该给其他遭受创伤的人做出表率，实现真正的成长，而不该表现出创伤压力障碍等问题。每次有人问我，"现在你总可以放下过去了吧？"常青藤大学的学位能否弥补我多年的不幸？我知道他们想听到的答案是斩钉截铁的"是"，毕竟，我的人生很可能惨不忍睹——身陷囹圄、沉迷药物、遭受暴力，所以我应该为自己的成功感到庆幸。可事实并非如此，我们这一代，很多人的日子过得比上一代还要拮据，很多人有大笔学生贷款需要偿还。我一直怀疑，我之所以还算幸运，还能得到相对公正的对待，而没被简单粗暴地关进精神病院，就是因为我不是黑人或拉丁裔。这一想法并没有让我感到轻松或解脱，反而让我更加焦虑。我的确非常刻苦，但并不为此感到庆幸：回顾以往，我的青春岁月每一步都像在买彩票，但凡运气有一点不好，未来就可能万劫不复。

刚毕业那几年，我一直纠结于要战胜自我，培养抗压能力。随着年龄的增长，我发现社会一直在朝好的方向发展。"我也是受害者"这一运动的兴起让我彻底明白，母亲的想法不该左右我自己对布达佩斯不幸的理解。得益于电视真人秀，越来越多的人意识到，所谓"囤积病"绝不等同于常见的攒东西的习惯。特立独行的Z世代已经开始接受"酷儿"的概念，我觉得自己在确定自己的直女身份之前，应该就属于酷儿一类，并由此开启了一个正确看待个人身体的新时代。当今社会对变性人有了更多关注，也给予了更多理解，变性不再被粗暴地视为怪异的奇葩行为。如今，我若是再跟别人谈起米歇尔，已经不必再从"什么是变性人"这一基本概念讲起了。很多年过去了，我一直回避谈及米歇尔，一方面是因为羞愧于过去谈到她时自己曾犯过的错误，另一方面是因为怕人误会我把自己的痛苦归咎于她的变性。我时常幻想，如果再晚出生十年，或许我的人生会与现在截然不同。

当然，活动人士的努力并非一帆风顺：很多地方都出台了禁止儿童变性的立法，毕竟小孩子更容易规训，也更容易控制。得克萨斯州甚至将性别关怀视作虐待行为进行调查；佛罗里达州也建议强制学校与家长及时沟通小孩的"异常"性认知。这些措施的倡导者将性别问题简单划归为"家长的权利"，再一次将成年人的好恶凌驾于孩子的需求之上。上述立法更是成了相关体系的保护伞，那些体系不是应该更多考虑保护小孩的利益吗？社会中最弱势的群体似乎依然是文化战争的牺牲品。

坦白讲，反对变性的做法必定会引发严重后果。根据《2015年美国变性调查》提供的数据，变性的受访者中，百分之四十的人曾尝试过自杀（这一数据是普通人群的十倍），近三分之一的人有过无家可归的经历，一半的人表示曾遭遇过至少一次性侵。我一生最悲哀的经历在变性小孩中几乎是司空见惯，这一群体需要的不仅是社会关注，更是所有人的关爱和保护。

我在二十五六岁的年纪开始思考一个新问题，那就是我是否有"幸存者内疚"心理。作为走出困境的少数人，我总是问自己："为什么是我？"但是，随着我对世界不公的认识越来越深，我发现自己的问题并不是"幸存者内疚"，而是"思考者内疚"。成功让我痛苦，在这样一个体制下，能够脱胎换骨的我不是应该面带微笑吗？不是应该告诉大家现实情况依旧乐观吗？有些人，比如我，不是已经实现了自我超越吗？

自那次跟母亲摊牌后，我就决心不再主动与她联系。我不会再让她替我做主，不会再相信她万事太平的假话。虽然这样想，四个月后母亲节的当天，我还是联系了她，她也回复了我，说的不再是"我是她的骄傲""她很爱我"那种话，这让我心里很难受，我仿佛又变回了那个渴望得到母亲关爱的孩子。

与母亲不愉快的谈话已经过去了十个月，我刚刚过完自己二十七岁的生日。突然有一天，我收到她发来的消息，"纽约今晚的气温是七摄氏度，夜空繁星点点。"她还在最后加了一个星星的表情。她温暖的描述让我感觉自己也在仰望星空，也在憧憬美好的生活，即不再缺爱的未来。

我拿起电话给她拨了过去，半天没人接，我想挂断，但拜伦一直搂着我，让我再等等。我也担心一旦挂断，便会从此失去与她联系的勇气。母亲终于接了电话，说她正在逛商场。我抽搭着鼻子跟她说她不该否认对我造成的伤害，不该把我被强奸的遭遇归咎为我自身的问题，否则我们俩的关系不可能和解。

"你说什么是你的问题？"她问我。

"性侵。"

"哦。"我听到电话那头收银员正在帮母亲结账。我等着她跟我道歉，等着她认真听我讲话，希望她能听懂我从小到大的痛苦。母亲叹了一口气，"你怎么凡事都往自己身上揽啊，我不知道我怎么说你才能明白，我并不认为那次不幸是你的问题。"

"你可以直接告诉我'那不是你的错'。"

她没有说话，我听到机器扫描商品的声音，四下、五下、六下。看来，我对母亲的判断没有错。

最后，我说了无数遍"我爱你"，仿佛要把一辈子要对她说的"我爱你"都压缩在这十五分钟的对话里，可母亲好像根本体会不到我的感受，没准儿只是觉得我快来月经了，否则怎么会如此神经质？

我告诉她以后不要再给我打电话了，说完便准备挂断电话。突然，她开了口，"你要知道，我囤货的毛病不是你造成的，你只是让我感到内心荒芜。还有，关于性侵那件事，我从来没有怪过你。"

你只是让我感到内心荒芜。我俩究竟谁是家长啊？究竟谁内心荒芜啊？"我不怪你"与"不是你的错"根本不是一码事。

"我爱你，"我又说了一遍，泪水打湿了眼眶，"再见。"我挂断电话，手却不停地发抖。

母亲从我的生活里消失了，我想到自己的生活会变得分崩离析，想到自己心里会出现一个巨大缺口，甚至余生都会在痛苦中煎熬。不过，我马上意识到，其实母亲在我人生中一直都处于缺席的状态，从小到大，她一直把她对我的爱和信任作为控制我的武器，我早已因此而伤痕累累。

有时，我躺在床上会有痛彻心扉的感觉，我宁愿舍弃现有的一切，只想换来一个爱我的家人。我想起母亲那些老生常谈，每次她干完一项工作就会感慨说，"公家的事，干成这样已经不错了！"她的大公无私和出类拔萃，仿佛她是一个非常了不起的人，一直在凭借自身努力扭转人生的败局，仿佛她才真正做到了苦中作乐。

我很想念她，但不愿回想她对我的冷漠。

一位心理医生曾经跟我说过，我的治疗目的是学会接受过去，即使接受了过去，也不意味着悲伤会彻底消失。未来，痛苦还会继续，我要做的只是承认过去发生的事实。为了学会接受，我梳理了各种细微的感受（触觉、嗅觉、味觉、想法和身体感受），希望能给自己找到合理的解释，而我写这本书的目的也是如此，我想回顾自己前二十七年的人生。

为了接受过去，我做出的最大努力就是寻找在布达佩斯强奸我的那个人。别人都跟我说我必须接受事实，很多事情只能不了了之，但这么多年过去了，我一直纠结于他知道我姓甚名谁，而我却对他一无所知。我去过当初那家青旅，早已关了门，曾经的店主也找不到了。在一位调查员的帮助下，我在网上找到了几百张当初店里拍摄的照片，每一张我都仔细查看过。我在想，即使让我再见到那张脸，我还能认得出来吗？几个星期过去了，我几乎放弃了希望，没想到调查员在 instagram 上查询到那家青旅一位前员工的下落。对方从一张有我的照片中认出了强奸我的人，我根本不记得自己拍过那张照片。那人强奸我时四十二三岁，根本不是塞尔维亚人，也就是说他根本没有经历过什么战争，他说的都是骗人的鬼话。最令我毛骨悚然的是照片上显示的时间，那是我返回旅社取东西时拍的，对此我竟然完全不知情。所有证据加在一起让我充分地意识到，当时的情况与我和母亲的记忆都不尽相同：我过于相信人性本善，所以还想着为做坏事的人找到借口。可是我错了，我对那个人了解得越多，就越认识到：要想相信人性本善，必须得承认有恶人的存在。

我对自己的过去做了大量调研,发现了太多令我伤心和气愤的事,我并没有对此感到诧异,倒是很多人的善举超出了我的意料。我给珍妮打了电话,问她是否明白当初布达佩斯的遭遇对我来说意味着什么,她回答说,"哦,老天,埃米,我当时竟然毫无意识。"她特别诚恳地跟我说,要是我生她的气她完全能够理解,可我并不生她的气。那时候,我们都还是孩子,都在被不同的社会规范所禁锢。那次聊天后,我俩经常在脸书上发消息,感谢老天,我们找回了逝去的友谊。

我生命中的很多人都有各自的问题,即使这样,他们都为我摆脱困境做出了巨大贡献。英格丽小时候就梦想有朝一日能参加因特洛肯夏令营,当她看到我对摄影的热衷时便极力鼓动我做了申请。我对戴夫和简的态度也发生了改变,与哈佛大学同学相处越久,我就越感谢他俩,他们愿意打开家门接受我这样一个问题小孩,是非常值得敬重的行为。多年后,我们再次取得联系,我得知他们之后又收养了很多小孩。戴夫问我当初我住在他家时是何感受,他语气诚恳,像是希望我也能坦诚以待。"那段时间对我来说很重要。"这的确是我的真实感受。另外,我的侄子也重新回到了我的生活里,他已经是个十九岁的社区大学生。他让我意识到母亲对哥哥也造成了巨大影响,哥哥当初离家出去单过就是出于这个原因。我很担心侄子,每次跟他说完话我都难以入眠,即使他的境况比我当初好太多,我还是对他放心不下:他能不能顺利拿到学士学位?他找的工作能不能给他交医疗保险?他要是受伤或是遭遇了心理危机该怎么办?我一下子理解了安妮特,这么多年来,她一直对我有着这样那样的担心,现在我才知道这就是所谓的关心则乱。如果没有她,我不可能走到今天。

每次收集到一条消息,我对自己过往的了解就增加了一分。我不再执着于自己主观认定的事实，不再把一切麻烦都归咎于自己。有一段时间，我的心情格外低落，却意外收到那位曾经帮助过我的美国驻布达佩斯使馆工作人员的来信。在那之前，我曾经给他写过邮件，他回信的第一句话是"我已经不在使馆工作……"，然后又告诉我他的邮箱不再属于监控范畴。

"我当然记得你，"他写道，"我怎么可能忘记你呢？"他说当初见我第一眼就知道发生了非常不好的事，还注意到我身上的行李很少。他的讲述把我带回到那个挂着奥巴马总统和希拉里国务卿照片的办公室，有了他的见证，我终于确定了自己的记忆。

"我记得当时你浑身发抖，但依然表现得很坚强，我也不知道自己想得对不对，"他继续道，"我当时的感觉就是你一定能自己走出阴霾。"

自己走出阴霾，我在心里念叨着这几个字。

刚刚长大成人那几年，我一直渴望得到救赎，想着发生的一切都是"最好的安排"。我相信，只要结局幸福，故事就称得上完美，无论发生怎样的悲剧或不幸，我都希望自己能够反败为胜。如若不然，就算我不会一世悲哀，也会过得非常可怜。但那位外交官的邮件为我开启了一个全新的角度：我可以受到过去的影响，但也不耽误我改变未来。

自从领悟到这一点，我便开始为自己搭建脚手架，我要为未来打下更好的基础。二十八岁那年，我把医疗保险的五万五千美元全都花在了心理咨询和针灸治疗上，对了，还有缓解长期疼痛的脊椎按摩和身体疗法。我会事先提醒医生我做按摩时可能会喊出来，每次说这话时我都觉得很正常，不会再有任何羞愧感。每次失眠，拜伦就会帮我掖好被子，再把企鹅布偶拿给我，甚至会给我讲淘气小鸟家族的故事。

我不再奢望救赎过往，那是不可能完成的任务。我开始追求眼下实实在在的生活。平生第一次，我会因为一些小事感到幸福：清晨，在属于自己的床上醒来，有早餐吃，有工作做。我不再奢求功成名就，对我来说，活着本身就是一件幸福的事，遥想当初，那是多么艰难而痛苦的体验啊！我学会感谢过往的岁月，感谢每个关键时刻的关键决定，若不是因为它们，我可能依然无法摆脱过去的自我：我结了婚，买了公寓，换了工作，还给自己买了很多小企鹅玩偶，有一天，我们还会有自己的小孩。我想好了，等到了那一天，我一定不会让悲剧重演。我知道自己还有很多不足，但我一定会尽量做到最好。

我的房间里挂着一张海报，每次看到它我都会想起自己的青葱岁月。海报中，一个女孩正在望向窗外，俯瞰着整座城市，天空中挂着一轮明月，一架飞机从月亮前面飞过。每次看到这张海报，我都会感激年少的自己，感谢她一路成就了我的今天和我的未来。当然，我也感谢成年的自己，我终于与过往达成了和解。

附言

记忆是我创作这部作品的主要素材。此外，我做过的访谈、收到的邮件、记录的日志和医疗病例都为我提供了巨大帮助，其中对话的部分大多依靠的是我个人的回忆以及相关文献的辅助。为了保护未成年人的隐私，我对部分书中的人物使用了假名字，有些省去了明显的身份特征。

致谢

这部作品之所以能与读者见面,我首先要感谢我的编辑米娅·康斯尔,你在一堆书稿中发现了这本书的初稿,虽然先后更换了两次工作,历经了四年的努力,你最终还是帮我成就了这部作品的问世。米娅,这本书我做了太多次修改,可以说(从第七稿以后)每次修改都是为了你,感谢你一直鼓励我。若是换作我的最初想法,我只会写到高中毕业的部分,是你的坚持让我把两部分人生巧妙地融合成了一体。

其次,我要感谢在我青春路上所有给过我帮助的人。感谢迈克尔和威尔康奈尔焦虑创伤压力医疗项目团队,没有你们的支持和见证,我恐怕至今都不会勇敢发声。我还要感谢我的心理咨询师阿迪提以及很多初稿读者,特别是柯莉·博斯沃思、莉亚·佩琪、马格·塞尔托兹教授、艾德丽安·卡马克博士和艾德里安·尼科尔·勒布朗,感谢你们帮我更好地认识了自己的人生。我还要感谢黛安娜·海因斯,感谢你让我懂得寄养儿童的权益,感谢你努力帮我找回曾经的档案。我更要衷心感谢几十位花了几百小时耐心配合我访谈的朋友,特别要感谢托管治疗中心的诺亚和莎瓦娜。

如果没有大家的善良和帮助,这本书根本不可能成形。感谢所有帮助过年少的我的人,包括我的历任心理医生和护工,感谢你们竭尽全力给予我的帮助。我想特别致谢伍兹医生、英格丽、戴夫和简、驻布达佩斯使馆的丹,还有几个好朋友的母亲。我要感谢凯特博士,你的青春活力永远是我学习的榜样。此外,我还要特别感谢安妮特,如果没有你,我恐怕至今都无法认识真实的自己。

我的一生有太多起起伏伏,好多次都是老师拯救了我。我要特别感谢你们,J老师、科特、Z老师,还要感谢因特洛肯的写作系,谢谢所有老师教会我如何让写作变得更有逻辑。我还要感谢我的法语老师,希望你们都能喜欢这部作品。

另外,我要感谢亚历桑德拉·富兰克林和维姬·贝奇尔为这部作品找到了最合适的出版社,我有幸遇到企鹅出版社最好的团队,包括我的编辑米娅·康斯尔、莎拉·哈特森、斯蒂芬妮·罗斯、科琳·迈克加维、希纳·帕特尔、兰迪·马鲁洛、莫林·克拉克和凯伦·梅尔。我还要感谢企鹅出版社的销售团队,是你们的大力宣传让更多读者了解了这部作品,感谢按·格多夫和斯科特·莫耶斯的支持。

我非常感谢学术艺术写作大奖组委会,你们的认可坚定了我最初写作的信心,我要感谢赫奇布鲁克作家村,感谢这个群体帮我挺过写作的瓶颈期,感谢蓝山中心,谢谢你们在我需要全心赶稿时关掉我的网络。感谢我的写作小组,你们在希拉里·弗雷的领导下给了我同志般的情谊,感谢莎瓦娜·卡琳的友谊,感谢你给我的反馈。卡洛琳·布里克、多娜·弗雷塔斯和朱莉王,感谢你们每个人在这部书的出版流程中给予我的帮助。感谢沙恩谭通读我的书稿,感谢莉莉·莫斯和赖恩·麦克丹尼尔就变性话题提供给我的宝贵建议，如果出现任何错误表达，责任全部在于我个人。我还要感谢我的研究助理，茱莉亚·菲尔、山姆·麦克尤、伊丽莎白·盖思曼和萝丝·埃斯坎墩，感谢你们开导我，让我不要自我怀疑。感谢青年艺术基金会为我提供的资助，让我可以完成相关信息采集从而更好地呈现这部作品，感谢尼基·沙恩·布拉德福德帮我执着地寻找真相（你对细节的在意丝毫不亚于我本人）。我要感谢发起"我也是受害者"运动的活动家们，毫不夸张地说，你们改变了这个世界，特别是塔拉那·伯克、切希·普鲁特、香奈儿·米勒和莱西·克劳福德。此外，我要致谢梅丽莎·查德博，你关于抗压力的作品给了我很大启发。我还要感谢我的律师凯瑟琳·康基，感谢你给我提出的宝贵意见，感谢你对我的一份厚爱。我还十分感谢妮娜·科索夫在夏令营期间帮我拍摄的封面照片，谢谢你过了十四年、搬了十次家依然把照片保存得如此完好。

我永远感谢我的赛艇队朋友，柯莉、温蒂、利兹以及其他队员，我们的友谊一定会地久天长。我要感谢把我招进哈佛大学的招生老师伊丽莎白·帕斯特，感谢你亲手撰写了我的录取通知书，让我知道我的录取并非信息的错误录入。我还感谢乔·布利斯坦、拉迪卡·纳格帕尔和其他女性电脑科学协会的成员，感谢我的好朋友：维多利亚、艾米、小任、玛丽、珍，我有太多朋友需要感谢，恕我无法再次一一列举。我要感谢我的老师，包括安妮·哈林顿院长，感谢你《疯癫与医学》这门课开启了我的思路，让我认真思考自己是否出现过疯癫的状况。

我要感谢珍妮，你我情同姐妹，感谢夏洛特，谢谢你教我认真审视自己的作品。感谢我丈夫的家人，感谢你们接纳我（教我如何滑雪）。感谢我的父母，感谢你们一直督促我刻苦学习，感谢你们让我觉得自己与众不同，感谢我的哥哥、嫂子，感谢你们多年来对我的关心和支持。

感谢我的侄子、侄女，感谢我在女孩写作训练营的学生马里恩，感谢所有勇于探索的有志青年，感谢你们带给我的希望和灵感。

最后，我要最诚挚地感谢拜伦，感谢你帮我检查了至少二十版修改稿，感谢你不断用"这段意义何在？"等问题促使我深入挖掘，感谢你在我每次深夜哭泣时将我紧紧搂在怀中，积年累月，从不抱怨。如果没有你的关爱，我不可能从痛苦中摆脱出来。感谢你对我坚定不移的爱和付出，与你的结合是我此生拥有的最大奇迹。